KB022082

아네모네 한 송이

전영학 外

📖 충북소설-2020-23호

아네모네 한 송이

전영학 外

특집

충북소설 문학의 맥(脈) _김창식

흑산에 달이 지거든 _전영학 / 초록의 지나 _권효진

15人 단편소설 選

안수길 / 박희팔 / 전영학 / 김창식 / 이규정 / 이종태 / 오계자

강순희 / 권효진 / 이영희 / 정순택 / 정진문 / 이귀란 / 박아민 / 김미정

생각나눔

이야기꾼

　신은 이야기를 좋아해서 인간을 창조했다고 한다. 신을 믿는 종교들이 이야기로 시작해서 이야기로 귀결되는 속성 때문에 그런 말이 생겨났을 것이다. 전설적인 이야기꾼 셰헤라자데의 '아라비안나이트', 보카치오의 '데카메론', 인도의 '슈카샤프타티(앵무 70야화)' 그리고 우리나라의 '어우야담' 등 이야기꾼들이 펼쳐놓은 스토리는 현대인의 삶에도 교훈과 기지를 던져주면서 본래적 고향 같은 맛을 음미하게 한다.

　신만 아니라 인간도 이야기를 좋아하기는 마찬가지다. 영화나 드라마에 빠져 그것을 낙으로 삼는 사람들이 의외로 많은 것을 봐도 알만하다.

　소설은 이야기로 된 문학이다.

　이야깃거리를 소지하게 된 동기가 어떠하든 소설가는 경험과 지식, 기지와 박력, 양심과 자유 등 자기의 모든 역량을 기울여 그것을 가공한다. 문제는 얼마나 재미있고 독자가 감동 먹느냐다. 그래서 우리나라 어느 소설가는 자기 스스로를 '구라쟁이'라고 익살로 풀었다. 물론 재미의 기준은 독자의 취향에 따라 다양하기 마련이다.

　이를 위해서는 만반의 준비 과정이 고려되지 않으면 안 된다.

　일단은 플롯 속의 인물, 사건, 배경이 문체와 유기적이어야 한다. 소설은 문체의 예술이라고 해도 지나치지 않다. 그리고 그 밖의 갖가지 스킬을 활용하여 독자가 제대로 알아차릴 수 있도록 안내해야 한다.

　최근 매사에 바쁜 현대인에게 소설은 지루하고 장황하다 하여 '짧은 것'을 추구하는 유행이 번지고 있다. 마치 무도병(舞蹈病)에 걸린 사람처럼 빨리 읽고 알아차리기를 원한다. 하지만 더욱 복잡다기하면서 치열해지는 현대 생활에서 단순함의 추구는 이류 정신세계의 현상이다. 그것으로는 현대가 지니는 광채나 병폐를 넉넉히 가늠할 수 없다.

　그래서 소설은 뜻있는 사람들의 관심과 사랑을 받는다. 스토리를 위주로 하는 모든 예술 장르의 원본(原本)으로서의 중추를 담당하는 것이다.

　스토리텔러로서, 치열한 삶의 현장을 안일하게 그릴 수 없는 이유이다.

2020년 11월

충북소설가협회장 전영학

충북소설-2020-23호
15人 소설 選

책머리에

이야기꾼 • 전영학

부록   **충북 소설가 연락처**

특집

한국소설가협회의 소설 전문 월간지
『한국소설』 6월호에 '충북의 소설 문학'이
특집으로 게재되었다.

 충북소설 문학의 맥(脈) —— 김창식

흑산에 달이 지거든 —— 전영학

　　　　　　　서평: 어둠의 바다

초록의 지나 —— 권효진

　　　　　　　서평: 잃어버린 꿈을 찾아서

충북소설 문학의 맥(脈)
충북소설가협회

김창식

충북소설가협회를 소개하기 전에 충북소설 문학의 맥(脈)을 짚어보고
자 한다. 출생이 충북인 소설가들의 문학적 혼(魂)이 충북소설가협회 자
긍심의 원천이 되고, 계승해야 할 정신적 자산이다. 충북의 소설 문학
1세대라고 칭할 수 있는 포석 조명희(진천, 1984~1938), 벽초 홍명희(괴산,
1888~1968), 팔봉 김기진(청원, 1903~1985), 무영 이용구(음성, 1908~1960) 소
설가는 충북이 낳은 한국소설 문학의 큰 별들이다. 비록 성장기에 고향
에서 보내고 외지에서 문필활동을 하였지만, 충북소설 문학의 1세대로
서 그분들이 남긴 문학적 혼은 충북의 문학도에게 장르를 불문하고 자
부심의 원천이 되고 있다.

또한, 흙의 작가 유승규(옥천, 1921~1993), 농민문학 이동희(영동, 1938~),
지조와 선비 강준희(단양, 1935~), 동인문학상 수상 김문수(청주, 1939~2012)
소설가 등이 충북소설 문학의 2세대가 되는 셈이다.

충북소설가협회의 탄생과정을 밝히면서, 충북소설 문학의 3세대를 형
성하고 있는 협회의 활동을 소개하고자 한다. 충북의 문학단체에 등록
된 문인은 등단 여부를 떠나 숫자를 가늠하기 어려울 만큼 많다. 대부

분이 시인과 수필가로 여러 문학단체에 가입하고, 별도로 장르별 동인 모임을 조직하여 활동하고 있다. 소설가들은 문학단체에 이름을 올렸다지만 소설가만의 모임이 없었다.

1995년 1월 19일 우연한 식사 모임에서 지용옥(월간문학, 이하 등단지명)이 소설가만의 단체 구성을 제안하였고, 함께 모였던 안수길(월간문학), 박희팔(한글문학), 최창중(동양문학)의 제청으로 소설 전문 단체 태동의 시발점이 되었다.

1996년 3월 20일. 충북에 거주하면서 소위 등단의 관문을 통과했다는 소설가 중 연락이 닿은 강태재(시와 시론), 문상오(충청일보), 민병완(문학세계), 민영이(동양문학), 이항복(충청일보), 전영학(충청일보) 등이 청주시 청림식당에 모였다. 동참 의사를 밝혔으나 사정상 참석하지 못한 강준희(신동아), 김창식(서울신문), 이덕자(예술세계), 정연승(충청일보), 전성규(문학세계)를 포함하여 '충북소설가회'가 비로소 창립(회장 안수길, 주간 전영학)되었다.

1998년 10월. 13인의 단편소설로 무크지 형태의 창간호 『조각보 만들기』가 발간되었고, 청주시 극동반점에서 출판기념회를 열었다. 안수길

초대회장과 초대 주간 전영학에 이어 최창중, 이항복, 정연승 주간의 노력으로 8호까지 회원의 작품을 표제로 하는 무크지 형태로 발간하다가, 지용옥이 2대 회장(주간 민병완)을 맡으면서 '충북소설가협회'로 개칭하고 동인지의 표제를 『충북소설』로 변경하여 9호부터 16호까지 발간하였다.

　입회 시기가 다르지만 강순희(문예사조), 장한길(대한일보), 정산흥(공간시대문학), 김홍숙(농민문학), 한상숙(오늘의 문학), 이종태(동양일보), 이규정(한맥문학), 오계자(새한국문인), 이귀란(기독문학), 김미정(기독문학), 송재용(한길문학), 권효진(한국소설), 이영희(동양일보), 강석희(동아일보), 정순택, 김승일, 박아민 정진문, 이강홍 등이 동참하였다.

　3대 최창중 회장(주간 김창식), 4대 박희팔 회장(주간 김창식)을 거쳐 현재의 5대 전영학 회장(주간 김창식)으로 이어오면서 17호부터는 동인지의 표제를 회원 작품으로 변경하는 무크지의 형태로, 17호 『보리가 뽑났다』, 18호 『편지개통 재개』, 19호 『은산철벽』, 20호 『우화등선』, 21호 『한낮의 켄터키블루그래스』, 22호 『타일 반 평』을 발간하여 1996년 창간호부터 2019년까지 한 해도 거르지 않고 소설 동인지를 세상에 펴냈다.

청소년의 문학적 끼를 발굴하는 교육 기부와 소설 문학의 저변 확대를 목적으로 2012년에 충북교육감이 후원하는 충북 청소년 소설문학상을 제정하여 운영하고 있다. 창립 25년이 된 충북소설가협회 회원 다수가 칠팔십년 대에 등단하였다. 3세대 충북소설 문학이 노령화되고 있는 상황에서 4세대를 형성할 후진 양성을 위한 협회의 역점사업인 셈이다.

충북소설가협회 회원들이 발간한 순수 소설 문학 저서가 이백 여권이 넘었다. 정기총회와 분기별 모임을 단순한 회의 차원에서 벗어나 소설 문학을 토론하고 논쟁하는 방향으로 실천하고 있다. 회원 각자 왕성한 집필활동으로 동인지 외의 여러 지면에 작품을 발표하고, 창작집을 발간하는 등 충북의 소설 문학은 지금 일취월장 중이다. 1세대와 2세대 소설가들이 한국 문단에 새겨놓은 업적과 자긍심을 본받아, 충북소설 문학의 3세대 일원으로서 절차탁마(切磋琢磨)를 멈추지 않고 있다.

흑산에 달이 지거든

• • • •
전영학

　　　　　　　버티컬 블라인드 끈을 잡아당겼다. 바다가 스크린처럼 열렸다. 군데군데 얼룩이 진 유리창 너머로 달빛에 부서지는 어둠의 잔해가 얼마든지 처연했다. 바닷속으로 가라앉는 어둠의 몰골이라도 있을까. 있다면 그거라도 건지고 싶었다. 방문을 열었다. 시멘트 바닥 계단참으로 나왔다. 갈라진 틈새로 잔풀이 말라 있었다. 눈앞에 움직이는 거라곤 달빛에 젖은 해풍의 일렁임 뿐. 바람은 몇 조각 맥아리 없이 붙어있던 활엽수 이파리를 집터서리 밖 허방으로 털어냈다.

　페인트 자국이 벗겨진 민박집의 샌드위치 패널 벽으로도 달빛은 부서졌다. 수백 미터 아래 해풍의 들쑤심에도 죽은 듯 엎드린, 명무 녀석이 묵고 있는 슬래브 지붕에도 달빛은 뒤척이고 있었다. 그 지붕 너머 험상궂은 바위 옹이들이 키를 재는 골짜기도, 골짜기에 실낱처럼 누워있는, 아까 내가 걸어왔던 흑토 길도 영락없이 뽀얀 달빛 분칠이었다.

　비로소 나는 중천에 칼로 도린 듯 반원형으로 박혀있는 저녁달을 쳐다봤다. 도도했다. 그러므로 저 달빛이 꺾인 외진 구석짝이라도 어디 좀 있어야 한다. 정말 없는 걸까. 나는 계단을 몇 춤 내려와 사방을 휘둘러보았다. 하지만 바다라는 공간은 온통 창연한 은회색인데다, 내가 묵는 민박집 지붕 너머 검댕산 마루는 붓으로 그린 듯 경계선마저 뚜렷하지 않은가. 산마루에 걸려 있는 별 두어 점이 몹시 수줍어하는 통에 문득 비애감이 뭉글거렸다. 구름도 없는 하늘에서 대지의 어둠을 벗겨내는 저녁 달빛을 피할 재주란 도무지 없었다. 그래도 다행이라면 동요에 나오는 '쟁반 같은 온달'이 아니어서, 이 밤 어느 도막까지 하늘을 배회하다가 스르르 녹아버릴 거라는 확신을 준다는 점이었다.

나는 달빛에 쫓겨 방안으로 돌아왔다. 한쪽 구석의 진회색 포마이카 이불장 옆으로 띠지에 돌돌 말린 수건 두 장이 테이블 위에서 여전히 나를 기다리고 있었다. 나는 수건을 집어 들고 문틀이 허술한 화장실로 갔다. 세면대의 수도꼭지를 틀자 관 속에 갇혔던 물이 오랜만에 객을 본다는 듯 수줍게 쫄쫄거리기 시작했다. 선반에는 나선형으로 돌다 주저앉은 지난여름 모기향, 배가 착 달라붙은 치약 튜브, 보풀 진 이태리타월에 얹혀 있는 비누 조각이 알록때가 진 거울 앞에 제멋대로인 채 놓여 있었다. 나는 대충 그것들의 자리를 찾아주고, 거실로 나와 난방 보일러 스위치를 눌렀다. 보일러는 요행히 아는 체를 했다. 이어서 형광등을 껐다. 방안으로 어둠이 고여 들었으나 창밖은 여전히 달빛의 희롱이다.

빛 없이 어찌 생명체가 살아갈 수 있으랴. 하지만 내가 이곳 절해고도를 찾게 된 연유는 따지고 보면 빛 때문 아닌가. 섬을 지배하는 산 하나가 있는데 그것이 온통 바위라고 했다. 그냥 바위가 아니라 석탄 무지 같은 거대한 검댕 바윗덩이라고 했다. 산이 그렇다 보니 산 아래 손바닥만한 평지도, 실낱같은 외길도, 그저 흑토뿐이라고 했다. 그뿐이 아니었다. 섬을 포위한, 수심을 알 수 없는 바닷물도 검을 뿐이라고 했다. 다만 주야장창 갯바위를 때리는 검은 파도가 허연 포말을 뿜어대고는 있으나 제 풀에 겨워 금세금세 부서지고 말 뿐이라는 것이었다.

이 섬을 잘 알고 있다는 명무라는 놈은 내가 빛을 싫어하는 동기를 간파하고는 자꾸 온통 검다는 것에 포인트를 맞춰 이 섬 얘기를 꺼내곤 했다. 평소 낚시질에 미쳐 한국 바다는 말할 것도 없고 이웃나라나 먼 대륙까지 낚시 가방을 둘러메고 찾아가는 녀석이었다. 스스로 사장님 보다는 조사(釣師)라고 불러달랄 정도였다. 온종일 방안에 웅크리고 앉아 대낮에도 컴컴한, 거목들이 빽빽한 숲속이나, 인적이 닿지 않는 이름 없는 동굴이나, 심지어는 손수건만한 퇴창 하나 매달려 있는 가막소를 상상하고 있는 나에게, 아무리 조사라지만 녀석의 얘기는 뜬금이 없었다. 세상 어디에 그런 땅이 있을까 보냐. 설령 있다고 해도 나와 무슨 인연이 닿으랴?

피차 예견할 수 있는 시그널을 공유한다는 건 정말 큰 복락이다. 나는 아내와 시그널 없이 살았다. 한 가정을 이루고 살면서 시그널이 배제된 대화는 결코 인간의 소통 수단이 아님을 깨닫자 목적지도 없는 사막을 걷는 기분이 되었다. 더욱이 아내가 그것을 극복할 의지가 없다는 것이 확인되면서 열사에서 고사하는 어떤 생명체도 스쳐갔다. 그러나 환상 때문에 누구나 목숨을 버리는 건 아니었다. 환상에 지배되고 나면 오히려 그걸 농락할 계교가 꿈틀거리는 게 예사 사람의 목숨이었다.
그토록 삭막한 부부의 대화가 허접하게나마 이어지는 것은 이것이 오히려 자유롭고 편리한 구석이 있다는 점을 느끼고부터였을 것이다. 어색하게 안도하면서 점차 익숙해져 가는 것이 스스로도 괴이했다.
둘 사이에 시그널이 사라진 연유를 반추하기도 했는데, 떠올리기 괴롭지만 그건 나의 '피'에 관한 그녀의 절망감이었다.
여느 젊은 남녀의 연애 사이클과는 좀 다르지만 정비와 나는 자주 만났고 사랑의 밀어를 이어갔다. 그것은 정비가 베푼 한량없는 자비에 기인한 것이었다. 정비는 코가 이쁜 여자였다. 콧등이 너무 짧거나 길지 않앉고, 콧날이 무섭게 예리하지도 않았다. 그런 코가 얼굴 중심에 자리잡고 있음으로서 마음의 창이라는 눈이나 애정의 분출구라는 입술의 매력을 한껏 끌어올리는 여자였다. 그것은 나에게 거실 소파에 앉은 것 같은 안도감과 평명감(平明感)을 주었다. 비록 내가 서 있는 바닥돌은 차고 딱딱했으나 싱그러운 숲과 다사로운 들녘이 내 주변 멀지 않은 곳에 예비되어 있으리란 것을 기대해도 좋았다. 게다가 정비는 내 머리칼이 흐트러지거나, 바지와 저고리의 비주얼이 언밸런스하거나, 옷깃에 먼지라도 묻은 것 따위에도 세심하게 신경쓰는 스타일이었다. 그 깔끔한 성격이 그녀의 외관과 매칭되어, 가히 수준 높으면서도 되바라지지 않은 신붓감으로 부족한 바가 도대체 없을 지경이었다. 그녀도 나를 신중하면서도 박력 있고 무엇보다 다정다감한, 요즘 보기 드문 신랑감으로 여긴다고 했다. 다만 못내 좀 찜찜한 구석이 있다면 나의 아버지에 관한 정비 쪽의 궁금증이었다. 혼인 이야기가 꽤 진척됐음에도 나는 아버지에 관한 한 일체의 사정을 저쪽에 알리지 않았던 것이다.

하루는 정비의 가족 측에서, 돌아가셨는지 병환이 위중하신지 외국에 계시는지, 뭔가 좀 알려줘야 할 거 아니냐며 불평을 내놓았다. 당연한 이의 제기였다. 모름지기 혼사란 인륜의 대사(大事)라는 거 아닌가. 하지만 입때껏 내가 아버지에 관해 침묵함으로써 내 머리에 쌓였다가 화석이 된 그 놈의 무게 때문에 나는 대사를 제대로 감당할 수 없음을 가슴 아파해야 했다. 솔직하고도 겸허한 깨달음이었다. 정비를 한없이 사랑하지만 사랑과 현실의 여건이 별개라는 것쯤은 나도 알고 있었다. 더구나 사랑이라는 무기가 난데없이 총질을 하는 논리로 변태되면 원한의 독버섯이 싹튼다는 걸 종종 보아 왔다. 그런데 저 쪽의 어른들을 젖혀두고 정비는 깔끔하고도 단호하게 나왔다. '좋지 않은 연유일 걸 짐작은 하지만 아버지가 우리 둘의 인생을 대신할 것도 아닌데 뭐 어떤가요?

그냥 나한테 밝혀주기만 하고 진도 나가지요' 했던 것이다. 나는 새 세상이 눈앞에 전개되는 것처럼 가슴이 벅차 옴을 느꼈다. 그것은 가슴을 짓눌렀던 커다란 바윗덩이를 들어올리는 막강한 부력이면서 얼굴에 경련을 동반하는 경이로운 파동이었다. 나는 내 축축한 손마디로 그녀의 손을 힘껏 잡았다. 나의 이 벅찬 감동을 전하지 않을 수 없었다. 그녀를 내 인생이 부서지도록 믿고 사랑하고 싶었다. 이제 그녀는 나의 반석이며 등대였다. 나는 행인들이 북적대는 도로로 만만히 걸어 나갔다. 그렇게도 말하기가 어려운 거냐고, 그녀가 다시 물었다. 나는 그녀의 의아심과 모종의 호기심으로 가득한 검은 눈을 쳐다봤다. 그녀가 다시 말했다.

"무어든 받아들일게요. 용기를 내세요."

나는 우리의 어깨를 스쳐가는 뭇 행인들 틈에서 그녀를 와락 껴안고 격렬하게 입을 맞추었다.

"그래 내가 말해 주지. 놀라지 마. 아버지는 지금 담장이 높은 집에 계셔."

그리고 나는 탁한 숨소리를 어쩌지 못하며 그녀로부터 입술을 떼었다.

"그렇군요. 그럴 만한 사정이 있었겠지요."

그녀는 용케도 내 격하고 탁한 숨소리 속에 섞여 있던 그 분절음을 정확히 발췌해 냈고, 나를 성의 있게 위로했다. 그리고 더욱 힘주어 내 팔짱을 껴왔다.

솔직히 내 쪽이 기운다는 양심 아래, 어엿하지는 않지만 성의를 다한 웨딩마치가 울렸다. 나는 작지만 보람 있는 회사에서 직장생활을 이어갔으며, 그녀도 나름대로 바쁜 직장 생활에 잘 적응했고 자기의 전문 분야에 관한 프라이드도 키워 나갔다. 그리고 장차 신뢰받는 여성 리더로서의 꿈도 가꾸며 보람된 하루하루를 영위해 나갔다.

그런 정비에게서 나는 종종 하늘 냄새를 맡았다. 그건 콕 집어 뭐라 표현할 수는 없지만 고귀하고 고상한 품새에서 발현되는 야릇한 기운이었다. 물론 나의 도취적이고 비현실적인 판단일 수도 있었다. 하지만 세상그 어디에서 내가 감히 정비 같은 여자를 아내로 맞을 수 있단 말인가.

친구 명무라는 녀석은 나를 아주 유별난 놈이라고 놀렸다.

"네 안식구한테서 풍기는 향취가 이 땅의 꽃향기나 풀 내음과는 비교할 수 없단 말이지? 계곡을 흘러내리는 청정옥수의 물 내음도 아니란 말이고."

빈정거리는 말투에 녀석은 익숙해 있었다. 그래도 내게서 반응이 없으면, '이건 우리네 사람 사는 세상이 아니란 말씀인데⋯. 천사가 하강하신걸까?' 하고 가시 같은 농을 달았다. 급기야 명무가 내뱉은 가시가 자꾸내 눈앞에 떠도는 걸 나는 그냥 두고 있을 수 없었다.

"우리 부부 가지고 자꾸 주제넘지 말라구. 나는 그걸 하늘 냄새라고밖에 표현할 수 없다는 게 중요하지. 이제 됐냐?"

"안식구한테 빠지더니 이제는 우정이고 뭐고 없구나."

명무가 어이없다는 듯 웃었다.

그러나 정말 내가 안식구에게 정신없이 매몰된 것을 발견한 건 그 두해 뒤였다. 그동안 나는 명무를 만날 필요가 없었고, 회사와 가정밖에모르는 다람쥐가 되어 갔다. 그런데 무겁게 찌푸린 하늘이 곧 무너져 내릴 것 같은 어느 날이었다.

"오빠 나 좀 봐."

정비의 목소리에선 왠지 콘크리트 믹서기 안에서 자갈들이 부대끼는느낌이 났다.

나는 평소와 다름없이 그녀 쪽으로 얼굴을 돌렸다. 그녀는 나를 잠시 이유 없이 쳐다보았다. 그것은 노려보는 눈찌에 가까웠다.

"무슨 일인데?"

나는 그 눈빛을 누그러뜨릴 심사로 물었다.

"내가 그렇게 좋아?"

뜬금없는 물음이었다.

"별안간 무슨 말?"

"이제 날 좀 적당히 좋아해 줘."

"그건 또 뭐야?"

"말귀를 못 알아듣네. 이제 됐다구."

그녀가 눈가에 잔금을 그으면서 나를 쏘아보았다. 아무리 접고 보아도 농담이 아니었다. 무언가 다잡아 새기고 난 뒤 작심하고 발하는 음색이었다.

"정말 왜 이래?"

나에겐 찌푸린 하늘에서 내리치는 번개 같은 파장이 밀려왔다. 겨우 버티고 서서 이 난데없는 습격을 어떻든 수습하려고 두 손을 가지런히 하고 그녀를 바라보았다. 하지만 정비는 더 이상 어떤 대꾸도 없이 거실 소파로 가 풀썩 주저앉았다. 그리고 잘 포장된 시선을 문 밖으로 돌렸다. 내가 그 포장을 뜯어보든 말든 관심이 없다는 표정이었다. 그 표정은 그 날 이후 며칠이고 몇 달이고 이어졌다.

그녀가 내게 불쑥 던진 공을 떨어트리지 않으려고 노심초사하면서 나는 그 상황을 감내해 나갔다. 흔히들 말하는 권태기라는 게 우리에게 닥쳐온 게 아닐까. 그거라면 부부가 감기처럼 한번 앓고 나서 더욱 건강해진다는 증세 아니던가.

그 무렵 나에게 명무란 놈이 문득 떠올랐다. 이 년 만에 마주 앉는 명무는 여전히 시들시들 웃으며, 예의 그 빈정거림을 이어나갔다. 애초부터 나의 웨딩마치가 녀석에게는 무엇으로 다가갔을까, 그 궁금증을 요즘 내려놓을 수가 없었다. 녀석은 내 결혼식의 사회를 보겠다고 자청했다가 제풀로 그만두겠다고 한 적도 있었다. 물론, 이미 결혼생활 실패의 낙인이 찍힌 자로서 사회대에 선다는 것이 만부당하다는 것이 이유였다. 먼저 자청을 하고는 내 대답을 듣지도 않고 뒤집는 데에는 모종의 복잡한 심사가 얽힌 게 아닌가 싶었다. 하지만 녀석은 파탄 난 결혼 생활에 위축되거나 불편해 하는 기색이 전혀 없었다. 도리어 싱글로서의 여유를 마음껏 향유하는 태였다.

"이제 땅에 발을 붙일 때도 얼추 됐단 말이지. 나를 다 불러낸 걸 보니…"

"그 말따구 좀 고치그라이. 친할수록 예의를 갖춰야 하느니…"

나도 맘껏 녀석에게 혀를 놀리고 싶었다.

"맞아. 이게 바로 우리 모습이지. 이제 내 친구로 돌아왔네 그려."

명무가 자못 즐거워졌다. 그러면서 결혼 이 년차가 된 나와 정비 사이가 자기 예상보다 얼마나 더 벌어졌는지 궁금해 죽겠다고 나왔다. 나는 대답 내신 길세 숨을 내쉬있다.

"그럼 그렇지. 화무 백일홍, 찬 달도 기우나니. 부부 사이에도 꽃이 망가지는 한 때가 있기 마련이거든."

"나는 그런 거 없을 줄 알았지. 아니 나는 결코 권태롭지 않았어."

"그러니까 네가 숙맥이라는 거지. 여자의 섬세한 심금을 탈 줄 몰랐던 거야."

"그럼 이제 어떡할까?"

나는 솔직히 자존심 다 내려놓고 녀석에게 조언을 구하고 싶었다. 녀석은 일찌감치 장가를 들었고, 말없이 혼자 사는 길을 택하고 말았으니까. 말하자면 결혼 생활에 관한 한 내 선배인 셈인데 그가 미쓰한 점만 체크한다면 나는 이 난관을 극복하게 될 것이니까.

"요즘 갑남을녀가 만나 가정을 꾸리고 산다는 게 거의 전선(戰線) 같은 세상 아니냐? 저 갑남을녀란 말도 껄끄럽지. 바야흐로 여자가 갑이니까."

"그런데 사실 나는 줄곧 우리 둘 사이에선 갑녀을남이었어. 이건 내 진심이야."

"맞아. 너는 네 안식구를 천사처럼 대했지. 그런데 천사도 지치고 싫증 나면 어디로 가고 싶겠니? 말할 것도 없이 자기 집이지. 천사의 집이 어디냐? 하늘이지? 그러니까 네 안식구는 지금 하늘로 올라가고 싶은 거야. 너를 버리고라도 가겠다니까 굳이 말하자면 악마적 천사지. 이 맹추야."

"하늘?"

나는 명무의 논리를 전혀 수긍할 수 없었다. 정비가 하늘을 희구하지도 않을테지만 정말 하늘로 오르고자 한다면, 나도 쉽지는 않겠지만 그 자질을 갖추면 될 것이었다. 그런데 그것을 아무나 쉽게 구비할 수 있는 게 아님을 명무는 조목조목, 꿈의 크기와 현실, 체력과 정신력의 조화, 주변의 인정과 나 자신의 퀄리티, 물려받은 물적·정신적 유산 등을 지적하면서 설명했다. 녀석의 말을 되새기자면, 그러므로 이제 둘은 어차피 헤어져야 할 계제에 와 있다는 진단일 수 있었다. 그건 악담이었다. 나는 명무를 복잡한 시선으로 훑어보았다. 그 시선을 붙잡아 탁자에 내던지듯 명무가 내뱉었다.

"천사는 여자가 제격이야. 남자 천사라면 좀 웃기지 않아?"

"웃기지."

나는 절망감을 벗어나려고 가지껏 웃어버렸다.

전기밥솥에 전원을 넣고 나자, 거실로 쏟아져 들어오는 아침 햇살의 파장 뒤로 부옇게 얼룩진 새시 윈도우의 손자국이 눈에 들어왔다. 벌써부터 저걸 닦아야지 싶었다. 나는 유리 세정제를 뿜으며 그곳을 마른 수건으로 문질렀다. 잡티가 사라지면서 영롱한 햇살이 유리판을 타고 굴렀다. 베란다에서 꽃을 피워내는 화분으로 눈길이 갔다. 혹여 물기가 부족할까 봐 스프레이로 물안개를 뿜어주면서 화분에 붙었을 성 싶은 먼지도 닦아냈다. 밥 익는 냄새가 거실에 퍼졌다. 나는 밥을 공기에 퍼 담고 평소 아침에 즐겨먹는 콩나물국과 계란 프라이를 식탁에 올렸다. 정비는 젓가락으로 연신 밥알을 튕겼다. 근래 아침 식사는 대개 이렇게 시답잖게 끝났다. 나는 싱크대로 옮겨진 그릇들을 윤이 나도록 닦고는 출근 복장으로 갈아입었다. 아내도 출근 차림새를 갖추고 거실로 나왔다. 그녀는 오늘따라 베란다 문을 소리 없이 얼굴만큼 열고는 어딘가 또 밖을 내다보았다. 나도 그녀를 따라 무심코 밖으로 시선을 날렸다. 그러나 아무것도 새로울 것이 없었다. 나는 그녀에 앞서 현관 도어를 열었고, 말굽 스토퍼를 고이고 나서 잠시 머뭇거렸지만 안에서는 나올 기색이 없었다. 나는 엘리베이터 버튼을 눌렀다. 오늘도 여전히 동행은 불발이다. 나는 통로 위아래 주민들과 섞여 지상으로 내려와서는 내 아파트를 올려 보았다. 베란다에서 아내의 얼굴은 보이지 않았다. 나는 출입구 계단 앞으로 돌아가 지금 시각을 확인하고는 그녀의 모습이 아파트 현관에 나타나기를 기다렸다. 십여 분 뒤 현관 자동출입문이 스르르 열렸다. 플레어스커트 자락이 덮일락 말락한 검정 스왜거 코트를 입은 아내가 출입문을 벗어 나왔다. 나는 조심스레 그녀 앞으로 접근했다. 그리고 다소곳이 말했다.

"우리 대화 좀 할까? 전철 타는 곳까지만 이라도."

그녀는 눈길을 사선으로 치웠다.

"어머 누가 보면 세상에 없는 잉꼬부분 줄 알겠어요."

"그럼 어때. 우리는 엄연한 부분데. 아무 탈도 흠도 없는…."

"그런 부부가 집안에서 못하는 소릴 밖에서 해요?"

그녀가 나를 흘끗 초면인 것처럼 쳐다보았다. 나는 얼굴에 웃음기를 잃지 않으려고 애쓰며, 버튼이어링이 반짝 하고 햇살을 한번 튕긴 그녀의 옆에 붙었다.

"우린 지금 권태기야."

"권태? 권태 좋아하네요."

그녀가 와작 얼음 조각을 씹는 소리를 냈다. 나는 냉정을 잃지 않으려고 연신 머릿속을 맴도는 생각들을 추스렸다.

"그걸 무사히 넘기려면 어느 한쪽이 정성을 다해 챙겨줘야 하겠지. 그건 젊은 날 보통 부부가 만나는 하나의 가풀막이라잖아. 내가 다 할게."

나는 그녀를 향해 속삭였다. 하지만 그녀의 얼굴은 결코 평안해지지 않았다. 도리어 덧정이 없다는 눈으로 나를 슬쩍 한번 넘겨보았을 뿐이었다. 그 사이 둘의 발걸음은 전철역에 이르렀고, 각자 자기 회사 방향으로 발길을 틀었다. 나는 출근 승객으로 붐비는 객차 안에서 절해고도에 처박히는 외로움을 느꼈다. 어쩌면, 명무의 표현을 빌자면, 그녀는 더 이상 낚싯바늘에 꿰어 있기를 거부하는 한 마리 물고기라고 자신을 생각할지도 몰랐다. 그 물고기가 세월 따라 몸통이 커져서 어느덧 나로서는 감당할 수 없는, 사람도 능히 물어 죽일 수 있는 거대한 몬스터로 자랐는지도 모를 일이었다. 어쩌면 그 몬스터의 낫날 같은 이빨이 내 얼굴을 향해 돌진할지도 몰랐다. 순간 내 얼굴로는 감당할 수 없는 열기가 확 끼얹어졌다. 나는 화들짝 놀라 전철을 벗어났다. 그녀에 대해 몬스터 이미지를 떠올린 건 나 스스로 용납할 수 없는 추태였고, 도량이 좁은 탓도 있었겠지만 그것을 마냥 방치할 수도 없었다.

나는 발걸음을 회사와는 다른 쪽 길로 꺾었다. 그곳엔 명무가 있었다. 겉으로는 부동산 중개업자라지만 실은 투기꾼이었다. 그것도 이 세계에선 어느덧 낚싯바늘에 코가 꿰여 바둥거리는 잔챙이 수준이 아니었다.

"잘 안 되는구나?"

녀석은 내 표정으로 금세 우리 부부 사이를 꿰뚫었다. 차 한잔을 여직원에게 타오게 하고 녀석은 나를 계도하기 시작했다.

"부부란 너무 뜨거우면 화상을 입는 법이지. 그러니 어쩐다냐? 각자 좀 식혀야지."

녀석은 너무 쉽게 말하고 있었다.

"그럼 별거라도 하라는 거냐?"

나는 신경질적으로 물었다.

"너는 아직도 뜨겁구나. 그럼 뭐하니? 저쪽에선 얼음처럼 차갑다는데. 뜨거운 물을 얼음이 받아들일 수 있겠니?"

"그럼 어떻게 하라는 거야? 너 내 결혼 선배 맞지? 그러니까 네 쓴맛 단맛 다 추려서 이 친구한테 보약 같은 처방을 좀 내려 달라구."

나도 웅크렸던 가슴 속을 풀어 젖히고 모처럼 멋대로 떠벌였다.

"이 친구 보시게. 아침 댓바람부터 이런 실레발 끼리 왔나?"

녀석이 짐짓 불편해 하는 바람에 오히려 내게는 다소 여유가 생기는 게 이상했다.

"네 눈에는 내가 어떤 남자로 보이냐? 회사와 가정에 올인하는 잔챙이?"

"그렇지."

녀석은 아주 명료했다.

"잔챙이라고 이혼당하는 건 아니라고 나는 믿고 싶은데."

"그 판단은 여자가 하는 거니까."

"그럼 우리 사회는 지금 잔챙이로 찍힌 종(種)들이 점차 멸종돼 가는 것이고…?"

"그렇다고 할 수 있지."

녀석은 이혼이라는 것을 하나의 통과의례로 보는 태였다.

"그럼 나도 이제 몸집을 불려야겠네."

나는 기이하게도 생기가 돎을 느꼈다.

"진작 그렇게 인생 플랜을 짰어야지. 비록 반칙을 써서라도 네가 어서 몬스터처럼 컸어야지. 그래야 네 천사가 네 곁에서 제 역할을 찾을 수 있는 거지. 이것이 인간사라는 거야."

명무는 나를 처연하게 여기는 게 분명했다. 그만큼 그는 나를 주의 깊게 바라보았다. 인간사에서 남녀를 얽어매는 발칙하고도 공허한 관계에 시달릴 만큼 시달렸다는 자신감이었다. 어쩌면, 이미 반향이 없어진 정비를 돌려세우기 위해서는 몬스터로 성장해야 한다. 명무의 그 훈수가 효과적일 수도 있겠다는 생각을 나는 지울 수 없었다.

내가 별안간 전에 없던 스타일로 무장하자, 우리 집안의 아침맞이는 더욱 뒤틀어졌다. 아내는 아침밥을 포기했고, 알콜기가 거나한 내가 요란하게 현관문을 열어젖히는 밤 열 시의 거실에는 모래바람이 일었다. 정비는 그 모래를 애써 치우는 제스처로 나왔다. 나는 태연한 척했다. 하지만 그것은 스스로의 불안을 노출시키지 않으려는 임시방편의 자구책이었다. 이윽고 폭넓은 햇살이 거실로 슬금슬금 들어오는 휴일 오전이던가, 정비가 말했다.

"이제 슬슬 본색이 나오는 거지?"

"멋대로 생각해."

그녀의 당혹감을 즐기는 게 편치는 않았지만 어쩔 수 없었다.

"것 봐. 그 피가 어디 가겠어?"

그녀는 과녁에 대고 방아쇠를 당기듯 철저했다. 나는 두 귀를 빳빳하게 세우고 그녀가 내던진 말의 꼬리를 잡기 위해 신경줄을 당겨 반문했다.

"피라니?"

"내가 모를 줄 알았지? 사람을 죽였다며? 그래서 지금껏 가막소에 처박혀 있는 거라며? 당신 아버지."

그녀는 여전히 집요하고도 냉정했다.

"뭐?"

순간 나는 벌떡 일어서지 않을 수 없었다. 그리고 어떤 대꾸도 찾지 못한 채 망연히 그녀를 바라보았다. 그녀가 다시 나를 공격했다.

"나는 지금 우울해. 아예 절망적이야. 당신의 일거수일투족이 완전히 당신 아버지를 빼닮았을 거라고 생각하면."

"그럼 내가 사람도 죽일 거라는 말이지?"

"그렇지, 그 핏줄이니까."

나도 모르게 쥐어진 주먹이 부르르 떨었다. 하지만 나는 가까스로 주먹을 펴고 허공을 저었다. 그녀 성대에서 나온 파장이 어서 흩어지기를 기다리면서 중얼거렸다.

"맞아. 아버지는 악한이야. 하지만 나는 아니야."

"당신의 헌신, 친절, 다정다감, 박력, 이런 것들이 오히려 내 자유를 구속하는 집착이었어. 그리고 장차 사람 잡을 사이코라고 생각하니 정말 끔찍해."

"아니야. 나는 아니야."

내 목소리는 한탄에 가까웠다. 나는 도로 소파에 주저앉았다. 그리고 거실 한 모퉁이로 들어온 아침 햇살 한줄기를 사정없이 꺾으며 드르륵 블라인드를 풀어 내렸다.

맞다. 내 몸을 흐르는 피에 문제가 있다는 정비의 판단은 잘못된 게 없다. 나의 사랑은 집착이요, 무관심은 집착에 포장된 혐오의 변형일 뿐이라고 단정해도 그걸 반증할 요령이 나에겐 없다. 내 주변 사람들은 나를 두고 예단할 것이다. 망상이 한순간 못된 에너지를 만나 스파크를 일으키면 쉽게 사람을 죽일 수 있다…. 왜? 아버지가 그랬으니까. 나는 몸서리를 쳤다. 정말 내 핏속에는 그 디엔에이가 생생히 살아 있는지도 모를 일이었다.

곰곰 생각해 보면 나는 내 피에 관해 스스로 강박증을 가지고 있었다. 그렇기 때문에 나는 근신했고 더욱 열심히 사랑했다. 나와 피를 섞는 배우자에겐 헌신적이기까지 했다. 배우자는 나의 반석이요 등대니까. 등대가 무너지고 반석이 갈라진 이 마당에 빛이란 빛은 모두 사라졌다. 이 세상의 온갖 정상적인 기준이나 판단이, 당겨진 활시위가 울며 날아가듯 멀리멀리 자취를 감춰 버렸다. 동시에 발을 붙일 깔개판도 허공으로 날아갔다. 실로 죽음이라는 것이 나의 아주 가까운 곳에 와 있음을 나는 인지했다. 빈껍데기로 흑암 속에 누워 눈을 감았다. 정비가 달았던 귀고리의, 아침 햇살에 반짝하던 그 빛이 이번에는 자꾸 내 뇌리를 찔러왔다. 하지만 눈꺼풀 속으로는 주체할 수 없는 눈물이 배어났다. 이 눈물로 내 피를 순화시킬 수 있다면 눈물을 짜 항아리에라도 채우고 싶었다.

정비가 이혼 요구서를 들이밀었다. 바야흐로 천사가 나를 팽개치고 제 보금자리로 돌아가겠다는 것이다. 그녀를 순순히 보낼 용기가 내겐 없었다. 그것 또한 집착이라고 그녀는 몰아붙였다. 하지만 집착이든 애착이든 그것을 결단할 만한 용기가 없을 뿐이었다. 내 미적거림에 진저리를 친 정비는 이윽고 짐을 싸서 나가버렸다. 보면 볼수록 밉상이고, 생각하면 할수록 역겹고, 시간이 흐르면 흐를수록 더 불안하다는 것이었다. 거리 복판에서 입술을 포갰던 그 여자는 이제 내 옆에 존재하지 않았다. 삼 년도 채 못 돼 사람이 어찌 이다지 돌변할 수 있는지, 나는 정녕 알 수 없었다. 사람의 마음 짝은 시도 때도 없이 흔들린다는 것, 그것이 사람이라는 것, 그 흔들리는 바람을 예견할 수도 없다는 것에 나는 절망했다. 빈 집에 홀로 남은 나는 벽시계를 뒤집어 놓고 더욱 철저하게 빛의 틈입을 차단했다. 그 세계가 그나마 내가 살아 숨 쉴 수 있는 공간이었다.

연락이 두절된 지 한 달여 만에 명무가 나를 찾아왔다. 그는 이미 예상했다는 투로 내 등짝을 철썩 내려치면서, 네가 바로 천사로구나, 하며 쾌재를 불렀다.

"나는 네가 알다시피 피가 더러운 놈이야."

나는 눈을 감은 채 중얼거렸다.

"천사가 하늘을 날지만 이름 없는 새도 하늘을 날지."

그러면서 명무는 나를 일으켜 세우고는 밖으로 잡아끌었다. 다행히 밤이었다. 가로등이 눈부셨으나 태양의 위력에 비해선 견딜만했다.

"남자라고 생각하는 남자란, 자기가 바친 굴종을 뭉개버리면 무조건 미치고 말지. 잘못하다가 천사 같은 내 친구 하나 잃겠다 싶어서 내가 되려 정신이 번쩍 드는구나. 옛사람들은 술을 선약이라고 했다지? 너도 한번 신선이 돼 보는 거다. 그럼 다시 천사를 만날 수 있을지 모르니까."

명무는 내 입안으로 술을 부어 넣었다.

"그래도 나는 정비를 통해 내 피를 정화시키고 싶었어. 과욕이었지."

"천사는 이미 날아갔어. 한번 날아간 새를 다시 붙잡는다는 건 망상이야. 집착을 끊고 잊어버리라구."

"이건 집착이 아니라 애착이야."

"애착이 아니라 망상이야."

"망상이 아니라 나의 열망이야. 내가 가고픈 세상으로 향하는 열망."

말다툼같이 보였으나 나는 허탈감에 갇혀 있었다. 나는 그것을 털어내려 몸부림치며, 술잔 속의 명무를 선망의 눈으로 바라보았다. 명무가 갑자기 진지하게 물었다.

"그 세상이 어딘데? 어느 나란데?"

마치 어느 나라든 자기는 다 알고 있고, 가 봤고, 또 소유하고 있다는 넉넉함 같았다. 나는 그와 더 이상 말싸움을 이어간다는 게 치졸하다는 생각을 사렸다. 그리고 정작 '그 나라'는 나의 열망 속에 녹아 있을 뿐 실체가 없다는 것을, 정비가 떠난 빈방처럼 공허하게 느꼈다. 명무가 다시 은근히 물었다.

"설마 하늘나라는 아니겠지?"

"검고 어두운 나라야."

"실제 발붙이고 사는?"

"물론이지."

나는 어금니를 물었다.

"그럼 딱이네. 내가 알고 있는 어떤 나라가 있거든. 온통 검지. 그래서 이름조차 블랙 아일랜드야."

"블랙?"

나는 순간 내 머리를 맴돌던 잡념이 뜬바람처럼 달아나는 걸 느꼈다. 동시에 명쾌한 호기심이 알싸한 알코올과 함께 뇌리를 타고 내렸다.

"가 볼래?"

명무가 거침없이 물었다.

"온통 검다면."

"검지. 게다가…."

명무가 주머니에서 휴대폰을 꺼내 액정을 밀었다. 나는 녀석의 낚싯바늘에 꿰인 한 마리 잔챙이가 되어 그의 뒷말을 정신없이 기다렸다.

"이거 봐."

녀석이 자기에게 전송된 누군가의 메시지를 내 눈앞으로 밀었다. 짤막한 문장이 내 앞에 다소곳이 도열해 있었다. 그런데 글자를 하나하나 확인하는 순간 그것은 혼란스런 춤사위로 변하며 내 머릿속을 마구 흔들더니, 급기야 어지러이 명멸하는 어두운 밤의 별로 화했다. 나는 휴대폰을 도로 녀석 앞으로 시큰둥하니 내밀었다. 녀석이 설명했다.

"너하고 비슷한 처지야, 그 나라가 그립다는 것까지도."

"그럼 함께 가자는 거야?"

"그게 좋지 않을까? 너희 둘은 어차피 이 땅엔 싫증 났으니까."

"하지만 부담스럽지."

나는 비로소 아직 살아 있음을 알리는 물고기처럼 지느러미와 꼬리를 어설프게 흔들었다. 명무는 나를 측은하다는 듯 바라봤지만, 자기가 이끄는 대로 그냥 힘들이지 말고 헤엄이나 쳐 따라오기를 기대하고 있었다. 그러면 틀림없이 그 파라다이스에 도달한다는 권면이자 유혹이었다.

"뭐가 부담스럽다는 거지? 하지만, 자자자! 오늘 술안주로 노가리 많이도 깠네."

명무가 자리를 털고 일어섰다. 어느새 자정이 넘어가고 있었다.

휴대폰 문자에서 별처럼 명멸한 이름은 '별이'였다. 학교에서는 성희(星姬)라고 했지만 집에서나 동네에서는 별이었다. 내 학창 시절 지방 도시 변두리 한 마을의 골목길을 오가던, 삼 년쯤 터울인 학교 후배이자 명무에게는 친척 동생이었다. 이름처럼 낮은 물론 밤에도 눈에 잘 띄지 않는 아이였다. 그러면서, 지가 뭐 진짜 스타 줄 아나 봐, 하는 빈정거림도 받는 아이였다. 그리고 성인이 되어서는, 어디론가 시집을 갔다는 얘기를 명무로부터 들은 적도 있었다. 그런데, 왜 그 이름을 보는 순간 그렇게 별난 반응이 나의 내부에서 요동친 것일까? 같은 처지라는 명무의 말 때문일까. 정말 그뿐일까. 아니 같은 처지라는 건 또 뭘까? 나처럼 배우자에게 버림받고 빚의 공격을 받아 전전긍긍하는 신세란 말인가. 아니면 자기를 버린 남편을 증오하기는커녕 하염없이 유예하는 미련을 가지고 있다는 말인가. 같은 처지라는 것이, 그리고 '그 나라'에서 만난다는 것이, 어색하고도 유치한 일이 아닐까.

나는 다시 어두운 방에서 잠과의 동거를 피할 수 없었다. 그런데, 수면제 약 기운이 고갈되면 왠지 자꾸 물고기 꼬리처럼 파닥이는, 어딘가로부터 밀려오는 정체 모를 열망을 팽개치기 어렵다는 것을 깨닫게 되었다. 벽시계를 아무리 뒤집어 놓아도 소용없었다. 이상하게도 부지불식 머리를 헤집고 들어오는 가면 쓴 얼굴. 무섭지도 되바라지지도 않은 그 실체와 나는 동거하기 시작했다. 그러면서 그 가면을 좀 벗었으면 싶었다. 만약 가면 속에서 성희의 얼굴이라도 드러난다면 나의 이 알 수 없는 흔들림의 정체를 그녀에게 묻고 싶었다.

며칠 뒤 명무에게서, '새나라 구상이나 잘하거라. 성희는 간다. 검은섬으로.' 하는 문자가 날아들었다.

"갔구나…."

나는 맥없이 중얼거렸다. 사랑하는 아내한테 학질을 떼고 속수무책 이별 당한 남자가 어느 여자에겐들 여성성을 느낄 수 있으랴. 만약 느낀다면 아내를 사랑하는 척했거나, 기억 속의 시간이 까맣게 흐른 뒤일 것이다. 나는 정비를 아프게 기억하고 있다. 사랑에는 몰입이 필요하다. 자신을 버리지 않고는 그 정원을 거닐 수 없다. 그러나 사랑은 괴물이다. 그것이 왜 몰입을 잡아먹는지 나는 알지 못한다. 아무리 홀로 뒤척여도

이 방정식을 풀지 못한다.

결국 이 지긋지긋한 번민이 검은 나라로 이끌어 내는 걸 나는 거부할 수 없었다.

옥색 물감을 먹인 것처럼 푸르른 항구 밖 너른 바다로는 정오의 속절 없는 햇살이 쏟아지고 있었다. 나는 해풍이 간질이는 잔물결의 반사광 을 선창가 응달 속에 기진맥진 묻었다. 지루한 시간이 한 시간쯤 흐르고 나서 애원 같은 뱃고동이 울었다. 배가 움직이기 시작했다. 두어 시간 뒤 어느 섬 선착장에선가 거룻배를 갈아타고, 또 얼마를 흔들렸을까. 해가 설핏해 질 녘 절해고도 검은섬에 당도했다. 배를 묶어 두는 바위너설 뒤 에서 낚시 복장으로 무장한 명무가 유령처럼 나타났다.

"결국 올 줄 알았지."

명무는 완연 승자의 표정으로 넉넉하게 웃었다. 그리고 바닷물이 깎아 놓은 절벽 옆 산모퉁이를 가리키며 그곳에 낚시꾼들의 민박집이 있다고 했다. 나는 명무의 뒤를 따라 그들의 숙소 쪽으로 발걸음을 옮겼다. 발 밑의 시커먼 모래와 자갈이 이른바 유채색들을 엄하게 거부하고 있어서 일단은 안온한 기분이 들었다. 게다가 산모퉁이 뒤로 거하게 자리 잡은 검은 바위산이 결코 낯선 나라가 아닌 것처럼 편안했다.

"맘에 드냐?"

명무가 물었다. 나는 고개를 끄덕였다. 명무가 다시 물었다.

"나보다는 별이 때문에 왔겠지?"

나는 구태여 내 기분을 속일 필요가 없었다. 역시 고개를 끄덕였다.

"매일 해변가에 앉아 검은 바다에서 불어오는 검은 바람에 목욕을 한 다. 밤이 돼야 돌아오지. 오늘도 아마 어느 쪽 해변가에 나가 있을 거다."

"혼자?"

"너를 한번 보고 싶어 하더라."

명무의 목소리는 의외로 차분했다.

"나를?"

나는 그 자리에 멈춰 설 수밖에 없었다.

"네 아버지에 대해서도 기억하고 있더군."

"어떻게?"

나는 순간 등줄기를 타고 내리는 찌릿한 전류를 어쩌지 못하면서 그 자리에 얼어붙었다. 그리고 '기억?' 하고 재차 울컥 내뱉었다. 이거였구나. 정체도 모를 것이 시도 때도 없이 머릿속을 헤집던 실체가 바로 이거였구나. 갑자기 콧마루가 시큰해 왔다. 나는 손수건을 꺼내 눈자위를 훔쳤다.

"우는 거냐?"

명무가 나를 슬쩍 돌아보곤 다시 걷기 시작했다. 나는 용기를 내어 명무에게 말했다.

"그래, 별이가 보고 싶어 왔지. 그런데 벌건 대낮엔 만나기가 좀 그렇구나. 그녀도 내 피를 더러워할지 모르니까. 밤에, 그것도 달도 없는 캄캄한 밤에 만나준다면, 내 피를 왈가왈부 않는 증표로 삼을 게. 그리고 이 목숨 다해 새벽빛을 기다릴게."

"도무지 빛이라는 존재를 받아들일 수 없다는 거구나."

녀석이 모처럼 옛날 우리가 단짝으로 지내던 미혼 시절처럼 진중해졌다.

"암튼 너는 내 선배야."

"이젠 빛 속으로 나와라."

명무는 전연 딴 사람 같았다.

"블랙 아일랜드에서는 너도 진지할 때가 있구나."

나는 녀석에게 미소를 지어 보였다. '남녀라는 피조물은 함께 사는 게 순리이긴 하지…' 명무가 너무 낮게 중얼거리는 바람에 나는 잘 알아들을 수가 없었다. 그는 다시 앞장서서 걷기 시작했다. 산모퉁이를 돌자 명무가 손가락으로 가리켰다.

"내 숙소 뒤, 저기 검댕산 기슭으로 조금 더 올라간 저곳, 방갈로 같은 집채가 하나 보이지? 폐가 같지만 저것도 민박집이다. 그 집에 네 방을 봐 뒀다."

어쩐지 명무의 음색은 햇빛을 꺾어버리기라도 할 듯 진중했다. 내가 민박집을 쳐다보느라 발걸음을 멈춘 줄도 모르고 그는 낚시하던 바위 쪽으로 돌아섰다. 나는 시간을 때우기 위해 명무 뒤를 좇았다. 그가 낚아 올리는 잔챙이들의 비늘이 햇빛을 마냥 역겨워했다. 나는 내내 제대로 눈을 뜰 수가 없었다. 혼란스런 시력이 하늘과 바다를 구분하기 어려워할 즈음 햇빛이 시들기 시작했다. 나는 야간 낚시 채비를 차리는 명무의 손짓 작별을 뒤로하고 검댕산에 매달린 민박집으로 향했다.

상현달이 척 기울면서 바람이 잦아들었다. 바다 표면에는 생기 잃은 긴 빛줄기가 눈물 자국처럼 메말라 가고 있었다. 멀리 명무 녀석의 슬래브 지붕에 고였던 달빛도 이제 윤기를 잃으면서 야기(夜氣)가 번지기 시작했다.

삼경이 지나 이윽고 달이 떨어졌다. 달을 삼킨, 깊이를 알 수 없는 검은 물이 온 천지를 암흑 속으로 처박았다. 모든 것이 사라진 캄캄한 세상. 하지만 그것은 새로운 잉태의 싹이기도 했다. 하늘에서는 별 떨기들이 소복소복 돋아나기 시작했다. 실로 어둠으로 개벽하는 천지. 나는 별이를 신의 눈동자 속에서 만나고 싶다. 신의 눈동자는 태초부터 어둠 속에서 형형하게 빛을 발해 왔으니까. 별이가 온다면, 정녕 순수한 합일(合一)을 가질 수 있다면. 그것은 내 피를 정제할 눈물 항아리이며, 잔챙이도 즐거울 속 깊은 연못일 것이다. 빛으로 나아가는 외나무다리일 것이다.

정녕 올 것인가, 별이가. 하지만 설혹 오지 않는대도 이 검은 밤 잠이나 잘 순 없다. 방바닥에 우두커니 앉아 있을 수 없다. 방 한 켠의 화장실로 가서 세면대 수도꼭지를 더듬거려 손을 씻었다. 그리고 머릿속 잡념들을 내려놓고 방안의 향기로운 어둠 속을 서성였다. 미열을 머금은 온돌이 내 발바닥 표피에 참으로 오랜만에 온기를 묻혀주었다.

그런데, 하늘 복판에서 별 떨기를 간질이던 바람 한 줄기가 조용히 어두운 처마 밑으로 굴러 내렸다. 그리고 들렸다. 도닥도닥 발자국소리, 이어서 수줍은 노크 소리. 똑 똑 똑.

✎ **전영학**

영남대학교 문학상 단편소설 당선, 충청일보 신춘문예 단편소설 당선
공무원 문예 대전과 한국 교육신문 문예 공모 입선
소설집 『파과』, 장편소설 『을의 노래』, 『표식 애니멀』 에세이집 『솔뜰에서 커피 한 잔』

어둠의 바다

전영학, 「흑산에 달이 지거든」

장두영 (문학평론가)

전영학의 단편 「흑산에 달이 지거든」은 한편으로는 쉽게 이해되면서 다른 한편으로는 쉽게 이해되지 않는 소설이다. 쉽게 이해되는 측면은 인물과 갈등, 그리고 그것으로 인해 빚어지는 스토리 전개이다.

여기 주인공이 있다. 아버지는 범죄를 저질러 감옥에 있다. 몇 해가 지나도 세상 밖으로 못 나올 정도이고, 고향 사람들의 기억 속에 남을 정도이니 상당히 중한 죄를 저지른 죄인인 듯하다. 그 주인공은 결혼 2년 만에 파경을 맞이한다. 주인공의 친구는 부부간의 불화 때문에 괴로워하는 주인공에게 바다로 떠날 것을 권한다.

진부한 결혼 권태기 이야기, 여기에 범죄자 아버지로부터 더러운 피를 물려받았다는 유전의 소재가 결합하지만 그것이 그리 참신하지는 않다.

관심을 끄는 부분은 쉽게 이해되지 않는 몇 가지 요소들이다. 여러 가지 요소들이 중층적으로 결합하여 소설을 모호함의 영역으로 몰아가고 있는데, 그중에서 몇 가지만 짚어보도록 하자.

먼저 빛과 어둠의 원형적 상징에 관한 요소이다. 범죄를 저지른 아버지, 그리고 그 죄로 오랫동안 형벌을 받는 그 아버지는 주인공을 괴롭게 하는 어둠의 원천이다. 아버지의 어둠에서 벗어나려 하지만 피를 물려받았으므로 자신의 내부에 어둠의 요소가 잠재하고 있으리라는 불안감이 요동친다. 친구인 명무가 추천하는 '블랙 아일랜드'에서는 불안이 진정될 수 있을 것인가? 검은 바다, 검은 바람, 아마도 흑산이 그곳의 또 다른 이름일 터.

그곳에는 어둠 속에서 빛을 발하는 별이 존재한다. 별이 또는 성희라는 이름을 가진 명무의 친척 동생, 이름에서부터 어둠을 몰아내는 별을 가리키는 그녀는 어둠을 극복하거나 적어도 어둠에 함몰되지 않도록 한 줄기 구원의 빛을 내려줄 것인가? 빛과 어둠의 비유, 상징으로 인해 이 소설은 무척 이해하기 어렵게 되어 있고, 쉽게 해석되지 않는 모호성이 단순한 스토리를 넘어 독자의 관심을 끄는 한 요인이 된다.

등장인물의 이름 또한 심상치 않다. 아내의 이름은 '정비'다. 설화나 전설 속 여인의 이름을 연상케 한다. 친구의 이름은 '명무'다. 이 또한 실제 친구라기보다는 무엇에 관한 비유나 상징을 뜻하는 추상적인 느낌을 풍기는 이름이다. 물론 가장 독특한 것은 앞서 빛과 어둠의 원형적 상징에서 거론하였던 '별이'다. "매일 해변가에 앉아 검은 바다에서 불어오는 검은 바람에 목욕을 한다. 밤이 돼야 돌아오지. 오늘도 아마 어느 쪽 해변엔가 나가 있을 거다." 별이라는 이름을 가진 여성 인물에 관한 서술은 사람이 아니라 진짜 하늘에 떠 있는 별로 바꾸어 생각해도 그리 어색하지 않다. 별이 떠 있는 밤하늘을 배경으로 해변가에서 바람이 부는 것을 두고 검은 바다에서 불어오는 검은 바람에 목욕한다고 읊을 수도 있다. 정비, 명무, 별이 모두 실제의 현실적 인물이라기보다는 주인공의 암울한 심리를 드러내기 위해 조작적으로 설정된 비유 또는 상징이라는 혐의가 강하다는 말이다. 바로 이러한 설정이 모호성을 강조하여 독자를 풍부한 상상력의 공간으로 안내한다.

　삼경이 지나 이윽고 달이 떨어졌다. 달을 삼킨, 깊이를 알 수 없는 검은 물이 온 천지를 암흑 속으로 처박았다. 모든 것이 사라진 캄캄한 세상. 하지만 그것은 새로운 잉태의 싹이기도 했다. 하늘에서는 별 딸기들이 소복소복 돋아나기 시작했다. 실로 어둠으로 개벽하는 천지. 나는 별이를 신의 눈동자 속에서 만나고 싶다. 신의 눈동자는 태초부터 어둠 속에서 형형하게 빛을 발해 왔으니까. 별이가 온다면, 정녕 순수한 합일(合一)을 가질 수 있다면, 그것은 내 피를 정제할 눈물 항아리이며, 잔챙이도 즐거울 속 깊은 연못일 것이다. 빛으로 나아가는 외나무다리일 것이다.

　마지막으로 모호성을 강화하는 요소는 소설의 문장이다. 소설의 문장이지만 사실은 시의 문장에 훨씬 더 가깝다. 비유와 상징이란 단어에 여러 의미를 쏟아 넣고 빚어내는 언어의 마술이기에 단일한 의미로 포착되기를 거부한다. 위의 인용 문장은 이 소설의 문장이 지닌 특성을 잘 보여준다. '나는 별이를 신의 눈동자 속에서 만나고 싶다.'라는 문장을 보면 그것의 의미를 파악하기 위해서는 단일한 해석의 가능성을 포기해야 한다. 눈물 항아리, 속 깊은 연못, 외나무다리는 또 어떠한가? 이것 역시 비유와 상징의 영역에 한 발을 걸치고 있는 어휘들이라서 소설보다는 시의 문장에 더 가깝다는 인상을 받는다. 소설 속 주인공이 어둠의 고통을 잊기 위해 사용했던 수면제의 부작용이라도 되는 듯 어렴풋한 몽환적 분위기의 연출이 이 작품에서 강렬한 인상을 주는 포인트라고 할 때, 모호함을 한껏 뿜어내는 소설의 문장이 큰 역할을 한다.
　소설의 결말에서는 모호성이 한층 극대화된다. "하늘 복판에서 별 떨기를 간질이던 바람 한 줄기가 조용히 어두운 처마 밑까지 굴러 내렸다. 그리고 들렸다. 도닥도닥 발자국 소리, 이어서 수줍은 노크 소리. 똑 똑 똑." 이 지점에 이르면 애초에 소설의 줄거리를 엮어나갔던 부부 사이의 불화에는 더 이상 일말의 관심도 없다. 남은 것은 칠흑 같은 어둠과 그 어둠 속에서도 반짝이는 하나의 빛줄기, 별이 있을 뿐이다. 이 대목에서 이 소설은 세태와 일상에 발을 딛고 서 있는 산문의 문장을 넘어 비유와 상징과 초월을 지향하는 시의 문장으로 비약하고 있다.

『한국소설』 2020년 7월 호

초록의 지나

. . .

권 효 진

백양나무가 빼곡하게 늘어선 길은 한낮인데도 어두웠다. 이 킬로미터 남짓한 가로수 길은 번화한 도심의 빌딩들 사이에 숨어 있는 작은 숲 같았다. 깔끔하게 포장된 사차선 도로를 달리다가 사거리를 지나 그 길에 들어서는 순간, 갑자기 시골 마을의 상점 거리에 온 것 같은 착각이 들 정도로 도심과는 어울리지 않는 곳이기도 했다. 도로 가장자리에는 포장되지 않은 좁은 보도(步道)가 있고, 보도를 따라 오래된 만두 가게와 처마에 홍등을 매단 선술집, 바닥에 흙먼지가 뽀얀 야채 가게와 잡화점이 촘촘히 붙어 있다. 비록 택시나 버스를 타고 순식간에 지나갈 뿐이지만, 길은 언제나 한번도 가본 적 없는 후통(胡同)을 걸을 때처럼 은밀한 호기심을 불러일으켰다. 누군가가 살고 있는 집의 낮은 울타리 안을 슬며시 엿보고 싶게 만드는…. 나는 그 곳을 지날 때마다 가로수 길이 조금만 더 길었으면 좋겠다고 아쉬워했다.

하지만 그날만큼은 여느 때처럼 한가로운 마음이 들지 않았다. 한시라도 빨리 지나를 만나고 싶었기 때문이다. 그런데 하필이면 그날따라 택시가 전혀 속도를 내지 못했다. 차들이 워낙 길게 밀려 있어서 어디서부터 길이 막히는지 알 수도 없었다. 마음 같아서는 어떻게든 빨리 좀 가 달라고 기사를 채근하고 싶었지만, 왕복 이 차로가 꽉 막혀 버렸으니 어쩔 도리가 없었다. 답답한 마음에 나는 창밖으로 고개를 내밀고 앞쪽을 살폈다. 저만치 도로 가장자리에 수레가 보였다. 비쩍 마른 노인과 늙은 말이 이끄는 수레였다. 커다란 나무 바퀴가 달린 수레 위에는 검은 줄이 선명한 수박이 한가득 실려 있었다. 말은 윤기 없는 꼬리를 찰랑이며 고개를 늘어뜨린 채 느리게 걸었다. 노인과 말은 금방이라도 길가에 주저앉을 것처럼 위태로워 보였다. 수레가 좁은 차로의 반을 차지하고 있다 보니 맞은편에서 차가 달려올 때마다 비켜가지 못한 차들이 멈춰서기를 반복했다. 그 바람에 길이 정체된 것이었다. 택시가 천천히 수레 옆을 지날 때 열린 창 너머로 구린내가 끼쳐왔다. 나는 얼른 고개를 차안으로 넣고 차창 유리를 올렸다. 택시가 속도를 내기 시작했다. 마침내 가로수 길이 끝나고 리두(麗都)호텔의 하얀 지붕이 보이기 시작했다. 그늘진 도로를 빠져나오자 갑자기 쏟아지는 햇빛에 눈이 부셨다.

지나가 사는 아파트까지 택시를 타고 갈 생각이었지만 기사가 근처 지리를 모른다고 했다. 하는 수 없이 호텔 정문 앞에서 내려야 했다. '뤼서지아(綠色家)'아파트가 호텔과 가깝다고 했으니 쉽게 찾을 수 있을 것 같았다. 하지만 큰 도로변에서는 '뤼서지아'라는 글자가 눈에 띄지 않았다. 아무래도 안쪽으로 한참 들어가 있는 모양이었다. 작년 가을 할로윈 데이를 앞두고 아들의 축제 의상을 사러 갔던 가게도 호텔 맞은편 상가에 들어 있고 가끔 중국어 학원의 친구들과 모임을 가지는 카페도 이쪽에 있어서 익숙한 거리였지만 호텔 주변에서 아파트를 본 기억은 없었다. 더군다나 '초록색 집'이라는 특이한 이름이라면 한번 스쳐 지나가기만 했어도 오래 기억에 남았을 텐데. 호텔 주위를 아무리 둘러봐도 아파트처럼 보이는 건물은 보이지 않았다. 나는 호텔 마당을 가로질러 로비 앞에 서 있는 경비에게로 다가갔다. 얼굴이 앳된 경비는 호텔 뒤쪽 모퉁이를 돌아 골목으로 들어가라고 했다. 오른쪽에 보이는 건물이 '뤼서지아'라고. 그때서야 나는 지나가 사는 아파트가 고층건물이 아니라는 것을 알았다. 지나가 5층이라고 말했을 때, 나는 지나의 집이 A동 503호여서 5층이라고 말하는 줄로만 알았다. 그것도 모르고 고층 아파트만 찾았으니 눈에 띌 리가 없었다. 호텔에 가려져 보이지는 않지만 어쨌든 '뤼서지아'가 바로 지척에 있는 것은 분명했다. 경비가 일러준 대로 호텔 담벼락을 따라 걷는데 무언가가 단단하게 어깨를 조여 왔다. 케이크 상자와 선물 가방 때문은 아니었다. 십여 년 만에 대학 후배를 만난다는 설렘이나 이국(異國)에서 한번도 가보지 않은 집을 혼자 찾아가기 때문도 아니었다. 누군가가 양팔로 어깨를 거칠게 감싸 안으며 온몸을 조이는 것 같은 느낌은 점점 가슴을 짓누르고 있었다.

지나의 소식을 들은 것은 보름 전 k의 결혼식에서였다. 방학을 맞은 아이들을 데리고 서울에 잠시 머물던 나는 몇 년 만에 대학 친구들을 만났고 거기서 k가 결혼한다는 소식을 들었다. 중국에 오기 전부터 소식이 끊어졌던 k였다. 지나와 연락이 닿지 않을 즈음 k와도 연락이 뜸했는데, 아직도 결혼을 안 했을 줄은 몰랐다. 누군가가 마흔세 살에 하는 동창의 결혼이니만큼 k의 결혼식에 꼭 가줘야겠다고 했다. 또 다른 친구는 k로부터 축의금 받은 게 있어서 꼭 가야 한다고 했다. 나는 망설여졌다. 어떻게든 k의 결혼식에 꼭 참석해서 축하해 주고 싶을 만큼 k와 가까운 사이는 아니었다. k가 내 결혼식에 온 것도 아니어서 가도 그만, 가지 않아도 그만이었다. 그러면서도 k의 결혼식에 참석한 것은 k의 남편에 대한 호기심 때문이었다. 친구들은 k의 연하의 남편에 대해 호들갑을 떨었다. 누구는 결혼식장에 가면 소식이 끊겼던 동창생들을 더 만날지도 모른다고도 했지만 나는 k의 어린 남편이 더 궁금해서 결혼식에 갔다.

예식장은 하객들로 발 디딜 틈이 없었다. 낯익은 얼굴들을 여럿 만났고 거기서 지나가 베이징에 산다는 얘기도 들었다. 서로 손을 맞잡고 인사를 했지만, 대학을 졸업한 지 이십여 년이 지나다 보니 서먹하기도 하고 더러는 낯설기까지 했다. k도 그랬다. 신부 대기실에 앉아 있는 k는 예전에 내가 알던 그 얼굴이 아니었다. 그 누구도 나와 동갑이라는 사실을 믿지 않을 만큼 k는 젊어 보였고 아름다웠다. 여덟 살이나 어린 신랑과 나란히 서 있어도 전혀 나이 들어 보이지 않는 k를 보며 우리는 시샘 가득한 찬사를 쏟아냈다. 그 속에는 자신의 처지를 한탄하는 깊은 한숨 소리까지 섞여 있었다. k가 너무 몰라보게 달라져 버려서 우리는 연하의 신랑에게 시큰둥해 버렸다. 젊은 사업가와 미모와 재력을 다 갖춘 k의 결혼은 나무랄 데 없었다. 나는 낯선 사람 같은 k에게 애써 축하의 말을 해주고 안부를 물었다. 그리고 지나가 베이징에 산다는데 서로 연락하고 지냈냐고 물어보았다. k는 대답 대신 미간을 찡그렸다. 나는 k가 많이 피곤한가 싶어 자리를 피해 주었다. 예식이 끝난 뒤, 우리들은 k부부와 기념사진을 찍고 뷔페식당으로 갔다. 우리가 식사를 다 끝냈을 즈음, 식당에 온 k부부는 하객들에게 간단히 인사를 하고 서둘러 공항으로 떠났다. k는 몹시 피곤해 보였다.

베이징에 돌아오자마자 나는 지나에게 전화를 걸었다. 몇 번의 신호가 가고 지나가 전화를 받는 순간, 가슴이 두근거렸다. 십여 년 만에 연락이 닿은 것이다. 한 시간 가까이 통화를 했으면서도 우리는 뭔가 할 말이 많이 남은 것처럼 아쉬웠다. 그래서 며칠 뒤에 만나기로 하고 전화를 끊었다. 그게 이틀 전이었다. 약속을 하루 남겨놓고 갑자기 지나를 찾아가게 된 것은, 어젯밤에 걸려 온 한 통의 전화 때문이었다. 밤 열 시쯤 잠자리에 들려는 참인데 국제 전화가 걸려왔다. 한국의 국가 번호가 아니어서 잠시 망설이긴 했지만, 혹시나 하는 마음에 전화를 받았다. 전화를 건 사람은 뜻밖에도 k였다. 유럽 어딘가에서 신혼여행 중에 있을 텐데 '어쩐 일인가?' 싶었다. 상대방이 k임을 확인하는 짧은 순간, 나는 k가 결혼식에 와줘서 고맙다는 인사를 하려나 했다. 하지만 답례 전화를 하기에는 아무래도 너무 늦은 시간이었다. 게다가 신혼여행 중에 그런 전화를 한다는 것도 이상했다. 나는 조심스레 k의 이름을 부르며 전화기에 귀를 기울였다. k의 목소리가 제대로 들리지 않았다. k는 잠시 알아들을 수 없는 작은 소리로 뭔가 중얼거리는 것 같더니 난데없이 집 얘기를 꺼냈다.

"너, 집은 샀니?"

"집? 갑자기 집은 왜?"

"내가 집, 하나 사줄까? 너 아직 집 없으면 내가 한 채 사주려고…."

이번에는 k의 말소리가 또박또박 잘 들렸지만 도대체 무슨 뜻인지 알아들을 수가 없었다. 난데없이 집이라니? 나는 영문을 몰라 어리둥절한 채로 몇 번 더 k의 이름을 불렀다. 하지만 k는 대답도 없이 가만있다가 전화를 끊어버렸다. 영문을 모른 채로 당황한 나는 곧바로 k에게 전화를 걸었다. 그새 k의 전화기는 꺼져 있었다.

집을 사주겠다고? 왜? 술에 취한 걸까? 도대체 집을 사주겠다는 건 무슨 소리인지 알 수가 없었다. 내가 아직 집이 없다는 것을 알고 나를 놀리는 것인가? 밤이 늦어서 어디에 전화를 걸어볼 수도 없었다. 답답했다. 신혼여행에서 달콤한 시간을 보내야 할 k가 무슨 일로 국제 전화를 걸어 뜬금없이 내게 집을 사주겠다는 것일까? 부모나 형제, 친척도 아닌 그저 그렇게 알고나 지내는 친구가 내게 집 한 채를 사주겠다는 게 온당한 일이기나 한가? 그런 말도 안 되는 소리를 하는 것은 나를 놀리려는 짓인가? 그래, 내가 아직 집이 없다고 비웃는 게 틀림없다. 위로하고 동정하는 척하면서 놀리는 것도 아니고 다짜고짜 수억 원 하는 집을 사주 겠다는 것은 나를 조롱하는 수작이 분명했다.

도무지 잠이 오지 않았다. k가 내게 전화를 건 이유가 무엇인지 아무리 생각해 봐도 짚이는 게 없었다. 그리고 k가 뜬금없이 꺼낸 집 얘기는 오년 전 빈털터리가 되어 베이징으로 오던 때를 떠올리게 했다. 살던 집을 처분해서 빚을 갚고 빈손으로 내 나라를 떠나온 내게 집은 아직 덜 굳은 상처 딱지 같았다. 아물지 않은 상처는 그 집에 살기 위해 우리 부부가 허덕이고 애쓴 기억들까지 송두리째 들춰냈고 그것들이 모두 쓸려 나갈 때의 처참한 심정까지 생생하게 떠올려 주었다. 아픈 기억은 왜 또 그렇게 선명하게 마음에 새겨지는지……

결국 뜬 눈으로 뒤척이다 밤을 지새우고 말았다. 날이 밝자마자 나는 또다시 k에게 전화를 걸어보았다. 분명히 신호는 제대로 가고 있었지만 전화를 받지 않았다. 결혼식에 함께 갔던 서울의 친구에게 전화해 봐도 k가 왜 그러는지 모르겠다고 했다. 그때 지나 생각이 났다. k를 아는 누군가와 어젯밤의 일을 얘기하지 않으면 견딜 수가 없을 것 같았다. 지나는 선뜻 자기 집으로 오라고 했다. 나는 예정에도 없이 집으로 찾아가는 게 미안했지만 서둘러 택시에 올랐다.

지나를 마지막으로 본 건 내가 아이를 낳은 지 백 일이 막 지났을 때 쯤이었다. 지리산 자락 어디엔가 있을 줄 알았던 지나가 어느 날 갑자기 서울이라며 연락을 해왔다. 우리 집 현관을 들어서는 지나를 보는 순간 나는 잠깐 멍하니 서 있었다. 지나의 머리카락이 한 올도 없었기 때문이다. 엉거주춤 한 채로 지나의 손을 잡았을 때 내 손끝이 떨렸다. 나는 지나가 알아차릴까 봐 얼른 손을 놓았다. 지나의 막내 삼촌이 일찍 출가해서 작은 절의 주지로 있다는 것은 알고 있었지만 지나가 출가했다는 애

기는 듣지 못했다. 지나가 대학교 일 학년을 마친 겨울 지리산으로 간다
고 했을 때, 나는 잠시 여행을 가는 줄로만 알았다. 수강 신청을 할 때
가 되어서도 나타나지 않던 지나에게서 엽서가 왔다. 눈 내린 지리산이
너무 좋아서 학교로 돌아가고 싶지 않다는 몇 줄이 전부였다. 철학과에
다니던 지나는 내 수업 시간표를 보고 가끔 국문과 수업에 몰래 들어오
기도 했다. 현대 시론이나 문예 사조 강의가 있는 날이면 강의실 맨 뒷
자리에 앉아있는 지나를 볼 수 있었다. 그 무렵 지나는 내가 들어 있는
문학 동아리를 기웃거리기도 했는데, 노트에 쓴 몇 편의 시를 보여준 적
도 있었다. 시를 제법 잘 썼던 지나에게 나는 철학과가 마음에 들지 않
으면 과를 옮겨 보라고도 했다. 그런데 어느 날 갑자기 지리산에 가서는
내가 졸업할 때까지 학교로 돌아오지 않았다. 내가 결혼한 건 어떻게 들
었는지, 결혼식에 오지 못해서 미안하다는 전화가 온 적도 있었는데 그
때도 출가했다는 말은 없었다. 그리고는 몇 년 만에 불쑥 삭발을 한 채
로 나타난 것이었다. 절에서 내려오는 길이라던 지나는 승복이 아니라
헐렁한 청바지를 입고 있었다. 어떤 연유로 출가를 했으며, 어찌하여 다
시 속가로 돌아왔는지는 차마 묻지 못했다. 앙상하게 마르고 움푹 들어
간 눈두덩을 보니 아무것도 묻지 말아야 할 것 같았다. 그때 지나의 나
이 서른이었다.

　골목 끄트머리에 다다르자 낮은 아파트 단지가 보였다. 녹이 슨 철제
울타리엔 엉성하게 자란 넝쿨 장미가 엉켜 있고 아파트 외벽에는 짙은
초록색이 칠해져 있었다. 단지 안의 정원에는 쥐똥나무와 재스민이 심
어져 있었다. 쥐똥나무의 키가 가지런한 것으로 보아 누군가가 세심하
게 돌보고 있다는 것을 알아차릴 수 있었다. 하얀 꽃이 핀 재스민 군락
을 지날 때 꽃향기가 진했다. 맨 처음 아파트를 지을 때는 초록이 짙은

정원을 꿈꾸며 설계한 것 같지만, 너무 오래 되어서 쇠락한 빛이 역력했다. 군데군데 칠이 벗겨지고 금 간 벽에는 검은 물때와 곰팡이가 거친 넝쿨처럼 번져 있었다. 희끗한 곰팡이 얼룩은 마치 수많은 도마뱀 부치가 붙어 있는 것 같았다.

택시에서 내릴 때 전화를 걸었는데 지나는 보이지 않았다. 일층 현관 벽에 붙은 인터폰을 누르자 창살이 달린 무거운 철문이 둔탁한 소리를 내며 열렸다. 엘리베이터가 없는 계단은 습기가 차고 어두웠다. 안으로 들어설수록 중국인들이 많이 쓰는 향신료 냄새가 진동했다. 나는 지나가 어둡고 습기 찬 방 안에 혼자 웅크리고 있는 것은 아닌가 걱정이 되었다. 계단을 오를수록 마음이 불안했다. 위층에서 누군가 내려오는 소리가 들렸다. 계단의 난간 사이로 고개를 내밀며 나를 부르는 지나가 보였다.

지나는 서른 살 때의 모습 그대로였다. 그 사이 십여 년이 지났다는 게 믿기지 않았다. 하나도 변한 게 없다는 내 말에 지나는 아기를 가졌다고 했다. 마흔한 살에 임신이라니! 내가 놀라서 입을 다물지 못하자 지나는 아직 부르지도 않은 배를 앞으로 내밀고는 벌써 사 개월이라고 했다. 그런 지나를 보면서 나는 k를 떠올렸다. 결혼식장에서 k의 달라진 얼굴을 보면서 놀랐던 것과는 다르지만 지나 역시 나를 놀라게 한 것은 사실이었다. 어떻게 두 사람은 저렇게도 나이를 먹지 않은 것일까? 눈가의 주름도 새치 한 가닥도 없는 지나 역시 k처럼 시간을 거슬러 가거나 제 마음대로 조종하며 살아온 것 같았다. 어떻게 된 일인지 나 혼자만 시간을 앞서가며 나이를 먹어온 것 같아 씁쓸했다.

낡은 아파트 외관과는 달리 집안은 밝고 깨끗했다. 세 개의 방이 있는 집은 두 사람이 살기에는 넓어 보였다. 살림살이라고는 그릇 몇 개와 옷가지, 책 몇 권이 전부라고 했다. 웬만한 가구들은 집을 빌릴 때부터 있던 것들인데 조금 낡긴 했어도 정갈한 느낌을 주었다. 우리는 중국식으로 만든 나무 의자에 마주앉았다. 앞에 놓인 등나무 테이블 위에는 프리지아 꽃병이 놓여 있었다. 스무 살의 지나가 살던 학교 앞 자취방에도 가끔 프리지아가 투명한 유리병에 꽂혀 있곤 했다. 지나는 고향에서 생활비를 보내오는 날이면 한 달 동안 먹을 쌀과 프리지아 한 다발부터 샀다. 그때 지나는 살아가는 동안 한 달에 한 번만이라도 꽃을 꽂아두고 살 수만 있다면 정말 행복하지 않겠냐고 했다. 다니던 대학을 그만두고 산으로 갔던 지나가 어떤 길을 걸어 어느 모퉁이를 돌아 여기까지 왔는지는 다 알 수 없지만 지나는 행복해 보였다. 그녀의 그늘 없는 얼굴과 식탁 위에 놓인 꽃이 그것을 말해 주고 있었다.

오랜만에 만난 지나에게 하소연부터 하고 싶지 않았던 나는 밤새 타오르던 불덩이 같은 마음을 애써 진정시키며 벽에 걸린 사진에 눈길을 돌렸다. 사진 속에는 키가 작고 마른 지나와 운동 선수처럼 건장한 남자가 다정하게 서 있었다. 남편은 스코틀랜드 사람이라고 했다. 부부의 사진 옆에는 시댁식구들과 함께 찍은 사진이 걸려 있었다. 시부모와 두 명의 시동생, 한 명의 시누이가 있었는데, 온화한 미소를 짓고 있는 키 큰 시댁 식구들 가운데 지나가 이를 다 드러낸 채 활짝 웃고 있었다. 사진 속 까무잡잡하고 동그란 얼굴에 빛나는 짱구 이마를 가진 지나는 아직 어린 소녀 같았다.

나는 잘 우러난 홍차를 마시면서 휴대전화기에 저장해 놓은 딸과 아들의 사진을 보여주었고, 지나는 자신의 노트북에 저장된 사진들을 보여 주었다. 우리는 그렇게 오래 함께하지 못한 서로의 지난 시간들을 이해하고 나누려 했다. 지나는 다시 찻물을 끓이려다 말고, 점심을 먹자며 선반에서 고형 카레를 꺼냈다. 식탁 위에는 감자와 당근, 양파가 든 바구니가 놓여 있었다. 그 옆에는 연두색과 붉은색, 검은색 등 몇 가지의 콩이 물에 불려 있었는데 한 번도 본 적 없는 납작한 콩도 있었다.

"예쁘지? 렌틸콩이 원래 이름이라는데, 난 '렌즈콩'이라고 불러. 그 이름이 더 예쁘잖아? 왠지 자기를 유심히 바라봐 달라고 하는 것 같고 말야."

듣고 보니 콩의 모양이 볼록 렌즈를 닮았다. 볼록 렌즈를 닮아서 렌틸콩이라고 이름을 붙여준 것인지, 렌틸콩처럼 생겼다고 볼록한 유리를 '렌즈'라고 부르는지는 알 수 없지만, 동그란 여느 콩들과는 생김이 다른 게 유독 눈길을 끌긴 했다. 지나가 콩을 삶는 동안 나는 다듬어 놓은 야채들을 네모나게 썰었다.

산에서 내려와 나를 만난 그다음 해에 지나는 다시 대학에 들어갔다고 했다. 우리가 함께 다녔던 대학이 아니라 다른 대학이었다. 지나가 좋아하는 시인이 그 대학에서 시를 가르치고 있어서 일부러 그 대학에 진학했는데 거기서 지금의 남편을 만났다고 한다. 그러니까 지나가 좋아한 시인이 두 사람을 만나게 해 준 것이었다. 바닷가에서 유년시절을 보낸 지나는 햇볕에 그을려 새까만 얼굴이 콤플렉스였는데 남편이 지나의 얼굴에서 빛이 난다고 하더란다. '그 말을 듣는 순간 온몸에 소름이 돋고 오글거렸는데 그게 그렇게 좋을 수가 없는 거야. 한국에서 오 년 동안 사귀다가 결혼하고 나선 줄곧 런던에서 살았어. 남편이 엔지니어인데 일 년 전에 베이징으로 왔어.'

지나는 지금도 가끔 시를 쓴다고 했다. 예전에 써 두었던 시를 꺼내서 고치기도 하고 새로 쓰기도 하는데, 최근에 쓴 시가 여러 편 된다고 했다. 지나가 시를 쓴다는 말을 듣는 순간 가슴 한구석이 아렸다. 나는 두 아이가 커가는 만큼 시를 잊었다. 아이들의 학원 시간표를 체크하고 통장의 잔액을 셈하던 어느 날, 나는 내가 시를 쓰고 싶었던 게 아니라 시인을 좋아했다는 사실을 깨달았다. 그리고는 시를 단념했고 더 이상 시를 꿈꾸지 않았다. 가끔 책장에 꽂힌 낡은 시집들을 볼 때마다 시를 쓰고 싶다는 생각이 들었지만, 다시 시를 쓸 자신은 없었다. 그 얼마 뒤에 나는 모아두었던 수십 권의 시집들을 모두 후배에게 줘버렸다. 어느 한순간에라도 '내가 정말 시를 좋아하기는 했나?' 그 물음조차 덮어둔 지 오래였다.

"까까머리 보다는 긴 머리가 더 잘 어울려, 너는."

"나도 그렇게 생각해. 겨울에는 나도 엄마가 될 텐데…."

"엄마가 너무 늙었다고 우리 아기가 싫어하면 어떡하지?"

지나는 늦은 나이에 첫 임신을 했으니 아기를 무사히 잘 나을 수 있을지 걱정이기도 하지만, 그보다도 아기가 나이 많은 엄마를 싫어하면 어쩌나 싶은 게 더 큰 걱정이라고 했다. 내가 지나의 입장이더라도 같은 걱정을 할 것 같았다.

렌틸콩과 다른 몇 가지의 콩이 들어간 카레를 하얀 밥 위에 끼얹자 알록달록한 초코볼을 뿌려놓은 것 같았다. 잘 익은 콩은 부드러워서 혀에 닿자마자 스르르 으깨져 버렸다. 언젠가 시간이 흘러 오늘을 떠올리는 때가 있다면 아마도 렌틸콩이 든 카레가 가장 먼저 떠오를 것 같았다. 지나와 내가 함께했던 대학 시절은 짧았고 함께 떠올릴 수 있는 기억도 많지 않았지만 할 이야기는 많았다. 우리는 카레에 하얀 밥을 비비면서 렌틸콩을 들여다보기도 하고 오래전 기억들을 불러오기도 하면서 아주 느리게 점심을 먹었다. 접시를 깨끗하게 비우자 접시 바닥에서 스코틀랜드의 오래된 성이 드러났다. 벽에 걸려 있는 신혼부부의 사진 배경에 있던 것과 같은 성이었다. 신혼여행 때 갔던 '하이랜드'라고 했다. 내가 박봉의 출판사를 전전하다가 두 아이의 엄마가 되는 동안 지나는 그 몇 배의 시간을 살아온 것 같았다. 눈 내린 지리산에 올랐던 지나는 문득 산에서 내려와 시인을 만나 시를 쓰다가 건장한 남자와 사랑을 하고 하이랜드를 건너 베이징으로 온 것이었다. 그리고는 이제 초록의 집에서 아기를 품고 있었다. 지나가 운명적인 남자를 만나 여기까지 온 것처럼 나도 운명적인 길을 따라 여기에 온 것일까? 내가 시를 쓰지 않게 된 것도 운명인 걸까?

"k에게 네 얘길 꺼냈더니 시큰둥하더라. 뭐, 피곤해서 그런 것 같기도 했지만."

"시큰둥한 게 아니라 아마 모른 척하고 싶었을 거야. 그럴 일이 좀 있었거든."

"나, k언니랑 연락 끊고 산 지 오래됐어."

"그래? 난 네가 아직 k와 연락하는 줄 알았어. k가 결혼한다는 건 알고 있었니?"

"아니, 언니한테 들은 소식이 전부야. 미리 소식을 알았더라도 난 안 갔을 거야."

"언닌 모르는구나? 나, k언니랑 안 친해. 그 언니가 괜히 친한 척 하는 거지."

뜻밖이었다. 나는 여태 k와 지나가 아주 친한 선후배 사이라고 생각했다. k가 맨 처음 내게 지나를 소개할 때도 '무지무지 아끼는' 후배라고 했기 때문이다. 그래서 그동안 지나가 나와는 소식이 끊겼어도 k와는 줄곧 연락하고 지내는 줄로만 알았다. 그럴 수밖에 없었던 게 내가 지나를 알게 된 것도 k를 통해서였기 때문이다. 대학에 입학하던 해 봄, 고등학교 때 친구를 만나러 사진 동아리 방에 갔다가 k를 처음 만났다. 그 뒤로도 나는 가끔 사진 동아리방에 놀러 갔는데 k가 신입생이라며 지나를 소개해줬다. 살가운 동생처럼 껴안고 쓰다듬는 게 여간 친한 사이가 아닌 것 같았다.

학교를 떠난 지나는 지리산에서 가끔 엽서를 보내왔지만 얼굴을 보여주지는 않았다. 방학 때마다 내가 친구들과 지리산에 가겠다고 하면 마침 다른 곳에 있다고 하기 일쑤였다. 그러다 지나를 만나지 못한 채로 나는 대학을 졸업했고 직장 생활에 적응하느라 정신이 없었다. 지나와 소식이 뜸해진 뒤에도 친구를 통해 k소식은 전해들을 수 있었다. 경영학과를 졸업한 k는 엄마가 경영하는 부동산 사무실에 다닌다더니 어느 날 공인중개사가 되었다. k의 두 오빠들도 공인중개사를 한다고 들었다. 친구들 사이에는 서울 시내 곳곳에 k 집안 빌딩이 서있다는 얘기가 돌았다. 내가 후줄근한 잡지사와 출판사를 전전하며 사는 동안 k는 외제차를 몰고 동창모임에 나타나곤 했다. k가 있는 자리라면 어디든 친구들의 입이 호사를 누렸다. 나도 어쩌다 그런 적이 있었다. 같은 과 친구들 대여섯이 모이는 자리였는데 거기에 k가 나타났다. 누가 k를 초대했는지 아무도 알지 못했지만, 우리는 k가 사겠다며 주문한 비싼 밥을 먹었다. 아무 스스럼없이, 그 어떤 의구심도 없이 맛있게 먹었다. 식사가 끝나고 k가 계산을 할 때 우리들 중 그 누구도 k를 말리지 않았다. 계산을 끝낸 k는 다른 약속이 있다며 먼저 떠났고 일행은 카페로 들어갔다. 그날 우리는 카페 구석의 둥근 테이블에 둘러앉아 조각 케이크와 아이스크림 따위의 디저트를 마음 놓고 시켜 먹었다. 누군가가 우리들 중에 k와 각별하게 친한 사람이 없다는 게 조금 이상하다는 말을 하긴 했지만, 별로 신경 쓰지는 않았다.

k는 언제나 유쾌하고 당당했다. 그래서인지 주위엔 항상 친구가 많았다. 그중에는 각별하게 친한 친구도 있을 테지만, 그렇지 않은 친구들도 많을 테고 나는 k의 헤아릴 수 없이 많은 '아는 사람들 중에 그저 그런 한 사람'쯤 이었을 것 같다. 실은 그런 문제에 대해 생각해 본 적도 없는

사이였다. k와 나는. 그런 k가 내게 따로 연락을 한 것은 뜻밖의 일이었다. 정확하지는 않지만 큰 아이가 유치원에 다닐 무렵이었던 것 같다. 안부를 묻는 전화인 듯했지만, k가 하는 말의 대부분은 집과 땅에 관한 것이었다. 여윳돈이 있으면 땅을 좀 사둬라, 수도권 어디에 새 아파트가 지어질 건데 거기가 앞으로 엄청 뛸 게 분명하니까 이번 기회에 분양을 받아두는 게 좋다, 재개발 예정지에 다가구 주택 괜찮은 게 나왔다, 대출을 받아서라도 통째로 사뒀다가 월세를 받으면 좋다는 등 집과 투자에 관한 얘기들을 줄줄이 늘어놓았다. 처음엔 집 없는 친구를 위해 부동산 정보를 알려주는가 싶어 고마웠다. 하지만 그 당시 나는 집을 장만할 형편이 아니었다. k에게 말은 고맙지만 그럴 형편이 안 된다고 내 사정을 털어놓았다. 그래도 k는 정기적으로 내게 전화를 해서 부동산 얘기를 했다. 나중에 k는 당장에라도 자기가 소개하는 집을 사지 않으면 큰일이라도 날 것처럼 다급하게 굴었다. 그럴 때마다 나는 살고 있는 아파트도 전세다, 그마저도 수천만 원의 전세자금 대출금을 갚아나가고 있는 중이라며 k의 얘기를 끊었다. 그런 전화가 한 달에 한 번, 어떤 때는 보름에 한 번씩 걸려왔다. k가 전화를 걸어올 때마다 나는 '누구는 집을 안 사고 싶어서 안 사는 줄 아냐?'라고 퍼붓고 싶었는데, 친구지간이라 차마 그럴 수는 없었다. 그런 내 속을 전혀 모르는지 알고도 모르는 척하는 건지, k는 줄기차게 전화를 해댔다. 추천할 만한 새로운 매물이 없을 때는 전에 추천했던 매물이 엄청 뛰었다고, 자기 말대로 했으면 벌써 크게 한몫 챙겼을 텐데, 정말로 안타깝다고 했다. 투자를 해야 돈을 벌 것 아니냐, 돈이 돈을 버는 건데, 멍하니 앉아서 언제 돈을 모을 거냐고, 돈이 없으면 어디서 빌려서라도 좋은 물건을 놓치지 말아야 한다고 했다. 그리고 내가 그만 통화를 끝낼라치면 언제나 똑같은 말로 마무리를 했다. '언제든 집을 사고팔 때는 반드시 나한테 연락하는 거 잊지 말구!'

내가 설거지를 하는 동안 지나는 과일을 깎고 케이크를 잘라 접시에 담았다. 나는 진작부터 어젯밤의 일을 얘기하고 싶었지만 망설였다. 오랜만에 만나서 그것도 아기를 가진 지나에게 k때문에 속에서 천불이 난다는 따위의 말을 하고 싶지는 않았다. 그렇다고 답답한 속을 털어놓지도 못한 채 그냥 돌아가고 싶지도 않았다. 생각 끝에 나는 무심한 듯 다시 k 얘기를 꺼냈다.

"실은, 어젯밤 늦게 k가 전화를 했어. 난데없이 집을 사주겠다지 뭐야."

"그래? 무슨 일로? 정말 황당했겠네…. 도대체 왜 그랬을까, 응?"

"글쎄…. 내가 왜 그러냐고 물어보려는데 전화를 끊었어. 전화를 받지도 않아."

베이징으로 오기 전, 나도 한때 집이 있었다. 맞벌이 십 년 만에 겨우 장만한, 서울 변두리의 삼십이 평 아파트였다. 억대의 대출을 받아 산 집이긴 해도, 전세가 오를 때마다 이사 다니는 것보다는 좋았다. 무리한 대출이라 부담스럽기는 했지만, 맞벌이를 하는 데다 집값이 더 오를 것을 생각하면 그만한 어려움은 각오해야 한다 싶었다. 두 아이들 모두 초등학교에 다니는데 전세 계약 기간이 끝날 때마다 전세금이 올라 이사를 하는 것도 불안했다. 그동안의 잦은 이사에 지쳐 있던 우리는 무리를 해서라도 내 집을 가지는 게 낫다고 판단했다. 그간 k로부터 들은 부동산 정보도 얼마 간 작용했다. 하지만 내 집이 생긴 기쁨도 잠시였다. 남편이 다니던 회사에서 쫓겨났다. 회사가 큰 그룹에 합병되면서 일자리를 잃은 것이었다. 남편은 새 일자리를 구할 동안이라며 대리 운전을 시작했지만 한 달도 버티질 못했다. 도저히 못 해 먹겠다며 술을 엉망진창으로 마시고 와서는 끝이었다. 한동안 밤낮으로 잠만 자던 남편은 더 이상 아무것도 할 수 없겠다며 심한 우울을 앓았다. 그렇게 우리 집의 일상이 무너져버렸다. 출판사에서 받는 내 월급만으로는 생활비와 아이들 교육비를 감당하기에도 벅찼다. 그런 형편에 아파트 대출금과 이자를 갚는다는 것은 불가능했다. 자꾸만 마이너스가 늘어 갔다. 갚지 못한 대출금과 이자가 눈덩이처럼 불어났다. 집을 팔고 전세로 이사를 가더라도 남편이 일자리를 구하지 못하는 이상, 어디를 가도 어렵기는 마찬가지였다. 사방팔방 일자리를 알아보다가 간신히 연결된 곳이 베이징이었다. 거기서라면 다시 일 할 수 있을 것 같다는 남편의 한마디에 베이징으로 이사를 왔다.

　남편은 선배가 운영하는 골프장에 관리인으로 취직했고, 나는 클럽 하우스 안에 있는 골프 웨어 매장에서 일했다. 남편의 선배가 투자를 목적으로 사둔 아파트를 무상으로 쓰게 해주겠다는 게 우리가 베이징으로 오게 된 가장 큰 이유였다. 말하자면, 회사에서 내주는 직원용 숙소인 셈이었다. 아무런 준비도 없이 갑자기 시작한 타국살이는 만만치 않았다. 온 식구가 중국어를 배우느라 정신없었고 아이들이 중국 학교에 적응하지 못해 어지간히 속을 태웠다. 우리 형편에 국제 학교 같은 것은 꿈도 꿀 수 없어서 중국의 보통 학교에 보냈는데 아이들이 학교에 가기를 싫어했다. 아침마다 아이들을 달래느라 애를 먹었다. 그렇게 힘든 시간이 가고 차츰 베이징이 익숙해지자, 불안한 앞날에 대한 걱정도 조금씩 줄어들었다. 어느덧 두 아이들은 중학생이 되었다. 하지만 우리는 아직 집이 없다. 베이징에서도 집값은 비쌀뿐더러 당장 한국에 돌아간다 해도 집을 살 수 있는 형편은 아니었다. 아직도 남편의 선배가 어느 날 갑자기 우리가 사는 아파트를 팔겠다고 하면 어떡하나 가슴을 졸일 때도 있지만, 미리 걱정한다고 해서 뾰족한 수가 있는 것도 아니었다. 그저 식구들이 아무 탈 없이 사는 것만으로도 다행이라며 다독일 뿐이었다. 겨우 한숨 돌릴 형편이 되어 아이들을 데리고 서울에 간 것도 몇 년

만의 일이었다. k가 무슨 일인지 내게 집을 사라는 전화도 하지 않고 투자 정보라며 문자를 보내지도 않던 그 얼마 동안 나도 잠시 집을 가져본 적이 있었던 것이다.

"이참에 집 한 채 사주라고 해볼까? 돈 많은 친구 덕 좀 제대로 보자고 말이야."

"그래, 그거 괜찮겠네…. 언니, k언니 얘기가 나왔으니까 말인데, 실은 나, 언니한테 말 안 한 게 있어. 나랑 k언니, 연락 끊고 사는 이유 말이야."

지나의 이야기는 뜻밖이었다.

지나는 대학 첫 학기를 시작할 때부터 아르바이트를 했다. 매일 저녁마다 카페나 식당에서 일을 했는데 주말에도 쉬지 않았다. 그건 나도 잘 아는 사실이었는데 이야기는 거기서부터였다. 지나가 자주 자취방을 비운다는 것을 아는 k는 수시로 지나의 빈방에서 놀다 갔다. 신입생 환영 동아리 행사가 있던 날, 뒤풀이가 너무 늦게 끝나 k를 재워준 게 발단이었다. 문제는 지나가 없을 때 한 번씩 빈방을 드나들던 k가 다른 대학의 친구들까지 데리고 와서 놀다 간 것이었다. 지나는 자기 방에 모르는 사람들이 들락날락하는 게 싫다고 했고, k는 미안하다고 했다. 하지만 그때뿐이었다. 화가 난 지나는 현관 비밀번호를 바꾸고 자기 돈을 들여 자취방 현관문에 손잡이 모양의 자물쇠도 새로 달았다. 진짜 사건은 그 뒤부터였다. k는 지나가 자기에게 알리지도 않고 현관문의 비밀번호를 바꾼 것이 선배에 대한 모독이라며 펄펄 뛰었다. 그 다음 날 지나가 수업에 들어간 시각, k는 자기가 집주인이라고 속이고는 다른 동네 열쇠 수리기사를 불러 현관문에 달린 잠금 장치를 몽땅 뜯어내고 새것으로 바꿔 단 것이었다. 그리고는 새 비밀번호와 열쇠를 건네주더란다. 지나의 방 비밀번호와 현관문 열쇠를 끝까지 공유하겠다는 억지였다. 그 날 k는 지나 방의 커튼을 새로 달아 주고 냉장고에 아이스크림과 쇠고 기를 잔뜩 채워 넣는 것으로 일을 무마하려 했다. 지나는 자기 방이 학 교 근처 모텔 방처럼 취급되는 게 싫다고 항변했지만, k에게는 통하지가 않았다. 선배로서 절친한 후배의 자취방을 같이 쓰는 게 뭐가 문제냐는 식이었다. k는 애원하다시피 하는 지나를 무시하고 끝까지 말도 안 되는 고집을 부렸다. 결국 지나는 k에게 '절교'라는 말을 할 수밖에 없었다. 제발 앞으로는 절대로 자기 집에 오지 말아 달라고 했는데 그마저도 소 용이 없었다. 카페 아르바이트를 마치고 곤히 자고 있던 한밤에 k가 술 에 취한 채로 지나의 방에 들어왔을 때는 까무러칠 지경이었다고 했다.

지나가 겪은 그 한밤의 이야기는 내게도 섬뜩했다. k가 얼마나 끔찍하 게 무서웠으면 어렵게 들어온 학교까지 그만두고 떠난 것일까⋯. k의 전 화 한 통에 하룻밤 속을 끓이고서는 허겁지겁 달려온 나 자신이 부끄러 웠다. 지나가 k 때문에 대학을 떠나 산으로 갔다는 것은 상상조차 못 한 일이었다. 산청 지리산 우체국의 소인이 찍혀 있던 엽서를 받아들었을 때, 나는 지나가 자기 생의 화두(話頭)를 붙잡고 있으려니 했다.

지나는 그때 왜 내게 아무 말도 하지 않았던 것일까? 누군가로 인해 학교를 떠나고 싶을 만큼 힘들었다면 나와 한 번이라도 얘기해 볼 수는 없었을까? 내게 말해봤자 아무런 도움도 주지 못 할 거라고 생각한 것 일까? 그게 아니면 나도 지나에게는 그저 얼굴을 알고 지내는 아는 선 배 중의 한 사람에 불과했던 것인가? 그렇다고 한마디 말도 없이 학교를 그만두고 출가까지 해버리다니! 머릿속이 아득해졌다. 순식간에 나는 속 이 깊은 빈 독에 빨려 들어간 것처럼 혼란스러웠다.

깎아 놓은 과일을 다 먹었을 즈음, 지나의 얼굴에 졸린 기운이 역력했다. 나는 아파트 정문 앞까지라도 배웅을 나오겠다는 것을 만류하고 지나의 집을 나왔다. 어두운 아파트 복도에는 생선 튀긴 냄새와 연기가 자욱했다. 계단을 다 내려와 공동 현관의 무거운 철문을 열었다. 그 순간 문득, 대학 시절의 k와 나는 둘 만의 기억이 하나도 없다는 사실이 떠올랐다. 그거였다! 카메라를 들고 다니곤 하던 k의 모습을 자주 보긴 했지만, k는 한번도 내 사진을 찍어준 적이 없었다. 대학에 다니던 사 년 동안 k와 단둘이 따로 만나 커피를 마신 적도 없었다. 우연히 학생회관 식당에서 마주친 적은 있지만, 같은 테이블에 앉아 이야기를 나누며 밥을 먹은 적도, 무슨 일로 둘이서 연락을 주고받은 적도 없었다. 그렇다면 k는 나를 다른 친구와 착각하고 있는지도 모를 일이었다. 지나의 말대로 k는 자기가 아는 모든 사람들과 친한 사이였으니까, k에게 나는 친한 사람들 중 한 사람이었던 것이다. 그러니까 자기가 알고 있는 수많은 '친한 사람들' 중 한 사람과 나를 혼동하고 있는지도 몰랐다.

'그래, 그래서 내게 자꾸 아파트를 분양받으라고 한 거야. 땅도 사고, 빌라도 사라고 한 거였어. 잘 사는 어떤 친구와 나를 착각하고 있었던 게 분명해.'

나는 그렇게 생각하기로 했다. 설혹 그게 사실이 아니라 해도 상관없었다. k가 전화를 받을 때까지 수없이 전화를 걸어 사실 여부를 따지기보다는, 어떤 식으로든 내 생각을 정리하는 게 나을 것 같았다.

k는 이미 내가 결혼식장에서 지나 얘기를 꺼냈을 때부터 불안했을 것이다. 감춰두고 싶은 시간이 들춰질까 봐 초조했을 테지. 그래서 술을 마시고 취기를 빌어 내게 전화한거야. 그건 좀 k답지 않다 싶기도 했지만, 나는 그렇게 생각을 몰아갔다. 절대 지나를 만나지 말라고 당치도 않은 억지를 부리거나, 아니면 간곡하게 부탁이라도 하고 싶었을 테지만 차마 그런 말은 못 한 거야. 그래서 엉뚱하게도 내게 집을 사주겠다

고 한 거겠지….

초록색의 아파트 단지를 빠져나와 리두 호텔 쪽으로 걸어갔다. 아침에 만났던 경비가 그대로 서 있었다. 손을 흔들며 아는 체를 하는 그의 얼굴이 오후의 햇살에 발갛게 상기되어 있었다. 노동절 연휴가 시작되자마자 중국 각지에서 몰려든 사람들로 베이징의 숙박업소들이 호황을 누린다는 데 리두 호텔 입구는 한산했다. 금발을 한 가닥으로 묶어 올린 젊은 백인 여자가 호텔 안으로 들어갈 뿐이었다. 붉은색의 화려한 치파오를 입고 양손에 커다란 쇼핑꾸러미를 든 그녀의 걸음이 발랄했다. 나는 호텔 정문 앞에 서 있는 택시를 타려다 말고, 횡단보도를 건넜다. 백양나무가 늘어서 있는 길을 걷고 싶었기 때문이다. 언제나 차를 타고 빠르게 지나버렸던 가로수 길을 천천히 걸어 볼 생각이었다.

나무 그늘이 짙게 드리운 보도는 생각만큼 시원하지 않았다. 십여 분이나 지났을까? 등 뒤쪽이 소란스러웠다. 좁은 도로에서 승용차 한 대가 중앙선을 넘나들다 맞은편 차를 들이받은 것 같았다. 붉은 제라늄 화분을 내놓은 만두 가게에서 앞치마를 두른 뚱뚱한 남자가 부채질을 하며 뛰어나왔다. 그는 산수화가 그려진 커다란 주름 부채를 부치며 도로 위의 싸움을 구경했다. 그 남자를 스쳐 지나갈 때 땀 냄새와 만두 냄새가 뒤엉켜 얼굴에 끼쳐왔다. 속이 메스꺼웠다. 그만 택시를 타고 싶었지만 길이 막혀 차들이 꼼짝하지 않았다. 백양나무 그늘이 끝나는 사거리까지 걸어갈 수밖에 없었다. 사거리에서 길을 건너면 다른 방향에서 오는 택시를 탈 수 있을 것 같았다. 막힌 도로가 뚫리길 기다리며 서 있기보다는 그편이 나았다. 수박을 싣고 가던 수레도 보이지 않고, 향수를 자아내던 길은 따분했다. 여느 때 짧게만 느껴지던 길이 엿가락처럼 점점 길게 늘어나는 것만 같았다. 지나가 싸준 한 움큼의 렌틸콩조차 무겁게 느껴졌다. 몇 번이나 콩이 든 가방을 이쪽저쪽 바꿔 들다가 간신히 택시에 올라탔다. 뒷자리에 풀썩 기대앉은 나는 곧바로 몸을 일으켜 백양나무 길을 뒤돌아보았다. 무성한 나뭇잎 사이로 사원의 꼭대기 같은 호텔의 하얀 지붕이 아득히 멀어져 갔다. 뜨겁던 해가 지친 듯 뉘엿뉘엿 넘어가고 있었지만, 창밖은 여전히 초록이 짙었다. 가로수 길이 보이지 않을 즈음 지나가 알고 있던 나와 k가 알고 있던 내가 희끗 차창을 스쳐 갔다.

k는 이제 더이상 내게 전화를 걸지 않을 것이다. 지나와 k처럼, k와 나도 그렇게 되어 버린 것 같았다. 서로 깊이 알지 못한 사람들의 관계는 대개 이렇게 끝이 나는 것일까? 문득, 집으로 돌아가 스무 살의 지나가 눈 쌓인 지리산에서 보내온 엽서를 꺼내보고 싶어졌다. 그런데 지나의 전화번호는 누구로부터 전해들은 거였지?

✎ 권효진

한국소설 신인상, 단편소설 「사냥의 추억」, 「모니카의 여름」 외
소설집 『좀마삭에 대한 참회』

잃어버린 꿈을 찾아서

권효진 소설 「초록의 지나」

장두영 (문학평론가)

"백양나무가 빼곡하게 늘어선 길은 한낮인데도 어두웠다. 포장되지 않은 좁은 보도 옆으로 오래된 만두 가게와 처마에 홍등을 매단 선술집, 바닥에 흙먼지가 뽀얀 야채 가게가 이어졌다." 소설의 첫 문장은 독자를 어수선한 북경의 뒷골목으로 데려다 놓는다. 아니, 소설 속 그곳이 중국이라는 것은 한참 더 서술이 펼쳐지고 나서 '리두 호텔'을 언급하는 대목에 이르러서야 겨우 힌트를 얻을 수 있다. 그전까지는 그곳이 인도인지 티벳인지 어쩌면 서울인지 좀처럼 파악하기 힘들다. 독자를 낯선 곳에 데려다 놓고 그곳에서 길을 찾아 헤매도록 밀어붙이는, 그리 친절하지는 않은 도입부다.

잠시 어리둥절하던 독자들은 한 문단이 지나서야 행선지가 어디인지를 뒤늦게 알게 된다. 오랜만에 만나는 대학 시절 친구 지나가 사는 아파트를 찾아가는 길이다. 리두 호텔 앞에서 택시를 내리고, '뤼서지야'라는 아파트를 찾아가는 길이니 이제야 중국이라는 느낌이 확 다가온다. 일인칭 서술자 '나'는 그 골목길에서 심리적 압박감을 느낀다. 아마도 "

이국에서 한 번도 가보지 않은 낯선 집을 혼자 찾아가기 때문."에 느끼는 감정이리라. 오랜만에 만나는 친구지만 그만큼 시간의 간격이 두 사람 사이를 멀게 하였고, 혹시라도 재회하였을 때, 예전에 그리던 그 친구가 아니라면 어쩌나 하는 불안감마저 감지되는 대목이다. 그러한 설렘과 불안은 낯선 이국에서 길을 찾아가는 발걸음에 얹혀 있기 때문에 쉽게 독자의 공감을 얻을 수 있다. 마치 앞으로 펼쳐질 소설의 내용이 기대가 되면서도 약간의 불안을 갖게 마련인 독자의 심리 상태와 정확히 일치한다는 점이 흥미롭다.

친구의 집을 찾아가는 일로 시작된 이 소설은 '집 찾기'를 약간 변형하여 '집 구하기'에 관해서도 반복적으로 언급한다. 따지고 보면 지나가 사는 초록색 아파트를 찾아가게 된 것도 늦은 밤 K가 전화를 걸어 집을 사주겠다는 다소 황당한 제안을 했기 때문이다. 더 거슬러 올라가면, '나'가 지금 베이징에서 사는 이유에 대한 설명도 모두 집과 관련이 있다. 남들처럼 평범한 생활을 하던 '나'였지만, 남편의 실직과 우울증으로 서울의 집을 처분할 수밖에 없었고, 무상으로 집을 제공해준다는 지인의 제안으로 베이징으로 건너왔기 때문으로 설명된다. 지나와 K가 멀어진 계기 역시 넓게 보아서는 집 때문이다. K가 무단으로 드나들면서 지나와 K가 다투는 원인이 된 것이 대학생 지나가 살던 집, 곧 지나의 자취방이다. 약간의 작위적인 느낌이 들 정도로 이 소설은 '집'이라는 소재에 집착하는 모습을 보인다.

베이징으로 오기 전, 나도 한때 집이 있었다. 맞벌이 십 년 만에 서울 변두리에 있는 서른두 평 아파트를 샀다. 억대의 대출을 받아 매달 갚아야 하는 이자가 부담이긴 했지만, 전세가 오를 때마다 애태우며 이사 다니는 것보다는 좋았다. (중략) 하지만 내 집이 생긴 기쁨도 잠시였다.

남편이 다니던 회사가 대기업에 합병되면서 일자리를 잃은 것이다. (중략) 순식간에 늘어난 빚 때문에 숨을 쉴 수 없을 지경이었을 때 우리는 집을 팔기로 했다.

    소설 속에서 집은 단순히 약도를 보고 찾아가는 건물이 아니다. 집을 장만하고 유지한다는 것은, 그리고 때로는 어쩔 수 없이 팔고 내놓아야 한다는 것은, 인생의 희로애락에 대한 선명한 비유다. 적어도 일인칭 서술자 '나'의 경우에는 그러하다. 그런 '나'와는 달리 k에게 집은 투자의 수단이다. k는 "투자를 해야 돈을 벌 것 아니냐, 돈이 돈을 버는 건데, 멍하니 앉아서 언제 돈을 모을 거냐고, 돈이 없으면 어디서 빌려서라도 좋은 물건을 놓치지 말아야 한다."라고 말할 뿐, 집을 가족들의 안식처로 여기지 않는다. 그런 k이기에 대학 시절 지나가 살던 집, 지나의 자취방을 학교 근처 모텔방 취급하면서 함부로 짓밟았으리라. 지나가 프리지아 한 다발을 유리병에 꽂아두며 소중히 가꾸어 놓은 아늑한 보금자리를 짓밟은 셈이며, 그래서 결국 지나는 절교를 선언할 수밖에 없었다.
    초록색 외관의 아파트를 찾아가는 '나'는 여전히 집을 삶의 소중한 보금자리로 인식한다. 왜 지나가 베이징에 있는 아파트에 살고 있을까? 라는 질문에 대답하기 위해서는 그녀를 만나지 못했던 시간을 거슬러 올라가서, 그녀가 겪은 일과 아픔과 즐거움을 하나씩 정리해야만 가능하다. 그래서 '나'와 지나는 휴대전화기에 저장해 놓은 딸과 아들의 사진을 상대방에게 보여주고, 노트북에 저장된 사진을 보여주면서 그동안 살아온 이야기를 서로에게 들려준다. "그것은 오래 함께하지 못한 사람들끼리 다르게 살아온 서로의 시간들을 이해하기 위한 어떤 절차처럼 느껴졌다." 집을 찾아가고, 집을 구하고, 집에서 떠나는 등 '집'이라는 소재에 집중하는 이 소설에서 집은 결국 인생의 여정에 대한 비유이며, 집 찾아가기로 시작된 이 소설은 어느새 서로의 시간을 이해하는 소통과 공감으로 향하고 있다.

지나는 지금도 가끔 시를 쓴다고 했다. 예전에 써 두었던 시를 꺼내서 고치기도 하고, 새로 쓰기도 하는데 최근에 쓴 시가 여러 편 된다고 했다. 지나가 시를 쓴다는 말을 듣는 순간 가슴 한구석이 아렸다. 나는 두 아이가 커가는 만큼 시를 지워갔다. 아이들의 학원 시간표를 체크하고 통장의 잔액을 셈하던 어느 날, 나는 내가 시를 쓰고 싶었던 게 아니라 시인을 좋아했다는 사실을 깨달았다. 진짜 좋아하면 잊을 수가 없다는데 나는 자꾸만 시를 잊은 채 살고 싶어졌다. 그리고는 시를 단념했고 더 이상 시를 꿈꾸지 않았다.

지나가 사는 집에는 스무 살 시절 그때처럼 식탁 위 유리병에 프리지아가 꽂혀 있다. 한 달 동안 먹을 쌀이 일상적 생활을, 프리지아 한 다발이 좋아하고 꿈꾸는 목표를 상징한다고 할 때, 지나는 여전히 삶 속에서 꿈을 잊지 않고 살아가고 있음이 식탁 위 유리병에 꽂힌 꽃에서 확인된다. 가끔 시를 쓴다는 것도 마찬가지, 지나는 여전히 자신이 좋아하는 것, 자신이 꿈꾸는 것을 잊지 않고 살아가고 있었다. 베이징의 혼란스러운 뒷골목을 헤치고 초록의 아파트를 찾아가서 결국 깨닫게 된 것은 그동안 자신이 시를 지워갔었다는 사실이다. '나'가 느낀 아린 감각은 생활에 지쳐 소중하게 여기던 것, 좋아하던 것, 간절히 소망하던 것을 하나씩 단념해 갔던 과거를 지나를 통해서 문득 깨닫게 되었을 때 맛보게 되는 약간의 후회와 서글픔과 탄식이다. 소설 속 대부분의 여행이나 길 찾기가 그러하듯 이 소설에서도 결국 친구의 집을 찾아가는 일은 자기 자신을 향한 성찰적 분위기를 띠고 있다.

물론, 그러한 서글픔은 소설의 마지막 문장을 통해서 희망으로 전환될 가능성을 한껏 암시한다. "문득, 집으로 돌아가 스무 살의 지나가 눈 쌓인 지리산에서 보내온 엽서를 꺼내보고 싶어졌다." '나'는 집을 투자 수단으로 여기는 k와 결별하고, 스무 살의 지나와 다시 만나고자 한다. 지나처럼 시를 다시 쓰지는 못할지라도, 한때 시를 사랑했었음을 재확인하고, 과거의 꿈을 다시 보듬으려고 다짐한 것이다. 아마도 '나'는 지나와 계속 연락하고 지낼 것 같다는 생각이 든다. 몇 달 후 지나가 아기를 출산하면 '나'는 진심으로 축하하고 산후 뒷바라지를 도와줄지도 모르겠다. 예상되는 두 친구의 미래는 한편으로는 흘러가 버린 청춘에 대한 안타까움으로 가득하지만, 서로의 시간을 이해하고 한때 같은 꿈을 지녔음을 추억하면서 서로에게 의지가 될 수 있는 위안과 공감에 대한 기대로 인해 제법 따뜻할 것이다. 쉽게 어울릴 것 같지 않은 애잔함과 따스함이 절묘하게 공존하는 흥미로운 소설적 결말이다.

『한국소설』 2020년 7월 호

15人
소설

유 산

. . .
안 수 길

할머니는, 할아버지 초상화를 가슴에 품고 온갖 시련을 견디며 오랫동안 할아버지를 기다려왔다. 초상화는 70년 전 할아버지가 손수 그리다 멈춘 자화상인데, 밑그림의 연필선이 보일 만큼, 수채 물감으로 기초 색깔만 칠해졌을 뿐, 전체의 명암 처리가 덜된 미완의 작품이다.

그런데도 할머니는 수시로 그 초상화 액자를 닦고, 쓰다듬으며 힘든 세월을 꼽아왔다.

"영감, 이 그림 그리다가 잠시 바람 쐬고 오겠다며 대문을 나선 지 벌써 반백 년이 넘었는데, 언제 돌아와서 매조지를 하시려우? 나 죽은 뒤에야 무슨 소용이요? 어디든 살아 계시면 얼른 돌아오셔서 매조지 하셔야지요. 그 훤하던 인물을 어찌 요만큼만 그리다 말고 집을 나가서 사람 애간장을 이리 태우시나요? 이만큼 기다렸으면 아무리 먼 세상에 계시더라도 이제 돌아와서 이 그림 매조지 할 때가 되지 않았나요?"

액자를 닦고 쓰다듬으며 가슴에 맺힌 한을 풀어놓는 할머니의 손과 목소리는 늘 떨리고, 초상화를 바라보는 눈길은 더없이 간절했다.

아버지는 그런 할머니의 모습을 차마 바로 보지 못했다. 애써 눈길을 돌리는 아버지의 표정 역시 항상 처연했다.

나는, 할머니가 보낸 아픈 세월을 짐작하는 것만으로도 마음이 짠해지는 터에, 거의 평생을 두고 할머니의 모습을 지켜보았을 아버지의 심정은 오죽하랴 싶었다.

할아버지는 갑작스러운 전쟁 발발로 혼란해진 시국(時局)에 자신의 운명을 예감했던지, 전혀 시도해 본 적이 없는 자화상을 그리기 시작했다. 그러나 완성하지 못하고 할아버지는 종적을 감췄다. 할아버지가 할머니 곁을 떠난 지 수십 년 후에 태어난 나는 할머니가 그토록 애지중지하는 초상화에 얽힌 사연을 알 수 없었다.

"할머니 이 그림 속의 아저씨가 누구예요?"

철없는 내가 물었을 때, 할머니는 내 얼굴을 감싸 안고 또박또박 일러 준 뒤, 한숨을 쉬었다.

"아저씨가 아니라 네 할아버지시다. 너도 네 아버지처럼 할아버지를 꼭 닮아서 이렇게 잘 생겼지. 이 양반은 자욱을 떼던 아들이 어른이 돼서 자기를 빼꼲은 손자를 낳아 줬는데, 이 손자도 못 보고, 어디 계시기에 여태 못 돌아오시는지…"

내가 아버지를 닮았다는 할머니의 말은 사실일 것이다. 나와 아버지를 아는 이웃이나 친척들이 모두들 그렇게 말해 왔기 때문이다. 그러나 아버지와 내가 할아버지를 꼭 닮았는지에 대해서는 확신이 없다. 걸음마를 할 무렵부터 할아버지를 보지 못한 아버지의 기억 속에는 물론, 나의 기억 속에도 할아버지의 모습은 들어 있지 않기 때문이다.

"그림 잘 그리는 사람한테 할아버지 그림을 완성해 달라고 하면 안되나요? 그러면 할머니 소원을 풀어 드릴 수 있잖아요?"

철없는 내 말에 아버지는 긴 한숨을 내쉬며 말했다.

"할머니는 완성된 초상화를 보고 싶으신 게 아니라, 초상화를 그리시던 할아버지가 보고 싶으신 거다. 할아버지가 돌아오시기를 기다리시는 거란 말이다. 이 아버지도 그렇고 또 네 고모도 그렇겠지."

"할아버지랑 아버지랑 똑같이 생겼다고 할머니가 그러시는데, 할머니하고 고모는 아버지 얼굴을 보고, 아버지는 거울을 보면 할아버지 보는 거랑 같을 텐데…."

"그래, 그럴 수도 있겠구나. 하지만 할아버지를 닮은 사람하고 할머니 마음속에 있는 사람하고는 다르단다. 물건은 같거나 비슷한 것으로 대신할 수가 있겠지만, 사람은 그럴 수가 없지. 그리고 사람을 기다린다는 게 얼마나 힘든 일인지, 너도 이만큼 크면 할머니 마음을 알게 될 거다."

아버지는 내 머리보다 훨씬 높은 허공을 손바닥으로 가리키며 말했다.

'이만큼'이라고, 아버지의 손바닥이 짚은 곳에 내 키가 닿기 전에 다만 조금이라도 철이 든 때문일까, 나는 미완의 할아버지 초상화를 쓰다듬는 할머니의 마음을 알 수 있을 것 같았다. 아버지와 고모의 마음, 그 속에 쌓인 그리움도 비로소 알 것 같았다.

그러나 그 마음, 그 간절한 그리움과 아픔이 같을 수는 없을 것이다. 나는 할머니와 아버지, 고모가 살아온 세월을 살아보지 못했고, 설사 그만큼의 세월을 살게 되더라도 그 안에 겹겹이 쌓인 아픔을 짐작만 했을 뿐, 내 가슴 속엔 할아버지에 대한 그리움이 들어있지 않기 때문이다.

가슴에 품다 못해 뼛속이 시리도록 맺힌 당신들의 간절한 그리움은 오롯이 당신들만의 아픔이랄 수밖에 없는 일. 서로 다른 세월을 살아온 사람의 가슴속에 깊이 묻혀있는 그리움을, 거기 얽힌 사연을 누가 감히 안다 할 것인가?

*

할아버지는 고등학교 젊은 미술 교사였다.

1950년 6월 25일 일요일. 북한 인민군이 38선을 넘는 갑작스러운 공격으로 수많은 피난민들이 남쪽으로 몰려 내려왔다. 할아버지가 근무하던 학교는 서울보다 훨씬 남쪽의 작은 도시에 있었지만, 피난민 사태로 임시 휴교령이 내려졌다. 할아버지는 학교에 나가지 못하고 집안에 머물러 있었다. 피난민 사태를 부른 인민군 남침은 잠시의 충돌 때문일 것이라고, 할아버지는 안일한 판단을 내렸다. 전에도 종종 38선 경계 지역에서 남북 간의 군사 충돌이 있었으므로, 할아버지는 이번에도 그러려니 믿었던 것이다.

공산군이 38선 전역에서 공격을 개시했지만, 국군은 서울을 사수하고 전쟁은 곧 끝날 것이라는 국영 방송을 듣고, 할아버지는 자신의 판단이 옳다고 믿었다. 때문에, 가족들과 함께 피난 대열에 합류할 생각을 하지 않았다.

할아버지는 피난민들이 전하는 흉흉한 소문에 불안했지만, 집 안에 머물며 그림을 그렸다. 자신의 초상화였다. 휴교로 인한 모처럼의 여유 시간, 그러나 불안을 떨칠 수 없는 심란한 마음을 다스리기 위해서였다.

하지만 할아버지의 그러한 믿음은 단 3일을 가지 못했다. 자화상을 계속 그릴 마음의 여유도 없었다.

피난민 대열은 갈수록 늘어났고, 그들이 보고 들은 대로 전해주는 소문은 서로 엇갈리는 것이어서, 할아버지의 믿음은 흔들리고 불안은 커졌다.

인민군의 38선 침공은 전과 같은 남북 군인들 간의 일시적 충돌이 아니라, 이십여만 명의 군인과 수백 대의 전차와 비행기가 일시에 38선을 넘어 공격을 시작한 전면전이라고 했다.

할아버지는 좀 더 정확한 사태를 알아보기 위해 거리로 나갔다가 집으로 돌아오지 못했다. 집을 나선 할아버지는 거리를 메운 피난민들에게 정확한 정보를 듣고 판단하기 전에, 헌병의 검문을 받고 모병(募兵)에 나선 징집관에게 인계되었다. 그리곤 집에 연락할 사이도 없이, 다른 젊은이들과 함께 트럭에 실려 어디론가 떠났다.

할아버지가 그리던 자신의 초상화는 미완으로 남겨졌고, 할머니는 그 미완의 할아버지 초상화를 안고 70년 동안 기다려 왔다. 초상화가 완성될 때를, 아니 아버지 말씀대로 자신의 초상화를 완성할 할아버지가 돌아올 때를 기다린 것이다.

이제 할머니의 연세 94세가 되셨다. 흔히들 하는 말로 '요즘은 100세 시대'라 하지만, 드물게 장수하신 셈이다. 그러나 할아버지께서 돌아와, 그리다 만 자신의 초상화를 완성할 때까지 기다리기엔 남은 세월이 너무 짧다. 이제까지 기다린 세월이 아득하고, 기다려야 할 세월은 더 아득할는지도 모르는데, 할머니의 연세는 100세 턱밑에 이르렀다.

미완의 할아버지 초상화를 품고 긴 세월을 버텨 온 할머니의 기다림이 언제 끝날는지, 아니 할머니가 얼마를 더 버틸 수 있을지를 말해 줄 사람이 없지만, 할머니는 그래도 그냥 기다릴 것이다.

*

거리에서 징집된 할아버지는 낯선 곳에서 아주 짧은 기간에 기초 군사 훈련을 받고 곧바로 전선에 투입되었다. 잠시 집을 나섰다가 종적을 감춘 자신 때문에 가족들이 걱정할 것을 알면서도, 할아버지는 자신의 행방을 알릴 수가 없었다. 할아버지뿐만 아니라 전선에 투입된 병사들 모두가 그랬을 것이다. 한순간에 생사가 엇갈리는 전투는 계속되었고, 전선은 한 곳에 머물지 않고 계속 이동하고 있었기 때문이었다.

남으로 밀리기만 하던 국군이, 유엔군의 인천 상륙 작전 성공으로 전세가 바뀌어 북진을 계속하게 되었다. 전선을 따라 이동 중이던 소속 부대가 할아버지가 근무하던 고향의 학교 운동장에서 하룻밤 야영을 하는 덕분에, 할아버지는 단 하룻밤의 외출 허가를 받고, 허리와 가슴에 탄대와 수류탄을 매달고 총까지 멘, 무장한 몸으로 집에 들렀다.

할아버지의 종적을 몰라 애태우던 가족들과 만난 기쁨과 안도는 잠시였고, 할아버지는 애타는 짧은 밤을 보낸 뒤, 부대 출동 전에 복귀해야 한다며, 어둠이 덜 가신 새벽에 떠났다.

부디 몸 성히 돌아오라는 가족들의 간절한 당부에 할아버지는 '한 달 안에 적군을 모조리 때려 부수고 돌아온다.'고 씩씩하게 웃으며 말했지만, 부대 어귀까지 따라 나갔던 할머니에게는 다른 당부를 했다.

"수많은 전우들이 쓰러지는 마당에 나만은 살 거라는 행운을 바랄 수 없는 곳이 전쟁터요. 후방의 가족들을 위해서 싸우다가 살면 살고, 죽으면 죽는 거지. 내가 꼭 살아 돌아오리라는 장담은 할 수 없으니 가족들을 잘 부탁해요."

그리곤 휴전이 될 때까지 종무소식이었다.

전선에서 총성이 멈추고 휴전이 선포된 후 몇 달이 지난 뒤, 할아버지는 이름 석 자와 함께 '1953년 6월, 동부전선 철원지구 전투 중 행방불명'이라는 문구가 적힌 종이 한 장으로 돌아왔다.

할아버지의 행방불명 시기는 휴전 협정 조인 불과 한 달여 전이었다. 전쟁이 일어난 지 3년이 되는 때였다.

휴전을 앞두고 전선을 한 치라도 더 북으로 밀어 올리려는 국군과 유엔군, 반대로 남진을 재시도하는 인민군과 중공군 양측의 전투는 치열했다. 작전상 요충지가 되는 고지나 도시, 연결 도로 한 곳을 놓고도 탈

환과 철수가 몇 차례씩 반복되는 만큼 병사들의 희생도 컸다. 아군과 적군의 사상자는 물론 적에게 생포된 병사들의 수 또한 부지기수였을 것이다.

할아버지의 행방불명 통지서는 어쩌면 전사 통지서보다는 덜 절망스러운 것일 수도 있었다.

하지만 전사 통지서든 행방불명 통지서든 할머니가 받은 충격에는 차이가 없었다.

할머니는 그때 24살이었고, 남매의 어머니였다. 전쟁 발발 1년 전에 태어나 걸음마를 하던 아버지가 3살이 되었고, 북진 중이던 할아버지가 얻은 하룻밤의 휴가 덕분에 태어나게 된 고모가 배밀이를 하던 때였다. 남매의 어머니가 된 할머니에게는 전투가 끝났는데도 남편이 돌아올 수 없다는 것 자체가 절망이고 충격이었다.

'내가 꼭 살아 돌아오리라는 장담은 할 수 없으니, 가족들을 잘 부탁해요.'

짧은 하룻밤을 가족과 함께 보내고 새벽에 복귀하던 부대 앞에서 들려준 할아버지의 당부를 떠올리며, 할머니는 몸을 떨었다. 그 당부가 바로 유언이었던 것처럼 생각되었지만, 할머니는 70년 동안 그것을 부정하며 살았다.

집안의 어른이었던 증조할아버지의 생각도 다르지 않았다.

"이건 전사 통지서가 아니다. 죽지 않았으니 전쟁이 끝나면 애비는 돌아올 것이다."

역시 할아버지의 생환에 대한 희망의 끈을 놓지 않았다.

그래서 할머니는 소리 내어 울지도 않았다. 아니, 증조할아버지의 말대로 절대 죽지 않았을 것이고, 반드시 돌아올 것이라고 믿었다. 그래서 솟구치는 울음을 이를 물고 참았다.

"행방불명이지 전사가 아니라니까, 혹시 적군에 잡히거나 다친 몸으로라도 어딘가는 살아 있을 것이다. 시국이 조용해지면 돌아올 테니 함부로 곡소리를 내서는 안 된다. 초상 치를 일이 없는데 울고불고 소란 피우는 건 무사히 돌아올 사람 운을 꺾는 일이다."

증조할아버지의 엄명에 때문만이 아니라, 할머니 스스로도 그렇게 믿어야 한다고 다짐했다. 그리고 끼니때마다 금방 돌아올 사람을 기다리듯 따뜻한 밥상도 따로 차려놓았다.

그러나 할아버지는 돌아오지 않았다.

시국이 조용해지면서, 라디오 방송을 통해 남북 간의 포로 교환 소식이 전해졌지만, 할아버지의 생환을 기대하던 증조할아버지의 희망과 할머니의 믿음은 이루어지지 않았다.

할머니는 24살의 나이에 시부모를 모시고, 아버지 얼굴도 기억하지 못하는 아들과 유복자나 다름없는 딸, 남매를 거느린 청상(靑孀)이 된 셈이었다.

할머니는 할아버지의 당부를 잊지 않았다. 말 그대로 몸을 도끼 삼아 일하면서 가족을 부양하고 할아버지를 기다렸다. 안 해 본 일이 없고 못할 일이 없이 살았다. 집에 있는 가족이 무사해야 할아버지도 무사하고, 돌아오는 길이 환히 열릴 것이라고 자신을 다독였다.

사람들이 '돌아올 양반이 아니니 팔자를 고치라'고 했지만, 할머니는 귀를 닫고 살았다.

'죽지 않은 사람이 집 말고 갈 데가 어디 있을고?'

할머니는 포기하지 않았다. 그 후, 덧없이 흘러간 70년은 할아버지의 당부를 지키기 위한 인고의 세월이었다. 말 그대로 가시밭길이요, 애타는 기다림이 한으로 맺힌 세월이었다.

지쳐서 쓰러지려 할 때, 그래도 힘이 되어 주는 건 할아버지가 손수 그리다 만 자신의 초상화, 미완의 자화상이었다. 아들의 귀환을 고대하던 시부모가 가슴에 박힌 못을 뽑지 못한 채 세상을 떠나고 남매가 장성하여 각기 일가를 이루자, 몸을 도끼 삼아 일하던 할머니의 고달픈 노동은 끝났다. 그러나 애타는 기다림은 한이 된 채 그냥 이어졌고, 할아버지의 초상화 역시 미완인 채 할머니 곁에 그냥 머물러 있다.

'제발 살아 있거들랑 얼른 돌아오셔서 매조지를 하셔야지요. 그 훤하던 인물을 어찌 요만큼만 그리다 말고 집을 나가셨던가요?'

할머니의 애타는 기도, 그 속에 담긴 간절한 소원, 가슴 저린 기다림은, 마치 아침에 일터에 나간 남편은 저녁에 집으로 돌아온다는 믿음처럼 일상과 같은 것이었다.

그러나 그 기도, 그 소원, 그 기다림. 70여 년의 세월 동안 간직해 온 믿음은 아직도 그대로지만, 이루어지지 않았다. 언제 이루어질지, 지금도 역시 아무도 모른다.

＊

거실에서 들리는 인기척에 나는 잠을 깼다.

"밤새 잘 자던 영감이 어딜 가서 안 보이나, 대체 이게 무슨 조화속인고?"

한밤중인데, 잠이 깬 할머니가 어느새 어두운 거실로 나온 모양이다.

"할머니 더 누워계시지 어두운 데 넘어지면 어쩌시려고…"

거실로 나온 내가 벽을 더듬어 불을 켰다. 밝은 빛에 잠시 눈을 껌뻑이던 할머니가 내 얼굴을 빤히 쳐다보며 말했다.

"영감이 왜 게서 나오시는가요? 주무시다 말고 어째서 그 방엘 들어가셨는고…"

"아이고 할머니, 또 할아버님 꿈을 꾸셨나 보네. 나는 성진이에요. 성진이."

"뭣이라고요?"

"할머니 손자 성진이라고요."

나는 가까이 다가가 할머니의 손을 잡았다.

"영감이 어째 성진이래요? 나를 속이려 해도 나는 안 속아요. 밤새 내 옆에서 자다가 빠져 나가구서, 그런다고 내가 속을 줄로 아시는감."

할머니는 또 할아버지와 나란히 누워 잠자는 꿈을 꾸신 모양이었다. 할머니의 착각은 언제나 꿈에서부터 시작되었다. 꿈속에서 할아버지를 만나고, 꿈을 깬 뒤엔 보이지 않는 할아버지를 찾아 집 안을 헤매다가, 아버지나 나와 마주치면 환시, 착각을 일으켰다.

처음엔 나와 아버지, 가족들 모두가 당황해 했지만, 이제는 예사로운 일이 되었다. 착각이나 환시일지라도, 그 순간만은 할머니가 행복한 표정을 짓고 있기 때문이었다.

할아버지를 만나는 할머니의 꿈은, 남북 이산가족상봉 실황 중계 방송 중에 평생 애타게 그리던 노부부가 상봉하는 장면 가운데 특별한 사례를 본 후부터였다.

6.25전쟁 당시 포로가 되어 북에 억류돼 있는 노인이 남쪽의 아내와 가족을 상봉하는 장면이었다.

1985년 남북 이산가족상봉의 문이 열린 후, 20여 차례의 상봉 행사가 이루어지는 동안, 북한은 상봉장에 나올 국군 포로는 없다고 주장했었다. 그런데, 20차 상봉 행사 이후 2년 10여 개월 만에 열린 상봉장에 국군 포로를 내보냈다.

상봉 실황 중계 카메라는 이색 상봉 장면을 좀 더 오래 비췄고, TV를 통해 그 장면을 보는 전국 시청자들은 적잖은 충격을 받았다. 이산(離

散)의 아픔이 피란 중이거나, 그 이전에 헤어진 가족들의 사연만은 아니구나. 참전 병사가 전쟁터에서 목숨을 부지했으면서도 수십 년 동안 가족의 품으로 돌아오지 못한, 저런 아픔이 또 있었구나. 신분 차별이 봉건 시대 못지않게 극심한 곳에서, 이산의 아픔 위에 전쟁 포로라는 불순 성분의 굴레까지 쓰고 살아야 했던 그들의 고통이 얼마나 참담했을까? 실황 중계를 보던 이산가족들은 세월이 아무리 흘러도 아물지 않는, 결이 다른 새삼스러운 아픔에 몸을 떨었을 것이다.

오지의 탄광, 노동 교화소, 강제 노역, 끊임없는 자아 비판…. 교환에서 제외되어 북에 억류된 국군 포로들이 전전긍긍하며 목숨을 부지했을 고통을 생각하던 나 역시 몸을 떨었다. 포로 교환 때 제외되어, 아직도 생존해 있는 이들이 수백 명에 이른다는 미확인 정보에 나는 새삼스럽게 가슴이 아팠다.

그러나 실상을 알지 못하는 할머니는 달랐다. 국군 포로가 아직도 북한에 생존해 있다는 사실이 중요했다. 할머니는 새삼스러운 아픔 대신 감격과 함께 더욱 질긴 희망의 끈을 잡았다.

"그렇지. 살아 있으면 되는 거여. 영감도 저렇게 잡혀있을 테니 언제든 만날 날이 있겠지. 죽기 전에 얼굴만 봐도 원이 없을 건데 뭘 더 바라나? 그만하면 기다린 보람이 있는 거지."

오랫동안 메말랐던 할머니의 눈에 그렁하던 눈물 방울이 할아버지의 자화상 위에 떨어졌다. 그런 할머니를 바라보던 아버지는 눈자위를 훔치며 또 자리를 피했고, 앉아 있는 가족들도 차마 할머니의 얼굴을 바로 보지 못했다.

수십 년 눈물을 보이지 않고 살아온 할머니였다. 그 메마른 눈에 흥건한 눈물은 분명 머지않아 할아버지를 만나게 될 것이라는 벅찬 기대와 희망 때문이었으리라. 그러나 과연 그 부푼 기대가 감격적인 상봉으로 이어질까? 오히려 더 큰 실망과 충격을 받게 되는 건 아닐까? 아버지가 할머니의 눈물을 바로 보지 못하고 자리를 피했던 건, 그만큼 안타까운 마음이 컸기 때문이었으리라.

그후 할머니의 안색은 더할 수 없이 밝아졌다. 노구(老軀)에도 생기가 도는 듯했다. 오랜 기다림 속에서 10년, 5년, 1년을 마디로 한 겹씩 쌓여 가던 한을 걷어낸 듯했다.

비록 한을 걷어내고 희망의 끈을 다시 잡았다 하나, 아버지의 염려대로 할머니의 부푼 기대가 이루어지기엔 세월이, 아니 세상이 너무 매정했다.

할머니는 차츰 초조해졌다. 그냥 또 세월만 하염없이 가는 것 아닌가, 불안해하는 기색이 역력했다.

"통지 올 때가 됐는데, 어째 여태도 무소식인가? 혹시 애비가 모르고 지난 것 아니냐?"

아버지나 가족들을 탓하기도 하고

"관청에 알아봐야지. 저쪽은 붙잡혀 있는 몸이라 서두를 형편이 안 되겠지만, 이쪽은 뭣이 막혀서 앉아 기다리기만 하는고?"

채근하기도 했다.

그러나 다시 잡은 할머니의 희망의 끈을 잇기 위해 아버지와 내가 할 수 있는 일은 없었다. 휴전 후 교환 포로의 명단은 당시에 이미 확인한 터였고, 혹시나 하는 심정으로 포로 교환 때 누락되어 북한에 생존해 있는 것은 아닌지, 북한을 왕래하는 중국 국적의 조선족을 통해 적잖은 경비를 들여 알아보았으나, 희망적인 답은 들어보지 못했다. 당국의 요청에 따라 유해가 발굴 된 전사자의 신원 확인 자료를 제출했으나, 역시 변한 것은 없었다. 기적적인 경로를 거쳐 귀환했다는 포로 출신 인사나 탈북자들의 입으로 전해지는 풍문은 그냥 풍문일 뿐, 확인할 길은 없었다. 이산가족 생사 확인 사업을 추진하는 적십자사에 국군 포로 생사확인 신청을 시도했으나 무위무책이란 것만 확인했을 뿐이다. 아직도 북에 억류 중인 국군포로가 몇백 명이라는 숫자 역시 풍문의 한 도막일 뿐이었다.

이제 남은 일은 아버지나 내가 직접 북한 땅에 들어가, 귀환 포로나 탈북자들에게 얻은 정보를 토대로 각처를 돌아다니며 수소문하는 것이지만, 그건 할머니의 70여 년 세월을 되돌려 놓는 것만큼이나 어려운 일이다. 아니 불가능한 일이다.

할머니가 다시 잡은 희망의 끈, 그 부푼 기대가 이루어지는 길은 우연이나 기적을 바라는 것뿐이지만, 20여 차례 감질나게 열리던 이산가족 상봉의 문조차 다시 닫혔다.

이산가족들뿐만 아니라 모든 국민들의 가슴을 부풀게 했던 '남북 정상 회담' 이후, 활짝 열릴 듯하던 화해의 길은 초입에서 난관에 부딪혔다. 남북과 북미, 한미 간의 빈번한 외교접촉과 뒤따르던 조치들은, 평탄 궤도를 달리던 열차가 장벽에 부딪힌 듯 멈춰서고, 희망적으로 진전되던 일들은 모두 원점으로 돌아갔다.

북한의 미사일 실험 재개와 함께 남북 관계가 다시 경색되어 이산가족상봉 사업과 개성 공단 재가동이 난관에 부닥쳤다는 뉴스를 보던 할머니가 불쑥 물었다.

"저게 뭔 소리여?"

"할머니, 북한이 미사일 쏴서 가족 상봉 못 한대요."

함께 TV를 보던 가족 누구도 입 열기를 망설이고 있을 때, 중1짜리 아들이 불쑥 말했다.

"뭐라고, 상봉을 못 한다고? 고약한 사람들. 양쪽 대통령이 만나게 해준다고 약속했다면서, 미사리인가 뭔가는 왜 쏴서 만날 사람 못 만나게 하나. 이런 경우가 어디 있나?"

가족들 누구도 입을 열지 못했다.

"휴– 고얀 것들. 난 잠이나 잘란다. 세상에, 세상에…."

할머니는 깊은 한숨을 내쉬며 힘들게 몸을 일으켰다. 할머니를 침실에 눕히고 돌아온 아내가 아들을 꾸짖었다.

"네가 뭘 안다고 그런 말을 해?"

아들은 무안해서 머리를 긁적이고, 아버지는 그런 손자를 감쌌다.

"틀린 말 한 건 아니다. 철부지라 할머니 맘을 몰랐을 뿐이지."

아버지의 말은 맞았다. 아들의 말도 맞는 말이고, 아들을 꾸짖는 아내의 말도 맞고 할머니의 말도 역시 맞는 것이었다. 다만 할머니에게 한숨과 절망을 안기는 그 장벽을 헐어내기가 그만큼 어려울 뿐이고, 그 때문에 할머니가 평생 안고 살아온 아픔을 아들은 모를 뿐이다.

열릴 듯하던 화해의 길을 가로막고 있는 장벽, 그건 어느 한 사람, 어느 한 정부나 국가가 간절히 원한다고 해서 허물거나 열 수가 없는 것, 벽을 사이에 둔 양측, 그 주변국들과의 이해와 득실이 조정되고 합의가 이뤄져야 비로소 가능한 것이 아닌가?

우리와 같은 장벽을 사이에 두고, 분단과 이산의 아픔을 겪던 독일은 장벽을 허물고 수십 년의 기다림을 끝내고 고통을 치유하게 됐으나, 우리는 아직도 길이 멀다. 지정학적 조건이 다르고 분단 원인과 분단 이후의 역사 궤적이 다르다지만, 우리에겐 너무 가혹하다. 그 가혹한 현실이 할머니의 70년 세월을 고통으로 점철되게 했다.

거대한 장벽의 틈새 문을 통해 이루어지던 감질나는 이산가족상봉이 영원한 감격으로 이어지기를 기대했으나, 그 틈새 문마저 닫히고, 그 문이 다시 열릴 길은 막막하다.

국군 포로의 가족 상봉 장면을 보고 희망의 끈을 더욱 당겨 잡았던 할머니에게, 이젠 기적이 일어날 기회마저 안개 속에 묻혔다. 할머니는 말하지 않았으나, 절망과 충격이 컸을 것이다.

할머니의 세월은 더디갔다. 하루하루가 지나간 70년 세월보다도 길고 지루했다. 생존 포로의 가족 상봉을 본 후, 당겨 잡은 할머니의 희망의 끈은 이전보다 더 아프게 할머니를 옥죄는 사슬이 되고 충격이 되었다. 안색은 더 어두워지고, 노구는 더 빠르게 기력을 잃어갔다.

70여 년을 미완인 채 할머니 손에 들려온 할아버지의 자화상은 젊은 그대로지만, 할머니의 젊음과 희망과 기대는 70년 세월에 풍화되고, 도끼 삼아 쓰던 몸은 쇠진하여 노구를 침대에 눕히는 일이 잦아졌다. 눕는 기회는 잦아졌지만, 잠드는 시간은 짧아진 토막잠이 됐다. 토막잠을 자는 그 짧은 시간에 할머니는 긴 꿈을 꾸었다. 잠을 깨도 사연 많은 긴 꿈은 깨기가 아쉬워서인지, 비몽사몽간을 헤매는 일이 잦아졌다.

꿈속에서 할아버지를 만나고, 꿈을 깬 후에도 꿈과 현실을 혼동해서 아버지나 나를 할아버지로 착각하는 것이다. 그런 때의 할머니 얼굴은 아주 평온하고 행복해 보였다.

어쩌면 할머니의 꿈은, 불과 2년 여의 짧았던 신혼 시절로 돌아가 그때 다하지 못한 사랑을 나누고 행복을 누리거나, 고대하던 상봉이 이루어져 긴 세월 서리서리 맺혔던 사연을 할아버지 앞에 풀어놓고 위로를 받는 것인지도 모른다.

생시에 이룰 수 없으나 간절히 원하면 꿈속에서나마 이뤄진다는 말이 맞는다면, 꿈은 할머니에게 천국인 셈이다. 어쩌면 할머니는 그 천국에서 영원히 머물고 싶었는지도 모른다.

＊

밤중의 작은 소란에 잠이 깨신 아버지가 거실로 나왔다. 아버지는 말 없이 거실 복판에서 두리번거리는 할머니 어깨를 감싸 안고 침실로 이 끌었다.

"여보, 아직 날이 덜 샜으니 우리 한잠 더 잡시다. 자, 내 팔 베고…"

언제부턴가 할아버지 대역을 자연스럽게 해내는 아버지의 연기는 능 숙했다.

"팔베개해주었다가 나 잠든 뒤에 영감이 또 슬며시 달아나면 안돼요."

할머니의 목소리는 맑았다. 아마 할아버지가 징집되기 전의 젊은 시 절로 돌아가 있는 것이리라. 할머니가 행복한 마음으로 잠을 청하는 그 순간에 아버지는 무슨 생각을 하고 있을까? 자신의 어머니를 이렇게 허 물어트린 매정한 세월을 원망하고, 혼자서 그 세월과 맞서 아픔을 견뎌 온 어머니를 위해, 아무것도 할 수 없는 자신에게 매질을 하고 있을 것 이다. 아버지의 팔베개를 베고 잠든 할머니는 다시 꿈을 꾸고, 그 꿈속 에서 할아버지를 만남을 이어갈 것이다. 그리고 잠이 깨면 눈에 띄지 않 는 할아버지를 찾아 집안을 헤매다가, 아버지나 나를 보면 '영감 어딜 갔 다 왔느냐'고 채근할 것이다.

길고 긴 세월을 기다리다 지친 할머니의 기력은 이제 꿈과 현실을 구 별하지 못할 만큼 쇠진했다. 그러나 착각과 환시에 사로잡히는 순간의 할머니 얼굴은 대단히 행복해 보인다.

할머니의 잠시 행복을 위해서, 할아버지의 대역을 능숙하게 해내는 아 버지는 마음속으로 빌고 있는지도 모른다.

'어머니, 꿈이거나 착각이거나 아버지를 만나는 시간엔 오래 즐겁게 보 내세요. 오랜 세월 기다리는 동안 쌓였던 회포도 풀고, 젊은 시절로 돌 아가 그때 누리던 행복도 다시 누려 보시고, 못 다 그린 아버님 자화상

도 마저 그리게 하시고….'

"네 이름이 뭐더라?"

할머니는 가끔 거실에서 마주치는 증손(曾孫)들을 잡고 묻는다. 한집에 살면서 조석으로 문안을 드리는 처지인데도 새삼스러운 듯, 얼굴을 빤히 바라보며 그렇게 묻는다.

이름을 말해도 할머니의 기억이 곧바로 제자리를 찾는 건 아니다.

"응, 그려? 네가 첫째던가?"

"둘짼데요."

"둘째여? 어디 갔다 왔길래 통 안보였냐?"

"학교 갔다 왔는데, 아침에 인사드렸잖아요."

"그런데 내가 왜 못 봤을까?"

할머니의 건망증이나 혼동은 거기서 그치지 않았다. 당신께 문안을 드리러 가끔씩 찾아오는 친척은 물론, 자주 들르는 자손들에게도 마찬가지였다.

"댁은 누구셔?"

까맣게 모르는 남을 대하듯 묻는 것이다.

할머니가 낳고 기른 남매와 그 아래로 딸린 친손과 외손, 증손들을 합치면 모두 20여 명이 넘는다. 하지만 이제 할머니의 기억 속에 확실하게 남아있는 자손은 당신의 아들 내외와 손자며느리인 내 아내뿐이다.

얼마 전까지만 해도 고모와 나를 포함한 자손 몇 명의 존재가 할머니의 기억 속에 살아 있었다. 그러나 잔인한 세월은 할머니의 기억 속에서 야금야금 자손들의 존재마저 하나씩 하나씩 지워 나갔다.

지난 추석에 할머니를 뵙고 갔던 고모가 머리가 허연 고모부와 함께 구정에 세배를 왔다.

고모부와 아버지가 거실에서 잠시 인사를 나누는 사이에, 친정어머니의 얼굴 보기가 급했던 고모는 곧바로 할머니의 방으로 들어갔다.

"어머니 잘 지내셨어요? 기력은 어떠셔?"

자신의 손을 잡고 있는 고모의 얼굴을 멍하니 바라보던 할머니는, 대답 대신 엉뚱한 소리를 했다.

"댁이 누구시더라?"

"어머니 딸. 점순이. 지난 추석에 왔던 딸이요. 하나밖에 없던 딸 점순이 몰라? 옛날에 우리가 어릴 때, 나하고 윤태 오빠하고 싸우면 어머니가 나를 혼내키면서 그랬잖아요. 윤태는 저 위에 오빠고 점순이 너는 그 밑에 동생이여, 오빠 말 안 듣고 또 대들면 아버지가 돌아오셔서 혼쭐을 내실 거라고 그러셨잖아요. 내가 그 점순이, 어머니 딸이라고요."

당황한 고모가 이 말 저 말 바꿔가며 딸이라는 걸 확인시키려 했으나, 할머니의 표정은 바뀌지 않았다. 마침내 고모의 가슴을 찌르는 한마디를 던지고 할머니는 고개를 돌렸다.

"늙은 여편네가 망령이 들었나? 지가 왜 내 딸이여?"

고모는 마른침을 여러 번 삼켰다. 북받치는 설움을 참기 위해서였다. 자신의 존재가 어머니의 기억에서 사라져 가고 있다는 것이 슬퍼서가 아니었다. 어머니 입에서 '늙은 여편네' 소리가 나올 만큼 늙어 버린 자신이 슬퍼서도 아니었다. 외롭고 고단했던 과거, 전쟁터에서 행방불명 됐다는 할아버지가 언젠가는 귀환하리라는 기대를 버팀목 삼아 평생을 견뎌 온 인내의 끈마저 놓아버리고, 서리 맞은 수숫대처럼 바삭하니 메말라 가는 친정어머니의 삶이 슬퍼서였다. 어머니를 이렇게 허물어뜨린 세월이 원망스러워서였다.

"오빠, 어머니가 언제부터 저리 되셨수? 지난 추석 때도 멀쩡하신 것 같더니…."

"그때도 멀쩡하신 건 아니었지. 가끔 깜빡깜빡 정신줄을 놓을 때가 있었지. 지난 번 북한에 있는 국군 포로가 남쪽 가족과 상봉하는 걸 보신 후 충격이 컸던 탓인가 본데, 그래도 한동안은 멀쩡하셨는데, 요즘 들어 좀 힘이 드시나 보다."

더 자세한 말을 아버지는 생략했다. 비몽사몽 간을 헤매는 할머니의 잦은 의식 혼란이, 바라보는 가족들의 마음을 아프게 하지만, 할머니 자신은 행복한 순간이라 믿기 때문이었을 것이다.

"병원에 모시고 가 봐야 하는 거잖아요?"

"여러 번 가 봤지. 의사 선생님이 그러시더라. 아흔네 살에 그 정도면 참 잘 버텨 오신 거라고. 치매라는 게 여러 증상으로 나타지만, 어머니는 간헐적으로 기억 장애를 일으키는 정도이니 얌전한 치매라고, 증상 진행을 지연시키는 약을 드시지만, 약만 가지고는 어려운 일이구나."

고모는 아무 말 없이 돌아서서 코를 풀었다. 볼을 타고 흐르는 눈물은 놓아 두고 인중을 적시는 맑은 콧물을 손수건에 풀었다.

"너무 걱정하지 마라. 그래도 아버님과 아버님 초상화에 대한 기억은 온전하게 가지고 계신다. 지금이라도 아버님이 돌아오신다면, 우리는 못 알아봐도 어머니는 금방 알아보실 거다. 70년을 머리에 새기고 가슴에 담고 오매불망 기다리며 사셨으니 당연히 그러시겠지."

＊

오랜만에 눈이 내렸다. 구정 연휴의 마지막 날, 정초(正初)라 긴한 약속이 있는 것도 아니고 구실을 만들어 외출할 마음도 없는 터라, 나는 흰 눈에 덮여가는 창밖 풍경을 무심히 바라보고 있었다.

"저 사내가 누군데 남의 집에 와서 어정거리고 있는 거여?"

아내의 부축을 받으며 거실로 나오던 할머니가, 나를 보고 하는 말이었다.

"손자요. 할머님 손자."

"손자가 누구여, 뉘 집 손자가 제 집 놔두고 왜 내 집에 와서 어정거리지?"

아침에 할머니 방에 들어가 불편한 무릎에 파스를 갈아 붙이고 주물러 드릴 때도 '우리 장손이 어느새 다 커서 어른이 됐네. 네 할아버지가 돌아오셔서 네 아버지를 보고 너를 보면 춤을 추실 걸? 세월은 참 빠른데, 네 할아버지 걸음은 왜 그리 더딘지….' 그러면서 내 등을 어루만졌었다.

"손자 몰라요? 애들 아빠. 우리집에서 같이 살잖아요?"

아내의 말에도 할머니의 의구심을 풀지 않았다.

"뉘 집 애빈데 왜 제 집 놔두고 내 집에서 사는고?"

내 가슴 속에서 무언가가 쿵 내려앉는 소리가 나는 듯했다.

나는 천천히 다가가 할머니의 마른 상체를 가슴으로 당겨 안고 큰 소리로 말했다.

"할머니. 저예요. 할머니 장손 성진이요."

그러나 할머니는 나를 강하게 밀쳐냈다.

"이런 망칙한 인간이 있나. 어디다 함부로 손을 대?"

나를 당신의 무릎에 앉히고 '우리 장손, 우리 장손'하고 쓰다듬던 일은 옛날 일이라 쳐도, 불과 몇 주 전까지도 선잠 깬 뒤엔 할아버지로 착각하거나, 당장 오늘 아침에도 감개무량해 하던 내 존재조차 밀어 낼 만큼, 할머니의 기억은 점점 표백돼 갔다. 마치 시나브로 내리는 눈이 쌓여, 무연한 벌판을 아무런 흔적도 굴곡도 없는 백포(白布)처럼 하얗게 덮듯이, 할머니의 기억은 그렇게 망각의 너울에 덮여서 지워져 가고 있는 것이다.

이제 할머니의 기억 속에 남아 있는 가족은, 당신의 아들 부부인 나의 아버지와 어머니, 그리고 내 아내, 가장 눈 가까이서 가장 많이 몸을 부비고 수발하는 셋뿐인 셈이다. 다른 가족과 혈족은 모두 타인이 되고, 그들과 얽혔던 쓰리고 아픈 사연도 망각 속에 묻히고 있다.

그러나 단 하나, 할아버지가 그리다가 멈춘 초상화, 그 미완의 자화상에 대한 애착과 소상한 기억은 예나 이제나 변함없이 간직하고 있다. 초상화 놓였던 자리가 조금이라도 바뀌거나, 시선을 가리는 것이 있으면 손수 바로잡아 놓으면서 까마득한 옛일까지 기억해 냈다. 친지나 가족들의 이름과 얼굴조차 하나씩 하나씩 지워가고 있는 할머니가 어떻게 그런 소상한 일들을 기억하고 있는지, 신기한 일이었다.

"그 양반은 아무리 작은 거라도 삐뚤게 놓거나 순번을 어겨 놓는 법이 없었지. 그림을 그리실 때는 눈을 감고도 색깔따라 쓰는 붓을 골라잡을 만큼 놓는 자리가 분명했지. 그래서 그림 방이 비좁긴 해도 흐트러진 물건 하나 없이 늘 선비 이마처럼 말끔했어."

"치매 초기엔 사회적 관심이 결핍되고 상호 관계성 파악이 어려워지지만, 성격적 특성은 오히려 강해지는 경향이 있어요. 따라서 평소에 집념과 애착을 가지고 있던 사물에 대한 소유욕이 강화되고 당시의 상황에 대한 기억은 신비하리만큼 아주 소상한 부분까지 유지됩니다."

의사는 부분적으로 유지하고 있는 할머니의 신기한 기억력을 그렇게 설명했다.

할머니는 분명, 한 서린 이승을 하직하고 저승으로 가실 때도, 할아버지에 대한 소상한 추억, 그 신기한 기억과 기다림은 그대로 안고 가시리라.

*

할머니가 갑자기 가슴 통증과 호흡 곤란을 일으켜서 병원으로 가고 있다는 아내의 전화를 받고, 나는 급히 차를 몰았다. 거리 관계로 내가 병원에 도착하기까지 다소 시간이 걸렸으므로, 할머니는 이미 응급 처치를 한 뒤 심장 내과로 옮겨 정밀 검사를 하는 중이었다.

"심전도와 다른 몇 가지 검사 결과가 좋지는 않지만, 흉통이나 호흡 곤란을 일으킬만한 특별한 소견은 없네요. 고령인 데다 정신적인 데 원인이 있는 것 같은데, 혹시 환자가 오랫동안 집착해 오던 일이 좌절되거나 갑자기 충격을 받을 만한 일이 있었나요?"

검사 결과를 검토하고 난 의사의 말에 나는 곧바로 대답하지 못했다. 심장 전문 의사는 이제까지 할머니를 진찰해 오던 의사가 아니었으므로 평소 할머니의 상태를 모를 것이고, 나는 그에게 할머니가 받았을 충격을 한마디로 이해시킬 수 없었기 때문이다.

나는 양해를 구하고, 다소 길지만 할머니가 보낸 70년 세월을 들려주었다. 미완의 자화상을 두고 종적을 감췄다가 '전사 통지서'가 아닌 '전투 중 행방불명' 통지서로 돌아온 할아버지의 행적과 그 할아버지의 귀환을 믿고 살아온 할머니의 기나긴 기다림. 그리고 그 기다림조차 벽에 부딪힌 현실과 간헐적인 착각과 환시, 망각 증상들을….

내가 말을 마친 후에도 잠시 동안 침묵을 지키던 의사는 긴 숨을 내쉬며 말했다.

"참 오래도 기다리셨군요. 70년 세월을 보내고도 마주친 건 좌절뿐이니, 그 충격이 크셨던 겁니다. 가족들이 보아 온 환자분의 이상 행동들은 치매 초기에 심리적으로 감당할 수 없는 충격 때문에 나타나는 증상인데, 이제는 생체 장기까지 반응하고 있는 겁니다. 좌절감, 불안감, 그런 것들이 전흉부통, 두통, 현기증, 호흡곤란 등으로 나타나는 거지요.

심장 신경 증후군이라고 하지만, 심장 자체의 이상이 원인은 아닙니다. 사람에 따라서는 위장 쪽으로 증상이 나타날 수도 있으니까요. 정신 안정제를 쓰면 증세는 일시적으로 호전되겠지만, 워낙 고령이신데다 정신적으로 안정이 되도록 기대 여건이 충족되면 호전될 수 있지만…."

말끝을 흐리던 의사는 고개를 저었다.

"혈육 상봉을 기다리며 마음을 앓고 있는 사람들이 어디 한두 분이겠소. 우리 아버님도 부모님을 북에 두고 오셨는데, 남북 이산가족상봉 행사가 시작되기도 전에 돌아가셨습니다. 환자 분과 다름없는 고통을 겪으셨지요. 의술로도 어쩔 수 없는 고통입니다. 역사가 낳은 병이지만 역사를 되돌려 바로잡을 수는 없는 거고."

입원 수속 후, 할머니는 일반 병실로 옮겼다.

"가슴 통증이나 호흡곤란, 어지럼증은 잡혔으나, 기력이 많이 쇠진한 상태니까 잘 드시게 하고 많이 움직이도록 하세요. 환자에게 자극이 될 만한 얘기는 삼가도록 하시고…."

그러나 할머니의 행동 반경은 집에서보다 오히려 좁아졌다. 부축을 받고 복도를 거니는 것조차 마다하고, 꿈을 깬 뒤에 할아버지를 찾는다며 헤매는 작은 소동도 없어졌다.

할머니는 거동할 의욕을 잃고 병상에 누워서 지냈다.

가족 친지들의 존재를 기억 속에서 지워가듯 말도 그렇게 잊어 가고 있는지, 가끔씩 되풀이하는 것은 단 한마디뿐이었다.

"기별 왔나?"

할아버지의 생존과 상봉 소식을 묻는 그 말, 70년을 기다리며 마음속으로 묻고 또 물었을 그 말만 잊지 않고 되풀이할 뿐이다.

눈을 뜨고 있는 시간보다 감고 있는 시간이 많았다. 눈을 떠도 시선이 가는 곳은 병상 옆으로 옮겨 놓은 미완의 초상화, 할아버지의 자화상이다. 잠시 바라보다가 이내 고개를 돌리고 한숨을 내쉰 뒤 할머니는 다시 눈을 감는다. 의사의 말대로 기력만 쇠진한 것이 아니라, 오랜 세월을 버텨 온 인내도 쇠진한 것이다.

이제 병상의 할머니에게 남은 것은 서리 맞은 수숫대처럼 바싹 마른 육신, 기대도 희망도 긴 세월에 풍화되고 기력과 인내마저 쇠진한 육신뿐이다.

처음 그대로 남아 있는 건 할아버지가 손수 그리다 멈춘 초상화, 미완의 자화상뿐이다. 할머니의 말대로 '언제 매조지'를 할 는 지 알 수 없는 일이다. 설령 북쪽 땅 어딘가에 할아버지가 살아 있고, '매조지'하고 싶은 간절한 소원이 있다 해도 할아버지 뜻대로 할 수 없는 일이다. 할아버지가 '선비 이마처럼 정갈한 그림 방'에 돌아와 붓을 잡는 길, 그 길을 가로막고 있는 장벽은 할머니와 할아버지가 원한다고 해서, 같은 아픔을 지닌 더 많은 사람들이 원한다고 해서 허물 수 있는 것이 아니잖은가?

머지않아 할머니는 이승의 삶에 한을 남기고 '돌아올 수 없는 긴 강'을 건너 다른 세상으로 갈 것이고, 할머니의 애처로운 삶을 평생 지켜보면서, 아무것도 할 수 없었던 자신의 무력함을 자책하던 아버지 역시, 회한(悔恨)을 풀지 못한 채 언젠가는 할머니가 건너 간 '긴 강'을 건너 갈 것이다. 어쩌면 두 분이 풀지 못하고 남긴 것, 그것 역시 미완의 할아버지 자화상과 함께 내가 물려받아야 할 유산이 될는지도 모른다.

✎ 안수길

월간 문학 등단, 충북 예술상, 충북 문학상, 유승규 문학상
소설집 『당신의 십자가』, 『광풍과 딸국질』, 『잠행』 전 5권 외
칼럼 「비껴 보기 뒤집어 보기」 외

머리악·모도리·깜부기·개고기

박 희 팔

경로당에 초로의 할머니들이 또 모였다. '초로의 할머니들'이라 한 것은, 82세 이상에서 98세까지의 할머니들 넷은 이제 나이가 연만해서 경로당까지의 출입이 힘에 버겁다 하면서 안 나오고 있으며, 65세에서 80세 미만의 할머니들은 활동에 지장이 없어 경로당 출입을 할 수 있어 나오니 이들을 연만한 할머니들에 비해 아직은 젊은 축의 할머니들이라는 말이고, '또'라고 한 것은 그만큼 자주 경로당엘 나온다는 뜻이다. 일주일에 나흘 아니면 닷새는 나오니까. 점심 임박해서 와서는 밥이나 국수를 해먹고 오후 서너 시까지 한패는 얘기 장단, 또 한패는 고스톱을 치다가 각기 집으로 돌아간다. 머릿수가 일고여덟은 된다. 동네에 또래 할머니들이 더 있지만 남의 집 수박 하우스며 삼밭 일에 끌려 나가고, 자식들 농사일을 거드느라 못 나오는 이들도 있어 평균 잡아 그렇다는 얘기다. 그런데 이들은 이 경로당 나오는 날 중 하루를 잡아서는 그날 할 얘깃거리를 정해서 돌아가며 허심탄회하게 한 마디씩 한다. 오늘이 바로 그날인데 이야깃거리는 기(氣)에 관한 것이다.

"우리 손자 놈은 요새 기가 나서 우쭐우쭐 대는데 가관여."

"왜, 핵교에서 섬을 잘 봤는가 보지, 그리도 기세가 오르고 의욕이 넘치는 거 보믄. 우리 집 손녀딸은 요새 기가 팍 죽었는디."

"그 집은 또 왜 그려, 며칠 전까지만 해도 상냥하게 웃으면서 기를 피고 다녔는데."

"누가 아니래, 저 집하고 반대로 핵교 섬을 잘 못 봤는지."

"듣자 하니께 참 기가차서 죽겄네. 애들이 그럴 때도 있고 저럴 때도 있지, 허구헌 날 그래 기가 넘치고 기가 꺾여 있을라구?"

"그려, 기가 등등할 때는 잘 다스려 주고 기가 꺾여 있을 때는 잘 북돋워 줘야제."

"여보게들 인자 그 기세가 들쑥날쑥하는 애들 애길랑 그만두고 우리들 얘기나 혀."

한 할망구의 이러한 말에 모두들 움찔하더니 모두의 시선이 얼굴에 살점 깨나 붙은 유들유들하게 보이는 할매에게 쏠린다. 그 서낭골 할매는 젊었을 적부터 육두문자를 잘 써서 주위를 폭소케 하는 일이 잦았다. 할매들이 아직 아주 먼 옛적 어느 날인가, 그러한 그녀의 얼굴을 보며 비실비실 웃음기를 보였을 때, "왜, 날라 가는 새의 니노지를 봤나? 왜들 푸실푸실 웃는겨?" 해서 한바탕 까르르하게 한 일도 있다. '니노지'는 당시 젊은 축의 사내들 간에나 한창 쓰던 여자의 그것을 의미했던 은어였던 것이다.

"왜, 몽짱 나를 보는겨, 내 얼굴이 핼쓱해서 기가 허해 뵈는감?"

"그 얼굴이 핼쓱해 보인다구, 하도 기가차서 말이 안 나오는구먼."

"아녀 잘 봐봐 그런 것 같은데. 자네 요새 영감하구 한자리 보전 안 하제? 그래서 얼굴이 저렇게 쪼그라 붙었지 내 다 알어."

"아니 어짜구 어쨔? 그러는 자네는 히마리가 없어. 기죽어 있는 자네 영감한테 아직두 찝쩍거린다는 겨. 아무리 그리해도 수그러져 있는 그건 살려내지 못할 걸?"

"아니 저 말본새 보게. 저게 아무리 할망구라도 아녀자의 입에서 나올 소리여?"

"왜 우리들찌리 있는디 워뗘? 아니들 그려? 지금은 영감 것을 아무리 말아서 비비꽈두 전에처럼 안 살아나데. 젊었을 적엔 툭 건드리기만 해두 기가 살어서 까딱까딱거렸잖여." 해서 모두들 한바탕 웃어 젖혔다.

아직도 쿡쿡 웃음기를 띠고 있는데 그 와중에 새터 할매가 말머리를 돌리고 나선다.

"이 '기'라는 게 말여, 돌아가신 우리 시아버님이 그러는데 '기운'을 뜻하는 한자어랴."

맞다. '기'는 '기운 기(氣)'다. 그래서 한자어다.

"우리말로는 머리악이랴. 그래서 '기를 쓰다.' 하는 걸, 옛사람들은 '머리악을 쓰다.' 했다는 겨. 그래서 실제로 우리 시아버님은 '기를 쓰고 덤벼든다.' 하는 걸, '머리악을 쓰고 덤벼든다.' 라고 했어."

"맞어, 내도 우리 할아버지가, 사람들이 어떤 일에 의욕이 일거나 기세가 오를 때는 '머리악이 나서 덤벼든다.'고 한 걸 기억햐."

"그냥 '악을 쓴다.'는 것도 무서운데, '머리악을 쓴다.'고 하니, 더 강하고 무시무시한 기운이 드는 것 같네. 안 그려 들?"

이에 서낭골 할매가 나선다.

"내 오늘 이불 속에서 머리악을 쓰고 치근덕거려 봐야겠네."

이 말을 듣고 한바탕 웃고 난 동네 할머니들은 이날부터 서낭골 할매를 '머리악'이라 불렀다.

이 머리악이 아들 셋을 두었는데 곧 장군이, 주식이, 창달이 이렇게 셋이다.

그런데 이 첫째 애인 장군이는 동네서 이름난 엉뚱한 애였다가 야무진 애로 변한 애다. 사연인즉 이렇다.

"장군이 그놈 참 엉뚱한 놈이제? 이 말하믄 저 말하구 말여."

"뭐가 옳은지 그른지도 모르고 아무 생각 없이 엄벙덤벙하는 놈이제."

"그 녀석 그 퉁어리 적은 행동 때문에 어느 누가 일을 맡길 수가 있었남?"

"장군이한테 일을 맡겨? 애초에 돌려놨던 앤데 일을 맡겨?"

"그래도 어디 그럴 수 있남? 같은 동네서 빤히 아는데 그 놈만 충하할 수 없어서 믿거라 하고 나뭇단 쌓는 걸 맡겼더니만, 그리도 무책임하게 중도에 내버려두고 간다 온다 말없이 사라져 버릴 줄 누가 알았남?"

"음식 같잖은 개떡 수제비에 입천장 뎄구먼."

"맞어, 맞어, 우습게 알고 맡긴 일이 그야말로 해를 입은 겨."

"그 엄니는 우스갯소리로 육두문자는 잘 쓴다지만 어떤 일이든 의욕을 가지고 임하잖여."

"그려 글쎄, 그런데 그놈은 허당여."

그런데 아낙들은 같은 놈을 두고 말들이 다르다.

"장군이 그 자석 그거 어리숭해 보여도 얼마나 제 알속 차리는지 몰러."

"그렇다니께, 얼매나 능청맞고 천연덕스럽다고."

"이웃집 개도 부르면 온다고 했는디, 이놈은 불러도 못 들은 체하고 딴전을 부리고 있는 겨 능청맞게."

"토깽이가 위험할 때를 대비해서 구멍 셋을 파 논다고 하더니만, 얘는 제 어정쩡한 일이 있을 때를 대비해서 미리 몇 가지 술책을 짜놓고 있는 그런 자석이라니께? 아마 그 못들은 척 한 것두 제 이득에 아무 관련 없는 일이라고 생각해서 그런 걸 껴."

"그려, 맞어, 제 맘에 어긋나는 일이라도 있으믄 미꾸라지처럼 잘도 빠져나간댜."

"그런거 보믄 제 엄마 닮아 겉은 허투루 보여두 속은 멀쩡한 놈여 안 그려?"

그러니까 남정네들은 장군이 이놈을 제 몸 하나 못 추스르는, 아무 대책 없는, 어리석은 놈이라고 하는 반면, 아낙들은, 멀쩡한 놈인데 제 알속을 차리기 위해 우정 능청스럽게 딴전을 부리는 그런 놈이라는 거다.

그런데 이놈이 가을로 들어서면서 찬바람이 불기 시작하는 찬바람머리에 생사를 넘나드는 병을 되게 앓았다. 무슨 병인 줄은 모르나 병중에 정신을 못 차리고 계속해서 잠을 잤다는 것이다. 그래서 동네 노인장들은 그게 '이승잠'이라는 건데, 곧 '이 세상에서 자는 잠'이라는 것으로, 혹독한 열병을 앓을 때 그런 잠을 잔다는 것이다. 그래서 그 부모들은 그냥 지켜만 보며 깨기만을 기다리고 있던 중, 이놈이 몇 날 며칠만에 마침내 그런 잠에서 깼는데, 혼수상태로 헛소리를 해대고 허우적대더니만 또 한참을 잠에 들어 있다가 깼는데, 이번엔 목마르다는 시늉을 해 보이면서 물을 찾더라는 것이다. 그래 제 엄마가 하도 반가워서 얼른 물을 한 사발 그득 갖다 줬더니, 이걸 벌컥벌컥 들이마시고 나서 제 엄마를 빤히 바라보더라나. 그래서 제 엄마가,

"이제 정신이 드냐? 이 에미 알아보겠어?"

하니, 머리를 끄덕끄덕해 보이며 주위를 두루두루 둘러보더라는 거다.

하여 이때부터 죽과 밥을 번갈아 먹기 시작하면서 일어나게 됐는데, 어인 일인가 녀석이 확 달라졌다는 것이다.

"아부지 엄마, 이제부터 장남인 제가 농사일 다 할게 이제 일손 놓세유."

하며 제 아비의 손에서 낫을, 엄마 손에서 호미를 빼앗는가 하면, 두 동생들에게는 이제부터 형 노릇을 잘할테니, 니들도 이 형을 잘 따라 달라고 한다. 그뿐 아니다.

"이장님, 오늘 동네 풀 베고 청소하는 날, 지가 소독하는 분무기 책임질게유."

하는 등 지나칠 정도로 꼼꼼하고 자세하며 솔선수범하는 사람으로 변한 것이다.

이러니 동네서 놀라지 않을 수 없다. 아낙들이 가만있질 않는다.

"아녀, 보니께 인자 능청 떠는 게 아녀. 진실한 맘여."

"전에는 이악해 보이더니만 인자 아녀, 제 몸 사리지 않는 게 눈에 보인다니께."

칭찬이 끊이지 않고 자꾸 이어간다. 남정네들은,

"그 녀석 참, 앓고 나더니만 사람이 백팔십도 달라졌어. 우리 동네 보배여 보배."

"이장은 인제 아무래도 바통을 넘겨야 겄어."

하는가 하면, 노인장들은,

"제 할아버지가 살았을 적에, 우리 집안에 모도리가 나왔다고 하더니만 그게 허튼 수로 한 말이 아니구면."

"그러구 보니 인제 생각나네. '모도리' 그려, '아주 야무지고 빈틈없는 손주' 보았다고, 인제 한숨 놓았다고 대견해 했었지."

"근데 어디 그랬어. 저만 아는 잇속 바른 놈이라고만 여겼지."

"그로 보믄 사람은 두고 봐야 알 일여."

"그놈 참 이승잠에서 깨어나드니만 사람이 그렇게 달라져 그래!"

"그러니 조상의 도움이 없다고만 할 게 아녀. 제 할아버지가 앞을 내다본 일이며, 다 죽는다고 한 걸 살려 낸 것도, 따지고 보믄 제 아부지 엄마며 게다가 조상이 돌본 덕 아녀?"

"그러는 자네도 그럼 한번 그 모도리인 장군이 마냥 되게 앓고 나봐. 딴 사람 좀 되나?"

"그게 아무나 되남, 그럴 수만 있다면 한번 그래보지 뭐. 허허허."

"그러니께 누구 덕이니 뭐니 하고 말할 게 아녀. 다 자기 할 나름이지."

"여하튼 생사를 넘나드는 일을 당하고서부터 그렇게 됐어, 안 그려?"

"글쎄 말씨, 다 맞는 거 같으이."

여하튼 서낭골 아주매는 큰아들이 변한 것을 놓고 생각을 많이 했다. 엉뚱한 애였을 때를 돌이켜본다. 그때 영감과 다투었었다. 서로가 떠밀었던 것이다.

"아무래도 내 씨앗이 아녀 보여. 돌아가신 아버님 말씀이, '이 손주 애는 틀림없이 모도리라면서 야무지고 빈틈없는 놈'이라고 하셨잖여? 근데 워디 그려? 내가 봐도 그렇고, 동네 사람들도 다 엉뚱한 놈이라고 하잖여. 이거 보면 아무래도…."

"아니 시방 날 의심하는 거요? 틀림없이 우리 첫날밤 치르고 꼭 열 달 만에 우리 장군일 낳는데 원제 워디서 내가 군것질을 했다는 거? 또 시아버님이 날 얼매나 믿었는디, '워디 가서 애비가 너 같은 각시를 얻어? 그것두 애비 복여.' 했단 말여요."

"아이구 아버지가 그런 말씀을 하셨어! 난 지금 당신한테 첨 듣는 걸. 그리구 나한테 시집오기 직전에 어떤 놈 하구 잤는지 누가 알어? 내가 보질 못했으니."

"아니 이 양반이 누굴 화냥년으루 아나? 이놈저놈 붙어 사는 지집 만나 퍽 좋겠우. 나 원 살다 살다 별르므 꼴 다보네."

"누가 알어 당신 입이 하 걸은께. 동네서두 이름이 났잖여? 여자 입에서 와이당 얘길 서스름없이 한다구."

"아이구 인제 보니께 당신이야말루 엉뚱한 사람이구려. 꼭 장군이 마냥? 사내 자식이 꼭 애비 닮아 가지구!"

"아니 뭐여. 불똥이 왜 나한테 붙어. 당신 쇠똥벌레여?"

"당신이 먼저 쇠똥벌레마냥 장군일 나 닮았다구 나한테 떠밀었지, 내가 먼저 떠밀었수?"

"여보 그만두자구, 이러다 큰 쌈 나겄어."

그 때는 이렇게 끝났지만, 지금은 다르다. 이렇게 장군이가 새사람이 되고 보니 그때 일은 서로가 일언반구 꺼내질 않았다.

"여보, 애가 앓고 나더니 새사람이 됐어. 당신이 애 병구완 하느라 애 썼어."

"고마워유, 하지만 워디 나 혼자 애썼수 당신이 맘고생 많이 했지. 아니 그러우!"

"인제 큰애가 저리도 잘하니 이제는 아무 걱정이 없어."

"인제 장가만 보내면 돼지유. 난 시골 여편내니께 동네 밖의 일은 모르니, 당신이 며느리 감을 찾아보시우."

했다. 그런데 일이 수월했다. 농업 학교를 나온 장군이가 사람이 됐다는 게 알음알음으로 이웃은 물론 면 소재지 군 소재지까지 알려지니, 아직 군대도 안 갔다 왔는데 벌써 여기저기서 통혼이 들어왔다. 그래서 수원에서 농약 방을 하는 당숙이 군대를 갔다 오면 가게를 인도해 주겠다는 언질을 받고 군대 가기 전에 결혼을 했다. 색시는 고등학교를 나와 면 소재지의 농협에 입사한 새내기다.

이래서 장군인 군대 제대하고 수원으로 살림났다. 장군이 나이 스물다섯이다.

큰애와 세 살 터울인 둘째 주식이는 군대 갔다 와서 스물일곱에 결혼했다. 주식이도 군 소재지의 농업 학교를 나와 일찌감치 집안일을 도와 농사에 매달렸다. 얼마나 논밭일에 열심인지 얼굴이며 팔뚝이 까맣게 탔다. 오죽하면 동네 어른들이 '깜부기'라고 했을까? 그 내력은 이렇다.

영어의 위력이 농촌에까지 파고들었다. 하기는 농촌의 중장년치고 고등학교나 그 이상을 마치지 않은 사람이 없는 게 현실이다. 그러니 영어는 물론, 다른 외국어도 꽤 알아서 요즘 젊은이들 간에 쓰는 핸드폰의 외래어 약어에도 밝다. 그래서 이 동네 장년들도 우리 고유어에 영어와 한자어를 섞어 쓰는 조어도 만들어 낸다. 그게 곧 '깜보디어'다. '깜'은 '까맣다'를 뜻하는 우리말이고, '보디'는 영어의 '보디(body)'로 곧 '몸통 부분'을 말하며, '어'는 한자어의 '어(語)'이다. 그러니까 '까만 몸을 뜻하는 말'인 것이다. 이건 주식이의 별명인데, 주식인 남들보다 온몸이 까맣다. 온 몸이라 했거니와, 실은 겉으로 드러나 보이는 얼굴이며 팔뚝이며 다리며가 까맣다. 이는 뜨거운 여름 햇볕에 찌들어서 이다. 그만큼 남들보다 들일에 억척이라 그렇다.

"주식이 쟤는 아주 들에서 살고, 쉬는 걸 못 보겠어."

"그러니께 난닝샤쓰하구 반바지 입은 곳만 빼구 온통 쌔까맣지."

"그치만 우리도 쟤만은 못해도 땡볕 아래서 여름일 하잖여?"

"그래도 쟤보단 허옇제. 하여튼 그도 그렇지만 쟤는 특이한 피부여."

"오죽해야 우리가 '깜보디어'라 하는가?"

"그려 근데, '깜보디어'보다는 아주 '캄보디아'라는 게 워뗘? 발음도 비슷한데다 실제 나라 이름이고 건넛산 아래의 공장에서 일하는 그 캄보디아 사람들 피부도 주식이 마냥 까무잡잡하잖여?"

"그것 좋겠다. 이참에 '깜보디어' 대신 아주 '캄보디아'로 하자구."

"캄보디아 얘기가 나왔으니 말이지, 지난해 초등학교 동창회에서 동남아 여행 갔을 때 캄보디아로 갔잖여. 그 수도 프놈펜하구 앙코르에 있는 '앙코르 와트'라는 옛 사원을 봤는데 볼만 하데!"

"아니, 주식이 별명 얘기에 느닷없이 왜 삐딱한 데루 빠져? 여하튼 다시 말하지만 주식인 이제 '깜보디어'가 아니구 '캄보디아'인 겨. 알었제

들?"

"그려, 그려."

그런데 동네 노인장들 간에는 주식이는 '깜부기'라 불린다. 그의 살갗이 까매서이다.

'깜부기'란 것이 원래는 '깜부기숯'이란 말이 줄어든 것으로, 나무 줄거리를 때고 난 뒤에 불기를 꺼서 만든 숯이다. 그래서 까맣다.

곡식에 '깜부깃병'이라는 게 있는데, 이는 곡식의 이삭이 깜부기 균에 의하여 검게 되어 깜부기가 되는 병을 말한다. 이 병은 보리, 밀, 옥수수, 조 등의 이삭이나 씨알에 생겨 큰 해를 주는 병이다. '깜부기불'이라는 것도 있는데, 이건 깜부기숯 따위에서 불꽃이 없이 거의 꺼져 들어가는 불을 말한다. 여하튼 깜부기는 빛깔이 검은 게 특징이다.

"여보게, 주식이 말일세, 그 안에서도 점점 주식이 닮아가데."

"왜, 그 변호사가 신랑 닮아 묵묵이라도 돼 가는가?"

"그게 아니라 갓 시집왔을 땐 그 헙헙했던 사람이 지금은 한 톨의 양식도 축을 낸다거나 버리질 않고 여투어 둔다는구먼!"

"내외는 닮아간다 하지 않는가?"

"자네 말대로라면 밖에서 안을 닮을 수도 있잖여?"

"아이구, 행여 그 알토란 주식이가 헙헙한 그 안을 닮겠네. 삼년 묵은 콩이 싹트길 바라는 게 낫지."

"그려, 주식이 그 사람 얼굴이 여느 사람들보다 검어서 깜부기라 불리지만서두 어디 됨됨이는 깜부기처럼 푸슬푸슬 허술허술한가?"

"자네 말이 맞네. 맞구 말구. 정신이 개운할 정도로 시원스레 거리낌없이 이 오뉴월 땡볕에도 일 해내는 억척인디. 안 그려?"

정말 그렇다. 주식인 햇볕에 타 깜부기지만 깜부기처럼 곡식의 빈껍데기가 아니다.

"옛날엔 깜부기 참 많았지. 그놈의 깜부깃병은 왜 그리 곡식에 잘 걸렸는지."

"지금은 농약이 좋고 보리나 밀, 조 같은 곡식을 잘 안 지어먹으니까 그렇지. 옛날에 우리 어렸을 적엔 참 깜부기 흔해서 그거 솎아 내느라고 혼났잖아."

"그 깜부기 우리 어려서 멍청 먹었지 왜."

"그럼, 그럼, 입안이며 입술 언저리가 까맣두룩 먹었지. 그게 뭐 맛이 있구 영양이 있는 거라구."

"영양이 있어 그랬나? 먹을 게 없구 깜부기 퇴치 차원에서 그랬지."

"바람이 불거나 심술 맞게 얼굴에다 훅 불면 얼굴이 온통 깜둥이가 됐지. 왜 지금 까만 주식이 얼굴처럼."

캄보디아, 깜부기 별명을 가진 주식은 아내와 함께 오늘도 뙤약볕에서 밭일을 한다.

"여보 우리 저 주식이 말예요. 제 형 장군이가 태어났을 땐 할아버지가 아주 야무지고 빈틈없는 애라고 그래서 모도리가 나왔다고 말씀하셨는데, 제 할아버지가 안 계실 때 나왔으니 뭐라고 말씀이 없었는데도 저렇게 싹수가 있어 참으로 대견하지요?"

"암 그렇구 말구, 아버지가 생존하셨어두 우리 농토 지킬 애라구 흡족해 하셨을 게야."

"맞아요. 그도 그렇지만 제 동생 창달이 챙기는 거 보믄 우리가 보호잔지 지가 보호잔지 모르겠다니깐요, 안 그렇수?"

"왜 아녀, 그놈 참 기특햐. 먼젓번에 제 아들 놈하구 창달이하구 다퉜을 때의 일, 당신 생각나?"

"나지유. 그때 주식이가 제 자식을 나무란 일 말이잖어유?"

"그려, 그때 나 그놈 주식일 다시 봤다니께."

먼젓번의 일이란 게 이렇다. 주식이 방에서 일곱 살 난 주식이 아들애하고 열일곱 살짜리 주식의 동생(창달이)이 서로 큰소리를 내는 게 들리더니, 쪼르르 주식이 아들놈이 마루로 쫓아 나온다. 뒤이어 삼촌 되는 주식이 동생이 어슬렁어슬렁 나온다. 마루엔 시어머니 되는 서낭골 마나님과 주식이 댁이 앉아 빨래를 개고 있었다.

"엄마, 엄마, 삼춘이 나 나가래. 우리 방에서 나가래."

"무슨 소리야?"

"저기요, 하두 책상 위가 지저분해서 좀 치우라구 했더니, 상관 말라구 하면서 안 치우는 거예요. 그래서 주섬주섬 내가 치우려고 하니까 놔두라며 내 손을 탁 치는 거예요. 그래서 내가 화가 나서, '저리가! 너 나가!' 그런 거예요. 그랬더니 얘가, '왜 내가 나가 이건 우리 방이야 삼촌이 나가!' 이러는 거예요."

이걸 듣고 있던 주식이 처가 뾰로통해서 말한다.

"그건 삼촌이 잘못했네요. 우리 방인데 왜 삼촌이 나가래요. 삼촌이 나가야지요!"

"아니 전 그냥……."

그때 주식이가 들에서 들어왔다.

"왜, 뭔데 그랴?"

주식이가 제 처를 보고 묻는다. 자초지종을 들은 주식은 제 아들놈에게 대뜸,

"야 이놈아, 그게 무슨 소리여 이 집은 우리집이고, 할머니 할아버지, 아버지 엄마 그리구 삼촌도 너도 다 우리 식군데, 우리 방 삼촌 방이 어딨어! 그리구 삼촌은 너보다 열 살이나 위구 아빠 동생이라 작은 아버지 뻘인데, 윗사람한테 그게 무슨 행우여. 빨리 잘못했다구 사과 못해!"

이 말을 듣고 있는 주식이 처 얼굴이 빨개지고 꼬맹이가 울먹울먹하더니,

"사 삼촌, 잘못했어 다신 안 그럴게."

하는 거였다. 창달이도 그러는 조카에게,

"그래 알았어. 우리 친했는데 앞으로 더 잘 지내자!"

하고 빙긋이 웃어 보이는 거였다. 그러더니 정말로 그 이후 둘은 더 위하고 받들고 하면서 더욱 친해졌다.

"여보, 그때 말여 주식이도 주식이지만, 우리 막냉이 창달이 말여 늦게 본 자식이 그렇게 의젓해 보일 수가 없었어."

"내 닮아 순해 터지잖어유."

"앗따, 또 자기 몸 자기가 추스르네. 그래서 창달이를 '개고기'로 만들었구먼?"

"개고기, 그리유 그때 일 생각하믄 참 웃음나유. 얼매나 맘 여린 앤데."

창달이 농업 학교 1학년 여름 방학 때 여섯 살 난 조카하고 엄마 따라 서울 이모네를 가서 한 닷새 있었다. 그곳 또래들과 어울리려는데, 이 서울깍쟁이들이 시골뜨기라고 두 애들을 깔보고 놀리면서 그중 제일 큰 놈이 놀이 삼아 조카의 머리를 알밤으로 쥐어박는 거였다. 조카가 울면서 삼촌을 쳐다보는데 그게 응원을 청하는 것 같았다. 그 조카는 삼촌을 늘 자신의 보호막으로 여기면서 어려운 일을 당하면 삼촌에게 응원을 청하면서 의지해 왔다. 그러니 창달인 삼촌의 입장에서 가만히 있을 수가 없었다. 놈은 허우대가 자기보다도 크다.

"니 와 까닭 없이 내 조카를 쥐어박아?"

"어쭈, 시골뜨기가 날 째려보믄 어쩔래?"

창달인 그 말에 더욱 화가 치밀어 자신도 모르게 녀석의 뺨을 냅다 후

려치곤 벌컥 밀어 버렸다. 뒤로 발랑 자빠진 놈을 올라타곤 사정없이 뺨을 내리쳤다. 지나가던 어른이 떼어놓지 않았으면 더 계속할 것이었다. 주위를 보니 또래 애들이 한명도 보이지 않는다. 그걸 보고 다 도망가 버린 것이다. 그런데 그 맞은 애의 엄마라는 사람이 쫓아와서, 우악스런 시골 놈이 연약하고 곱게 키운 내 자식을 사정없이 팼다고 죽일 놈 살릴 놈 해가며 마구 삿대질을 하는 게 아닌가? 이에 창달이 엄마가 나섰다.

"뭣여, 아나 죽여 봐라. 내 자식 죽이면 그 자식은 온전할 것 같애? 엇다 대구 삿대질이야. 그래 너 죽구 나 죽자!"

하고 그 애 엄마의 머리채를 잡으려 하자, 그 엄만 혼비백산 달아나고 말았다. 그 유순한 엄마가 이렇게 독하게 나올 줄은 몰랐다. 다음날부턴 또래 애들이 창달일 보면 슬슬 피하면서 저 애 '개고기'라고 수군거리고, 그 애 엄만 창달이 엄마를 보고 고개를 설레설레 흔드는 걸 보았다.

"이모부, 애들이 와 날 보구 '개고기'라구 그래유?"

"허허, 그러냐. 어저께 네가 너보다 큰애를 두들긴 걸 보고 너를 '성질이 질기고 사나운 막된 사람'으로 본 모양이구나."

이 개고기 일을 시골집에 내려와서 조카가 영웅담처럼 마을에 퍼뜨렸다.

이런 후로 마을에선 개고기 날인 복날이 되면 창달일 보신탕 대신 개고기라 칭하고 있는 것이다.

이제 그 개고기 창달도 성인이 되어, 결혼도 하고 남매를 두었다.

이장이 방송을 한다. 점심 준비가 되어 있으니 마을 회관으로 나와 복달임을 하자는 마을방송이다. 그러고 보니 오늘이 초복이다. 창달 씨는 때에 맞춰 회관으로 나갔다.

"아니 웬 복날에 꽁보리밥여? 마을 돈두 가물을 탔구먼."

"그러게, 아무리 가물기로 서니 마을 돈이 그렇게 말랐어. 이거 가지구 더위에 몸보신이 되겠어? 아무리 그래두 작년처럼 삼계탕은 먹어야지. 안 그려 이장?"

"내두 고민 끝에 부녀회장하구 대동 계장하구 상의해서 한 거유. 보셔유, 보신탕은 잡는 과정이 어떻다, 밀려오는 중국산은 누렁이가 아니라 이리다. 항생제 든 사료만 먹여 인체에 해롭다 하는 소문이 나돌아 벌써 재작년부터 먹기를 꺼려했지유. 그래서 작년엔 삼계탕으루 했지유. 그런데 올핸 그느무 에이아이(AI)인가가 닭한테두 왔다 잖어유. 그런 걸 어떻게 삼계탕을 해유? 그래서 꽁보리밥을 한 거유. 꽁보리밥, 옛날 누렁이들 집집이 있을 적 보릿고개 춘궁기에나 먹어본 것 아니유? 꽁보리밥 썩썩 비벼먹던 시절 잊었어유? 요샌 돈 주구 사먹어야 돼유. 이 보리쌀두 부녀회에서 어렵사리 구해 가지구 땀을 뻘뻘 흘리면서 때끼구, 잦히구 뜸 들여서 지은 거래유. 그런 부녀회원들한테 수고했단 소리는 고사하구 뭔 그리 투정들만 부려유?"

"원 이 사람 농담두 못하는가? 알았네 알았어. 미안햐."

"그건 그렇구 오늘이 개고기 날이지. 저기 있는 개고기, 오늘 꽁보리밥 많이 먹게!"

창달 씨를 보고 하는 소리다. 창달 씨는 복달임인 꽁보리밥을 먹으면서 의아하게 생각했다. 개고기가 부드럽고 소화가 잘되는데 왜 개고기를 검질기고 막된 사람이라 하는 걸까?'

이와 반대로 창달인 그야말로 파리 한 마리, 개미 한 마리 죽이지 못하는 아주 유약한 사람인 것이다.

한자 학습 혁명 박흥균 원리학자에 의하면, 옛날 중국인에게 있어서, 개는 야생 상태에 있는 이리를 식용으로 사육하기 위해 길들인 가축이었다는 것이다.

그래서 '중국산 개는 이리다.' 하는 말이 난 모양이다.

또 여우 호(狐), 고양이 묘(猫), 원숭이 원(猿), 멧돼지 저(猪) 등의 한자
엔 개 견(犬, 犭)자가 들어가는데, 이러한 짐승들은 모두 사납고[猛], 교
활하고[狡], 미친 듯한[狂] 성격을 가졌다는 것이다.

이 때문에, 개고기를 성질이 검질기고 사납고 막된 사람이라 속되게
비유하는 걸 것이다. 이런 걸 모르는 창달 씨다.

어느덧 이렇게 됐는가? 그간 서낭골 할매의 영감이 돌아간 지도 어언
1년이 지났다. 오늘 서낭골 영감의 기일을 맞아 머리악인 서낭골 할매를
비롯해 큰아들인 모도리(장군이), 둘째인 깜부기(주식이), 그리고 막내인 개
고기(창달이) 이렇게 네 식구 열한 명이 모였다. 그리고 제를 마친 이튿날
이 대부대가 서낭골 영감의 묘를 찾아간다.

✎ 박희팔

교육신보 공모 소설 당선, 청주 예술상, 청주 문학상, 유승규 문학상, 충북 문학상
소설집 『바람 타고 가는 노래』, 장편소설 『동천이』 외,
꽁트집 『시간관계상 생략』, 스마트소설집 『풍월주인』, 중편소설집 『조홧속』
엽편소설집 『향촌삽화』, 컬럼집 『풀쳐 생각』

아네모네 한 송이

• • •

전영학

　　　　　　　　대추나무에 이름 모를 새 한 마리가 날아들었다.
식전에 습관처럼 연 창문 밖에서 어떤 새의 속삭임이 내 귀를 은밀히 흔
들었던 것이다. 둘이서만 통하는 밀어와도 같이 가슴을 재촉하는 그 소
리를 찾아 나는 본능적으로 시선을 던졌다. 나풀거리는 꽁지깃이 나뭇
잎 사이에서 언뜻 포착되는 게 기뻤다. 푸른빛이 감도는 검정색 머리에
노란 뺨, 연회색 날개를 가진 아주 작은 새였다. 하지만 녀석은 나뭇가
지 사이를 두어 번 폴폴 뛰다가 뭐가 바쁜지 금세 포르르 날아가 버리고
말았다. 나는 곧장 녀석을 따라갔으나 이내 힘없이 늘어져야 했다. 앞집
의 삐죽 솟구친 오렌지색 패널 지붕에 내 시선이 맥없이 걸렸던 것이다.
그 지붕의 처마를 범하기라도 할까봐 미리미리 가지를 잘린 대추나무의
허약한 품새가 오늘따라 퍽 외로워 보였다. 그러잖아도 남나중 잎을 틔
우고, 유월도 중순이 된 지금에서야 희끗희끗 꽃을 피우는, 활개마저 빈
약한 이 나무는 앞집 감나무 그늘 속에 늘 갇혀 있는 신세였다. 그래선
지 엄지만한 잎사귀를 하늘거리며, 언제고 불안하게 서 있어야 했다. 그
런데 새가 날아와 노닐다 간 것이다. 아주 잠깐이지만 말이다.
　나는 그 새가 다시 놀러오기를 기다리는 마음이 생겼다. 수시로 창밖
을 내다보곤 했다. 하지만 내가 잠깐 딴 일을 하느라 창 곁을 떠난 사이

였는지, 아니면 다시는 놀러올 생각이 없어졌는지, 꿀벌 떼만 잉잉거리는 나뭇가지 사이에서 새는 다시 눈에 띄지 않았다.

새를 기다리는 일이 부질없는 짓임을 깨우쳐 갈 무렵 새 대신 오지랖 넓은 마당발 을자 씨한테서 문자 메시지가 날아들었다. 확인해 주겠으니 한번 만나자는 것이었다.

우리는 며칠 전에 하염없이 비가 쏟아지는 밤에 만난 적이 있었다. 열 살이나 아래지만 대놓고 이름 부르기를 자제하는 '대장'과 함께였다. 나는 을자 씨와 대각에 있는 귀하를 의식해서라도 그녀와 표나게 어울리면 곤란한 점이 있었다. 만남을 주선한 을자 씨도 그것을 모르지 않지만, 어떤 방법으로라도 귀하를 꺾어 놓겠다는 의지가 확고했기 때문에 오히려 나를 동행시키는 데 나름 성의를 다하는 기색이었다.

발단은 외지에 나가 살던 귀하가 느닷없이 귀향하면서 벌어졌다. 이 도시 배후의 궁벽진 면 단위, 우리의 태생지는 중야(中夜)가 되기 전에 집집의 전깃불이 꺼졌다. 가로등 몇 점만이 졸면서 밤을 밝히는 적막강산이 되는 것이다. 망설이던 끝에 귀하가 낙점한 곳은 바로 우리가 사는 이 도시, 그것도 하필 우리 동네였다. 귀하에의 귀향은 을자 씨한테 적잖은 반향을 불러 일으켰다. 초등학교 시절, 시골이지만 부유한 집안 덕으로 세상 물정에 깨었던 귀하에의 콤플렉스가 을자의 머릿속에는 아직도 자글자글 끓고 있었다. 더욱이 이 도시의 중학교로 진학한 지 얼마 안 되어 온 집안이 시골 생활을 접고 서울로 이사를 가는 마당에, 을자를 쓰윽 내려다보면서 변변한 말 한마디 없이 떠나가던 귀하를 을자는 각인하고 있었다. 그런데 지명(知命)이 된 귀하가 젊은이 뺨치게 반짝반짝 윤나는 얼굴로 우리들 앞에 나타난 것이다. 을자 씨는 매사에 의욕이 꺾일 정도가 되고 말았다. 우리는 사십 대 초반에 남편을 잃은 을자 씨가 귀하의 남편을 어떻게 대할까 숨죽였지만, 귀하는 어디에서도 남편에 관한 이야기는 입에 담지 않았다. 자기처럼 죽었거나 이혼을 했을 거라고 짐작하는 을자 씨의 마음이 다소 풀려가는 와중에 엉뚱하게도 귀하는 동네일에 본격 뛰어드는 제스처로 나왔다. 을자 씨의 마음짝에는 자갈길 같은 불편함이 덜컹거리기 시작했다.

사실 귀하가 귀향한 진의를 우리는 알지 못했다. 번잡한 서울을 떠나 심신을 쉬자는 것인지, 무슨 일에 옭혀 잠시 도피처를 찾은 것인지 그녀는 말해 주지 않았다. 귀하가 풀장이나 피트니스 클럽에서 몸매나 관리하는 유한마담으로 고고한 것보다는, 동네일에 나서는 것이 살갑다고 우리 동창들은 편들었다. 하지만 을자 씨 앞에서는 입을 다물었다. 을자 씨가 동네일에 헌신 봉사한 오랫동안의 치적을, 또한 그로 인해 쌓아 올려진 그녀의 자부심을 잘 알기 때문이었다. 내가 을자 이름 뒤에 꼭 '씨'를 붙이는 연유가 거기에 있음을 그녀도 당연시할 정도니까. 달고 있는 '장'이 몇 개냐는 일부 동창들의 비아냥도 곁들였지만 말이다.

을자 씨와 귀하가 본격적으로 틀어져 정면 대결을 하게 된 것은 우리 동네 자율방범대장을 뽑는 문제에서 비롯되었다.

을자 씨는, 현 대장이 높은 사람들 눈치 안 보고 성실하게 치안과 민생을 위해 봉사했으니 연임을 시키자는 주장인데 반하여 귀하는 봉사직이든 알바 직이든 새 인물을 뽑아야 민주성과 자주성이 고양된다고 주장했다. 처음에는 귀하가 그저 자기 의견을 개진하는 수준이라고 보았으나 끝내 주장을 철회할 뜻이 없음을 알고 을자 씨는 전투 의지를 불살랐다. 이는 필시 어떤 꿍수를 가지고 자기 사람을 심어 놓겠다는 전략이라고 그녀는 의심했다. 방범대장이 우스운 것 같아도 시의원은 물론 시장을 만나는데도 일반인보다는 격이 올라가게 마련이고, 선거철이면 국회의원 나리도 챙기지 않을 수 없는 자리라는 것이었다. 그러면서 귀하의 행태는 수십 년 동안 우리 동네의 궂은일 마른일 마다치 않은 자기를 경시하는 짓거리라고 분을 삭이지 못했다. 이미 부녀 야유회나 근린공원 청결 문제, 상가 간판 정비를 위한 홍보 등 갖가지 마을 대소사에 사사건건 대립하던 둘의 관계는 우리 동창들의 노력으로도 회복이 힘들 정도로 악화되어 갔다.

평범하기 그지없는 도시 변두리 우리 마을의 방범대장 자리를 놓고, 관심 있는 대원들이 참여한 거라지만, 전례 없는 비공식 선거가 치러지기에 이르렀다. 결과는 을자 씨의 완승이었다. 그간 쌓아온 을자 씨의 인맥이며 골목 여론 조정자로서의 관록에다가 평소 누구에게나 습습한 대장의 인품이 귀하와 그녀가 추천한 여성 후보자를 압도했던 것이다.

그 날 회식은 이런 우여곡절 끝에 연임된 대장을 축하하기 위해 을자 씨가 마련한 자리였다. 물론 그 자리에 나를 꼭 집어넣고 싶어하는 을자 씨의 저의를 나는 잘 알았다. 대장의 연임도 연임이지만 자기의 완승을 확인시키고 또 은연 중 과시하고 싶은 심정이랄까? 내가 우리 초등학교 동창 회장을, 을자 씨가 떠미는 바람에 억지로 맡게 되었던 것과도 무관치 않았다. 그건 감투가 아니라 모임의 심부름꾼 정도였으나, 어떤 경우에는 대표로서의 중심을 잡아야 할 때도 있었다. 패배한 귀하를 의식하면 마땅히 고사해야 했다. 선거가 끝난 지 달포가 넘었고, 앙앙불락할 줄 알았던 귀하가 괴이할 만큼 조용하다고 해도 그건 혹 반전을 꾀하는 노림수일지도 모르니까. 그러나 을자 씨는 주저하지 않았다. 밤에 그것도 시 외곽 깊은 곳에 감쪽같은 자리를 마련했으니 조금도 괘념치 말라는 것이었다.

우리는 마을에서 멀리 떨어진 아주 외진 그 음식점을 찾아갔다. 아무리 마당발이라지만 어떻게 알아 뒀을까 싶을 만큼, 산모퉁이를 끼고 돌다가 높은 고개를 차오른 후 잣나무 숲이 우거진 길섶으로 빠져야 나타나는 집이었다. 입구에 노트 쪼가리만한 송판이 크레용으로 쓴 상호를 달고 있었지만 눈에 잘 띄지도 않았다. 그냥 알음알음으로 얻어들은 사람들이 드나드는 집일 수밖에 없었다. 이런 산속에서 무슨 영업이 될까 싶었는데, 의외로 꽤 널찍한 홀 한가운데에서 예약석이라는 손글씨 판이 눈에 띄었다. 우리는 한 쪽 구석으로 피하여 자리를 잡았다.

어느덧 날이 어두워졌고 산속이라서 감지하지 못했을 우기(雨氣)가 빗방울을 흩뿌리기 시작했다.

"이거 참."

가장자리로 빗물이 튀자 을자 씨는 안쪽으로 의자를 좀 끌어들이며, 장소를 정한 스스로에의 못마땅함을 얼굴에 내보였다.

"누님 오히려 낭만적이네요."

대장이 을자 씨의 불편한 심기를 챙겼다. 나도, 우리가 언제 비 오는 산속의 정취를 느껴 봤었느냐고 대장을 거들었다. 을자 씨의 얼굴이 다소 풀리며 소주와 함께 이 집 추천 메뉴 도토리묵과 염소 편육을 주문했다. 안주를 기다리는 사이 우리는 소주잔을 들어 대장을 위해 축배를 들었다.

"사실은 말야. 귀하 걔가 무척 집요했지."

빈 잔을 내려놓으며 을자 씨가 여유 있는 웃음을 지었다. 그녀는 덧붙였다.

"그런데 말이지. 대장, 그게 무슨 꼴심 쓰는 자리라고 걔가 그걸 그토록 탐내겠냐고, 내가 뻔히 알지, 그 꿍심을."

"그게 뭔데?"

나는 자못 궁금한 척 물었다.

"대장하고 아삼륙이 되면 우선 시의원들하고 친해질 거 아냐. 그리고 한발 더 나아가 시장하고도, 국회의원 나리하고도…. 하지만 그런 야심으로 대장을 추천하거나 대장이 되면 안 된다는 게 내 지론이야. 여기 우리 대장은 그런 야심이나 꿍심이 없어. 그래서 내가 이렇게 좋아하고 신뢰하는 거야. 맞지?"

을자 씨는 확인을 하듯 대장을 쳐다봤다. 대장이 표나지 않게 웃으며 고개를 끄떡했다.

"그러면 을자 씨는 이제 귀하하곤 평생 척지고 살 거야?"

내가 물었다. 을자 씨는 주저 없이 대답했다.

"걔는 근본이 안돼 먹었어. 사람을 차별하는 못된 습성이 밴 애라구."

"무슨 오금 박히는 일을 당했구면."

내가 한마디 얹자 그녀는 더 높은 톤으로 반응했다.

"나한테만 그러는 애가 아냐. 나름대로 잘났다고 우쭐하는 게 있겠지만 세상을 빗자루로 확 쓸어낸 다음 뭘 해도 해야 된다는 애야. 그러니 그거 웃기는 거지. 누가 저한테 쓸려지겠어? 아니 아무리 쓸어내도, 쓸어낸 다음 그 자리에 쓰레기가 다시 안 생기겠어? 이게 우리 인간이 살아가는 세상 이치야. 쓰레기를 방치하자는 건 아냐. 눈에 띄는 대로 주워서 버려야지."

을자 씨가 목이 마른지 소주를 한 잔 따라 입술을 적셨다.

"거 아주 못된 인물이네. 그러니까 대장 선거에도 패하지."

내가 을자 씨한테 추임새를 넣자 그녀는 다시 입을 열었다.

"나도 여자지만 여자에게 마땅한 일이 얼마든지 있지."

"여성 폄하는 안 돼요. 우먼 경찰서장도 있는 걸요."

이번에는 대장이 밉지 않게 제동을 걸었다.

"여자가 여자를 욕하는 것도 죄냐? 아무리 그렇더라도 뜬금없이 누구를 대장 시키겠다고 나선 건 나를 제껴 버리겠다는 속셈이야. 걔하곤 평생을 두고 갖가지로 경쟁해 왔으니까. 물론 내가 쨉도 안 되는 싸움이었지만."

을자 씨가 푸념을 늘어놓았다.

"그런데 요새 통 귀하 누님이 눈에 띄질 않아요."

당사자 없는 일방적 화제를 돌리려고 대장이 다시 나섰다.

"누님은 무슨? 얼어 죽을…."

을자 씨가 대장을 튕기고 나서 스스로 과도했는지 테라스 밖으로 시선을 돌렸다. 그새 더 굵어진 빗소리 때문에 뒷말은 잘 들리지 않았다. 대신 우비로 몸을 치감은 일여덟의 젊은 남녀가 빗속을 뚫고 테라스로 올라서는 소리가 시끌하게 들려왔다. 예약객들이었다. 그들은 우비를 벗어 던지며 무언가 소중히 날라온 물건을 꺼내기 위해 비닐 박스를 풀어 젖혔다. 그리고 아닌 밤 산속 검은 빗줄기가 마냥 경이롭다는 얼굴로, 온몸을 샤워라도 할 기세처럼 너스레를 떨어댔다. 대화를 중단한 우리가 물끄러미 자기들을 바라보는 정황도 물론 알 바 아니라는 투였다. 한 사내가 마치 엠시 역이라도 맡은 듯 무슨 멘트를 날리자 그들은 각자 자리를 찾아 앉았다.

"여러분, 이 거침없는 빗줄기가 마치 우레와 같지 않으세요? 그럼 지금부터 연주회를 시작하겠습니다."

"연주회?"

을자 씨가 희한한 걸 다 보겠다는 투로 받았다. 사내가 다시 개그맨처럼 나섰다.

"그럼 먼저 오늘 '칠 오버 파'라는 대단한 기록으로 우승한 ○○○ 씨에게 이걸 한번 휘둘러 보겠습니다."

지명 받은 사내가 관례인 듯 우쭐거리는 품새로 일어났다. 엠시가 골프채로 사내의 엉덩이를 조준하고 한 대 때리는 시늉을 했다. 사내는 두 손을 모아 싹싹 비는 시늉으로 '오늘 밥은 제가 살게요' 하고 엄살을 부렸다. 좌중에 웃음이 터지며 박수가 일었다.

우리는 그제서야 이 집에서 멀지 않은 곳에 골프장이 있다는 걸 기억해 냈다. 대처에서 온 골프객들이 이 집에서 이렇게 여흥을 즐기고 잠을 자러 간다는 것도 을자 씨는 알고 있었다. 지명 받은 사내가 손가락으로 브이 자를 날리고 넉넉하게 물러나 앉았다. 이번에는 엠시의 정중한 소개를 받은 한 여인이 어느새 갈아입었는지 가슴께에 스팽글이 반짝이는 붉은 오프 숄더 드레스 차림으로 다소곳이 일어나 허리를 굽혔다. 그리고 아까 비닐 박스에서 꺼낸 비올라를 어깨에 걸쳤다. 곧 비올라 선율이 비에 젖은 칡넝쿨처럼 하느작거리며 검은 숲속으로 잠겨 들기 시작했다. 그들은 일제히 그 선율에 귀를 맡겼다. 빗소리에 음색이 제대로 뜨지 염려스럽던 것과는 달리 비올라는 요상한 앙상블로 젖은 숲을 어루만졌다. 그들의 표정에서는 마치 오지 여행에서 낙원을 찾아 가는 것 같은 경이가 배어 나왔다. 낙원에서는 누구에게도 적의나 반감이 없는 것일까. 저쪽의, 행동 반경이 넓어 보이는 한 사내가 맥주병과 잔을 들고 스르르 미끄러져 왔다.

"방해가 되는 건 아닌가 싶어서요."

사내가 을자 씨 앞에 맥주를 한 잔 따랐다. 저쪽에서 우리 셋 중에 을자 씨의 눈초리가 유독 불편해 보였음을 그래서 우리는 알아차렸다. 을자 씨는 짤막하게 헛기침을 날리고는 그를 외면해 버렸다. 연주회 흉내라도 내려면 마땅히 우리도 관객으로 끌어들여야 할 판인데 사실 그들은 우리를 안중에 없어 했던 것이다. 그게 을자 씨의 기분을 뭉개 버렸을 것이다. 사내가 허리를 약간 구부리며 '먼저 양해를 구했어야 했는데, 우리 불찰입니다. 잠시만 참아 주십시오. 서툴지만 오늘 초연인 셈이니까요' 했다.

"우리 분위기도 좀 생각해 주셔야죠."

외면한 채 을자 씨가 쏘았다. 사내의 송구해 하는 표정이 안됐는지 대장이 을자 씨를 거스르고 한마디 했다.

"초연이라면 진짜 무슨 연주회라도 된다는 말씀에요?"

"우리들 나름으로는요. 좀 사정이 있어서요."

"뭔가가 있군요."

이번에는 내가 호응했다. 대장과 나의 관심을 긍정적으로 보았는지 사내는 목례를 하고는 안심하는 빛으로 돌아갔고, 선율은 다른 곡조로 옮겨 타고 있었다.

"사정은 무슨…. 내가 쟤들 돌아댕기는 코스를 알지. 골프장 한 바퀴 돌고 여기 와서 염소고기하고 술로 든든히 채우고 나서 저 계곡 너머 펜션, 거기 가서 질탕하게 노는 거지. 요즘 것들의 행태가 틀려먹었어. 이 나라가 걱정이지."

"그렇게 젊지도 않아요. 오십 살 안팎은 돼 보이는데요."

대장이 제 나이를 의식하면서 반론을 날렸다.

"네 또래란 말이지? 그래도 나보다는 아래잖아."

을자 씨는 오기를 풀 뜻이 없어 보였다. 내가 나서지 않을 수 없었다.

"이러다가 의좋은 선후배 금 가겠네. 을자 씨, 그러지 말고 저 연주하는 아가씨 좀 눈여겨봐. 이 빗속에 정말 요정 같지 않아?"

"뭐? 난 그런 거 몰라."

을자 씨의 목소리가 꽤 커서 저쪽 사람들이 힐끔 쳐다보는 기색이 눈에 들어왔다. 대장이 안되겠다 싶은지 우리가 먹던 소주병과 잔을 들고 저쪽 테이블로 갔다. 아까 찾아왔던 사내에게 반배를 건네는 것 같았다. 그런데 처음 몇 마디 의례적인 제스처를 주고받더니, 곧 서로 귓부리에 입을 대고 뭔가를 속삭이는 모습이 포착되었다. 잠시 후 흐린 표정으로 대장이 돌아왔다.

"맥주 먹는 자들이 소줄 마시든?"

을자 씨가 대장에게 노골적인 반감을 드러냈다. 대장이 을자 씨에게로 허리를 죽 뻗어 얼굴 가까이에 대고 속삭였다.

"누님 우리가 좀 참읍시다. 저 여자가 시한부래요."

을자 씨의 눈이 금세 휘둥그레지며 얼굴이 확 달아오르는 게 보였다. 자기의 오기가 못내 미안했는지 눈앞의 소주잔을 들어 단번에 후룩 마시고는 그 아린 맛에 잠시 진저리를 쳤다. 그리고 물었다.

"시한부? 젊은 여자가 어쩌다가?"

"암이래요."

"아…!"

을자 씨가 테라스 밖 칡넝쿨을 때리는 빗소리를 향해 신음을 뱉어 냈다. 빗줄기보다 축축하고 차가운 목성이었다. 그래서 나는 을자 씨 신랑이 젊은 나이에 그런 병으로 우리 곁에서 사라진 걸 떠올렸다. 나는 을자 씨의 빈 잔에 소주를 따랐다. 전 같으면 반 잔을 넘으면 '그만' 하던 그녀가 이번에는 그냥 바라보기만 했다. 잔을 가득 채우고 졸졸 넘쳐흐른 뒤에야 나는 병 아가리를 추켜세웠다. 대장이 젓가락으로 안주를 집어 을자 씨 입으로 가져갔다. 을자 씨는 나잇값도 못했다는 겸연쩍음으로 눈을 내리 감은 채 그것을 받아 씹었다. 저쪽에서 또 한 곡조가 끝났는지 박수 소리가 일었고 나와 대장도 소극적이나마 호응해 주었다. 을자 씨의 어설픈 손뼉 소리도 들렸다. 저쪽에서 안도하는 표정들이 엿보였다.

"사람 산다는 게 뭐 있나…?"

을자 씨가 나와 대장에게 혼잣말처럼 내뱉었다. 그리고 곧 스스로 뒤를 걸어 잠갔다.

"싸우고 지지고 볶고…. 그러다가 가는 거지."

나는 을자 씨 남편 생전에 그들 부부생활의 편린을 기억하고 있다. 그녀 말대로 원수처럼 싸우고 울고불고하다가 어느날 문득 막을 내린 형편없는 무대. 남편한테 얻어맞아 피멍이 든 채 우리 동창들 앞에 나타나곤 했던 그녀. 그만큼 그녀는 동창들 말고는 어디 하소연할 만한 친척도 제대로 없었다. 천부적으로 활달한 성격 하나가 평생 그녀를 떠받친다고 할까.

두어 곡이 더 이어진 뒤 꽤 큰 박수 소리와 함께 저쪽의 연주회가 끝났다. 일행은 이제 서로 술잔을 권하며 뒷담을 늘어놓기 시작했다. 이쪽에서도 비로소 연주회 이전의 얼굴빛으로 돌아갔다. 그런데 그 순간 예의 그 붉은 드레스 아가씨가 이쪽을 향해 사뿐사뿐 걸어오는 게 아닌가. 우리는 순간 경건하게 얼어붙고 말았다.

"반배 한잔 드릴려구요."

아가씨는 옥이 굴러가는 음색으로 하얀 이를 드러냈다. 아까 술잔을 들고 갔던 대장 앞에 잔을 내밀었다. 대장이 몹시 어렵고도 난처해하며 '여기 누님한테 먼저…' 했다.

"누님께도 드릴게요."

아가씨가 주저 없이 그라스를 채웠다. 넘친 잔에 거품 한 줄기가 쭈르르 흘러내렸다. 대장이 거품이 멎기를 기다렸다가 그윽한 눈빛으로 여자를 향했다.

"정말 훌륭한 연주였어요. 이 비와 어울려 유명한 프리마 돈나가 '비 잔치' 축하연이라도 하는 거 같았어요."

"과찬이세요. 이제 겨우 처음, 관중이랄 것도 없지만, 관중 앞에 선 걸요."

"앞으로 자주 큰 무대에도 오르셔야죠."

대장은 일부러 너스레를 떠는 게 분명했다. 아가씨는 휴ー 한숨을 쉬더니, '이 나이에 무슨…' 하고 혼잣말을 삼켰다.

"이 나이라니요?"

대장이 뒤를 놓치지 않았다. 아가씨가 대답 대신 빙긋 웃고는, 술잔 비우기를 기다렸다가 그걸 을자 씨 앞으로 내밀었다. 이번에는 두 손으로 잔을 받쳐 든 아주 공손한 자세였다. 을자 씨가 얼결에 엉거주춤 일어나 역시 두 손으로 잔을 받아들었다. 그건 상대방에 대한 예의라기보다 '시한부'에의 애달픈 경외감이었다. 실례가 되는 줄 알면서도 물었다.

"도대체 나이가 얼마나 되시길래…?"

"어쩌다 보니 그새 반백살이 다 됐는 걸요?"

"예?"

을자 씨가 휘둥그레진 눈으로 반문했다.

"세월의 횡포를 누가 막겠어요."

여인은 한숨처럼 그러나 담담하게 중얼거렸다.

"솔직히 저는 삼십 대로 봤어요."

대장의 목소리가 문득 사이를 파고들었다.

"저도요. 정말 그 나이로 보이지 않아요. 아주 아름다워요."

나도 끝내 끼어들지 않을 수 없었다.

"얼굴에 덕지덕지 발랐지요. 게다가 지금은 밤, 은은한 백열등 아래서, 더구나 비도 쏟아지잖아요."

여인은 시를 낭송하듯 애수 어린 단어들을 도열시켰다. 그게 최선의 예의라고 생각하는 것 같았다.

"제 반배를 받을래요?"

술잔을 비운 을자 씨가 아주 끈끈한 음색으로 물었다.

"감사하지만 저는 술을 할 수 없어요."

"그럼 집배라도…"

어느새 을자 씨는 여인의 열렬한 팬이라도 된 듯 겸손했다.

"그럼 잔에 입만 대도 되겠어요?"

"그럼요. 저는 다아 이해해요."

을자 씨가 유독 '다아'에 악센트를 주었다. 여인은 그 술잔 끝에 살짝 입술을 대보이고는 가벼운 미소와 함께 제자리로 돌아갔다.

"정말 아깝다⋯."

을자 씨가 우울해 하며 속삭였다.

"우리 모두 시한부야. 그 시기를 아는 것과 모르는 것의 차이일 뿐이지."

나는 을자 씨를 위로하지 않을 수 없었다.

"그러니까 누님, 세상은 아무것도 모르고 사는 게 제일 행복한 거예요."

대장이 나보다 더 적극적으로 을자 씨를 위해 나섰다.

"하긴 그렇지. 우리 동창들 면면을 한번 봐봐. 벌써 여럿 갔다. 얼추 반은 간 거 같애."

을자 씨가 나를 대놓고 응시하며 너도 한번 따져 보라는 빛이었다.

"술맛 떨어지게 왜 그런 걸⋯. 여긴 대장 축하연이잖아."

내가 반대했지만 대장이 '아, 뭐 어때요? 사람 죽고 사는 얘기처럼 진솔하고 애틋한 게 어딨어요?' 하는 바람에 을자 씨가 입에 담기 민망하다는 듯 뜨문뜨문 동창 애들 이름을 열거하기 시작했다. "누구, 누구, 누구⋯. 교통사고, 불치병, 의문사, 자살⋯."

"아, 을자 씨 그만 하지."

나는 그녀의 입을 닫게 할 수밖에 없었다. 그녀가 가소롭다는 눈으로 나를 흘겨보았다.

"불편해? 아무리 허울뿐인 회장이라지만, 그래도 엄연히 회장인데 네가 우리의 아니 나의 이 쓰라림을 이해해 주는 척은 해야 되지. 안 그래?"

을자 씨는 어느새 술이 꽤 올라 있었다.

"알지, 알고말고. 우리의 마당발, 연락책, 등대, 시어머니에 며느리 역할까지…. 을자 씨를 왜 모르겠어."

내가 부드러운 목소리로 을자 씨의 헝클어진 심사를 다독였다. 사실 을자 씨 없는 우리 동창회는 시쳇말로 '앙꼬 없는 찐빵', 언제고 파탄 날 조직일지도 몰랐다.

"나는 얘가 화내는 걸 본 적이 없단 말야."

을자 씨가 눈빛을 풀며 나에게 술잔을 내밀었다. 그리고 '한잔 처먹어라'고 농을 던지며 덧붙였다.

"잔을 비우고, 내가 정말 소중하다면… 내 볼에 키스해라."

술이 가지껏 올랐을 때 이따금 을자 씨가 넋두리로 하는 말임을 우리는 알고 있었다.

"그래그래."

나는 가볍게 대답하면서 술을 입에 머금었다. 그리고 그녀의 볼을 향해 다가가서는, 불현듯 목덜미를 와락 감싸고 그 입술에 내 입술을 포개 버렸다. 그녀가 입술을 열지 않았기 때문에 내가 조금씩 흘려보낸 액체가 그녀의 턱 선을 따라 지르르 흘러내렸다. 내 머리를 밀쳐 입술을 뗀 그녀가, '어쭈? 얘가 갑자기 터프해졌네. 너 언제 이런 박력이 생겼어?' 했지만 아주 경이롭다는 기색이 더 역력했다. 저쪽 좌석의 몇몇이 우리 둘의 이 사달에 고개를 돌려 쳐다봤지만 그녀가 불편해 하지 않는 것을 봐도 그러했다.

"이만큼 내가 을자 씨를 신뢰하고 존중한다는 거지. 내가 꼭 '씨' 자를 붙이는 것만 봐도 알겠지?"

내가 술김을 빙자해 너스레를 떨었다.

"선배님들 그 돈독한 우정이 부러울 따름이에요."

조금 민망해진 대장이 사태를 수습하고 나섰다.

"그렇지. 이 나이에 무슨 색다른 감정이 있기나 하겠니?"

을자 씨가 얼버무리며 저쪽 연주자 여인하고 눈길이 마주쳤는지 가볍게 손을 흔들어 보였다. 그리고는 아직도 마무리가 시원치 않은, 아까 '먼저 간 동창들' 얘기를 다시 들추었다. 우리 초등학교 삼십여 명 졸업생 중에 절반 이상이 이미 갔다는 것이었다. 이것은, 동창들을 친척이나 마찬가지로 여겨온 자기의 일상적인 정보라는 것이었다. 나는 우리나라 요즘 평균 수명이 팔십 살이 넘는데 우리 나이에 그럴 리가 없다는 반론을 폈다. 그건 전국적인 통계에 불과할 뿐이라고 을자 씨가 다시 반격을 했다. 그리고 자기 집에 있을지 모르는 '사진 한 장' 얘기를 꺼냈다. 초등학교를 졸업한 육년 후, 성인이 되었다는 우쭐함으로 의기투합한 동창회를 끝내고 사진관에 가서 찍은 흑백 사진이라는 것이었다. 그런 사진을 찍었던 기억조차 희미한 나에게, 그 사진을 보관까지 하고 있다는 을자 씨는 과연 우리 동창회의 앙꼬 같은 존재였다. 너무 오래 버려두었기 때문에, 자기도 그 사진을 찾아봐야겠지만, 찾아진다면 사진 속 인물들을 하나하나 따져 보자는 것이었다. 졸업생 삼십 여 명 중에 공장에 취업 간 여자 둘과 군대를 지원한 남자애 하나 빼고는 거의 다 참석한 뜻깊은 동창회였다는 술회도 을자 씨는 빼놓지 않았다.

사진 얘기로 초점이 옮겨진 뒤 화제가 일단락 된 우리는 기분 괜찮은 주기를 얼굴에 칠한 채 자리를 파하기로 했다. 우리가 저쪽이라고 칭하던 객들의 좌석을 가로질러 좀 가느러졌지만 여전히 대지를 향해 응석을 부리는 빗줄기 앞으로 나아갔다. 그들도 비가 그치기를 기다리는지, 아니면 이 '비 잔치'를 더 즐기려는지, 다만 연주자 여인이 정수리까지 묻히는 두툼한 의자에 담요를 걸치고 눕다시피 앉은 것 말고는 여기저기 잡담들이 무성한 중이었다. 우리가 빗속으로 나서는 게 용감해 보였을까, 그들의 가벼운 박수 소리도 두어 점 들려왔다.

우리는 출입문과 테라스를 연결한 차양막 아래에서 비를 피하며 대리 운전을 불렀다. 진작 대리 운전자를 예약해 놓지 못한 걸 후회했지만 그만큼 열띠고 집중된 자리였다고 핑계 댈 수밖에 없었다. 여기저기 대리 운전 번호를 눌러대던 주인 아저씨가, 오늘 비가 와서 동이났다며 애매한 표정을 지었다. 비가 그칠 기미는 없고, 술을 더 먹으며 기다릴 수도 없는 난감한 처지에서 대장이 나섰다.

"제 차니까 제가 운전하고 가보지요 뭐."

"음주운전?"

나와 을자 씨의 눈동자가 동시에 커졌다.

"어떻게 될지 몰라, 아까 비가 오면서, 실은 술을 거의 안 마셨거든요."

"그래도 몇 잔은 했잖아?"

을자 씨는 의구심을 감출 수 없었다.

"먹는 시늉만 했어요. 누님 염려 마세요."

대장이 빗속을 뚫고 제 차로 달려가더니 부르르 시동을 걸었다.

"정말 자신 있어?"

차에 오르면서 을자 씨가 다시 확인했다.

"누님이 이렇게 세심하시다니요."

"당연하지. 나는 그래도 여자고, 게다가 아까 죽은 애들 면면을 손꼽기도 했잖아. 교통사고도 없지 않아."

을자 씨가 안전띠를 매면서, 대장에게 교통 사고에 대한 주의를 환기시켰다.

차가 빗발을 뚫고 산길을 엉금엉금 기어 내려와서는 쭉 뻗은 간선 도로로 접어들었다. 윈도우 새시가 울부짖으며 빗방울을 젖혀내기 시작했다. '천천히, 천천히…' 조수석에 앉은 을자 씨가 연신 참견했다.

"저만 잘한다고 되는 게 아녜요. 마주 오는 차나 뒤따라오는 차 모두 함께 잘해야 된다구요."

대장도 피실피실 웃으며 맞장구를 쳤다.

"그러니까 천천히, 천천히 가면 최소한 죽지는 않을 거 아냐."

"마주 오는 차가 미친놈처럼 과속하면요?"

"아, 그건 운명이지 뭐."

을자 씨가 풍선 꺼지는 소리를 냈다. 대장이 여전히 웃음기를 띠고 물었다.

"그렇게 죽는 게 싫으세요?"

"싫지. 아직은 할일이 남았으니까."

"그게 뭔데요?"

"비밀이야."

"저한테도…요?"

그런데, 그 순간이었다. 대장의 물음이 채 끝나기도 전에 아악, 하는 을자 씨의 외마디와 함께 브레이크 찢어지는 소리가 빗줄기를 흔들었고, 차는 요동치기 시작했다. 안전띠를 맸지만 을자 씨와 나는 차 창틀 플라스틱에 머리를 찧었고, 몇 초 뒤 삼백육십 도 회전 후 멈춘 차에서 겨우 눈을 뜨고 혼겁한 정신을 수습할 수 있었다. 그리고 아무 말도 못한 채 헤드라이트가 쏘는 차창 밖을 내다보았다. 누워 있는 웬 시커먼 물체가 우연(雨煙) 속에 드러났다. 빗물에 붉은 액체가 섞여 흐르는 것도 보였다.

"사람인 줄 알았어요."

대장이 떨리는 목소리로 겨우 중얼거렸다.

"저게 뭐야?"

을자 씨도 마찬가지였다. 비상등을 켠 대장이 잠시 정신 줄을 가다듬고 나서 아주 느린 속도로 물체 앞으로 차를 가까이 댔다. 로드킬 당한 시커먼 짐승이었다.

"이 차에 치인 거야?"

을자 씨가 조금은 안정된 음색으로 물었다.

"저걸 보고 급브레이크를 밟았거든요."

"그럼 앞에 간 차가 그런 거네. 아직 살았을까?"

"구호하려구요?"

"글쎄 어쩌지? 정말 찜찜하네."

을자 씨가 잠시 괴로워했다.

"뭐 어쩌겠어요. 이미 죽었을 거라고 생각해 둘 수밖에요."

"그럴까?"

을자 씨가 체념하는 말로 받았다. 차가 몇 바퀴 후진했다가 간신히 사체를 피하여 앞으로 나아가기 시작했다. 뒷 차량이 없어 추돌 당하지 않았고, 중앙 분리 레일을 때리거나, 길가로 추락하지 않았음을 천우신조로 느꺼워 했지만, 아무도 더이상 말은 하지 않았다.

을자 씨가 확인해 준다는 것은 산속 염소 집에서 마무리하지 못한 죽은 동창들에 대한 면면이었다. 그녀의 내심엔 이것을 핑계로 술 한잔 하자는 뜻도 섞여 있었다. 아예 만남 장소도 막걸리를 주종으로 하는 선술집이었다. 먼저 와서 기다리고 있던 내게 을자 씨는 쇼핑백에서 우편 엽서만한 예의 그 사진부터 꺼내 보였다.

"기어코 이걸 찾아냈지 뭐니. 그런데 내가 이 사진을 내던져 둔 이유가 뭔지 알아? 이것 좀 봐봐. 창피하지만 너한테 먼저 토로하고 진도 나가는 게 편할 거 같애."

얼핏 보아 을자 씨는 횡설수설하는 여자 같았다. 나는 그녀의 손가락 끝을 보고 피식 웃음을 날리지 않을 수 없었다. 옛날, 을자와 내가 사진관에 가서 사진 묶음을 받아들었을 때였다. 갑자기 어머머! 하고 을자의 얼굴이 달아오르더니 '야, 다시 찍자' 하고 달려들던 장면이 깊은 못에서 떠오르듯 되살아났기 때문이었다. 여름이라 반소매에 짧은 치마들로, 가지껏 모양을 내느라고 낸 예비 숙녀들 속에, 그제나 이제나 활달하기 짝이 없는 을자가 맨 앞줄 중앙에 앉은 것까지는 좋았는데, 아뿔사 자기도 모르게 두 무릎을 제대로 붙이지 못한 포즈였던 것이다. 그의 이 실수를 덮기 위해 다시 사진을 찍을 수는 없는 노릇이어서 '이 정도는 애교야, 속이 보이는 것도 아닌데 뭘' 하고 을자를 풀어주기 위해 나는 여러 날 성의를 보였다. 을자가 어쩔 수 없이 친구들에게 우송은 했지만, 사진 얘기가 나올라 치면 면내 유일의 그 사진사를 매번 가만두지 않았다. 그러면서도 우리의 기억 속에서 사진은 속절없이 퇴색해 갔던 것이다.

이 사진을 을자가 찢어버리지 않은 것은, 지금 우리 동창회 입장에서는 천만 다행이 아닐 수 없을 뿐이어서 동창회 이름으로 감사패라도 하나 증정하고 싶을 정도였다. 더욱이 꼴도 보기 싫은 이 사진을 어느 책 갈피엔가 되는대로 처박아 둔 덕에 얼굴 윤곽 하나 바래지 않고 온전히 살아 있으므로 그 가치가 더욱 큰 것임에야.

"정말 이 보물을 잘도 간직하고 있었네."

나는 진정으로 우러나오는 찬탄의 염을 발했다.

"놀리는 거 아니지?"

여전히 을자 씨는 가랑이의 콤플렉스를 입가에 달고 있었다.

"그럼 이렇게라도 할까?"

나는 주머니에서 사인펜을 꺼내 사진 속 을자 씨 무릎 부위를 까맣게 칠해 줄 것처럼 팔을 뻗었다. 하지만 을자 씨는 내 손을 붙들고 잠시 머뭉거리더니, '그냥 뒤, 내 실수는 실수고, 사진을 오염시키고 싶진 않아' 했다. 그래서 비로소 우리는 사진에 초점을 맞추고 애들의 얼굴을 차근 차근 뜯어보기 시작했다.

"애 얼굴 좀 봐. 이거 다 재건축한 거 맞지?"

을자가 귀하를 가리키며 입을 삣죽 했다.

"그래두 지금의 눈 코 입이 다 들어 있는데 뭘."

내가 귀하를 두둔하는 뉘앙스를 보이자 을자는 눈동자가 하얘지며 화제를 돌렸다.

"한번 헤아려 봐."

을자 씨는 죽은 애들을, 나는 죽었다는 소문이 없는 애들을, 그간의 기억을 더듬어 하나씩 짚어나갔다. 그리고 잠시 뒤, 과연 '반이나 갔다'는 마당발 을자 씨의 말이 맞다고 인정해야 하면서 나는 두통 같은 무력감으로 막걸리를 한 되 더 시켰다. 그간 꽤 긴 시간이 흘렀다는 생각이 들었지만 그것이 우리 동창들이 그렇게 많이 갔다고 인정할 만한 이유는 되지 않았다. 우리 동창들이 유심히 나약하거나 위험한 처지에서 살아왔다고 할 만한 근거도 없었다. 그러므로 씁쓸했다. 동시에 나도 재들처럼 곧 가게 될지도 모를 것 같은 위기감도 밀려왔다. 을자 씨가 술잔을 내 눈앞으로 내밀지 않았다면 나는 여기가 술자리라는 걸 잊어버리고 있을 뻔했다.

"인생에 노을이 지고, 초가을 나뭇잎이 떨어지면 일벌들은 벌통을 찾아 기어들게 마련이지. 재들은 다 벌통으로 들어간 거야. 꿀도 많고 춥지도 않고 여왕님도 있잖아."

을자 씨는 사진 때문에 내가 잔뜩 우울해 졌다고 생각하는지 열심히 저쪽 세상을 수식하려고 애썼다. 그러나 아무리 화려하게 꾸민다고 해도 그곳은 그곳일 뿐이었다. 문제는 여기, 우리가 숨쉬며 살아가는 이 세상,

희로애락·오욕칠정의 물정(物情)이 꿈틀대는 이곳이었다.

그런데, 정말 그런데, 오늘 이 자리에서 나는 불현듯 숨이 턱 막혀오는 한순간과 맞닥뜨리고야 말았다. 그건 반란 같은 물정이었다. 하지만 을자 씨에게 횡설수설 늘어놓을 수 없을 만큼 비밀스런 것이었다. 나는 대책 없이 전전긍긍할 수밖에 없었다. 그것은 반이나 '갔다'는 것에의 상실감과 회오의 정에서, 푸른 숲으로 나를 잡아끄는 마력이었다. 밑도 끝도 없는 반란이 아니었다. 꿈속의 그것이 재현된 게 분명했다. 솔직히 나는 '그애' 소식을 여태껏 실낱처럼 궁금해 왔으니까. 그런데 오늘 을자 씨가 '얘가 누구지?' 하고 '저세상과 이세상' 친구들 속에 섞여 있는 어떤 애를 가리키며 고개를 갸우뚱하는 순간 내 가슴은 그대로 얼어붙고 말았던 것이다.

그애는 정녕 우리 동창들에게는 신기루 같은 존재일지 모른다. 나는 을자 씨 앞에서 가지껏 무관심한 척했다. 그러나 내 쿵당거리는 가슴이 얼굴로 번져오는 것을 삭일 도리는 없었다. 나는 호흡을 정제하고 기어코 그애를 묻고 말았다.

"너도 모른단 말이지?"

"글쎄…. 암만 봐도 기억이 없네. 우리 동창 맞아?"

을자 씨는 마당발에 자존심이 상했는지 얼굴을 찡그리며 되물었다. 그리고 잇달아 내뱉었다.

"이쁘고 선하게 생겼네…."

"그렇지? 청순하지? 세상 풍파 모를 것 같은 얼굴이지?"

나는 들떠서 물었다.

"애 좀 봐. 그냥 맛이 확 가버리네."

을자 씨가 눈을 흘겼다. 나는 얼굴이 화끈해 지는 걸 느꼈지만 어쩔 수 없었다.

"우리 동창 중에 이런 애가 있었다는 게 신기해서…."

나는 진땀 같은 거짓말로 얼버무렸다.

"좋았어. 얘가 누군지. 살았는지 죽었는지, 살았다면 어디서 뭘 하고 사는지 내가 한 달 내로 알아내고 만다."

을자 씨가 자신 있게 술잔을 한 번 흔들더니 입으로 가져갔다.

"그래 꼭 알아 봐. 알게 되면 우리 한번 만나러 가자."

나는 마구 방망이질 치는 가슴을 들뜬 음성에 담아냈다.

"알았어. 나만 믿고 기다려."

나는 을자 씨의 수완을 믿어야 했다. 그러면서 어쩐지 이 허름한 선술집이 너무 초라하다는 생각이 부지불식 솟구치는 게 이상했다. 을자 씨에게는 미안하지만, 사진 속 그애를 확인한 후 나는 거대한 폭포와도 같은 낙차에 휩쓸리는 걸 추단할 수 없었다. 그래서 일어섰다.

"우리 좀 멋진 데로 가자."

"사진을 보니 너 제 정신이 아닌 거 같애. 죽은 애들 때문이야, 그애 때문이야?"

"맞아 맞아. 다 맞아. 그러니까, 살아 있으니까, 좀 근사한 데로 가서 살아 있음을 자축하자구."

나는 스스로 무척 수다스러워 졌음을 알고도 남았다.

"너 설마 이상한 생각 하는 건 아니지?"

"좀 이상하면 어때? 이렇게 긴 세월을 서로 알고 왔는데 이상할 게 뭐 있어?"

"애 좀 봐."

나의 행동이 무척 충동적인지 을자 씨가 나를 뚫어지라고 쳐다본 후 이윽고 결단을 내렸다.

"그래 좋아. 너 이거 내가 사진 잘 간직해 온 보답이다."

"그래. 가자."

나는 을자 씨의 손목을 이끌고 밖으로 나왔다. 거리에는 어느새 땅거미가 내려앉고 있었다. 나는 네온사인이 번쩍이는 살롱 앞에서 걸음을 멈추었다. 을자 씨가 내 얼굴을 뜯어보더니 알 수 없는 미소를 살짝 지어 보였다. 살롱 안에는 황금빛 조명이, 불규칙한 블랙 시그널과 교차되면서 술집답지 않은 장중한 분위기를 자아내고 있었다. 우리는 최대한 구석진 룸의 톱상한 테이블을 찾아 착석했다. 짙은 자주색 재킷에 검정 나비넥타이를 맨 웨이터가 정중히 메뉴판을 내밀었다. 나는 값나가는 프랑스 산 레드 와인에 국산 연어회와 육포를 주문했다.

"분위기 좋네."

을자 씨가 내 기분을 띄울 셈으로 목청을 떨며 이쁘게 웃어 보였다.

"그냥 취하고 싶어."

"너 취한 걸 본 적이 없지만 머슴애들 취하면 감당 못하겠더라."

"염려 마. 아무리 먹어도 안 취할 것 같아 오늘은."

"얘가 참 이상하네 오늘."

을자 씨가 입술을 비비며 고개를 갸웃거렸다. 술과 안주가 진열되자 나는 거푸 와인 잔을 들이켰다. 을자 씨와 건배하는 것도 시늉일 뿐이었다.

나는 그애를 얼마든지 기억한다. 아니 뇌리에 철판처럼 새겨져 있다. 결혼하고 자식 낳고 살지만 마음 판에 새겨진 것이 지워지는 건 아니었다. 나이가 들수록 더 견고해 진다는 느낌도 들었다. 다만 그것으로 인해 내 일상이 깨지거나 추락하는 것은 아니었다. 그냥 새겨진 채 아리지만 파묻고 가는 것이었다. 그런데 오늘 을자 씨의 사진이 그 흙더미를 젖히고 빛도 바래지 않은 얼굴을 세상에 드러내고 말 줄이야.

나는 요기(尿氣)를 느끼고 화장실을 찾아 일어섰다. 내 몸가짐이 위태로운지 을자 씨가 따라 일어섰지만 나는 그녀를 가만히 제자리에 앉혀 놓았다. 화장실 쪽을 향해 걸음을 옮겼다. 그런데 화장실 문 앞 구석의 장식대 위에 다소곳한 얼굴로 앉아 있는 빨강색 꽃 한 송이. '아, 아네모네' 나는 중얼거렸다. 그리고 한참이나 그것을 응시했다. 생화인지 조화인지 모를 그 꽃송이도 가만히 나를 아는 체했다.

나는 그애 이름도, 육 학년 가을쯤에 우리 학교에 전학을 왔던 것도 기억한다. 노래 실기 시간에 두 손을 맞잡아 아랫배에 붙이고 목청을 가다듬던 모습도, 그 처음 보는 예쁜 자세에 벙벙하기만 한 우리를 가만히 내려다보던 눈빛도 잊지 않고 있다. 그때 그애 손목에 난 쌀톨만한 붉은 점이 왜 그토록 강렬하게 내 눈을 찔렀는지 난 알 수 없었다.

하지만, 어쩐 일인지 일주일도 안 돼 그애는 사라졌다. 나는 틈틈이 그애의 흔적을 찾곤 했지만 정녕 다시 볼 수는 없었다. 그런데, 정말이지 신기루처럼 그해 여름 동창회에 그녀가 나타났다. 그리고 사진에 얼굴을 남기고 사라지는 걸 나는 바라보고 있었다. 내가 어떻게 손쓸 겨를도 없이 그애는 종종걸음으로 사라지던 것이다. 그제서야 그애가 우리 모교 졸업자 명부에 실려 있는 것을 알았지만, 나는 곧 군대를 갈 몸이었고 더 이상 뭘 어쩌기엔 복잡하기만 한 청춘이었다. 그런데 지금에사 새록새록 그애가 보고 싶어지는 건 뭘까. 세월의 횡포에 대한 반감일까.

용변을 보고 잠시 아네모네 곁을 서성이다 자리로 돌아오니 어떻게 알고 왔는지 대장이 와 있었다. 그는 왠지 우울한 낯빛으로 주저주저하는 태를 감추지 못했다.

"저…, 술자리 흥을 깨는 거 같지만요, 말하지 않을 수도 없고…."

그러자 대장 대신 을자 씨가 물기 어린 목소리로 훌쩍였다.

"귀하가 죽었대."

"죽어? 또?"

나는 털썩 의자에 주저앉고 말았다.

"건강해 보였는데… 의욕도 강했고…."

을자 씨가 손수건으로 눈물을 찍었다.

"그래서 그 동안 그림자도 안 보였던 거야? 어디가 아팠었대? 아니면 무슨 사고래?"

내가 황망히 물었지만 아무도 대답하지 않았다. 을자는 당혹감에 떨었고, 나는 어이없음에 몸서리를 쳤다. 그것은 이제 이 땅에서 그녀의 몸과 언행이 영영 사라졌다는 것에 대한 허무감의 발로였다. 전지전능한 분을 향한 참담한 항의의 표시였다. 그러나 어찌하랴, 생명체가 죽고 사는 일은 태초부터 인간이 알 바 아닌 것을. 나는 손목시계를 훔쳐 보며 말했다.

"그럼 우리가 가 봐야지."

"이렇게 만취한 꼬라지로?"

을자 씨가 코를 훌쩍이며 물었다.

"그래 살았을 적엔 머리가 터지도록 싸웠지만 이제는 예의를 갖추자는 거구나. 술 깨고 내일 아침 가자."

나는 머리끝부터 술기운이 하얗게 증발하는 걸 느꼈다.

"검정 옷을 꺼내 다려 입고 머리도 곱게 빗고…."

을자 씨가 성의를 다해 중얼거렸다. 내가 을자 씨도 달랠 겸 울적하게 앉아 있는 대장을 보고 농처럼 건넸다.

"대장, 도둑놈만 쫓지 말고 저승사자도 좀 따끔하게 혼내 줘. 그래도 대장은 아직 우리보다 젊잖아."

대장이 멋쩍게 웃으며 연신 눈물을 훔치는 을자 씨를 일으켜 세웠다. 우리는 말없이 살롱을 나왔다. 가로등이 출렁거렸다. 자동차 헤드라이트가 춤을 추었다. 걸었다. 술이 오른 을자 씨가 몸을 의지해 왔다. 나는 을자 씨를 지탱해 주며, 긴 한숨을 허공으로 날렸다. 그리고 자그마하게 말했다.

"을자 씨, 그애 찾지 마."

눈시울을 훔치며 그녀가 반문했다.

"왜, 겁나?"

나는 고개를 끄덕였다. 그애 만은 어디선가, 선하고 단란하게 살고 있으면 좋겠다는 생각이 목줄기를 타고 가슴께로 흘러내렸다.

대추나무에 어인 일인지 새가 날아왔다. 이번에는 두 녀석이 함께였다. 눈에 잘 띄지 않을지라도, 나름 정성스레 꽃잎을 틔워내는 대추나무를 아침부터 찾아왔다. 나는 창문을 활짝 열었다. 새를 향해 그애 이름을 나직이 읊조렸다. 아주 나직이…. 크게 소리 내면 그애의 행복이 깨지기라도 할 것 같아서.

나는 검은 넥타이를 찾아 매고 현관문을 나섰다.

✎ **전영학**
- -

영남 대학교 문학상 단편소설 당선, 충청일보 신춘 문예 단편소설 당선
공무원 문예 대전과 한국 교육신문 문예 공모 입선
소설집 『파과』, 장편소설 『을의 노래』, 『표식 애니멀』
에세이집 『솔뜰에서 커피 한 잔』

바르비종 여인

. . . .

김창식

　　　　　카페를 인수하기 전부터 존재하고 있었을 고개 숙인 여인을 그녀는 알지 못했다. 장 프랑수아 밀레의 모사 작품을 기억하기 어려울 만큼의 횟수로 바라보았지만, 바르비종의 전원과 고개 숙여 묵도하는 여인을 발견하지 않았다. 카페 벽에 무심코 걸린 액자의 그림이 장 프랑수아 밀레가 그린 것인지 관심도 없었거니와, 세심하게 바라보지 않았기 때문에 그녀는 십 년이나 가까이 두고 알지 못했다.

　카페 문을 열자 갇혔던 냄새가 쏟아져 나왔다. 익숙하지 않은 후각에 멈칫 걸음을 멈추었다. 냉장고에 미처 넣어 두지 못한 과일과 커피 찌꺼기와 팥빵의 시금털털함과 달큼함이 뒤섞여 콧속으로 들어왔다. 걸음을 옮기면 뒤섞인 냄새의 농도가 변했다. 입구가 닫힌 한낮의 실내에서 응달처럼 웅크리고 앉았다가 기지개를 켜는 듯 냄새가 움직였다. 벽에 걸린 그림 액자가 새삼스럽게 눈에 들어왔다.

　그녀는 눈을 감았다. 일부러 냄새를 들이마시지 않아도 폐부 깊숙하게 들어왔다. 콧구멍을 한껏 열고 가슴을 벌름거려 움직이는 냄새를 차례로 음미했다. 카페를 인수하러 왔던 십 년 전의 냄새를 상기했다. 그녀와 안면이 있는 사람들이 왔다가 남기고 간 기억도 회상했다. 시간과 방문객의 냄새가 더께로 차곡차곡 익고 있었음을 깨달았다. 누군가 알아주기를 오랫동안 기다리던 냄새가 척추 굽은 늙은 짐승이 되어 천천히 움직였다.

그림으로 걸어가다 걸음을 멈추었다. 열린 문으로 들어온 노을의 햇살 알갱이가 벽에 걸린 그림에 닿았다. 바르비종 전원에서 고개 숙인 여인의 목덜미를 찬찬히 바라보았다. 문으로 들어와 굴절된 황혼의 빛이 그림을 선명하게 만들었다. 종일의 가을걷이에 지친 남자의 시선은 두 손으로 쥔 모자에 닿고 있었다. 피곤을 손아귀에 쥐고 묵도하는 남자와는 달리 여자의 시선은 발 앞에 놓인 바구니로 떨어졌다. 가슴에 두 손을 모은 여자에게서 낯설지 않은 감정이 어른거림을 그녀는 본능적으로 읽었다. 교회 종소리에 기도하는 평화로움이 아닌, 그녀가 겪었음은 분명하나 지금은 빛이 바래 어렴풋해진 옛 감정을 읽었다. 온종일 햇볕에 지친 노을빛 질감의 감정이 그녀의 가슴으로 파고들었다. 원두를 갈아 커피를 내려서 손님에게 가져다주고, 그들이 남기고 간 흔적들을 설거지하고, 그들의 담소와 밀담을 카페 밖으로 털어내던 그녀만의 감정과는 생소했다.

볶은 원두를 갈아서 새까만 가루를 만드는 일을 그만두기로 했다. 그동안 카페의 주된 손님은 젊은 층이었다. 그들은 둘이 마주 앉거나 여럿이 모여앉아 조곤조곤 담소하였는데, 그들에게서 과거의 빛바랜 질감이나 회상이나 묵도와 같은 단어를 유추할 수 없었다. 그녀는 자신이 평생 가슴에 묻고 살았던 감정과는 전혀 다른 그들에게 제공하던 것들을 멈추기로 했다. 과거의 속박이 전혀 엿보이지 않는 젊은 그들을 위해서는 커피를 내리지 않기로 했다.

그녀는 청소를 미루고 스마트폰에서 만종에 대한 정보를 검색했다. 그림 속 바구니에 담긴 것이 씨감자가 아니라는 것을 알게 되었다. 교회 종소리가 동심원으로 겹겹이 밀려와서 그녀를 에워쌌다. 뎅그렁. 종소리가 몰고 오는 동심원의 중심점에서 그녀는 까맣게 작아지는 환상에 사로잡혔다.

환기되지 않는 눅눅한 공기처럼 자신이 누군가로부터 외톨이로 앉아 있었다는 것을 알았고, 더욱이 그런 자신을 깨닫지 못했다는 자괴감에 빠졌다. 커피 향을 음미하며 사색했던 시간과 창밖의 행인을 관찰하던 순간들이 부끄러워졌다. 손님이 없을 시간에 이웃을 불러다 나누었던 담소와 웃음의 순간들이 그녀가 의도한 가식이었다는 판단도 생겨났다.

누군가가 알아주기를 오랫동안 기다리다 척추 굽은 늙은 짐승이 되어 천천히 움직였던, 곰삭은 냄새를 가두고 퇴근하곤 했다. 자정쯤 문을 잠그고 집으로 가면서 누군가를 가두고 있다는 뒷맛의 정체가 척추 굽은 늙은 짐승이었다.

사 층 연립이 밀집한 골목은 가로등 빛의 밝고 어둠의 변화가 심했다. 가로등 빛이 건물에 가려 컴컴한 곳에서 발을 헛디딘 듯 기우뚱거렸다. 골절되었던 정강이 통증에 중심을 잃고 주저앉았다. 발목으로 데구루루 굴러와 터지지 못한 불량 최루탄이 불현듯 떠올랐다. 자정에 퇴근하는 카페운영 방식을 또 바꾸어야 한다는 강박감이 생겼다. 오늘 하루도 아무 일 없었다는 안도감으로 파고드는 내일의 불확실을 의도적으로 뭉개면서 심호흡하는 자신을 바꾸고 싶었다. 즐거운 것처럼 억지로라도 웃고 재잘거려야 하는 자신이 가증스러워졌다.

그녀는 연립의 마지막 층에 살았다. 지은 지 오래되었고, 허술한 관리 탓에 방음과 열 차단이 좋지 않았다. 여름에 종일 데워진 옥상 콘크리트 바닥의 열기가 실내로 내려앉았다. 창문을 열면 옆 동을 데우던 열기가 거침없이 들어왔다. 마지막 층에 사는 불리함에도 옥상에 올라갈 수 있다는 그녀만의 특권이 위안이 되었다. 생활용수를 저장한 물탱크가 있는 관계로 옥상으로 들어가는 문이 늘 잠겼었는데 용케도 열쇠를 확보했다. 아래층에서는 생각지도 못한 그녀만의 비밀이었다. 그녀만의 규칙이 있었는데, 자정이 지나지 않으면 옥상으로 향하는 문을 열지 않았다. 열리고 닫히는 소음을 감춰야 했기 때문에 문 돌쩌귀에 주기적으로 콩기름 바르는 것도 잊지 않았다.

스무 살 딸이 결혼하겠다며 카페로 왔다. 카페 구석진 곳으로 데려가 결혼하기에는 너무 이른 나이임을 말하려다 그만두었다. 딸의 남편이 되겠다고 찾아온 남자가 한눈에 봐도 어려 보였다. 외모는 번듯했다. 가을 볕을 쬐지 않은 풋사과처럼 성숙하지 못한 느낌을 받았다. 물어보지 않아도 스무 살인 딸보다 두 살쯤 많다고 직감했다.

그가 딸의 뒤에 서 있다가 그녀에게 걸어와 묵례하고 소리 나지 않게 웃었다. 허리 굽혀 인사를 하지 않아서 버르장머리 없거나 공연히 체면 치레하느라고 허세 부리는 남자로 인식되지는 않았다. 묵례하고 하얀 이를 드러내며 웃는 모습에서 폭력적이거나 여자를 업신여길 사내로 판단하지 않았다. 정장을 입지 않았지만 꾸밈이 없으며 소박한 그를 바라보았다. 딸의 사춘기 어두웠던 그늘에 빛을 밝히는 맑은 품성의 소유자면 좋을 텐데. 그녀는 다행스럽다는 표정으로 웃음을 주었다.

첫눈에 인식한 그의 느낌에 그녀는 실망하지 않았다. 어두운 구석이나 침울함이 없이 잘 정돈된 하얀 치아를 드러내는 그의 웃음이 그녀는 무엇보다 마음에 들었다. 색색의 꽃잎이 화려했던 곳들을 데려다주지 못한 딸에게 맑고 환한 웃음이 생겼다는 것이 너무 기뻤다. 침침하고 눅눅한 지하 단칸방에 촉수 높은 전등으로 나타난 그가 고마웠다.

딸이 그를 앞세우고 카페로 오는 날에 그녀는 망고 주스를 만들었다. 냉동실에는 노란 망고를, 냉장실에는 유산균 음료를 저장해 두었다. 얼음 조각이 된 망고와 유산균 음료를 분쇄하는 굉음에도 찡그리지 않는 그의 시선. 망고 주스가 목구멍으로 넘어가는 그의 목젖을 바라보는 딸의 시선. 딸과 그가 돌아간 카페에서 그녀는 술을 마셔야 했다. 아버지가 누군지도 모르고 자란 딸에게는 과분하게 말끔했기 때문에 그녀는 곰팡이처럼 번지는 불확실한 예감을 떨치기 어려웠다. 캄캄하게 엄습해오는 예감을 걷어내는 스위치를 찾아 빛을 밝혀야 하는데 그녀는 그 스위치를 알지 못했다.

딸이 그와 같이 카페로 걸어 들어와 아이를 가졌다고 말했다. 겨우 스무 살에, 결혼식도 올리지 않은 딸이 임신을 선언했다.

이럴 수는 없어.

그와 딸이 돌아가고 그녀가 술을 마시면서 중얼거렸다.

화장실로 들어가 거울을 향해 말했다.

너를 스무 살 나이에 낳았는데. 너는 그럴 수 없어.

아프지 않으려는 노력보다 아프게 만드는 것은 낯설었지만 쉬웠다. 건강을 해치는 수단 중에 음식과 관련한 것은 극과 극이었다. 소화기관이 감당할 수 없을 정도의 폭식과 수분 공급마저 중단하는 절식이 건강을 해치는 수단이 되었다. 카페 문을 단단하게 잠근 것처럼 음식에 대한 욕구도 싹둑 잘라냈다. 그녀의 의지는 음식 앞에서 무력화되었다. 의욕이 없어지고 급기야 식욕도 없어졌다. 점점 말라가는 자신을 아침마다 거울에서 확인하며 먹는 양을 줄였다. 서 있지 않고 누워있기만 하면서 환자와 같은 일상을 자처했다.

정말로 그녀는 아프기 시작했다. 가슴뼈가 앙상하게 드러나고 지방이 빠져나간 가슴이 쭈글쭈글 늘어졌다. 엉덩이뼈에 붙었던 근육이 닳아 딱딱한 의자에 앉으면 통증이 척추를 타고 뒷골로 올라왔다. 팍팍한 바닥에 지팡이를 짚는 것처럼 다리가 탄력을 상실했다.

그녀는 야윈 가슴뼈를 문득 보고 놀라서 먹는 양을 늘리려 했으나 식욕이 생겨나지 않았다. 급기야 허약해져서 몸져누웠다. 기진해진 눈으로 천장을 멀거니 바라보다가 늪으로 침몰하듯 깊은 잠에 빠져들었다. 아프지 않은 멀쩡한 사람은 잠에서 일어나기가 식은 죽 먹기였으나 몸져누운 그녀가 잠에서 눈을 뜨기란 갯벌에서 몸통을 끌어내는 것만큼 힘들었다. 의식은 잠에서 깼으나 눈이 떠지지 않고 팔다리가 움직이지 않았다. 잠들면 가위가 눌려 악몽을 꾸어야 했으므로 잠들지 않으려 눈을 부릅떠도 온몸으로 밀물처럼 엄습하는 졸음을 참아낼 수 없었다. 기진한 몸으로 허우적거려 잠에서 간신히 헤어나면 몸에서 빠져나온 진액이 얼굴에 끈끈하게 반질거렸다.

식은땀에 젖어 눈을 뜬 그녀의 머리맡에 언제 왔는지 딸이 걱정스러운 눈빛으로 내려다보았다. 뒤에 서 있는 그도 담담한 시선으로 그녀를 바라보았다. 그녀는 그의 담담한 시선에 묻어 있는 익숙한 감정에 눈물이 핑 돌았다.

자정이 지난 옥상을 어둠보다 더 무거운 먹구름이 짓눌렀다. 습기가 곰팡이처럼 빼곡하게 들어찬 옥상 난간에 왼손바닥을 얹고 천천히 걸어갔다. 귀퉁이를 지나 출입문이 있는 난간에 도착해서 비를 가득 머금은 도시의 하늘을 바라보았다. 네 귀퉁이를 돌아오면 비가 으르렁 쏟아질 듯 먹구름이 험악하고 무서웠다. 오른손바닥을 펴고 빗방울을 기다렸다.

딸에게 아이를 심어준 그의 아버지가 찾아왔다. 찜통더위 한복판에서 나와 카페로 들어왔다. 더위에 지쳐 눈빛이 흐릿한 그와 맞닥뜨린 순간, 그녀는 허깨비가 된 감정에 휩싸였다. 최루탄 냄새가 콧속으로 지독하게 스며들었고 그녀가 휘청거렸다. 정강이로 통증이 번졌고 그녀는 쓰러지듯 주저앉아 다리를 움켜쥐었다.

예전에도 그랬듯이 그의 아버지, 순구가 지독한 갈증과 목마름으로 눈에 띄게 불거진 목젖을 울컥거렸다. 그녀는 순구가 주문하지 않았음에도 차가운 맥주를 건네주었다. 아직은 적당한 냉기가 둘 사이에 유지되어야 할 필요성을 감지했다. 최루가스 범벅인 순구와의 버겁던 과거를 회상하기 싫었다. 차갑고 강인한 밧줄로 순구와의 냉정을 붙들어 두고 싶었다.

맥주를 거푸 두 잔이나 마시는 동안 그녀는 허깨비가 되었던 감정을 진정시켰다. 갈증이 해소된 순구의 시선에 생기가 돌았다. 순구의 손에 잡힌 술잔이 탁자에 빙빙 원을 그렸다. 해야 할 말을 물고 머뭇거리는 중이었다.

"차가운 맥주를 생각 날 때마다 마실 수 있으니 좋겠다."

순구가 웃음을 어색하게 푸푸 쏟아냈다. 떨떨한 상황을 털어내려는 의도였다.

"그전처럼 술…잘 안 마셔."

이십 년 전, 그녀는 순구 앞에서 일삼던 폭음의 장면을 떠올렸다. 소주를 맥주 글라스에 콸콸 부어 한 번에 마신 것처럼 얼굴이 화끈거렸다. 탁자 위에 찔끔 흘려진 술을 손가락으로 찍어 뜻도 없는 글씨를 썼다. 순구가 담뱃갑을 탁자에 놓았다. 그녀는 흡연 충동으로 손가락을 오므렸다. 허공으로 흩어지는 담배 연기가 상상되고 저절로 심호흡했다.

스무 살인 그녀에게 순구가 처음으로 담배를 건네주었다. 잠깐의 머뭇거림 후에 그녀의 흡연 인생이 시작되었다. 건네준 개피를 입에 물었을 때 골목으로 숨어들기 전 폐부를 깊숙하게 자극했던 최루탄과 느낌이 흡사했다. 시작될 흡연 습관에 대한 거부 때문에 잠깐 머뭇거린 것이 아니었다. 청산가리를 탄 생수를 한 모금 준다 해도 그것이 순구의 의도라면 그녀는 마셨을 터였다. 아스팔트 대로에서 펑펑 터지는 최루가스에

구토와 호흡곤란으로 눈물 콧물을 쏟으며 골목으로 피신해야 하는 순간마다 그녀는 필사적으로 순구의 소매를 붙들었다.

카페로 들어오는 순간부터 순구의 시선에 그녀는 긴장했다. 무엇보다 딸의 장차 시아버지 앞에서 긴장되지 않을 수 없었다. 순구가 벽에 걸린 밀레 「만종」 모사 화폭의 기도하는 여인에게 시선을 던지고 있다가 그녀가 잠깐이라도 딴 곳을 바라보는 순간에 그녀의 콩닥거리는 심장을 꺼내 손아귀에 쥐려는 듯 그녀의 전신을 깐깐하게 훔쳤다. 지금의 그녀가 아닌 이십 년 전의 그녀를 찾으려는 눈빛이었다.

"그런 눈빛으로 보지 마. 이십 년이 지났어."

그녀의 목소리가 떨렸다. 긴장과 달뜸이 버무려진 심정을 감추려는 의도로 말했으나 그녀를 새롭게 알아달란 얘기로 받아들였을 것이라는 자괴감에 빠졌다. 순구는 여전히 그녀에게 시선을 송두리째 투망하고 있었다.

그녀는 딸의 임신을 알고부터 카페가 움직이고 있다는 환상에 빠졌다. 궤도를 따라 천천히 움직이고 있다는 환각 때문에 여행을 가는 꿈을 꾸었다. 궤도가 곡선을 그리는 순간에는 꿈에서 멀미가 생겨 딸꾹질을 끄윽 토했다. 매미가 허물 벗듯 카페가 소멸로 치닫기 위해 가속되고 있다는 환각에 시달렸다.

그녀가 만나고 웃고 사색하고 커피를 내리는 카페가 매미의 허물처럼 어느 순간 바스락 부스러지고 말 것이라는, 만나고 웃고 떠들고 손을 잡아주었던 행위들이 소멸로의 환송이었음이라는, 고개를 주억거리며 눈물을 왈칵 쏟아냈다. 가슴도 먹먹해졌다.

캄캄한 터널에 갇힌 순간처럼 카페에서 걸어 나갈 용기가 나지 않았다. 카페를 양도하고 나면 다시 설 자리를 찾지 못할 것이라는 확신이 그녀를 힘들게 했다. 그녀가 사는 연립과 카페를 벗어나 그녀에게 허용될

공간은 송곳날을 찌를 만큼의 어느 곳도 보이지 않았다.

그녀는 정지화면처럼 서서 바르비종 전원에 묵도하는 여인을 바라보았다. 슬픔이 목선으로 담담하게 굽어진 여인의 발끝에 놓인 바구니에서 그녀는 버겁던 젊은 시절을 회상했다.

순구가 색 바랜 질감으로 서 있었고, 순구의 팔짱을 낀 미희가 치열 고른 이빨을 하얗게 드러내 웃었다.

그녀는 바르비종 전원의 여인에게서도 버겁던 시절의 눅눅한 표정을 읽었다. 바르비종 전원 여인을 바라보는 시간이 길어질수록 버거움은 눈 녹듯 없어지고 땅에 묻은 씨감자가 틔워낼 희망이 엿보이기도 했다. 그 순간이 그녀에게 실낱같기는 했으나 안도되었다.

그녀는 그녀를 에워싸고 있는 일상의 것들을 하나씩 점검하는 작업을 시작했다. 계속 남겨두어야 할 것들과 벗어내야 할 것들을 차곡차곡 정리했다. 바르비종 전원의 모자로 가린 남자의 가슴에서 최루가스와 진압 방망이에 쫓기며 거칠기만 했던 기억을 회상하기도 했다.

"미희는 잘 있고?"

그녀가 스마트폰을 손아귀에서 만지작거렸다. 미희? 순구가 눈주름을 어줍게 그리고 웃었다. 이십 년 만에 둘이 재회한 상황에서 그녀가 등장 시킨 미희의 존재가 기껍지 않은 것일까? 미희의 존재가 등장했음에도 순구가 자세를 고쳐 앉지도, 입술을 깨물지도 않았다. 이십 년 전도 지금도 그녀에게 미희는 달가울 존재가 아니었다. 미희 걔 여전히 내숭 떨어? 그녀가 말하려다 그만두었다.

갑작스럽게 그녀에게 두통이 심하게 몰려왔다. 안면이 쭈그러드는 느낌이 동반한 두통이었다. 그녀는 순구를 카페에 두고 약국으로 천천히 걸어가 타이레놀 두 알을 사 먹었다. 약국에서 카페로 오는 도중에 두통이 잦아들었다. 어째서 갑자기 두통이 몰려왔을까? 목으로 넘어간 타이레놀이 위에서 녹지도 않았을 텐데 참 웃긴다는 생각으로 그녀가 후후 웃었다.

그녀는 미희와 고만고만한 한옥이 모여 앉은 소읍에서 태어나 자랐다. 피를 나눈 남매보다 절친한 사이라고 사람들은 말을 하곤 했다. 그녀는 그렇게 생각하지 않았다. 미희와 같이 있으면 그녀의 가슴에 묵직한 것이 생겼다. 가슴에 징검돌이 첨벙첨벙 놓였다. 잠을 자다가 징검돌에 가위눌려 헛소리를 질렀다. 그녀가 놓은 징검돌이 가슴에서 응어리가 되었다. 징검돌을 모르는 미희는 남들에게 맵살스러운 성격이 아니었다. 미희네 양조장에서 벌어들이는 넉넉한 돈 탓이었을까? 돈 때문에 미희와의 사이에 무거운 돌을 놓은 것은 아니었다. 그녀가 성장하면서 돈에 궁핍했던 기억은 없었다. 그녀의 엄마가 미희 아버지 홍 사장을 비롯한 읍내의 돈과 권세가 있다는 남자들에게 술을 팔았을망정 육성회비를 제때에 내지 못했거나 학습 준비물을 준비하지 못하는 경우는 없었다. 미희가 판탈롱을 입고 작은 엉덩이를 앙증맞게 삐쭉거리며 소읍을 활보하면 그녀도 입을 수 있었다.

"하필 이름이 명애가 뭐야?" 미희와 헤어지고 그녀가 불쑥 엄마에게 말했다. 그녀의 엄마가 외려 그녀를 호되게 나무랐다. "이년아, 이름이 어째서? 밝을 명에 사랑애가 뭐 어째서? 사랑은 밝게 해야 엄마 같은 신세를 면하는 것이다." 그녀는 성도 촌스럽고, 이름도 촌스러운 것이 엄청난 불만이었다. 홍미희. 복숭아꽃처럼 화려한 홍가에 이름도 미희. 하늘에서 천사의 옷깃을 하느작거리며 내려오는 것이 홍미희였다면 김명애는 개울가에서 기저귀나 헹구는 계집아이로 상상이 됐다.

사랑은 밝게 해야 한다고 엄마가 말했지만, 그녀는 사랑을 드러내놓고 해본 기억이 없었다. 최루탄에 쓰러진 그녀를 겁탈한 얼굴을 그녀는 일초도 기억해내지 못했다.

대학에 나란히 진학하여 하숙집에서 강의실로, 강의실에서 하숙집으로 가는 길에 미희가 그림자처럼 따라다녔다. 그녀는 보도블록을 내려다보며 걷는 습관이 생겼다. 그녀가 어쩌다 말을 하면 미희가 응─ 그래? 화답을 박자로 끼워 주었으나 마음은 다른 곳에 있었다. 가로와 세로로 질서 있게 누운 보도블록을 헤아리면 별의별 생각이 솟아났다. 살모사 등가죽, 거미줄이 친친한 대추나무, 껍데기를 발가벗겼을 때의 초콜릿, 엄마 가게의 콘크리트 바닥, 술 썩은 냄새….

　　졸업할 때까지 밟아야 할 보도블록이 엄마 입술을 스쳐 간 막걸리 대접보다 더 많을까? 그녀가 뜬금없는 생각을 떠올렸다가 아찔해지는 현기증으로 퍽 주저앉았다. 문학과 사회의 교양과정을 수강하는데 보도블록이 고려 시대의 성곽으로 벌떡 일어나 앞을 가로막는 환영에 시달렸다. 미희는 팔십 년대 사회적 배경과 문학의 열강에 얼이 빠져 있었다. "사람은 배경의 껍질을 벗지 못하고 죽는 동물이야. 돼지우리에서 자라면 껍데기에 곱슬곱슬한 털을 감은 채 죽고 말 거야." 강의실 문턱을 넘으면서 흥분을 삭이지 못한 미희가 말했다. 그녀는 극심한 모멸감으로 또 주저앉을 뻔했다. 정문으로 걷는 도중에 보도블록이 싫어졌다. 정문 조형물로 시선을 두고 걸었다. 하늘로 붕붕 떠올라 가는 느낌이 싫지 않았다. 그러다 발을 헛디뎌 안경을 콧잔등에서 떨어뜨렸다. 공교롭게도 곁에서 걷던 미희의 발바닥에 그녀의 안경이 와자작 밟혔다. 안경을 잃었다는 슬픔보다는 난데없는 기쁨이 그녀에게 엉금엉금 기어왔다. 그녀는 박살 난 안경알과 미희를 바라보다 심하게 기침을 해댔다. 박살 난 안경알 때문에 행동을 어쩌지 못하던 미희가 옷깃으로 얼른 코를 쥐어 잡았다. 어디에도 최루탄은 터져있지 않았다. 그녀는 바닥에 주저앉아 눈물이 찔끔 솟도록 웃었다. 웃다 보니 삽시간에 뜻 모를 패배감이 생겼다. 중차대한 무엇인가를 놓고 미희에게 패배할 것이라는 강박감이 그녀를 사로잡았다. 그날 밤 잠자리에 누웠을 때 그것이 애드벌룬으로 부풀었다. 그녀에게 먼저 청혼의 승낙을 받았던 순구가 미희와 결혼을 해야겠다고 말했을 때 드디어 올 것이 왔다고 자조했다. 패배가 아니라 피해라는 개념의 성립을 덤덤하게 인정했다. 그녀에게 청혼했던 순구가 생각을 바꾸고 미희와 결혼했다.

두통이 왜 생겼을까? 타이레놀 알약이 위에서 흡수되기도 전에 두통이 없어진 현상은 무엇일까. 그녀는 카페로 들어가기 전에 두통이 왔다 간 얼굴을 확인하고 싶었다. 쇼윈도를 찾아 두리번거리는데 불자동차 두 대가 경적을 울리며 요란스럽게 지나갔다.

순구는 밀레의 만종 모사 작품의 농부에 시선을 두고 있었다. 액자의 노을이 카페 조명등에 한층 농익었다.

뇌리를 녹여낼 듯 광란하던 햇덩이가 떨어졌는데도 숨통을 죄듯 바람 한 점 없다. 들불처럼 번져가는 네온의 광란을 보며 순구가 금연 딱지를 무시하고 담배를 물었다.

"저 그림이 무언가를 생각하라고 무언의 명령을 내리는 것 같아."

액자에 시선을 고정한 순구가 맥주를 천천히 마셨다.

"무언가를 생각하라는 무언의 명령? 내가 약국에 간 동안 무슨 생각 했니? 함께 부르짖던 참세상? 아니면 미희?"

이십 년 전에 갈망했던 참세상과 미희는 전혀 다른 별개였다. 그녀는 순구가 미희를 생각하고 있었을 것이라고 단정했다. 장 프랑수아 밀레의 만종 모사 작품 속 기도하는 여인을 보며 미희를 떠올리고 있다고 짐작 했다. 억제되어 있던 질투가 노출되었다는 자괴감이 생겼다. 순구가 말을 하지 않고 묵묵히 앉아 있었기 때문에 느슨해지는 분위기가 그녀는 탐탁하지 않았다.

"저 그림이 참세상일까?"

그녀는 어색한 상황에 동참하는 성격이 아니었다. 그림에 닿아 있던 순구의 시선이 창밖으로 옮겨졌다. 언제 보아도 네온 간판은 황홀한 것이 아니라 어지러웠다. 미희를 언급해서 순구가 시선을 회피한 것이라고 그녀는 판단했다. 그녀가 대답을 기다렸으나 순구는 대답하지 않았다.

"참세상은 이상이고, 미희는 현실이었잖아? 이십 년 전에."

그녀는 참세상과 미희를 말해놓고 어색한 조합이라고 뉘우쳤다. 미희를 참세상과 견주기가 가당키나 할까? 차라리 밀레의 노을이 지는 화폭에서는 현실과 이상이 조화로울 수 있다고 생각했다. 가을걷이를 끝낸 바르비종의 노을과 기도하는 두 사람. 종일 고된 농사일에 고개를 숙인 남자와 허리와 등을 구부린 여자. 그녀는 남자가 이상보다는 현실일 것이라고 단정하며 여자의 숙인 표정에 시선을 두었다. 기도하는 여자의 등허리에서 그녀를 격렬하게 포옹하던 순구의 목덜미를 잡아당기던 순간을 생각해냈다. 그녀는 대담하게도 순구의 눈을 쳐다보았다. 그녀의 대담성은 곧 허사가 되었다. 순구의 고개가 부러진 국화 모가지로 꺾어졌다. 사람답게 사는 참세상이 쟁취되어야 한다던 그때의 강렬했던 눈빛이 맥주잔에서 툭툭 꺼지는 거품으로 스러졌다. 그리고 순구는 딸의 시아버지가 될 남자가 되었다.

"약국에 갔다 오는데 불자동차가 두 대나 지나가더라?"

맥주에 빠진 순구의 시선을 꺼내려는 의도로 그녀가 말했다.

"사이렌이 들렸어."

순구가 시선을 고정하고 싱겁게 대답했다.

"그해가 생각난다…. 정강이가 부러져 입원했던 날."

그해. 시민이 광주역과 도청과 금남로에서 계엄군과 맞서 싸웠다. 처음에는 단순한 항거의 의미로 행진했다. 총으로 무장한 계엄군이 진압

하러 왔다. 시민에게 계엄군이 광견처럼 달려들었다. 대치하다가 붙들리면 진압봉으로 두들겨 맞았다가 총성이 울렸고 쓰러져 피를 흘렸다.

　미희는 광견처럼 날뛰는 계엄군에 분노하고 투쟁의 필요성을 강하게 수긍하면서도 하숙방에 머물렀다. 강의실에서 내려다본 거리는 말없이 누운 안내자였다. 막상 나섰을 땐 서로의 전진을 무력으로 합리화하기 위한 방어벽이었다. 그 방어벽을 사이에 두고 치열한 백병전이 계속됐다. 시민의 싸움 도구나 전략은 원시적이었다. 삼국시대쯤의 원시적인 백병전이 치열했던 그 날. 십 미터의 전진 탓으로 백 미터의 쫓김에서 그녀의 정강이가 부러졌다. 진압봉에 맞은 것도 아니고 발을 헛디뎌 노변 시설물에 부딪혔다. 아득해진 의식을 간신히 버티며 곰팡이처럼 번지는 고통에 다리를 쥐어짜듯 움켜쥐었다. 따다다닥- 따다다닥 최루탄 터지는 소리가 따다..다...다...아… 잦아들면서 펑 피어오르는 연기…. 아스팔트에서 조팝꽃 숲이 하얗게 피어났다. 계엄군이 달려와 에워쌌다. 꽃 무리가 하얗게 어우러진 조팝나무 숲으로 함몰이 되면서 의식을 잃었다.

　병실에서 눈을 떴을 때 머리맡에 앉은 엄마가 먼저 보였다. 광주행 버스가 들어올 수 있어서 병실에 왔다고 말했다. 그녀는 버스를 타고 왔다는 엄마의 말을 믿지 않았다. 광주로 들어오고 나가는 모든 통로를 계엄군이 장악하고 있음을 알고 있었다. 아마도 미희 아버지 홍 사장처럼 엄마의 술을 마신 소읍의 돈과 알량한 권력을 쥔 사내의 도움이 있었을 것이라고 짐작했다. 그녀는 대학생이 되어 처음으로 엄마의 얼굴을 가까이에서 바라보았다. 얼굴에 발라진 화장품이 메마른 발바닥처럼 덕지덕지 들떴고, 입술에 칠해진 것도 헤아릴 수 없이 닿았던 막걸리 대접의 흔적을 감추지 못했다. 전화를 걸어야겠다며 엄마가 병원 현관 공중전화 부스로 갔다.

　그녀는 환자복 바지 속에 손을 넣었다. 눈을 뜨면서부터 뭉글하던 통증이 엉덩이로 아릿하게 올라왔다. 얼굴을 찡그리는 중에 의사가 들어왔다.

"상처가 심해서 세척 후 처치는 했습니다만 원하시면 추출한 타액을 드리겠습니다."

젊고 예의 바른 용모처럼 의사의 목소리가 작고 친절했다. 그녀는 고개를 흔들어 의사의 제안을 거절했다. 의사가 나가고 화장실로 갔다. 문을 걸어 잠근 후 벽에 등을 기대고 환자복 바지를 천천히 벗었다. 알코올로 닦았을 살의 감각이 낯설었다. 그녀는 수돗물을 손바닥으로 움켜쥐고 처녀성을 잃은, 너덜너덜해진 꽃잎을 씻고 또 씻었다.

도로에서 고통을 쥐어짜듯 다리를 움켜쥐고 쓰러진 후 닷새 만에 그녀가 발견되었다. 트럭을 수리하다 폐업한 창고에서 발견된 그녀는 의식이 없었다. 쓰러지던 순간과 창고에 버려지던 순간에 의식이 없었다. 그녀가 발견되기까지의 사 일을 그녀는 생생하게 기억했다.

햇빛이 들어오지 않는 지하 공간에서 재갈이 물린 그녀를 범하러 들어온 침입자가 격하게 움직일 때 코를 큼큼거렸다. 익숙한 듯 낯선 냄새, 최루탄 냄새에 고개를 뒤로 한껏 젖혔다. 꼬박 밤을 새우면서 생시와 꿈의 담벼락이 허물어졌다. 생시에서도 꿈에서도 그녀의 형체가 증발되는 몽롱한 순간의 연속이었다. 밤새 비가 쏟아졌던 새벽녘에는 상처에서 솟는 생피 냄새와 작달비에 여린 꽃잎이 무참하게 찢어지는 비릿함이 섞였다. 욕정을 채운 침입자가 지하실 문을 걸어 잠그고 나갔어도 잠에 빠져들지 못했다. 침입자가 가져다 놓은 대야의 물을 묶인 손으로 움켜쥐고 너덜너덜 찢긴 꽃잎을 씻었다. 아릿하게 통증이 도지는 꽃잎에서 부패한 생선 냄새가 났고 그녀는 구역질했다.

그날 이후로 그녀는 생선을 먹지 않았다. 가족을 위해 사 온 생선에 부패 조짐이 있으면 그냥 버렸다. 비가 쏟아지는 날은 생선을 먹지도 않았는데 지하실의 부패한 세균이 트림으로 올라왔다. 도마에 얹은 고등어를 칼로 내리치다가 우엑 헛구역질을 쏟아냈다. 그녀는 아이를 가졌고, 아빠도 모르고 자란 딸이 스무 살에 임신했다.

미희가 병실로 들어왔다. "양조장 홍 사장은 돈이 넘쳐날 텐데. 너도 데모하니?" 엄마가 미희에게 대뜸 힐난했다. 미희와 함께 들어오던 순구도 엄마의 힐난을 들었다.

"병실에서 우리 엄마에게 했던 말 기억나?"

그녀가 시선을 아래로 깔고 자조적으로 웃었다.

"그때 일 묻어버린 지 오래다."

순구의 대답이 싱거워서 엄마에게 눈을 부릅뜨고 했던 말을 기억하고 있는지 그녀는 판단하기 어려웠다. 돈이 없어서 투쟁하는 게 아닙니다. 어머님. 그녀는 순구의 부릅뜬 눈을 잊지 않고 있었다.

"당당하더라? 처음 보는 우리 엄마 앞에서."

그녀는 그때 이 남자의 패기가 남아있는지 확인하고 싶었다.

"그땐 탱크가 내 앞으로 다가왔더라면 맨주먹으로 깨부수려고 주먹질을 했을 거야."

그녀의 의도대로 순구는 그날을 잊지 않고 있었다. 잊지 않고는 있지만, 놋화로를 두드리는 카랑한 목소리가 아니었다. 포장지가 빛바래 너덜너덜해지듯 감정도 묵으면 닳거나 쇠잔해지는 것이 아무리 당연한 이치라고 해도. 그녀는 순구마저 쇠잔해질 줄은 예상하지 않았다. 그날 엄마에게 순구가 주먹을 불끈 쥐었다. 눈동자에서 생기가 일렁였다. 눈을 꼿꼿이 뜨고 엄마에게 말했다. 돈이 없어서 싸우는 게 아닙니다. 어머님.

"순경이 겁을 잔뜩 먹고 왔기에 장사도 팽개치고 왔더니 별 것 아닌 걸 가지고…. 지서에 들려왔으니 걱정할 거 조금도 없다."

엄마의 막걸리를 마신 미희 아버지 홍 사장과 소읍의 사내들이 엄마의 뒷배가 되었다. 엄마는 간경화로 세상을 마감했다. 여자가 간경화로 죽었다는 사실이 부끄러웠다. 자업자득이라고 자조했다. 남자에게 술 먹여 간을 망치면서 평생을 살자 했던 업보였다.

침묵이 흘렀다. 김연자의 노래가 바닥을 핥으며 카페를 채웠다. 순구의 눈을 들여다보았다. 순구도 고개를 꺾지 않고 마주 바라보았다. 십 초도 지나지 않아 시선을 거두었다. 간경화로 죽은 엄마와 다름없이 술을 팔아 살아가는 처지를 수긍했음일까. 순구를 계속 바라볼 자신이 없었다.

땡볕에 달구어졌던 바람이 식었다. 미적지근한 바람이 열어놓은 입구로 들어와 둘의 어줍은 침묵에 비릿한 냄새를 풍겼다.

"… 그 누우가 다응신을 사랑하였따 해도 옛싸연은 묻찌 않으리 흘러간 세에월 쏙에 상처가 있었다 해에도 이제는 모두 다아 잊어버리고 날 사아랑 해에 주우오."

김연자가 흐느끼는 동안 둘이 귀를 세웠다. 노래가 끝나고 침묵이 더 흘렀다. 붉은 실내등과 어둠이 기묘하게 뒤섞여 시간조차 정지해 버린 실내. 감정의 막이 살얼음처럼 얇아져 갔다. 공깃돌을 던지면 깨질 감정의 막으로 버티면서 숨이 막혔다.

"기억나? 우리 안면도에 갔을 때?"

그녀답지 않은 연초록 떡잎 같은 목소리로 애잔하게 물었다.

"껍질이 붉은 소나무가 생각난다. 모기란 놈의 그 뾰족한 물건이 굉장했었고."

순구가 피식 웃었다가 굳은 표정을 지었다.

확 트인 바다 앞에 섰는데 막막해진 미래와 같은 이율배반적인 상황에서도 남자는 아주 지극히 단순하게 성욕에 집착한다는 것을 그녀는 깨달았다. 꼬박 아홉 밤을 순구는 탐하려 했고, 그녀는 필사적으로 지키려 했다. 순구의 단순하고 맹목적인 성욕이 싫지 않았다. 바닷바람과

땀이 뒤엉켜 냄새가 물씬한 바닷가에서 맹렬하게 몸을 떨었다. 그러는 살덩이를 품에 둔 순구는 삼키지 못하는 불덩이를 입에 문 듯 괴로워했다. 아홉째 번 날인가는 해가 채 떨어지기도 전에 둘의 몸이 달았다. 일몰 시각이어서 바다로 거대한 햇덩이가 지글지글 끓었다. 황급히 찾아낸 야트막한 바위틈에서 부둥켰는데 이미 와 있는 연인과 맞닥뜨렸다. 그녀의 몸에는 얼굴도 모르는 남자의 아이가 자라고 있었다.

남자 셋이 카페로 들어왔다. 그녀가 총총히 맥주를 날라다 주고 맥주 뚜껑을 벗겨서 한 잔씩 가득 따라주고 올 때까지 순구는 밀레 그림의 농부가 되었다. 순구를 바라보는 그녀의 가슴이 한 계단 쿵 내려앉았다. 이십 년 전. 냉랭한 기류가 가슴을 다시 할퀴러 달려오는 착각이 일었다. 결별을 선언 당한 충격의 파장 탓에 그녀의 가슴은 아무렇지 않은 일에도 곧잘 내려앉았다.

"계엄군이 철수했는데 진공에 갇힌 것처럼 멍해지더라. 할 일이 참 없더라. 평온하게 햇볕이 넘치는 길거리의 군중 틈에서 굉장한 소외감을 느꼈어. 모두 제 갈 길로 부단히 가는데 나만 할 일을 못 찾아 헤매는 거 아니겠어? 자살도 하고 싶더라. 그러는 중에 엄마가 돌아가셨는데 물려받은 재산이 생각보다 많아서 옷가게를 낼까 어쩔까 하다가 결국 이놈의 물장사로 접어들게 됐어. 내 몸속에 흐르는 엄마의 피를 어쩌지 못하나 봐."

손님이 술을 또 주문했다. 순구와 마주 앉은 상황에서 원치 않게 이탈해야 한다는 것에 신경질이 났다. 장사고 뭐고 오늘은 그만 가달라고 소리 지르고 싶었다. 귀찮은 표정이 역력한 얼굴로 술을 날라 주고 가발을 벗겨주듯 뚜껑을 땄다. "아줌마야 아가씨야?" 그들이 돌아오는 그녀에게 말했다. 고개만 돌려 표정으로만 웃어주고 순구와 마주 앉았다.

"자잘한 일상에 잘 습관화되더라. 잠에서 깨면 자명 시계를 코앞으로 당겨 보는 것이라든가. 잠에서 깨는 시각도 늘 낮 열두 시 반이라든가. 또 아주 작은 일에도 간이 졸아든다든가. 행동반경을 스스로 좁혀가는 것 같아. 너무 좁히기만 하다가 가슴이 텅 비면 어떡하지?"

"사람이 너무 많아. 소속감이 희미해져서 그럴 거야."

사람이 너무 많아서 문제야. 생각이 너무 많아서 틈이 자꾸 벌어져. 생각의 틈은 바람직한 면도 있으나 치명적인 단점도 존재해. 틈은 결국 질투와 미움과 그릇된 신념으로 타인을 부정하는 씨앗이 될 수 있거든? 바위 틈서리에 뿌리내린 식물이 삶의 끈을 스스로 놓는 법은 없거든? 최루탄에서 도피한 공중화장실에 둘이 숨었던 그 날을 그녀는 문득 떠올렸다.

"소속감이 희미해지면 중대한 실수를 쉽게 저지르게 돼."

순구가 중대한 실수를 말했다. 돌이켜 보는 시간이 모두 중대한 실수의 연속이었다는 자괴감이 들었다. 순구와 마주 앉은 이 순간도 중대한 실수의 시발점일 수 있다는 불안이 생겼다. 순구에게 걸어가 포옹하고 싶은 충동이 생겼다. 그녀에게 생각과 충동은 곧잘 상충했다.

"근사한 곳에서 마시고 싶은 충동이 온몸에 굼실거려."

마침 술을 마시던 사내들이 나갔다. 강제로 순구를 일으켜 세웠다. 카페 문을 잠그고서 문을 흔들어 잠금을 확인하는 동안 순구가 시내로 천천히 걸어갔다. 더위가 좀 누그러져선지 사람들이 많았다. 저만큼 가는 순구에게 재빨리 접근해서 겨드랑이로 팔을 찔러 넣었다.

"시간이 녹는 아이스크림처럼 아까워. 매일 혼자 지내니까 값어치 없고 흔한 게 시간이었는데 오늘은 정말 아깝다."

빌딩 모퉁이 약국을 돌아서며 순구를 골목으로 끌었다. 가요주점 그랑프리, 꽃바람 호프, 원미 통닭, 비서실, 루이 14세, 피자 전문점 간판이 차례로 있는 골목으로 항로를 바꾸었다. 마땅하게 들어설 곳을 찾으려다 약국 앞의 원점으로 돌아왔음을 알고 맥없이 웃었다. 게다가 마셨던 술기운도 잔재만 겨우 버티는 중이라서 머리에 찌꺼기가 가라앉은 느낌이었다.

이럴 게 아니라 시원한 생맥주라도 한잔 더 하자고 순구가 말했다. 그럼 분위기가 좀 있는 맥주 가게로 가자고 그녀가 제의했고, 맥주 가게인데 분위기가 있으면 얼마나 있겠냐고 순구가 반문하며 간판을 두리번거리며 또 걷기 시작했다. 맥주 가게에 고개를 삐죽이 디밀어 본 그녀가 다음으로 재촉했다. 그녀가 세 번이나 연달아 퇴짜를 놓자 순구가 짜증이 났는지 걸음을 늦추었다. 들어간 곳은 외려 엉망이었다. 젊은 애들이 담배 연기를 빡빡하게 채워 놓고 경쟁하듯 목청을 뽑아냈다. 그녀는 더디게 따라오는 순구를 기다리면서 또 퇴짜를 가할 엄두가 나지 않았다. 뼈 없는 닭발을 안주로 주문했다.

기다리는 거 못 참는 한국 사람들에게 맞는 시스템이야. 주문하자마자 금방 이렇게 시원한 맥주를 마실 수 있잖아. 잔을 들어 한 번에 들이킬 동안에 눈을 좀 똥그랗게 떴던 순구가 탁자 아래에서 손목시계를 슬쩍 봤다. 벽에 걸린 둥그런 시계가 열한 시 사십 분을 지나는 중이었다.

"벽에도 시계가 걸렸는데 왜 손목시계를 보고 있어?"

"습관이지 뭘. 하나 더 시키지?"

순구가 잔을 비우기까지 그녀는 시큰둥하게 기다렸다가 하나씩 더 시켰다. 술을 날라다 주면서 아르바이트 고등학생 여자애가 영업 마감 시간이 됐다고 말했다.

"너야말로 귀가 마감 시간이 벌써 지났어."

순구가 여자애 등에 큰 소리로 말했다. 여자애가 인내심 있게 주방으로 가서 재수 없다는 눈빛을 천장과 바닥으로 휘돌렸다.

"행동반경이 국한되니까 스스로 좁히게 되더라고. 혼자 사니까 또 직장이 있는 것도 아니고 손바닥 일터에서 제자리걸음이 전부니까 자잘한 일만 내게 생겨. 일상의 자질구레한 일들이 내 인생관까지 좀먹어서… 개방적으로 살아 후후. 일회용 밴드 발라봤지? 일회용 밴드를 떠올려 자조하면 다소 괜찮아져. 날이 궂거나 봄꽃이 어우러지거나 하는 날에 불쑥 갈라지는 상처를 동여매는 일회용 치료 도구라는 지극히 간단한 생각을 붙들고 잠자리를 같이했다는 자조 말이야. 쾌락은 어차피 영구적인 것이 될 수 없으니까…. 쾌락이 잡힌다면 손을 뻗기로 했어."

뚜렷한 과녁을 찾지 못한 눈빛으로 미루어 순구가 갈 곳을 결정하지 못하고 있음을 짐작했다.

연립 사 층 그녀의 집으로 가자고 했고, 순구가 따라왔다.

"마주 앉아 있으려니 기분이 참 묘하네…. 뭐랄까…? 스티로폼 조각이나 벽돌 부스러기 박카스 빈 병 또 올이 터진 스타킹처럼 썩지 않는 것들이 내 안에서 혼란스럽다."

그녀는 말의 끝을 놓기가 무섭게 변한 게 아니고 병이 든 게 아닐까 하는 생각에 시달렸다. 그녀가 순구의 안색을 들여다보았다. 여전히 순구는 말이 없이 붉어진 얼굴로 맥주잔을 들었다 놨다 했다. 송곳으로 콕 찌르면 풍선처럼 터질 것처럼 빵빵해진 배로 자세를 고쳐 앉았다.

"우리…."

그녀는 차마 뒷말을 잊지 못하고 말끝을 흐렸는데, 부끄러움을 느꼈다. 순구가 그녀를 건네 보았다. 말의 종결을 기다리는 표정이었다. 그녀는 터놓지 못한 말의 뜻을 알아차리지 못한 순구에게 부끄러워져 아니라고 얼버무렸다.

"결혼하지 그랬어?"

"그게 잘 안되더라고. 샤워하고 올게."

화염병을 던지기 위해 골목으로 잠입할 때의 긴장과 갈증이 욕실로 들어서는 그녀를 끌어당겼다. 돌아 나와 순구를 욕실로 밀어 넣었다. 욕실에서 쏟아지는 물소리를 들으면서 술자리를 치우고 소파를 정돈했다. 수건으로 몸을 두른 순구가 나왔고, 그녀가 욕실로 들어갔다. 머리를 적시지 않으려고 찬물을 목덜미에 쏟아부었다. 물소리가 발등에서 바닥으로 따다다닥 번져나갔다. 정수리에 찬물을 끼얹고 싶었다. 갑자기 미희가 아른거렸다. 이십 년 전 그때, 미희로부터 패배당하고야 말리라는 그 강박감이 불현듯 되살아나는 짐작 때문이었는지도 모를 일이었다. 머리에 둘렀던 수건을 벗겨내고 정수리에 찬물을 쏟아부었다. 타일 바닥으로 물줄기가 더 요란하게 떨어졌다. 화염병과 시위에 끌려다니다 어쩔 수 없이 떠밀려 맞닥뜨린 사회의 문턱에서 자포자기로 백기를 들기까지의 소외감과 자살 충동과 엄마의 죽음을 맛보면서 벗어던져야 했던 허물이 아직도 남아있음으로 오늘 그토록 술을 마셨던 것일까? 순구는 지금 어떤 심정일까? 맹꽁이 배에 술을 넣느라 내내 거북한 모습이었다. 투쟁에 따른 동지애와 사랑은 별개였음을 그때 왜 깨닫지 못했을까. 찬물을 끼얹자 썩은 호두알 같은 서글픔이 확 몰아쳐 왔다.

전화벨이 울고 있었다. 욕실 문을 슬금 밀치자 볼륨을 높여 놓은 텔레비전이 왕왕거리며 전자 알갱이를 어지럽게 쏟아냈다. 순구 전화였다. 머리에 둘렀던 수건이 어깨로 미끄러져 바닥에 떨어졌다. 머리칼에서 물이 우두둑 떨어졌다.

"세상이 전부 수렁이야. 우리가 겪어야 했던 것들 우리 애들이 겪어서는 안 돼."

전화가 끊겼다. 그녀가 커튼을 젖혔다. 아파트 입구에서 택시를 타는 순구가 보였다. 물기가 뚝뚝 떨어지는 몸으로 한동안 밖을 내다보는데 오늘도 미희로부터의 패배라는 개념이 저절로 형성되었다. 젖은 물기가 바람에 마르고 있음을 느끼면서 의식이 점차 현실감을 회복하는 것도 느끼며 한숨을 크게 내쉬었다.

　지루한 장마가 계속됐다. 손님이 없는 네온이 하염없이 비를 맞았다. 김연자의 구성진 노래도 빗물에 흠씬 젖었다. 젖은 거리와 소통이라도 할 듯 문을 열어놓았다. 어둠은 초저녁부터 빗줄기에 짓눌려 있고, 가로등과 네온 빛이 축축하게 카페 안을 기웃거렸다. 자정이 가까워져 문을 닫아도 되는 시각에 오늘의 일상을 종료할 마음이 생기지 않았다. 그녀는 빗물로 촉수 낮아진 가로등을 바라보며 골백번도 반복되었을 무료함에 손바닥으로 턱을 괴었다. 가늠할 수 없는 어느 날부터인가 무릎을 가슴에 붙여 의자에 앉는 버릇이 생겼다. 가슴이 무릎을 끌어안으면 엉덩이가 똥그래져서 의자에 닿았다. 눈도 저절로 똥그래져서 무엇인가를 골똘하게 생각하게 되고, 그녀의 버겁고 우묵했던 시절의 순간순간이 떠올랐다. 머리채를 흔들거나 얼굴을 무릎에 묻고 기억을 지우려 했다. 한번 떠오른 기억은 개화되는 칸나처럼 새빨갛게 도드라질 뿐 지워지지 않았다. 의도적으로 자세를 고쳐 앉아 길 건너 간판을 응시하여 현실로 돌아오려 했다. 엉덩이를 의자에 펑퍼짐하게 놓는 자세로는 속이 썩은 호박처럼 생각을 품지 못했다. 마냥 앉아 있는 자신을 발견하고서 이 자세도 썩 마음에 들지 않았다.

　순구가 왔다 간 후 그녀는 건너고 싶지 않은 기억으로의 징검돌을 놓지 않으려 부단히 움직여도 보았다. 늙거나 낡아지지 않는 것들, 시간과 기억이 그녀에게는 변하지 않는 것들이었다. 생경한 기억들을 품고 있는 그녀 자신이 낡고 있다는 것을 의도적으로 외면했다. 언젠가는 받아들여야 할 것을 알면서도 일부러 받아들일 마음이 없었다. 두 손을 겨드랑이에 끼고 버틴다 해도 어둠이 오고야 말고 밝아지는 새벽이 오는 것처럼 어차피 낡아지는 것을 방관만 하겠다고, 그녀에게 낡아지는 것쯤은 별거 아니라고 자위했다. 낡아짐이 별거 아니라고 자위함은 결국 자신을 방관하고 있다는 깨달음에 잠깐 자괴감에 빠지긴 했지만 후회하지 않았다.

따다다─ 최루탄이 터지는 소리, 콧물 눈물 쏟으며 토하다 바닥에 쓰러진 시민의 기침 소리, 진압봉을 쳐들고 달려오는 계엄군의 군화 소리, 사이렌 소리, 허공을 가르는 총성, 건물 뒤에서 느닷없이 나타나 저공으로 비행하는 헬리콥터, 기억으로의 징검돌을 건넌 후 거울로 본 얼굴에서 유독 낡아지지 않는 것은, 거칠고 무질서한 소음들의 환청을 기억하고 있는 눈동자였다.

부품이 빠진 기계, 중요 부분을 연결하는 부속이 헐거워진, 쉰 소음이 나는 조합. 덜컹거리는 소음을 아련히 견뎌야 그녀는 잠들 수 있었다. 전화가 왔다. "엄마, 나 어떡해? 아버님 되실 분이 우리 결혼 절대 허락 못 하신다고 헤어져야 한대."

그녀는 바닥에 무릎을 꿇고 바르비종 전원에서 묵도하는 여인에게 두 손을 모았다.

비가 줄기차게 내렸다. 어디서 누군가를 메아리쳐 부르고 있었다. 사방을 들짐승처럼 두리번거려도 어둠과 빗줄기뿐. 눈을 감았다. 단 한 번의 중대한 실수는 조심하라던 눈빛이 검게 반들거렸다. 참세상과 젊음의 이면에 굴욕과 패배감이 황황한 거리에 그녀는 어디로 가고 있는가.

김창식

서울신문 신춘문예 단편소설 당선, 충청일보 신춘문예 단편소설 당선
소설집 『아내는 지금 서울에 있습니다』, 『어항에 코이가 없다』, 대하소설 『목계나루』 전 5권
장편소설 『벚꽃이 정말 여렸을까』 외, 직지소설문학상, 현대문학사조 문학상

시추

. . . .
이규정

시추란 놈이 우리 집에 나타난 것은 지난달 초순
에서였다. 그날따라 동료들과 회식하는 자리가 길어지고 있었다. 한밤중
이 되어서야 들어서는 현관문으로 반기듯이 쫓아오는 강아지가 쳐다보
고 있었다. 길쭉한 꼬랑지를 살랑살랑 흔들면서 달라붙는 강아지를 걷
어차면서 노려보았다. 그때서야 캥캥거리며 도망가는 강아지를 반기듯
이 끌어안는 아내를 쏘아보면서 말했다.

"그놈이 왜 우리 집에 있어."

"병원에 입원한 친구가 며칠만 봐 달라고 그래서 데려왔어요."

아내가 대수롭지 않다는 듯이 말하면서 돌아서고 있었다. 나 또한 대
수롭지 않게 생각했는데 그게 아니었다. 그때부터 반기듯이 쫓아오는
시추가 달라붙기만 해도 버릇처럼 튀어나오는 재채기가 멈추지 않고 있
었다. 어려서부터 미세한 냄새에도 콧구멍이 간질거리는 사람이었기 때
문이었다.

"에이치."

시추가 달라붙기만 하면 나도 모르게 튀어나오는 재채기가 멈추지 않
았다. 텁수룩하게 보이는 털을 보기만 해도 콧구멍이 간질거렸다. 그때
마다 나도 모르게 치켜드는 손바닥으로 후려칠 듯이 노려보면서 다그

치고 있었다.

"저리 가지 못해?"

기겁하듯이 놀라는 시추는 똥오줌을 내갈기면서 도망가고 있었다. 지린내가 날아드는 콧구멍을 움켜쥐면서 쫓아가는 시추를 갓난아이처럼 끌어안는 아내가 쏘아보면서 다그치듯이 말했다.

"말 못 하는 애라고 구박하면 죄 받아요."

"그놈이 구박하게 하잖아."

"애는 어린아이를 달래듯이 달래면서 보듬어줘야 해요. 괜스레 타박하면 똥오줌을 못 가리는 녀석이니까요."

"그까짓 개새끼를 뭐가 좋다고 보듬어 줘."

"똥오줌을 닦아내려면 마음대로 하세요."

"내가 왜 그놈의 똥오줌을 닦아내야 하는데."

"똥오줌도 닦아내기 싫으면 갓난아이처럼 보듬어 주라고요."

얼마나 기가 막혔는지 아무런 말도 못 하는 입술이 다물어지고 있었다. 아내의 치맛자락에 달라붙는 시추가 아침저녁을 먹는 식탁에서도 알짱거렸다. 그때마다 발바닥으로 슬그머니 걷어차는 시추를 노려보면서 중얼거렸다.

"이게 식탁까지 쫓아와서 말썽이야."

캥캥거리며 도망가는 시추는 어딘가에 숨어서 똥오줌을 내갈겼다. 똥오줌을 닦아내는 아내는 당신이 또 구박했느냐고 다그치고 있었다. 아무리 다그쳐도 얼씬거리지도 못하게 구박하는 시추가 하루는 자야겠다고 쫓아가는 침대에 주저앉아 있었다. 그날은 얼마나 약이 올랐는지 나도 모르게 손바닥을 치켜들면서 다그치고 있었다.

"저리 가지 못해?"

기겁하듯이 놀라는 시추가 오줌을 내갈기면서 도망치고 있었다. 침대에 올려놓았던 잠옷에서는 지린내가 날아들었다. 잠옷을 잡아 들고 쫓아가는 시추는 아내의 치맛자락으로 숨어들고 있었다. 무슨 일인가 하고 쳐다보는 아내에게 지린내가 날아드는 잠옷을 내던지면서 말했다.

"저놈을 당장에 보내지 않으면 창문 밖으로 내던질 것이니 알아서 해."

"어머머. 살아 있는 짐승을 구박하면 죄 받아요."

"그러니까 돌려주란 말이야."

"병원에 있는 사람에게 어떻게 돌려줘요."

아내가 돌려주겠다는 생각은커녕 싸우겠다고 달려들고 있었다. 그동안 황소고집보다 질긴 아내와 다투어서는 이겨 본 적이 한 번도 없었다. 아무리 마땅찮아도 어쩌지 못하는 시추는 며칠이 지나서도 돌아가려는 낌새조차 없었다. 아무리 미워해도 눈치도 없이 달려드는 시추 때문에 버릇처럼 튀어나오는 재채기가 멈추지 않았다. 그렇다고 얼씬거리지도 못하게 다그치면 똥오줌이나 내갈기는 시추를 상전처럼 떠받드는 아내를 쳐다보면서 사정하듯이 말했다.

"내가 알레르기 환자라고 그러면서 다른 친구들에게 부탁하라고 그래."

"맡길 사람이 나뿐이라는데 어떻게 그래요."

"그럼 언제까지 데리고 있으려고 그러는데."

"그거야 두고 봐야 알죠. 의사가 수술하면 괜찮다고 그러지만, 하루 이틀에 좋아지는 병이 아닌 것 같아요."

아무리 사정해도 친구의 부탁을 거절하지 못하겠다는 아내는 종이박스로 시추의 집까지 만들어주고 있었다. 그것도 자기 집이라고 유세 부리는 시추의 살림살이가 늘어나고 있었다. 눈앞에서 알짱거리기만 해도 콧구멍이 간질거리는 시추는 열흘이 지나고 보름이 지나도 돌아가려는 생각조차 않고 있었다. 얼씬거리지도 못하게 구박하는 시추를 갓난아이처럼 끌어안는 아내는 야만인이냐고 다그치면서 쏘아보는 눈빛이 또한 잠시도 멈추지 않고 있었다.

　아무리 마땅찮아도 내쫓지도 못하는 시추는 한 달이 지나서도 돌아가려는 생각조차 않고 있었다. 회사의 창립일인 금요일에는 동료들과 설악산을 가려고 준비하고 있었다. 하지만 갑자기 올라온다는 태풍 때문에 취소되고 말았다. 이른 아침부터 비바람이 몰아치는 금요일에는 어디를 가겠다는 생각조차 할 수가 없었다. 하필이면 모처럼의 연휴에 쏟아지는 빗줄기를 원망하면서 커피를 마시고 있었다. 설거지를 하면서 분주하게 쫓아다니던 아내가 시추를 쳐다보면서 말했다.

　"병원에 다녀와야 하니까 시추 좀 봐주세요."

　"보기도 싫으니까 데리고 다녀와."

　"그러지 말고 오늘만 봐주세요. 그리고 구박하지 말아요. 괜스레 구박하면 똥오줌이나 내갈기는 녀석이니까요."

　아내가 사정하듯이 말하면서 돌아서는 현관문을 나서고 있었다. 뒷모습을 바라보며 돌아서는 방으로 들어섰다. 컴퓨터책상에 주저앉아서 인터넷 바둑을 두고 있었다. 낑낑거리며 쫓아오는 시추는 거들떠보지도 않았다. 꼬랑지를 흔들면서 쳐다보는 시추가 바지락으로 달라붙고 있었다. 간질거리는 발등으로 걷어차는 시추가 캥캥거리며 도망치고 있었다.

　"저런 우라질 놈을 봤나."

　시추가 오줌을 내갈긴 방바닥에서 지린내가 날아들고 있었다. 벌떡 일어나면서 쫓아가는 시추가 주방으로 도망가면서 캥캥거렸다. 손바닥을 치켜들며 쫓아가는 시추가 식탁 아래로 빠져나가고 말았다. 숨바꼭질을 하듯이 도망가던 시추가 침대 밑으로 숨어들고 있었다. 아무리 나오라고 다그쳐도 꼼짝도 않는 시추를 쏘아보다가 돌아서는 침대를 나설 수밖에 없었다.

'망할 놈의 개새끼. 아내도 없는 동안에 잡아먹을 가보다.'

얼마나 약이 올랐는지 곧바로 붙잡아서 가마솥에 내던지고 싶었다. 오줌을 내갈긴 방바닥에서는 지린내가 날아들고 있었다. 간질거리는 콧구멍에서는 버릇처럼 튀어나오는 재채기가 멈추지 않고 있었다. 그렇다고 내버려 두지도 못하는 오줌을 닦아내면서 바라보는 시계는 12시가 넘어서고 있었다.

'하필이면 연휴에 병문안을 가다니.'

아내를 원망하면서 쫓아가는 주방으로 들어섰다. 점심을 먹으면서 바라보는 침대에서는 시추가 기어 나오고 있었다. 군침을 삼키면서 쳐다보는 시추에게 숟가락을 내던지면서 다그쳤다.

"뭘 잘했다고 쳐다봐."

기겁하듯이 놀라는 시추가 캥캥거리며 도망치고 있었다. 점심을 먹고서야 주저앉는 책상에서는 또다시 바둑게임을 즐기고 있었다. 냉수를 마시겠다고 들어서는 주방에서는 지린내가 날아들고 있었다. 간질거리는 콧구멍을 움켜쥐면서 휘둘러보는 주방에는 시추가 보이지 않았다.

"이놈에 개새끼 붙잡기만 해봐라."

거실과 안방, 그리고 베란다에도 보이지 않는 시추가 어디로 사라졌는지 알 수가 없었다. 혹시나 하면서 쫓아가는 세탁실에서는 발바닥이 주르륵 미끄러지고 있었다. "아이쿠!" 하면서 주저앉는 엉덩이에는 지린내가 날아드는 오줌이 달라붙고 있었다. 빨래바구니에서 불쑥 튀어나오는 시추는 캥캥거리면서 도망치고 있었다.

"아이고 우라질 놈아."

벌떡 일어나면서 잡아드는 빨래바구니를 내던졌다. 빨래바구니가 날아가기도 전에 사라지는 시추는 흔적조차 보이지 않았다. 얼마나 약이 올랐는지 어금니를 부드득 갈아붙이며 벗어드는 옷들을 세탁기에 내던졌다. 수돗물로 지린내가 날아드는 오줌을 씻어내고서야 돌아서는 세탁실을 나섰다. 속옷을 벗어 던지며 쫓아가는 욕실에서도 버릇처럼 튀어나오는 재채기가 멈추지 않고 있었다.

'우라질 놈의 개새끼하고 무슨 업보가 있는지 모르겠구나.'

아무리 생각해도 똥오줌이나 내갈기는 시추와 무슨 업보인지 알 수가 없었다. 샤워를 하고서야 개운해지는 마음으로 돌아서는 욕실을 나섰다. 손바닥으로 잡아드는 옷들을 걸치면서 안방으로 들어섰다. 낮잠이나 자야겠다고 올라서는 침대에서 불쑥 튀어나오는 시추가 도망치고 있었다.

"이런 젠장 할 놈을 봤나."

하필이면 침대에서 튀어나오는 시추를 그냥 둘 수가 없었다. 버르장머리를 고쳐놓겠다고 쫓아가는 시추가 거실로 도망가고 있었다. 거실에서 막아서면 주방으로 도망가고 주방에서 막아서는 시추가 컴퓨터책상 밑으로 숨어들고 있었다. 넙죽이 엎드려서 움켜잡는 꼬랑지를 잡아당기는 시추를 쏘아보면서 말했다.

"빨리 나오지 못해."

"앙!"

어느 사이에 시추가 깨물어버리는 손가락이 떨어지는 것 같았다. 얼마나 아팠는지 나도 모르게 꼬랑지를 움켜잡은 시추의 주둥이를 후려쳤다. 낑 하는 신음을 내뱉으며 도망가는 시추가 자기 집으로 숨어들었다. 욱신거리는 손가락을 흔들면서 잡아드는 약통에는 다행히도 소독약이 있었다. 소독약을 바르면서야 쏘아보는 시추는 아무런 기척도 없이 누워있었다.

"이번에는 누가 뭐래도 돌려보내라고 해야지. 괜스레 내버려 두었다가는 내가 먼저 속병이 터져서 죽고 말 거야."

나도 모르게 중얼거리는 신음소리가 멈추지 않았다. 며칠만 봐준다는 시추를 한 달이 지나서도 돌려보내겠다는 생각조차 않는 아내가 마땅찮았기 때문이었다. 하필이면 연휴에 쏟아지는 빗줄기를 원망하면서 돌아서는 안방으로 들어섰다. 낮잠이나 자야겠다고 쓰러지는 침대에서는 지난봄부터 벼르던 설악산이 스쳐 가고 있었다. 2박3일을 준비하던 설악산을 가기는커녕 똥오줌이나 내갈기는 시추를 쫓아다니는 연휴가 허무하게 느껴지고 있었다.

한동안이나 뒤척거리던 침대에서 잠이 들고 있었다. 얼마나 잤는지 아내가 움켜잡는 어깻죽지를 흔들면서 깨우고 있었다. 단잠을 깨우는 아내가 마땅찮다는 한숨을 쉬면서 일어나는 침대에 주저앉았다. 게슴츠레한 눈망울로 쳐다보는 아내가 다그치듯이 말하면서 쏘아보고 있었다.

"시추가 왜 저래요."

"그놈이 왜?"

"얼마나 구박했기에 저러고 있냐고요."

"똥오줌을 내갈기며 도망가더니 뱃대지가 고픈 모양이지."

대수롭지 않게 생각하면서 돌아서는 침대에서 내려섰다. 안방을 나서면서 바라보는 시추는 아무런 기적도 없이 누워있었다. 시추를 갓난아이처럼 끌어안고 쏘아보는 아내가 다그치듯이 말했다.

"당신이 시추를 때렸어요?"

"똥오줌을 내갈기며 도망가서 살짝 때렸어."

"살짝 때린 주둥이가 왜 이렇게 부어올랐어요."

"조금 있으면 괜찮을 거야."

"입안조차 헤어졌는데 괜찮다니. 얼마나 때렸기에 아무것도 못 먹어요."

"그까짓 개새끼가 뭐가 그렇게 대단하다고 다그쳐."

나도 모르게 다그치는 목소리가 높아지고 있었다. 그동안 참았던 울화통이 터지고 있었기 때문이었다. 시추를 끌어안고 쏘아보는 아내가 또한 맞장구를 치듯이 다그치는 목소리가 높아지고 있었다.

"뭐예요? 말 못 하는 시추를 사정없이 두들겨놓고 잘했다는 거야?"

"내가 언제 사정없이 두들겼어."

"그럼 시추가 왜 이렇게 되었어요?"

아내가 시추의 주둥이를 내밀면서 다그치고 있었다. 그제야 들여다보는 시추의 주둥이가 정말로 시뻘겋게 부어오르고 있었다. 입안에도 시뻘건 핏물이 보이는 시추는 얼마나 아픈지 낑낑거리는 신음소리가 멈추지 않고 있었다. 괜스레 후려쳤다고 후회하는 시추를 안타깝게 바라보는 아내가 또다시 다그치듯이 말했다.

"얼마나 때렸기에 이 지경이 되었어요."

"그러게 진즉에 데려다주지. 며칠만 맡아 준다더니 무엇 때문에 아직까지도 데리고 있었어."

"아무리 그렇다고 사정없이 두들겨요. 하기야 야만이나 다름없는 당신에게 부탁한 내가 죽일 년이지 누구를 원망하겠어."

"그러는 당신은 야만인이 아니라서 그까짓 개새끼를 방에서 키우나. 그놈의 개새끼가 그렇게 좋으면 차라리 그놈하고 나가서 살아."

"지금 그것을 말이라고 하는 거예요?"

"그래. 나는 야만인이라서 그런다. 어쩔래."

"야만인이 무슨 자랑거리라도 돼요."

"그래. 자랑스러운 야만인하고 살기 싫으면 나가. 나보다 좋아하는 그놈의 개새끼하고 나가서 살란 말이다."

이번에는 물러서지 않겠다고 작심하면서 달려들었다. 얼마나 기가 막혔는지 아무런 말도 못 하는 아내는 혀끝을 차는 신음으로 내뱉으면서 돌아섰다. 그동안 한 번도 이겨보지 못한 아내가 이쯤에서 물러서는 것만도 천만다행이었다. 하지만 언제 또다시 달려들지도 모르는 아내가 앞가슴에 달라붙은 시추를 안타깝게 바라보면서 쫓아가는 현관문으로 나서고 있었다.

"시추야. 아무리 아파도 조금만 참아."

아내가 중얼거리는 소리를 들으면서 돌아서는 주방으로 들어섰다. 아내와 말다툼을 하고서는 버릇처럼 마시던 소주병을 잡아들었다. 소주를 마시다가 갑자기 요란스럽게 울리는 전화기를 잡아 들었다. 귓불에 걸치는 전화기에서는 낯선 여자의 목소리가 날아들고 있었다.

"여보세요."

"어머, 오빠가 받네. 오빠, 저 진영이에요."

앞뒷집에서 자라던 진영이는 친동생이나 다름없었다. 얼마나 반가운지 나도 모르게 다그치듯이 말했다.

"우와! 이게 얼마 만이냐."

"네. 그러고 보니 오빠 본지도 한참 됐네요."

"그동안 뭐가 그렇게 바빠서 아무런 연락조차 없었냐."

"그런 건 나중에 이야기하고 여숙이부터 바꿔줘요."

"왜. 무슨 일이라도 생겼어?"

"네. 다급한 일이 생겼으니 빨리 받으라고 하세요."

"집에 없으니 핸드폰으로 해보렴."

"핸드폰을 안 받으니 집으로 전화했죠. 아무리 생각해도 큰일인데 무엇 때문에 안 받는지 모르겠네."

"무슨 일인데 그래."

"수술받은 순영이가 갑자기 정신을 잃었어요."

"순영이가 누군데."

"오빠도 알잖아. 시내버스정류장에서 분식집 하던 순영이를 몰라요?"

"아! 분식집 하던 순영이."

"네. 순영이가 위독하니 빨리 오라고 그러세요."

"알았어."

진영이가 짧은 대답이 멈추기도 전에 핸드폰을 접어버렸다. 아무런 말도 못 하는 전화기에서는 짝사랑하던 순영이가 스쳐 가고 있었다. 그동안 짝사랑했다는 것조차 까맣게 잊고 살았던 순영이가 어디서 어떻게 사는지도 모르고 있었다. 진영이의 전화를 받고서야 짝사랑하던 추억이 생각나는 순영이가 사라지지 않고 있었다.

한참이 지나서도 스쳐 가는 순영이를 짝사랑한 것은 나뿐만이 아니었다. 인기연예인처럼 누구나 좋아하던 순영이네 분식집은 시내버스정류장 앞에 있었다. 시내버스를 기다리면서 훔쳐보는 분식집에서는 구수한 냄새가 날아들었다. 분식집에서 분주하게 쫓아다니는 순영이를 바라보는 아이들은 자신도 모르게 중얼거렸다.

"제법 예쁘장하게 생겼는데 그래."

순영이는 얼굴도 예쁘지만, 마음씨가 또한 착하다고 소문난 아이였다. 누구나 좋아하는 순영이를 나도 모르게 좋아하게 되었다. 아무리 좋아해도 좋아하는 아이들이 얼마나 많은지 좋아한다는 내색조차 할 수가 없었다. 아무런 말도 못 하고 바라보기만 하던 순영이가 웅변대회에 나간다는 소문이 나돌았다. 웅변대회를 하는 모습이 보고 싶어서 뒷집에 살던 진영이를 막아서면서 말했다.

"순영이가 웅변대회를 나간다는 소문이 정말이냐?"

"정말이야. 우리 학교서 일등을 하는 순영이가 학교대표로 나갈 거야."

"공부도 잘한다면서."

"맞아. 공부는 잘하는데 너무 착해서 바보처럼 보이기도 해."

진영이와 그렇게 주고받는 이야기를 나누면서 웅변대회를 기다렸다. 웅변대회를 구경하려고 쫓아가는 대회장에는 순영이가 올라서기를 기다렸다. 한참이 지나서야 단상으로 올라서는 순영이가 책상을 치면서 열변을 토하고 있었다. 그 모습에 더욱 반하는 순영이가 최우수상을 받았다. 그때부터 좋아한다는 고백이라도 하고 싶었던 순영이를 만나는 것조차 쉽지가 않았다.

'언젠가는 기회가 생기겠지.'

학교를 오가면서 훔쳐보는 순영이는 언제나 친구들과 함께 있었다. 순영이가 들어서는 분식집에는 찐빵이나 라면을 먹겠다고 주저앉은 아이들이 기다리고 있었다. 아무런 말도 못 하고 바라보기만 하던 순영이가 하루는 집으로 돌아오는 시내버스에 올라서고 있었다. 반기듯이 바라보는 순영이가 주저앉는 의자에는 남학생들이 막아서고 있었다.

'어디를 가는지 모르겠구나.'

뒷모습을 바라보기만 해도 가슴이 설레는 순영이가 어디서 내리든 뒤따라 내리려고 하였다. 어떻게든 좋아한다는 말이라도 하고 싶었기 때문이었다. 다행히도 마을 입구에서 멈추는 시내버스에서 순영이가 내려서고 있었다. 얼마나 반가운지 나도 모르게 벌어지는 입술을 귓불에 걸치면서 내려섰다. 하필이면 그때 마중을 나오는 진영이가 순영이의 손바닥을 움켜잡으며 돌아서고 있었다.

'망할 놈의 계집애가 괜스레 마중을 나와서는 망쳐놓네.'

순영이와 내려서는 진영이는 고개조차 돌리지 않고 있었다. 내가 뒤따라가는 것도 모르는 진영이가 그날처럼 미워진 적은 한 번도 없었다. 둘이서 반기듯이 주고받는 이야기를 듣고서야 중학교 동창이라는 것을 알았다. 그리고 고등학교에서는 같은 반이라는 것을 알아차리는 순영이가 들어서는 진영이네 집은 뒷집이었다. 뒷집에서 무슨 이야기를 하는지도 모르는 순영이에게 편지라도 쓰겠다고 볼펜을 잡아 들었다. 하지만 아무리 생각해도 뭐라고 써야 좋을지 모르는 편지지만 내려다보고 있었다.

「나는 너를 좋아하니까 너도 나를 좋아하면 답장을 써줘.」

그때 처음으로 쓰는 편지가 겨우 한 줄이었다. 지금에서 생각해도 부끄럽게 느껴지는 편지를 주겠다고 잡아들었다. 아무도 모르게 주려고 쫓아가는 정류장에서 기다리고 있었다. 혼자 올라오기를 바라는 순영이는 진영이와 진영이의 어머니와 올라서고 있었다.

'정류장까지 따라올 게 뭐람.'

진영이를 원망하면서 쫓아가는 산모퉁이에 숨어서 훔쳐보고 있었다. 한참이 지나서야 읍내로 가는 시내버스가 멈추고 있었다. 순영이가 올라서는 모습으로 보면서 돌아서는 진영이가 어머니와 내려서고 있었다. 그때서야 손바닥을 치켜들면서 쫓아가는 시내버스에 올라설 수가 있었다. 그동안에 앞자리에 주저앉은 순영이를 반기듯이 쳐다보면서 말했다.

"내일은 일요일인데 하룻저녁 놀다 가지 그러냐."

"집에서 엄마가 기다리잖아요. 오빠는 늦은 시간에 어딜 가세요."

"사촌 형님네 집으로 심부름 가는 길이야."

나도 모르게 거짓말이 튀어나오는 얼굴이 붉어지고 있었다. 정말인지 알았는지 잘록한 고개를 끄덕거리는 순영이가 창밖을 바라보고 있었다. 감시하듯이 쳐다보는 사람들이 많아서 편지를 주겠다는 생각조차 할 수가 없었다. 흔들거리며 내달리는 시내버스에서는 아무런 말도 할 수가 없었다. 읍내에 도착하는 시내버스에 내려서면서야 마주 보는 순영이를 막아서면서 말했다.

"잠깐 할 말이 있어."

"뭔데요?"

"이거 너 혼자 보고 답장해줘."

순영이가 엉겁결에 받아드는 편지를 보지도 않고 돌아섰다. 도망치듯이 들어서는 분식집이 그날은 쉬는 날이었다. 다음 날부터 답장을 기다리는 순영이는 아무런 소식조차 없었다. 시내버스를 기다리며 훔쳐보는 분식집에는 찐빵과 라면을 먹겠다고 들어서는 아이들이 북적거렸다. 잔심부름을 하면서 쫓아다니는 순영이는 답장을 주겠다는 생각조차 않는 것 같았다.

'하필이면 분식집을 하다니.'

그때부터 망하기를 바라는 분식집이 정말로 허물어지고 말았다. 어디로 이사를 갔는지도 모르는 순영이가 또한 흔적조차 보이지 않았다. 무허가 분식집이라서 아무런 보상도 못 받았다는 진영이가 또한 어디로 전학을 갔는지도 모르고 있었다. 진영이와 단짝이었던 여숙이와 친해지는 것 또한 그때부터였다. 여숙이와 연애를 하다가 결혼하는 예식장에서였다. 그때서야 진영이와 함께 쫓아오는 순영이가 반기듯이 쳐다보면서 말했다.

"안녕하세요."

얼마나 놀랐는지 아무런 말도 할 수가 없었다. 짝사랑하던 추억이 스쳐 가고 있었기 때문이었다. 겨우 한 줄을 써 주던 편지가 부끄럽게 느껴지는 얼굴이 화끈거려서 마주 볼 수도 없었다. 아무렇지 않다는 듯이 축하인사를 하던 순영이는 피로연을 하고서야 사라지고 있었다. 그때 마지막으로 보았던 순영이가 바로 아내가 병원에 입원했다는 친구이었다.

이제야 생각하니 시추가 또한 순영이가 키우던 강아지였다. 우리 집으

로 올 때부터 알았으면 아무리 마땅찮아도 얼씬거리지도 못하게 구박하
지는 않았을 것이다. 더군다나 오늘은 아내도 없는데도 똥오줌을 내갈
기며 도망가고 있었다. 그것도 모자라서 손가락을 깨물면서 달려드는 주
둥이를 후려치고 말았다. 주둥이가 시뻘겋게 부어오른 시추를 끌어안고
나간 아내는 한참이 지나서야 현관으로 들어서고 있었다. 반기듯이 바라
보는 시추를 끌어안고 쏘아보는 아내가 다그치듯이 말했다.

"이제 어쩔 거예요."

아무런 말도 못 하고 바라보는 시추의 넓적다리에 주삿바늘이 달라붙
었다. 시추를 내려놓는 아내의 머리에는 링거봉지가 주저앉았다. 낑낑거
리는 시추를 안타깝게 바라보는 아내가 잡아드는 링거봉지를 벽에다 걸
치고 있었다. 시추의 넓적다리에 달라붙은 주삿바늘을 살펴보던 아내가
짧은 한숨을 쉬면서 말했다.

"시추를 입원시키라는 수의사가 마땅찮아서 그냥 왔어요."

"아무리 마땅찮아도 주삿바늘은 빼고 와야지 그냥 오면 어떻게."

"저까짓 주삿바늘은 링거를 다 맞고 빼도 되니까 다시는 구박하지 말
아요. 당신이 무서워서 똥오줌이 내갈기는 버릇이 생겼다고 그러니까요."

"그러게 진즉에 갖다 주라고 그랬잖아."

"어차피 데리고 왔으니 친구가 퇴원할 때까지만 봐줘요. 내가 아니면
봐줄 사람도 없다는 시추를 내다 버릴 수도 없으니까요."

"알았으니 그만하고 병원에나 가봐. 핸드폰을 안 받는다고 걱정하는
진영이가 빨리 오라고 그랬으니까."

"지금 가야 하니까 시추는 당신이 봐주세요. 링거를 다 맞기도 전에
주삿바늘이 빠지면 큰일이니까요."

"내가 보고 있으니 어서 가보기나 해."

아내가 반기듯이 돌아서는 현관문을 나서고 있었다. 괜스레 후려쳤다

고 후회하면서 바라보는 시추는 아무런 기척도 없이 누워 있었다. 넓적다리에 달라붙은 주삿바늘에서는 병원에 누워 있다는 순영이가 스쳐 가고 있었다. 어디가 아파서 무슨 수술을 받았는지도 모르는 순영이가 걱정스러운 마음이 멈추지 않고 있었다.

'아무런 일이 없어야 하는데.'

수액이 한 방울씩 떨어지는 링거봉지에서는 순영이를 짝사랑하던 추억이 스쳐 가고 있었다. 지금은 어떤 모습으로 변했는지도 모르는 순영이를 걱정스러운 마음으로 바라보다가 잠이 들고 말았다. 얼마나 잤는지 갑자기 요란스럽게 울리는 전화기 소리에서야 잠이 깨였다. 마른하품을 하면서 잡아드는 전화기에서는 아내의 목소리가 반기듯이 흘러들고 있었다.

"시추는 어떡하고 있어요?"

"아직도 자빠져서 꼼짝도 안 하네."

"나는 아무래도 늦을 것 같으니 혼자서 저녁 드세요. 그리고 시추는 아무런 말도 못 하는 짐승이니까 갓난아이처럼 보살펴주세요."

"알았으니 걱정하지 말고 친구나 보살펴."

"말로만 그러지 말고 잘 봐요. 친구가 분신처럼 생각하는 녀석이니까요."

"알았어. 당신이 시키는 대로 할게."

"그럼 흰죽이라도 쑤어서 먹이세요. 온종일 아무것도 못 먹었으니까요."

"내가 어떻게 흰죽을 쑤나."

"밥통에 밥을 끓이면 되는데 그것도 못해요?"

아내가 다그치듯이 말하면서 핸드폰을 끊어버리고 말았다. 아무런 대꾸도 못 하고 내려놓는 전화기에는 어처구니없다는 한숨이 내려앉았다.

어차피 먹어야 하는 저녁을 먹겠다고 돌아서는 주방으로 들어섰다. 저녁을 먹으면서 바라보는 시추의 아랫배가 홀쭉하게 보였다. 온종일 아무것도 먹지 못하고 누워있는 시추가 불쌍하게 느껴지고 있었다.

'괜스레 주둥이를 후려쳤구나.'

시뻘겋게 부어오른 주둥이를 바라보면서 잡아드는 냄비에 밥을 퍼 담았다. 가스레인지에 올려놓는 냄비에다가 흰죽을 끓이는 것은 처음이었다. 저녁을 먹고서야 바라보는 흰죽이 부글부글 끓어오르고 있었다. 손바닥으로 잡아드는 흰죽을 내려놓는 식탁에는 시추가 먹던 그릇들이 있었다. 흰죽을 퍼 담는 그릇에서는 구수한 냄새가 날아들고 있었다. 이제야 됐다고 생각하면서 바라보는 시추가 마른하품을 하면서 일어나고 있었다.

"주삿바늘이 빠지면 큰일이니 얌전히 앉아 있어라."

집 밖으로 나오려는 시추의 머리를 손바닥으로 쓰다듬으면서 말했다. 시추가 흔드는 머리털에서 콧구멍을 간질거리는 먼지가 날아들었다. 버릇처럼 튀어나오는 재채기를 하면서 쫓아가는 약통에서 마스크를 잡아들었다. 마스크를 쓰면서 쫓아가는 주방에서는 흰죽그릇을 잡아들었다. 흰죽그릇을 내밀면서 바라보는 시추는 마스크를 쳐다보는 눈망울을 껌뻑거렸다. 시뻘겋게 부어오른 주둥이를 괜스레 후려쳤다고 후회하면서 잡아드는 숟가락으로 흰죽을 떠먹이면서 말했다.

"어서 이거라도 먹고 기운 차려라."

시추가 숟가락으로 떠먹이는 흰죽은 반기듯이 삼키고 있었다. 얼마나 배가 고팠는지 혓바닥을 날름거리며 받아먹고 있었다. 갓난아이처럼 받아먹는 시추가 귀엽게 느껴지고 있었다. 흰죽을 모두 먹이고서야 신트림을 하는 시추의 눈망울이 말똥말똥해지는 것 같았다. 천만다행이라고 생각하면서 돌아서는 주방으로 들어섰다. 마스크를 벗으면서 냉수를 잡아들었다. 냉수를 마시면서 바라보는 시추가 낑낑거리는 신음을 내뱉으면서 일어서고 있었다.

'저놈이 왜 일어나지?'

화장실로 돌아서는 넓적다리에 달라붙은 주삿바늘이 빠질 것만 같았다. 링거봉지를 잡아들고 따라가는 시추가 오줌을 내갈기고 있었다. 지린내가 날아드는 콧구멍에서는 버릇처럼 튀어나오는 재채기가 멈추지 않고 있었다. 그렇다고 링거봉지를 내던지면서 돌아설 수도 없었다. 오줌을 시원스럽게 내갈기고 돌아서는 시추의 넓적다리에 달라붙은 주삿바늘이 빠지지 않은 것만도 천만다행이었다.

"에이치."

지린내가 날아드는 오줌을 씻어내는 동안에도 버릇처럼 튀어나오는 재채기가 멈추지 않았다. 화장실을 나서면서 바라보는 시추는 넙죽이 엎드려서 쳐다보는 눈망울을 껌뻑거리고 있었다. 아직도 시뻘겋게 부어오른 주둥이를 안타깝게 바라보다가 갑자기 요란스럽게 전화기를 잡아 들었다. 전화기를 반기듯이 걸치는 귓불에서는 아내가 다그치듯이 건네는 목소리가 흘러들고 있었다.

"시추는 어떡하고 있어요?"

"흰죽을 끓여서 먹였더니 똥오줌을 시원스럽게 내갈기고는 자빠졌어."

"정말로 흰죽까지 끓여서 먹였어요?"

"정말이니까 걱정하지 말고 친구나 잘 보살펴."

"수술을 잘 됐다는 데도 마음을 못 놓겠어요."

"왜?"

"쌀밥이 먹고 싶다기에 먹였더니 모두 토하고는 정신이 하나도 없나 봐요."

"수술을 받았으면 죽을 먹여야지 죽으라고 밥을 먹였어."

나도 모르게 쏘아붙이는 목소리가 높아지고 있었다. 짝사랑하던 추억이 스쳐 가는 순영이가 걱정되기 때문이다. 갑자기 높아지는 목소리에 놀라는 아내가 짧은 한숨을 쉬면서 말했다.

"밥을 먹어야 살 것만 같다고 그래서 먹였어요."

"아무리 그렇다고 밥을 먹이다니. 당신도 제정신이 아니었던 모양이구나."

"아무튼 시추나 잘 보고 있어요."

"걱정 마. 다시는 그 어떤 구박도 하지 않을 것이니까."

"정말로 그럼 다행인데 어머나. 빨리 가봐야겠어요."

"왜. 무슨 일이라도 생겼어."

"무슨 일인지 생겼는지 간호사들이 쫓아가고 있어요."

아내가 말끝을 멈추기도 전에 핸드폰을 접어버렸다. 아무런 말도 못하고 바라보는 시추가 마른하품을 하면서 꿈틀거리고 있었다. 홀쭉해진 링거봉지는 깃발처럼 매달려서 달랑거리고 있었다. 넓적다리를 움켜잡으며 바라보는 시추가 캥캥거리면서 쏘아보고 있었다. 주삿바늘을 뽑아 들면서 바라보는 시추의 머리를 손바닥으로 쓰다듬으면서 말했다.

"이제야 정신이 드는 모양이구나."

시추가 시원해지는 넓적다리를 흔들면서 앞가슴으로 달려들고 있었다. 갓난아이처럼 달라붙는 시추를 또다시 후려칠 수도 없었다. 시뻘겋게 부어오른 주둥이를 내미는 시추는 순영이라고 착각하는 것 같았다. 그렇다고 내던지지도 못하는 시추는 순영이에게 하던 버릇이 멈추지 않고 있었다.

"에이치."

간질거리는 콧구멍에서는 버릇처럼 튀어나오는 재채기가 멈추지 않고 있었다. 눈물과 콧물이 쏟아지는 재채기를 하면서도 갓난아이처럼 달라붙는 시추를 손바닥으로 쓰다듬고 있었다. 짝사랑하던 추억이 스쳐 가는 순영이가 하루라도 빨리 쾌차하기를 바라면서.

✍ 이규정
....
한맥문학 단편소설 신인상. 『문학저널』 수필 신인상.
소설집 『서른다섯의 봄』 외 장편소설 『갈증』 전 3권, 근로자문화예술제 대통령상

콩트 3편

. . .

이종태

- 상상

문제는 K양네 집이 우리 옆집으로 이사를 오면서부터 시작되었다. 그녀는 대학 4학년생으로 나와는 스물세 살 동갑내기였다. 그런데 그녀의 인물이나 몸매가 워낙 빼어나서 아침마다 마주쳐야 하는 나로서는 상당한 피해의식을 가질 수밖에 없었다. 나에게 가장 스트레스를 주는 것은 그녀의 피부였다. 사실 그녀의 이목구비가 특별한 것은 아니었다. 하지만 어머니로부터 물려받았다는 백옥 같은 피부는 어디에서나 남성들의 시선을 사로잡았고, 같은 또래 여성들의 시샘을 받기에 충분했다.

한여름의 땡볕 아래를 크림 하나 바르지 않고 돌아다녀도 볼만 발갛게 달아오를 뿐 검게 타지를 않았고, 한겨울에는 두꺼운 옷 속에서 살결이 보호를 받으니 더 투명하고 하얀 피부로 유지된다고 했다. 이쯤 되니 같은 여자인 나 역시 샘이 나지 않을 수 없었다.

그녀의 옆집에 살면서 날마다 마주쳐야 하는 나로서는 인물이나 몸매에서 특별히 내세울 것이 없었다. 한마디로 말하면 별 볼일이 없다는 것이다. 그렇다면 그녀처럼 희고 깨끗한 피부라도 가져야 하건만, 나는 피부마저도 정말 별 볼일이 없다. 백옥 같은 흰 피부가 아니라면 매력적으로 적당히 태운 듯한 까무잡잡한 색이라도 가져야 했다. 그런데 이도 저도 아닌 피부색에 잡티만 그득하니, 그녀를 생각할 때마다 신경질이 나는 것은 어찌 보면 당연한 결과였다.

그런 나에게 얼마 전 K양에 대한 기가 막힌 소문이 들려왔다. 그것은 공연한 심술로 그녀를 곱지 않게 보고 있던 나에게 더없이 좋은 호재였다. 그 소문의 내용이란 것은 다음과 같은 것이었다. 그녀가 나와 동갑내기로 대학 졸업반이라는 것은 누구나 알고 있는 사실이었다. 그런데 취업 준비에 몰두해야 할 그녀가 요즘 하루도 빠지지 않고 다니는 곳이 있으니, 그곳은 바로 대학병원 정신과라는 것이었다. 물론 정신과 의사에게 상담을 받는다고 해서 이상한 눈초리로 바라보는 시대는 지났지만, 내심 그녀로 인해 자격지심을 느껴야 했던 나에게는 대단히 특별한 소문이었던 것이다.

이때부터 나는 혼자만의 쓸데없는 상상 속으로 빠져들었다. 처음에는 단순한 호기심으로 시작된 상상이었다. 그러나 점차 시기와 질투가 섞이면서 결국엔 나 자신을 괴롭히기 시작했다. 도대체 무슨 일로 정신과 의사의 상담까지 받아야 하는 걸까? 사실 그녀는 희고 깔끔한 피부 외에도 좋은 조건을 두루 갖추고 있었다. 인물은 물론이고 학벌이나, 집안이나, 무엇 하나 나무랄 곳이 없는 아가씨였다. 그런 환경이니 당연히 성격도 무난할 것이고.

내가 그녀와 개인적으로 얘기를 해보지 않았으니 성격까지 점치는 것은 무리일지도 모른다는 생각이 들었다. 그래서 일단은 그녀의 성격에 장애가 있다고 판단하였다. 일반적으로 정신과 치료를 받는다고 하면 가장 큰 이유가 성격이 아니겠는가? 그렇다면 결론적으로 성격에 문제가 있다는 얘기인데, 이 문제는 차분하게 정리해 볼 필요가 있었다.

우리 옆집에 사는 그녀는 흰 피부가 참 예쁘기는 한데 성격은 엉망이다. 흰 피부와 나쁜 성격 이 두 가지를 어떻게 잘 연결하면 뭔가 나올 법도 하였다. 나는 전혀 고민거리가 될 수 없는 남의 일로 저녁마다 잠자리를 뒤척이기 시작했다. 그리고 마침내 깊은 생각에 빠져 있던 어느 날 밤 그 두 가지 문제를 절묘하게 연결시킨 하나의 이야기를 생각해 내었던 것이다.

K양은 그다지 예쁜 얼굴은 아니지만 흰 피부가 아름다운 여성이다. 그녀 자신도 그 희고 깨끗한 피부를 자신의 재산 목록 1호로 꼽는다. 그런데 그녀에게는 커다란 결점이 있었으니, 그것은 바로 타고난 성격이 돼먹지 못했다는 것이다. 백옥처럼 흰 피부를 무기로 삼아 겉으로는 아주 유순해 보이지만, 사실 그녀의 성격이나 마음 씀씀이는 남들에게 곱게 쓰인 적이 없었다.

선천적으로 질투심이 강했고, 양보심이나 동정심은 눈곱만큼도 없었으며, 행동도 제멋대로인 그녀의 심성은 스무 살이 된 이후 더욱 그 두각을 드러내기 시작했다. 남의 일에 험담하기, 친구의 애인 뺏기, 학점 낮게 준 교수에게 대들기 등 기록적인 행동을 하며 주위 사람들을 놀라게 했다. 이렇게 특이한 행동으로 일관하던 그녀도 스물세 살이 되면서부터는 서서히 지난 일들을 반성하며 돌아보기 시작했다. 하지만 반성할 일이 너무 많다 보니 언제부터인가 그 가책을 이기지 못하고 이상한 상상에 시달리게 되었다.

어느 날 밤 무심코 거울을 보던 K양은 자신의 우유처럼 뽀얀 피부에 새삼스레 감탄하게 되는데, 그런 감탄에 뒤이어 순간적으로 불안감이 엄습해 오는 것을 느끼게 된다.

'나는 아름다운 피부로 무장한 사람이야. 덕분에 언제나 사람들에게 선한 인상을 주지. 그렇지만 사실 나는 착한 사람이 아니잖아. 난 제일 친한 친구의 애인을 뺏은 적도 있는걸. 그 남자를 사랑하지도 않았으면서… 그건 순전히 심술이었어. 그런 짓을 하고도 난 뻔뻔스럽게 부모로부터 물려받은 얼굴을 자랑처럼 들고 다녔지.

어떤 신이 이런 행동을 미워해서 나에게 벌을 내린다면 어떡하지? 만약 내 하얀 피부에 지금껏 저질러온 나쁜 짓만큼 검은 반점을 찍는다면 그때는 어떡하지? 신이 계산을 정확하게 한다면 엄청나게 많은 반점들이 찍히게 되겠지. 친구 애인을 이유 없이 뺏은 벌로 다리에 하나, 교수님께 대들고 뉘우치지 않은 벌로 팔뚝에 하나, 뒤에서 친구 험담하고 터무니없는 소문 낸 벌로 손등에 하나, 이런 식이라면 남아나는 자리가 없을 거야. 이걸 어떡하지?'

그녀는 곧 말도 안 되는 상상이라고 웃어넘기지만 여러 날이 지나도 그 상상은 머릿속을 떠나지 않는다. 불가능한 일이라고 자신을 위로하면 할수록 온몸이 검은 반점으로 얼룩덜룩해진 자신의 모습이 더욱 또렷이 떠오른다.

나쁜 말, 나쁜 생각, 나쁜 행동을 일절 하지 않는 거야. 그래 맞아. 심술, 질투, 신경질 이런 것을 모두 조심하고 떨쳐 버리면 되잖아. 착한 사람으로 바뀌면 되는 거야. 아직 신은 내게 벌을 내리지 않았으니까.

이렇게 중얼대며 그녀는 하루에도 몇 번씩 거울 앞에서 자신의 흰 피부가 여전히 멀쩡한지를 확인한다. 그런데도 증세는 점점 더 병적으로 치달았고, 그녀는 결국 불안심리를 이기지 못하고 정신과 의사의 상담을 받아 보기로 한다.

"말도 안 된다는 건 알지만 어쩔 수가 없어요. 처음엔 가끔 그런 생각이 들었지만 이젠 하루 종일 그 상상 때문에 시달리고 있어요."

"억지로 그 생각을 버리려고 하는 것보다는 바쁘게 지내보시면 어떨까요?"

"그것도 해봤어요. 운동도 하고, 학원을 몇 개씩 다녀 보기도 하고, 하루 종일 전화를 붙들고 수다를 떨어 보기도 했어요. 그렇지만 아무 소용이 없었어요. 어디에 있건 틈만 나면 거울을 꺼내서 보게 되고, 남과 대화를 할 때도 그 끔찍한 상상이 떠올라 집중할 수가 없어요."

"우선 마음을 차분히 가라앉히고 편하게 생각을 하세요."

"이젠 누군가를 미워하게 될까 봐 생각도 마음대로 할 수가 없어요."

"그럼 그 상상 속에 있는 자신의 모습이 어떤 것인지 제게 보여 주실 수 있겠어요? 자, 여기에다 그려 보세요."

이 정도의 증세라면 그녀는 매일 병원을 방문해야 할 것이다. 아니 틀림없이 그녀의 증세가 이 정도는 될 것이다. 나는 때때로 이건 순전히 상상 속의 일이란 사실을 까맣게 잊고 있었다. 그러면서도 이런 근거 없는 이야기를 꾸며대고 있는 자신에게 한심한 생각이 들기도 했다. 하지만 꾸며놓고 보니 너무도 그럴듯한 한편의 이야기가 아닌가. 밤마다 잠을 설치며 수없이 생각을 거듭한 끝에 만들어진 것이니 그럴 만도 했다. 그리고 정말 사실일 수도 있는 일이었다.

모처럼 친구들을 만나러 나가는 길이었다. 그런데 오후 시간에는 한 번도 마주칠 기회가 없었던 K양과 정면으로 마주치게 되었다. 그녀는 생글생글 웃으며 먼저 인사를 건넸다.

"안녕하세요?"

"아, 네. 안녕하세요?"

"어디 나가시는 길인가 봐요. 전 이제 들어가는 길인데."

"네, 친구들과 약속이 있어서요."

"저랑 동갑이라고 들었는데, 옆에 살면서도 얘기할 기회가 별로 없었네요."

"맞아요. 저도 스물세 살이에요."

순간적으로 지금이 기회라는 생각이 들었다. 그동안 상상 속에서 만들어 놓은 그녀의 모습을 확인해보고 싶었다. 나는 처음으로 그녀의 뽀얀 얼굴을 똑바로 쳐다보며 당당하게 입을 열었다.

"그런데, 요즘 병원에 다니신다고요?"

"아, 그거요. 글쎄 뭐 병원에 가는 건 맞지만 다닌다고 하기에는 좀 그러네요."

"무슨 치료를 받으시는데요?"

"치료가 아니고 사람 만나러 가는 거예요."

"사람을 병원에서 만나요?"

"네, 이장수 씨라고 정신과 의사인데, 곧 결혼하기로 했거든요. 요즘 취업도 어렵고 해서 그냥 부모님 말씀에 따르기로 했어요."

그녀는 그렇게 허술한 나의 상상력에 강편치를 날리고 여전히 생글생글 웃으며 집으로 들어갔다. 나는 그때부터 지금까지 심한 두통에 시달리고 있다. 계절은 이미 초여름의 길목으로 접어들었는데 사무실은 아직도 썰렁하다. 오늘따라 맞은편 책상에 있는 신경정신과 전문의 명패가 유난히 빛나는 것 같다.

- 의문

시간이 정지된 듯 모든 움직임이 멈추는 거야. 아주 미세한 틈조차 없는 밀폐된 공간에서 모르는 남자와 단둘이 서 있는 거지. 잠시 후 그는 머뭇거리며 내 옆으로 다가와 "걱정 마십시오. 곧 열릴 겁니다." 이렇게 말하는 거야. 그러면 난 "무서워요." 하면서 아주 연약한 여자인 척할 거야. 그런데 시간이 어느 정도 지나도 문은 안 열리고, 그와 난 나란히 앉아 아주 오래된 친구처럼 서로 속내를 이야기하기 시작하는 거지. 음… 그러다가 서로에게 야릇한 감정이 생길 즈음에 환하게 엘리베이터 문이 열리고, 우린 서로 머쓱한 웃음을 띤 채 다시 만날 약속을 하고 헤어지는 거야.

난 엘리베이터 앞에만 서면 이런 생각을 하곤 했다. 처음 보는 멋진 남자와 엘리베이터에 갇혀서 딱 10분만 있어 봤으면, 그리하여 아주 낭만적인 연애를 한번 시작해봤으면, 그러니까 23세가 되기 직전 그날이 있기 전까지 말이다.

그때 내가 살던 아파트는 건축한 지 오래되어서 엘리베이터 고장이 종종 있었다. 그날은 며칠 전부터 친구들이 찾아오기로 약속이 되어있었다. 나는 아파트 상가에 들러서 친구들이 좋아하는 음료수와 잡다한 군것질용 인스턴트식품을 구입했다. 가게 문을 나설 때 비닐봉투는 가득 채워졌고, 한손으로 들기에는 부피도 컸고 꽤나 무거웠다. 그렇지만 나를 더 힘들게 만드는 것은 길바닥이었다. 집으로 돌아가는 길은 순탄하지 못했다. 크리스마스가 막 지난 길바닥에는 한바탕 내린 눈이 녹아서 발을 뗄 때마다 질퍽거렸다.

질퍽거리는 길바닥을 이리저리 피해가며 아파트 현관에 도착했을 때 엘리베이터는 내려와 있었다. 엘리베이터 문이 열리기 전까지 주위를 몇 번이나 두리번거렸지만 아무도 없었다. 난 씩 웃으며 비닐봉투를 엘리베이터 바닥에 내려놓고 오른손으로 9라는 버튼을 눌렀다. 바로 그때였다. 덜컹! 엘리베이터가 한번 오르내림을 하더니 문이 닫힌 채 멈춰 버리는 것이 아닌가. 순식간에 칠흑 같은 어둠이 되었다. 인터폰을 눌렀는데도 내 쪽에서만 소리가 날 뿐 반대편에선 아무런 반응이 없었다. 꼼짝없이 누군가 밖에서 엘리베이터를 타러 올 때까지 기다려야 했다. 엘리베이터를 타자마자 멈췄으니 아마 1층일 테고 그러면 사람들이 곧 오겠지. 스스로를 달래며 시계를 보니 오후 2시 30분이었다.

　시계의 야광 불빛에 의지해 벽에 기대어 앉았다. 그러다 문득 어둠 속에서 시계의 불빛에 반사된 엘리베이터 천장을 보니 오싹함이 느껴졌다. 10분이 지나자 오만가지 생각이 다 들면서 극도의 공포가 밀려왔다. 죽음이란 것을 처음으로 나하고 연결을 시켜 생각하기도 했다. 밀폐된 공간에서 혼자 있기란 처음이었다. 난 비닐봉투 속에서 과자를 꺼내 가능한 큰 소리가 나도록 우적우적 씹어 먹었다. 과자와 음료수를 먹고 나니까 어느 정도 공포감이 사라진 듯했다. 그러다 보니 날씨가 몹시 춥다는 생각이 들었다. 그제서야 난 그때가 겨울이라는 것을 떠올렸다. 먹는 일을 잠시 멈추고 두 손을 모아 기도까지 했다. 그리고 여기서 문을 열고 나가게만 된다면 뭐든지 할 수 있을 것 같다는 생각을 했다. 20분이 흐르자 내 머리가 혼미해지기 시작했다. 나는 반사적으로 일어나 문을 두드렸다. 문을 두드리는 내 손이 허공에서 빙빙 도는 것 같았다.

　"거기 아무도 안 계세요. 아저씨! 아줌마! 여기 사람 있어요!"

　머릿속의 두뇌활동이 모두 마비된 건지 나는 내 입에서 나오는 소리조차 들을 수 없었다. 문을 두드리다 손목이 아파서 발로 문을 찼다. 30분이 흘렀다. 그동안 엘리베이터를 타려는 사람이 한 사람도 없었단 말인가. 난 울기 시작했다.

　"거기… 안에 누구 있어요?"

　아, 바로 그때 누군가가 날 부르는 소리가 났다. 난 너무 반가워 문을 쾅쾅 두드렸다.

　"네. 여기 사람 있어요! 빨리 문 좀 열어 주세요! 제발…."

　거의 울부짖다시피 말하고 나니 또 눈물이 흘러내렸다.

　"조금만 기다리세요. 얼른 가서 경비실에 말하고 올게요."

그리고 얼마 동안 바깥은 조용했다. 난 귀를 바짝 대보았으나 아무 소리도 들리지 않았다. 그 짧은 시간에도 내 가슴은 타들어 갔다. 얼마나 시간이 흘렀을까. 바깥에서 조금 전의 그 목소리가 다시 들렸다.

"경비실에 이야기했으니까 이젠 괜찮아요. 아가씨! 아가씨 맞죠?"

"네."

"침착하게 기다리세요. 이쪽엔 내가 있으니까."

"네. 고맙습니다."

그리고 몇 분을 더 기다렸는데도 경비 아저씨는 오지 않았다.

"아줌마! 왜 문이 안 열려요?"

난 소리를 질렀다.

"얘기를 했으니까 경비 아저씨가 곧 오겠죠. 그런데 아가씨 이름이 뭐예요?"

"저, 연희인데요. 주연희."

"아, 그래요. 주연희, 예쁜 이름이네요. 학생이에요?"

"네."

"무슨 과목을 전공하나요?"

"고분자화학이요."

"아, 화학? 난 과학 과목을 싫어했는데. 참, 우리 아들이 과학을 좋아해요."

그렇게 그 아주머니와 대화를 하고 있으니 긴장이 풀렸다. 참으로 신기했다. 엘리베이터 문이 아무리 구형이라도 그 두께는 상당했다. 그런데도 아주머니는 내 말을 잘 알아들었고, 나 또한 그 아주머니의 목소리를 선명하게 들을 수 있었다. 그녀는 나에게 무슨 꽃을 좋아하냐고 묻기까지 했다. 내가 장미라고 하자 자신도 장미 좋아하지만 매번 자신이 샀지 아직 장미꽃 한 송이 받아 본 적이 없다고 했다. 그래서 난 내가 여기서 나가면 사 드리겠다고 했다. 그런 이야기를 주고받고 있는데, 희미하게 사람들의 웅성거리는 소리가 들려왔다.

경비 아저씨로 짐작되는 남자의 목소리가 희미하게 들려왔다. "이놈의 엘리베이터가 또 말썽을 부리네." "그러게요. 엘리베이터 때문에라도 딴 데로 이사를 가야지 원." 어렴풋이나마 몇몇 사람들의 목소리가 들려오자 난 비로소 안도의 숨을 몰아쉬었다. 십년감수란 말이 이럴 때 하는 건가를 생각하며 문만 뚫어지게 봤다.

사람들의 웅성거림과 몇 번의 쇳소리가 나더니 정말 기적처럼 환하게 문이 열렸다. 갑자기 들어온 빛 때문에 난 눈을 감았다. 몇 초 동안의 시간이 지나고 내가 눈을 떴을 때, 내 주위에는 네 명의 사람들이 서 있었다. 그곳은 1층이 아니라 2층이었다.

"와 드디어 열렸네. 어머나, 아가씨 고생 많이 했어요. 자, 어서 나오세요."

사람들은 모두 내 걱정을 한마디씩 했다. 그들 중 한 아주머니와 경비 아저씨가 날 부축했다. 다리가 후들거렸다. 내 몸은 온통 식은땀으로 덮여있었다. 난 정신을 차리고 호흡을 가다듬은 다음 주위를 둘러보며 경비 아저씨에게 물었다.

"아저씨, 그 아줌마가 누구예요? 엘리베이터 고장 났다고 얘기해 준 아줌마."

"그 아줌마는 집에 있겠지. 고장 난 거 보고 집으로 걸어 올라갔대. 한 30분 전에 인터폰으로 연락했거든."

"네! 여기서 부른 게 아니고요?"

"그렇다니까."

"그럼 지금까지 저하고 이야기한 아줌마는 누구예요?"

"누구? 지금까지 여기 있는 분들하고 같이 있었는데, 얘기했던 사람은 없어."

"아니에요. 나하고 이야기한 아줌마 있었는데."

내 말에 주위가 술렁대었다.

"저 아가씨가 혼자 갇혀 있더니 정신이 없나 봐. 아가씨 빨리 집에 가서 쉬지 그래."

나와 주위에 있던 사람들은 기술자와 경비아저씨의 도움을 받으며 엘리베이터에 올랐다. 경비 아저씨가 엘리베이터의 버튼을 누르자 문이 닫히기 시작했다. 도무지 궁금증을 풀 길이 없었다. 엘리베이터의 문이 닫히기 직전 나는 경비아저씨에게 물었다.

"아저씨 인터폰 온 게 몇 호인데요?"

"1203호."

난 분명히 그 아주머니와 이야기를 했어. 그래, 그 아주머니의 목소리조차 생생한걸…. 난 혼자서 중얼거리다 12층으로 가보기로 했다.

걱정하는 이웃 사람들의 배웅을 받으며 12층에서 내렸다. 1203호가 눈앞에 나타났다. 난 크게 숨을 몰아쉬고 벨을 눌렀다. 잠시 후 그 집의 문이 열렸을 때, 찬송가 소리가 새어 나왔다. 아마도 예배를 보는 것 같았다.

"누구세요?"

한 열 살 정도 돼 보이는 꼬마가 문을 열었다.

"저 혹시 엄마 계시니?"

"내 말을 듣고 나서 아이는 내 얼굴을 빤히 쳐다보았다."

"아뇨. 지금 안 계신데 왜 그러세요?"

"뭐 특별한 건 아니고 여쭤 볼 말이 좀 있어서."

"오늘이 엄마 추도식인데요."

"추도식?"

"네. 엄마는 1년 전에 하늘나라로 가셨어요."

"그렇구나…. 그럼 지금 누가 예배를 보고 있는 거니?"

"아빠하고 누나하고 교회 집사님들이요."

"그렇구나."

그 아이가 고개를 끄덕이자 온몸에 전율이 일었다.

"혹시 30분쯤 전에 경비실로 인터폰 한 사람 없니?"

"아니요. 예배드리는 중이었는데요."

"그랬구나. 방해해서 미안해, 잘 있어."

아이는 대답 대신 고개를 끄덕였다. 난 조금 걸어가다 다시 뛰어서 그 집의 벨을 눌렀다. 그 아이가 다시 나왔다.

"왜 다시 오셨어요?"

"혹시 말이야, 엄마가 무슨 꽃을 좋아했는지 아니?"

"울 엄마요? 울 엄마는 언제나 빨간 장미를 사다가 꽂아놨어요."

그날 밤을 거의 뜬눈으로 보낸 나는 아침 일찍 서초동 꽃시장으로 갔다. 그때까지 꽃시장에는 엄마와 딱 한 번 가본 게 전부였다. 난 빨간 장미가 아주 풍성하게 꽂혀있는 바구니 한 개를 샀다. 내 용돈으론 무리였지만 제일 좋은 장미로 골라 샀다. 그리고 12층 그 아이의 집으로 갔다. 그리고 의아한 눈빛으로 쳐다보는 그 아이에게 말했다.

"이 장미꽃 엄마 사진 앞에 올려놓을래?"

꼬마는 의아한 눈빛으로 날 쳐다보더니 바구니를 들고 들어갔다.

나는 그 일이 있고 나서 한동안 엘리베이터보다는 계단으로 올라다녔다. 그러면서도 늘 의문은 남아있었다. 과연, 그때 나와 이야기했던 그녀가 그녀였을까? 그리고 그녀는 정말 장미를 좋아했던 것일까?

- 편지

TO. 수아

　사실 나는 좀 떨고 있었어. 난생 처음 서울 가는 열차를 탔을 때도 그랬지. 모든 것이 낯설어 지면서 새로워지는 느낌, 그리고 그 느낌이 주는 떨림. 그걸 두려움이라 말할 수는 없을 것 같아. 그것은 두려움보다는 설렘이라고 해야 될 거야. 어떤 친구가 그랬지. 남편과의 잠자리보다 설렘이 그리운 나이라고. 마흔 말이야. 그 말에 전적으로 동의한 것은 아니지만 설렘이라는 말이 갖는 향수 때문에 어느 정도 고개를 끄덕였던 것 같기도 해. 초보 여행자처럼 표를 확인하고 또 하며 내게 주어진 번호의 좌석에 앉았지. 아니 앉기 전에 먼저 새로 산 바바리를 얌전히 개어서 라커에 넣고, 가방에서 다이어리로 사용하던 노트와 시집 한 권을 꺼냈어. 그리고 노트에 시집의 제목을 적어 봤어. '사랑하다가 죽어버려라' 멋지지 않니? 사랑하다가 죽어버리라니….

　전날 밤에 두 개의 가방에 짐을 쌌어. 나 혼자만을 위한 여행 가방을 쌌던 거지. 아, 이게 얼마 만이니? 나 혼자서 여행을 가다니 말이야. 그날 밤이 늦도록 나는 잠을 이룰 수가 없었어. 누르고 또 눌러도 자꾸만 떠오르는 기분을 억제할 수가 없었던 거지. 누구도 그 기분을 이해하기는 어려울 거야. 너 역시 그런 내 마음을 상상이나 할 수 있겠니? 요즘 들어 인간이란 참으로 묘한 존재라는 생각이 들어. 특히 우리 여자들은 더욱 말이야. 무언가에 익숙해진다는 것은 정말 위대한 힘을 갖고 있는 것 같아. 가끔 현재의 내 모습을 보며 혼자 놀라곤 해. 뜨거운 정열로 이어가던 이십 대

대학 시절의 모습은 이제 어디에도 남아 있지 않은 것 같아. 과연 그런 시절이 내게도 있었던가 하고 의문부호를 붙이고 싶을 정도야. 과거와 미래를 잘라내고 그저 주어진 현실에 안주하면서 살아가다니, 그것도 누구의 아내나 누구의 엄마로 나 자신을 소멸시키면서 말이야.

신혼여행 가방을 챙길 때, 그의 속옷과 잠옷을 챙기면서 어색하고 난감했던 기억이 나긴 해. 근데 이제 혼자만의 여행 가방을 챙기는 것이 너무 어색해서 다소 도발적이라는 느낌이 들 정도였어. 외출이나 여행이 아니라 가출을 준비하는 듯한 은밀함이 나를 간지럽게 했어. 이천육 년 삼 월 육 일은 결혼기념일이었어. 그날 난 남편으로부터 좀 특별한 선물을 받았지. 촛불 모양의 빨간 장미 열 송이와 한국행 비행기 티켓 그리고 일주일 동안의 시간이었어. 주부 생활 십 년 근속을 치하하면서 내려진 상장과 부상이었지. 실실 웃음이 새어 나와서 표정 관리하느라 힘들었던 게 생각이 나네. 나의 결혼 생활이 힘들었냐고?

내 남편, 그는 정직하고 올곧은 사람이야. 호수 같은 사람이지. 넘치거나 모자람이 없이 언제나 적정 수위를 유지하는 호수. 징그럽도록 정확하고 흔들림이 없는 사람이지. 정말이지 내게 단 한 번도 화를 내 본 적이 없는 사람이야. 사람들은 그게 가능하냐고 물을지도 몰라. 너 역시 쉽게 동의하기는 어려울 거야. 아마 나도 이런 사람과 살아 보지 않았다면 믿지 않았을 거야. 그의 호수, 그 호수에 침잠하는 세월은 당연히 평온했겠지. 그렇지만 누구나 알고 있듯이 사람살이는 그렇게 간단치 않잖아. 그는 호수인 채로 놔두고 나는 나대로 끓다가, 증발하다가, 폭발하다가…. 그렇게 화산인 채로 살아가는 거야. 겉으로는 드러나지 않고 속에서만 격렬하게 끓어오르는 그런 화산 말이야. 그는 내 삶의 일부분일 뿐이지. 나의 몫으로 배당된 삶의 질곡은 그가 원인이 아니라도 도처에 깔려 있어. 그런 삶이 고단했냐고? 글쎄, 고단하긴 했지만 그래서 피하고 싶었던 건 아니야. 단지 좀 지쳐 있었을 뿐이야.

혹시 카지노에 가 본 적 있니? 물론 네가 그런 곳에 갈 일은 없었겠지. 한국에서는 금기시하며 안 좋은 이미지로 비춰지는 게 사실이야. 그런데 이곳 노인들에게 카지노는 생활의 일부분이지. 나라에서 일률적으로 노인들에게 주는 생활비는 어떤 면에서는 좀 어중간한 금액이야. 식료품비나 최저 생계비를 충당하기엔 좀 여유롭지만, 크루즈여행이나 일류 서비스가 딸려 있는 호화로운 여행을 하기엔 턱없이 부족하지. 그들은 삶의 유한성을 절실하게 느껴야 하는 노인들이야. 그들이 이루지 못한 꿈을 펼쳐보기엔 턱없이 부족한 돈이지. 가끔씩 다하지 못한 과제물을 기억해 내듯 초조하게 떠올리는 그 젊은 날의 꿈 말이야. 그런 노인들이 일주일에 백 불씩 혹은 한 달에 몇백 불씩 여윳돈으로 카지노를 가는 거야. 백 불을 이십 오 센트짜리 동전으로 바꾸면 사백 개가 되지. 아기들 분유 깡통같이 생긴 플라스틱 통에 사백 개의 동전을 담고 이 기계에서 저 기계로 천천히 움직이면서 남아 있는 세월을 흘려보내는 거지. 터지면 크루즈 여행, 아님 말고.

가끔은 구십 년대 중반에 생산된 듯한 한국산 자동차가 털털거리며 들어올 때도 있어. 그 자동차를 끌고 다니는 사람들은 하나같이 초라한 행색의 사내들이야. 모두 온종일의 고된 막노동에서 풀려난 듯한 행색들이지. 그들은 카지노에 들어서기가 무섭게 재빨리 점퍼 안쪽 호주머니를 뒤지기 시작해. 그리고는 한 번 접어 고무줄로 묶어 놓은 백 불짜리 지폐를 꺼내 드는 거야. 그런데 그들은 남아 있는 세월을 흘려보내려는 노인들과는 달라. 그들은 좀처럼 슬롯머신 쪽으로는 가지 않아. 주로 판돈이 큰 '블랙 잭' 테이블 쪽으로 가는 거야. 그 사내들은 돈을 거는 것이 아니라 인생을 걸고 있는 것이지. 그들은 잃든 따든 쉽사리 그 자리를 떠나지 못하리라는 걸 난 알아. 그곳에 있는 시간만큼은 희망과 절망이 함께 하는 거지. 극한의 통증과 짜릿함을 느끼면서 말이야.

마치 하늘과 땅을 걸고 펼치는 승부처럼 모든 것을 거는 한판. 그 사내들은 참으로 어리석은 사람들이야. 그런데 난 그런 결혼을 원했을지도 모른다는 생각을 종종 해. 나의 모든 것을 걸고 치열한 사랑을 원했던 거지. 더 중요한 것은 그런 사랑이 지속되리라 믿었던 것이야. 하지만 사랑은 오랫동안 치열하게 열중할 수 있는 게 아니었어. 삶이란 말이야, 맹렬한 열정으로 끌고 갈 광기의 문제가 아니었어. 지루함을 견디어내야 하는 끈기의 문제였단 말이지. 얼굴에 로션을 바를 시간도 없는 빡빡한 일과들을 치러내면서도 내 머릿속을 떠나지 않는 화두는 '심심하다'와 '갑갑하다'였지. 오 분 또는 십 분을 다투는 하루를 보내면서도 온몸이 근질거릴 정도로 심심한 것 말이야. 그건 외롭다는 말의 다른 표현일지도 몰라. 아니, 어쩌면 익숙해져 가는 삶과 학창시절의 꿈을 맞바꾸는 지루한 훈련 과정일지도 모르지.

삶 속에는 언제나 고통이 내재되어 있는 것 같아. 더러는 밖으로 드러날 때도 있긴 하지만…. 한 여자로 태어나 결혼을 하고 가정을 꾸려가는 것도 마찬가지란 생각이 들어. 세월의 마디마다 고통이 숨어 있는 것이지. 멋진 남자를 만나 그의 아내가 되고, 아이들의 엄마가 되고, 더 많은 시간이 흘러 꿈과 정열이 모두 거세된 아줌마를 거쳐 할머니가 되기까지. 그렇지만 그 고통은 우리를 한

꺼번에 망가뜨리는 것 같지는 않아. 그리고 날마다 한 뼘씩 자라나는 크나큰 재앙도 아니었어. 일 년에 몇 번 정도, 눈치챌 수조차 없이 내 몸을 훑고 지나가는 거지. 마치 가벼운 감기 같은 미세한 불편함, 그런 것들이 조금씩 쌓여 가는 거야. 그것은 하늘로 날아가야 하는 헬륨풍선을 방안에 가두어 놓는 것과 비슷한 얘기지. 방안에 갇힌 채 공기가 빠지면서 제 모양을 잃어가는 풍선 말이야. 그 풍선을 볼 때 느껴지는 씁쓸한 기분에나 비유할 수 있으려나. 그리고 언젠가는 남아 있는 여윳돈 백 불을 작은 동전으로 바꾸고 슬롯머신에 둘러붙어 꿈이 당첨되기를 기다리는 그런 노인이 되어 갈 것이 두려워지지.

정확히 말해서 '수아', 너를 만난 것은 십 년 만이었어. 나보다 이 년쯤 먼저 결혼을 한 네가 내 결혼식에 와 주었던 것은 오랫동안 고마웠어. 서울에서 남쪽 끝에 있는 지방의 작은 도시까지 온다는 것은 쉬운 일이 아닌데 말이야. 네가 인천공항에서 나를 기다리겠다고 했을 때 사실은 조금 불안한 생각이 들었어. 내가 너를, 혹은 네가 나를 못 알아보면 어쩌나 하고 걱정을 했던 것이지. 몸이 좀 붇긴 했지만 얼굴 모습은 그대로 남아 있는 것 같았어. 비껴가진 않았지만 그래도 어느 정도는 남겨 놓은 세월이 고맙더라. 그래서 너와 마주하는 순간 한눈에 알아볼 수 있었지.

우리는 그날 대학로를 오랫동안 걸었어. 너는 특별히 말을 하지 않았지만 난 곧바로 알 수 있었지. 너의 극본으로 공연되는 연극 포스터가 곳곳에 붙여져 있는 것을 볼 수 있었거든. 당당하고 강단 있는 너의 체구 앞에 한없이 작고 초라해진 나를 만날 수 있었어. 이건 꿈에 관한 얘기야. 내 꿈은 이미 시들고 말라버려서 형체조차도 남아있는 것이 없었어. 갑자기 슬프고 서러운 생각이 들더라. 그래서 스스로에게 원망스러운 질문을 던지고 있었지. 내가 박제된 열정을 네게 내보이며 "여기에 입김을 불어넣어 주겠니?" 했을 때, 그때 난 많이 취해 있었어. 내가 그런 말을 했었니? 살아남는 것이 꿈을 가지는 것보다 중요했었다고. 그것이 포기를 위한 변명이라는 걸 난 알고 있었어. 그래서 취할 수밖에 없었을 거야.

우린 많은 동창들을 만났어. 전국 각지에서 모인 친구들이 삼십 명은 됐을 거야. 우리는 서울 시내에 있는 모교의 상징 조형물 앞에서 만나기로 했지. 그건 탁월한 선택이었어. 한두 번씩 누군가를 기다리거나 만나본 경험이 있는 그 조형물. 그것이 갖는 상징은 우리를 달뜨게 하기에 충분했지. 이젠 학교 안에까지 버스가 드나들고, 학교 이름을 딴 지하철 역 이름까지 생겼어. 약속 시간이 가까워지면서 조형물 앞으로 친구들이 하나씩 모여들었지. 주영이는 정말 소녀같이 단아한 투피스를 입고 버스에서 내렸어. 어떤 친구는 십육 년 만에, 어떤 친구는 십오 년 만에 만났지만 아무도 못 알아볼 정도로 변하진 않았던 것 같아. 그것이 또 얼마나 안심이 됐던지.

우리가 서로에게 "너, 너 하나도 안 변했어!"라고 했던 건 우리 모두 약간의 위로가 필요했기 때문일 거야. 한 친구는 내게 그랬지. "대학 생활 때부터 별나게 굴더니 캐나다까지 뭐 하러 갔냐?" 또 누군가는 그랬지. "꿈을 꾸는 것만 같다. 아, 이게 얼마만이냐?" 우리가 그런 대화를 자연스럽게 나누다니, 우리에게도 적지 않은 세월이 흘러갔구나 하는 감회가 들었지. 갑자기 노인이 된 느낌이 들기도 했지만 그리 싫지는 않았어. 아니, 솔직히 말한다면 편안하고 좋았어. 기대하지도 않았던 꿈이 이루어진 듯한 기분, 세월이 우리에게 주는 참 좋은 선물을 한 아름 받아든 기분이었지. 우리는 밥을 먹으러 갔지만, 도저히 밥을 먹을 수가 없었어. "남학생은 소주 먹고, 여학생은 맥주 마시자" 오래전의 그 대사 그대로 누가 말했을 때 우리는 너무 웃어서 찔끔찔끔 눈물이 나기도 한 것 같아. "여학생들은 하나도 안 변했는데 우리 남학생들은 이렇게 다들 변한 이유가 채연이 너는 뭐라고 생각해?" 졸업 후에 현주랑 식을 올린 대섭이가 내게 물었지. 그때 나는 마땅한 대답을 찾지 못했어. 시간이 좀 지난 뒤에 그 이유를 생각해봤는데, 그건 말이지 여자는 머리가 벗겨지지 않아서일 거야.

그렇게 우리들만의 암호가 둥둥 떠다니는 그런 밤이었어. 한때 아름다운 순간을 같이 보냈기 때문에 그때 사용하던 암호들은 여전히 유효했지. 내 젊은 시절은 무모함으로 인해 아름다웠고, 그 아름다웠던 시절을 증언해 줄 수 있는 동무들을 만났던 건 정말 황홀한 기쁨이었어. 그렇게 지난날의 나를 찾아서 떠났던 여행은 너무도 빠르게 흘러갔지. 한때 아름다운 격정으로 대책 없이 흔들리고, '삶을 그리고 그를 사랑하다가 죽어버려라' 하던 나를 기억해 내기 위해 떠난 여행은 그렇게 막을 내렸어.

우리는 이제 서른아홉이야. 공자님이 마흔을 '불혹'이라 부른 이유는 따로 있을 거라며 네가 살짝 귀띔해줬지. 공자님 자신이 마흔에 찾아온 흔들림을 다잡기 위해서 한 거짓말일지도 모른다고 말이야. 그건 맞는 말인 것 같아. 돌아오는 기내에서 가만히 생각해 보니 마흔을 마주하고 있는 서른아홉이라는 나이 말이야. 참 아름다운 나이인 것 같아. 격정을 가두어 향기로 만들고, 삶의 상처 난 부분에 살며시 뿌려 둠으로써 비로소 모든 죽어 가는 것을 사랑할 수 있는 나이. 광기를 여과시켜 끈기로 만들어서 오랫동안 옛날을 바라볼 수 있는 나이. 그래서 이제 살아가는 것과 진정으로 화해할 수 있는 나이. 그러면서도 어느 정도의 열정을 간직할 수 있는 나이. 진짜로 사랑하는 삶의 가치들에 제대로 유혹당할 수 있는 나이. 어쩌면 말이다, 어쩌면 내가 좀 더 늙어지면 지금 이때를 내 생에 가장 멈추고 싶은 순간이라 기억할 것 같아. 그런 느낌이 들어.

FROM. 채연

✍ 이종태
....

『동양일보』 신인문학상

소설집 『아름다운 추락』, 『벌레』

'따'

. . .

오 계 자

시골 할머니 댁은 늘 길고양이들이 주방 뒷문 밖에서 서성인다. 안쓰럽다고 멸치 대가리나 생선 먹던 부스러기를 줘 버릇해서 그렇다고 하신다. 지네들끼리 소문이 나서 제법 여러 마리가 모인다. 낯이 익어서 주방으로 따라 들어오는 놈도 있다. 그런데 마냥 귀요미들이 아니다. 모여드는 고양이들끼리도 따돌림이 있다. 따 당하는 냥이를 할머니가 지키고 앉아서 먼저 먹이고 일어서시면 우르르 모여든다. 사람이 지켜보는 앞에서도 고양이들은 찐따[1] 고양이를 향해 눈에 살기를 띤다. 따돌림은 지구에서 영원히 사라지지 않을 폐단이다.

심지어 식물의 세계에서도 찐따가 있다. 풀숲에서도 찐따는 햇볕을 못 보고 다른 풀에 묻혀 핏기없이 해쓱하다.

학교폭력이 사회적 말썽이 되고 시끄러워지면서 티 나지 않게 은근히 정신적으로 괴롭히는 은따[2]가 점점 지능적으로 많아지고 있다. 할머니께서 늘 걱정하시는 문제가 따돌림에도 그 방법의 차이가 있는데 하는 짓거리가 점점 격이 떨어지고 악랄하다는 것이 문제라고 하신다. 그래서

1_ 찐따: 신조어로서 어수룩하거나 지질한 사람
2_ 은따: 여럿이 은근히 따돌림하는 것(물리적인 폭력은 없지만, 정신적 폭력이 더 괴롭다.)

사춘기 인격 형성에 문제 생길까 걱정하신다. 할머니 학창 시절엔 따돌림이 있었지만, 얼간이에 불쌍한 아이를 따 시키는 것이 아니었다고 하신다. 예를 들면 선생님의 특별한 관심을 받는 아이, 인기 좋은 남학생의 관심을 받는 아이를 여럿이 뭉쳐서 따돌렸다고 하신다. 나보다 나은 아이에 대한 질투다. 요즘은 그냥 가만히 뒤도 불쌍한 아이, 보듬어 주고 도와줘야 할 아이들을 따 시키는데, 그것은 무섭도록 잔인한 행위며 비인간적이고 야비한 행위라고 할머니께서 청소년의 인간성과 됨됨이를 걱정하고 때로는 분노하신다.

나도 초딩 때 은따를 당했지만 무시하고, 실력으로 장악하려고 죽을 힘 다해 공부했다. 가해하는 이경이보다 당하는 내가 더 태연한 척 행동했으며 무시하려고 노력했다. 어쩌면 그래서 이경이가 더 약 올랐고, 그래서 더 친구들을 포섭하려고 애썼는지 모른다. 오직 나를 업그레이드 하기 위한 노력만 했다. 복수를 위한 물리적인 행위나 욕설, 음모가 아닌 나, 나 자신을 키우는 데 혼을 다했다.

결국, 이경이가 잔뜩 겁먹은 얼굴로 도와 달라던 꼬라지를 보는 순간 나는 100m 달리기서 1등 한 기분이었다. 잔뜩 풀죽은 꼴이 재밌었다. 아! 이것이 복수구나. 나는 너를 해코지하지 않았지만 넌 스스로 찾아오는구나.

은따의 경험은 내가 따돌림 전문 교사를 결심하는 계기가 되었다.

엄마의 약국을 이어받으라고 할머니도, 엄마도 약대를 원했지만 사범대를 지원했고, 교사가 된 후에도 대학원에서 심리학을 연구했다. 왕따 전문 상담 교사가 되기 위한 준비과정이었다. 소년기는 일생의 인격을 좌우한다고 해도 지나치지 않을 만큼 아주 중요한 인격 형성 시

기다. 사회적으로도 청소년의 사고思考가 바로 잡혀야 건전한 사회로 발전할 수 있다는 것쯤은 누가 모를까. 이런 중요한 아이들이 '따' 문제로 성격과 관습이 꼬이고 있으면 미래 국민 근성이 나쁜 방향으로 형성될 수밖에 없다.

사춘기는 인간이 가지고 있는 동물적 특성이 노골적으로 드러나는 시기다. 사춘기 아이들에게 잔인해 보이는 문제들은 비판할 게 아니라 보듬어 잘 다스려야 된다. 성장 과정에서 나타나는 동물적 본능이기 때문이다. 이런 현상이 인간 사회에서 사라지긴 힘들 것이다. 물론 상황이나 시대에 따라 정도의 차이는 있다. 있어서는 안 될 부도덕하거나 잔인한 사태가 생기면 어른들은 책임감을 뼈저리게 느껴야 한다. 어떻게 하면 사춘기의 통과의례에 사람다운 인간성으로 심어줄까, 어른들은 깊이 생각하고 연구해야 한다.

흔히들 대화, 즉 소통 부족을 말하는데 대화를 하려면 먼저 자기감정을 표현할 수 있는 자기가 형성되어 있어야 한다. 사춘기 아이 중에는 자기를 모르는, 정신적 요소에 약점을 가진 아이들이 의외로 많다. 특히 찐따들은 완전 자기를 모른다. 그러므로 부모님이나 교사들은 아이들에게 다양한 경험을 쌓도록 독서, 취미, 운동, 여행, 단체 수련회 등을 유도해야 한다.

세계 어딜 가도 따돌림이란 영원한 문제다. 서양의 불링(bullying), 일본의 이지매 등 큰 의미로 보면 모두가 피해자다. 가해자라고 해서 상처가 없는 것이 아니고, 가해자도 불쌍할 만큼 불안과 초조를 안고 산다. 아닌 척, 센 척하지만 내면은 불안한 거다.

심리학계의 통계에 의하면 가해학생이 사회생활에서 오히려 낙오자가 되는 경우를 흔히 볼 수 있다고 한다. 청소년기의 호기심을 넘어 약자를 짓밟는 행위로 스트레스를 해소하고 심지어 즐기던 아이들이 대학에서는 어떨까? 과거를 감출 수 없는 네트워크 시대에 가해자 무리는 오히려 경계의 대상이 되어 자칫 자따추[3]가 되고 사회에서도 정붙일 대상이 없어진다. 심각한 문제는 가해학생도 피해학생도 그 정신상태로 성인이 되면 큰 사회악이 될 수밖에 없다는 것이다. 그래서 따 문제의 심각성을 어른들이 신중하게 생각해야 한다.

초등학교 5학년 때다.

찐따의 조건을 다 갖춘 나. 결손 가정에 황소 눈이라고 놀림 받는 큰 눈, 길기만 했지 느린 팔다리, 게다가 말투도 느리다. 우리 엄마는 워킹맘이라서 학부모 모임에도 참석 못 하고 항상 나 혼자였지만, 이경이 엄마는 학부모회 간부도 하시고 아파트에서도 통장이었다. 아빠는 학교 운영위원이다. 그래서인지는 몰라도 이경이는 언제나 친구들을 달고 다녔다. 개인 과외 선생님까지 있지만 성적은 겨우 상위권에 들 정도였고, 나는 반에서 일이 등, 15반까지 있는 우리 학년 전체에도 다섯 손가락 안이었다. 내가 살아남을 길은 오직 공부뿐이라는 결심이었으니까. 지금 생각하면 어른들의 생존경쟁 못지않게 어린이와 청소년의 '따' 문제도 경쟁이었던 것 같다.

어느 날, 울 엄마가 생뚱맞게

"너 과외 할래?"

하셨다. 망설임 없이 사양하고, 갑자기 왜 과외냐고 물었다.

"이경이 엄마가 이경이 과외 하는데 같이 시키자고 하더라. 너 하고 싶은 대로 해. 같이 하는 거 싫으면 너도 독선생 과외 하든지."

3_ 자따추: 자연스럽게 따돌림이 되는 추세

어린 나이에도 손익계산이 앞서서 사양하길 참 잘했구나 싶었다. 같이 하면 실력이 앞서 있는 내가 이경이 실력을 끌어올리는 데는 효과가 있겠지만, 헐! 나는 뭐야.

과외를 거절했기 때문에 이경이는 더 내가 밉고 존심 상했을 것이고, 그래서 엄마가 과외를 시키고 싶었던 것이다. 학년 초 이경이가 같은 반이 되었다고 수다스럽게 좋아해도 영혼 없는 미소로 답했다. 2학년 같은 반일 때 끈질기게 은희를 갈구며 따 시키려 하던 꼴이 생각났고, 학년이 바뀔 때마다 그 대상도 바뀌는 걸 알기 때문에 속으로는 조심해야겠다는 생각을 했다.

역시 예상했던 대로 이경이가 시작했다. 친구들이 나한테 접근하면 가로채고, 걔네들 빵이랑 음료, 때로는 과자도 사 주는 걸 몇 번 봤다. 누구든지 나하고 대화만 하면 미화야, 수빈아 하고 불러서 데리고 나간다. 이번에는 나를 따 시키려는 것이다. 이유를 나는 짐작하고 있다. 작년에 이런 말을 했었다.

"울 엄마는 맨날 보람이 보래. 과외 안 해도 저렇게 성적이 좋은데 너는 독선생을 붙여줘도 그 모양이니!"

한다면서 완전 짜증 난다고 했다. 그것은 자연스럽게 내가 미워지는 지름길이다.

그래서 같은 반이 되면 내가 타깃이 될 것을 짐작하고 마음의 준비를 했다. 덕분에 난 점심시간이면 도서관에서 미리 숙제를 하기도 하고 원래 책을 좋아하기 때문에 독서를 참 많이 했다. 당당하자. 우리 엄마가 늘 말씀하시는 자기 경영의 한 방법으로 실력을 탄탄하게 쌓고 자신을 운영하라고 해서 노력하지만, 너무 힘들었다. 가끔은 학교 끝나고 집에 와도 혼자인 것이 눈물 나게 슬프기도 했다. 머리는 '당당하자'를 외치고, 가슴은 눈물을 흘린다. 자주 소리 내서 울기도 했다. 그때마다 엄마의 전화 한 통화는 얼마나 큰 위안이고 얼마나 용기를 주었는지 모른다. 선인들은 책이 삶의 나침판이라지만 나에겐 엄마가 나침판이고, 책이 친구였다. 다행히 같은 동에 사는 씩씩하고 활동적인 새별이가 자주 곁에 있어 주었다.

엄마의 권유로 태권도 도장에 등록했다. 힘이 들어도 호신술은 앞으로 필수라는 엄마의 말이 맞는 거 같아서 힘들어도 다녔다. 어느 날, 이경이가

"너 태권도장 다닌다며? 어머 무서워! 느림보 긴 다리 발차기하려면 한참 걸리겠다."

하며 비꼬는 것을

"짧아서 안 올라가는 다리보다 나을 텐데?"

나도 받아쳤다. 이런 식으로 직접적인 도전은 자신 있다. 통쾌하면서도 한편 머리끄덩이라도 잡고 드잡이할까 봐 준비태세로 들어갔다. 이경이 트라우마는 키다. 키가 작기 때문에 나하고 대화할 때는 절대 곁에서 하지 않는다. 앉거나 제법 거리를 두고 선다. 가장 아픈 부분을 내가 찌른 것이다. 그날 자존심이 많이 상했든지 나를 방폭[4] 시켰다. 민수빈의 문자를 받았다.

"보람아 미안해, 시키는 대로 안 하면 나도 따 시킨다고 해서 어쩔 수 없었어. 이 문자 바로 삭제해줘."

"괜찮아 걱정 마, 나는 이경이가 무슨 짓을 하든 말든 무시해버리니까 상관없어."

상관없지 않지만 상관없다고 했다. 휴대폰의 메시지는 삭제했지만 가슴에는 박혀 있다. 나를 투명인간 취급을 할 기미가 보이면 내가 먼저

4_ 방폭: 피해 학생만 남겨두고 단체 채팅방을 나가 채팅방을 폭파시키는 행위

지네들 안 보고 무시하거나 투명인간 취급해 버리고 틈만 나면 도서관으로 갔다.

1학기 중간고사를 앞두고 어느 날, 교장실 청소 담당이라서 가방 정리하느라 조금 늦게 청소하러 가니까 문을 안으로 잠그고 열어주지 않았다. 조금 전 이경이가 우리 조 친구들에게 귓속말로 소곤거리는 걸 봤는데 바로 이거였구나. 약 오르고 울컥했지만 으깨지도록 이를 갈며

'울면 안 돼, 공부나 하지 뭐.'

속으로 외쳤다. 당당하려고 애쓰며 담임을 찾아가 상황을 설명하고 청소하지 않고 집으로 가야겠다는 허락을 받고 일찍 집으로 갔다. 어쩌면 눈물 안 보이려고 악을 쓰는 내 표정을 선생님이 다 읽었는지 모른다. 읽었을 거다. 이런 날은 우리 집, 거실과 내 방, 모든 것들이 황량한 벌판처럼 쓸쓸했다. '울면 지는 거야, 울면 지는 거야'를 되풀이하면서도 눈물을 감당하지 못했다. 슬플 때는 습관적으로 찾는 친구 책으로 위로를 하며 복습과 예습으로 이경이 까뭉갤 준비를 했다. 엄마의 도움으로 고난도 문제 하나씩 풀어낼 때마다 느끼는 쾌감에 빠져서 수학 문제집 두 권을 그날 밤늦게까지 다 풀었다. 내가 영어과 수학을 잘하는 것은 국립대 약학과 출신 우리 엄마의 지도 때문이다.

드디어 1학기 시험이 끝나고 쉬는 시간에 이경이가 좋아한다는 2반 반장 조경호가 나를 찾아왔다. 경호는 학년 전체 1등 하는 친구지만 수학 시험 문제 중 14번 문제를 풀지 못했단다. 나는 속으로 은근히 좋았다. 아이들이 둘러싸고 있는 속에서 엄마가 설명한 그대로 차근차근 공식에 대입해서 풀어 보여줬다. 이경이 표정이 일그러졌다. 나는 통쾌했다.

월요일이다. 아침 영상조례가 끝나자마자 담임선생님이

"민보람, 일어나."

나는 깜짝 놀랐다. 분명히 지난주 청소 안 하고 갈 때 선생님께 허락

받았는데 무슨 일일까, 쭈뼛쭈뼛 일어났다.

"보람이가 이번 학기 성적이 학년 전체 1등이다. 보람이가 우리 반 평균 점수를 올려 준 덕에 우리 반도 1등이다. 또 이번에는 수학 만점자가 학년 전체에 보람이 한 명뿐이다. 고맙다. 민보람, '고마워!' 소리 질러! 박수 치고!"

선생님이 K-pop 가수처럼 큰 소리로 아이들을 부추겼다. 내 평생 잊을 수 없는 순간이었다. 선생님 시선은 은근슬쩍 이경이를 겨냥하며 고맙다는 말을 되풀이, 더 크게 소리 지르라고 강조하셨다. 아마 선생님이 고의적으로 오버해서 칭찬을 한 것 같다. 아주 큰 효과였다. 그날부터 점심 식판 들고 이경이 쪽으로 가던 애들 몇몇이 내 곁으로 오기 시작했다. 뉴스 보면 어른들은 이런 국회의원을 철새라고 하는데 나는 실바람에도 흔들리는 길가 코스모스가 생각나서 '예쁜 코스모스들아' 하고 부르면 지네들이 예쁜 줄 안다. 언젠가는 이경이 쪽으로 넘어갈 코스모스들이니까 믿지는 않지만, 좋긴 좋았다.

이경이의 어깨가 조금씩 처지면서 지가 아끼던 뽀시래기들5도 점점 줄어들고 성적까지 다운 되고 있는 상태로 중학교도 같은 학교에 다니게 되었다. 세상이 바뀌었다. 이경을 따르던 패거리들이 내 주변으로 몰린 것이다. 맹세코 내가 수작을 부린 것은 아니다. 관심 1도 없었다. 아니 1은 있었다.

태권도 도장에 다니면서 유단자가 되니까 느림보 동작이 완전 빨라졌다. 체력 강화에 내면적 실력까지 쌓다 보니 자신감은 어깨를 쫙 펴게 했다. 지들이 갈대보다 더 가볍게 흔들리는 코스모스 티를 내고 몰려온

5_ 뽀시래기: 부스러기의 방언이지만 신조어로 귀여운, 예쁜 새끼들.

거다. 우습지만 나는 쟤네들을 속으로 찐따로 보면서 말로는 코스모스라고 해 주었다. 그리고 점심시간이면 풀리지 않는 수학 문제를 들고 내게로 모여들었다. 나는 완전 친절하게 설명해 주었다. 1학년 내내 수학은 우리 반이 1등이었다.

새별이가 이경이랑 같은 반이라서 가끔 소식을 듣는데 심하진 않지만 따 당하고 있단다. 나를 따 시키려고 하다가 실패한 후부터 스스로 기가 꺾인 탓이다. 때문에 자따추가 되는 것이다. 새별이는 자기주장이 확실한 친구지만 TMI6를 털어놓는다.

누군가 자신을 따 시키려 한다는 걸 눈치채거든 피하지 마라. 먼저 무시하고 투명인간 취급을 하라. 만일 폭력적이면 다치는 것 겁내지 말고 죽기 살기로 저항하라. 처음이 중요하다. 한 번 기회 주면 회복 불가다. 감당이 안 되면 신고하라. 은따라면 나처럼 하면 된다.

중1 어느 추운 날, 도서관에서 나와 집에 가려는데 이경이가 완전 질린 얼굴로 와들와들 떨면서

"보람아 부탁이다. 나 좀 도와줘."

"무슨 일이야? 왜 이래?"

자존심은 어디에다 팽개쳤는지 꼴이 말이 아니다. 그나마 용감하다고 할까?

"찬숙이, 찬숙이한테 붙들려서 발길에 차이다가 도망쳤어. 찬숙이는 유치원 때부터 너를 좋아하고 너 말은 잘 듣잖아."

"왜 그러는데?"

"빵셔틀을 하라는 걸 내가 거절했어."

"그래? 뭔가 이상해, 오해가 있는 거 아니니?"

6_ TMI: too much information, 궁금해하지 않는 내용까지 지나치게 전하는 것.

찬숙이는 농구 선수다. 유치원 때부터 키도 크고 달리기와 공놀이를 잘했다. 그리고 착하다. 무식하게 빵셔틀을 시켰다니 믿어지지 않았다. 바늘로 꼭꼭 찌르는 것처럼 독하게 매운 날이기도 하지만 하도 달달달 떨어서 불쌍하기도 했다.

강당이 우리 집 가는 쪽이라서 내가 가서 만났다. 만나자마자 찬숙이는

"이경이 그년이 SOS 쳤지? 우와! 그년 존나 뻔뻔해, 어떻게 너한테 도움을 청할 수 있어? 초딩 때 일은 완전 쌩까는구나."

"있잖아, 나도 걔 싫어. 하지만 이경이가 찐따 얼굴이 되어 나를 찾아온 것만으로도 나는 완전 통쾌해. 복수가 된 거야, 그런데 빵셔틀은 진짜니?"

"빵셔틀은 무슨 셔틀이야! 그년은 그러니까 맞아도 싸. 늦게까지 연습하다 보면 완전 배고파. 올해도 전국 소년 체전에 우리 학교가 도 대표야, 연습 엄청 세게 해, 학교서 빵을 주긴 주는데 모자라고 너무 배고프거든. 어제 연습하다가 잠시 쉬는 시간에 마침 그년이 지나가더라. 그래서 돈 주면서 '빵 좀 사다 줄래?' 했더니, '내가 빵셔틀이니?' 하더라. 너도 알잖아. 그년하고 나는 같은 아파트 같은 라인에 사는 관계야, 농구 연습에 지친 친구한테 그 정도 부탁이 빵셔틀이야? 그건 날 무시한 거야. 존나 패줄 거야. 짤 당해봐야 혀."

그날 밤 처음으로 나는 이경이가 불쌍하다는 마음이 생겼다. 이제 1학년인데 졸업할 때까지 이경이는 얼마나 힘든 시간이 될까? 비틀거리는 꼴이 내 눈에는 보였다. 아빠가 학교 운영위원이고, 엄마가 어머니회 간부면 뭐해. 선생님도 어찌할 수 없는 아이들 분위기다. 이경이는 결국 2학년 초에 외갓집이 있는 인천으로 전학을 갔다.

11년의 시간을 먹었다. 내가 교사가 된 지도 두 돌이 되었다. 따돌림 문제를 연구하다 보니 새삼 초등학생 시절 내가 극복한 과정이 너무도 놀랍다. 'I'm So Hot' 내가 나에게 칭찬을 아끼지 않는다.

상담에 대한 정보와 사례를 찾기 위해 사이버 세상을 다니던 중 왕따 고백을 보았다. 그분과 여러 차례 대화를 시도해 봤지만 답이 없다. 믿어지지 않는 고백이다. 설마 그렇게까지? 의문이 들 정도다.

이 고백을 보고 과연 나는 따 전문 상담 교사가 될 수 있을까? 자신을 잃었다. 이 정도일 줄이야. 수정 없이 그대로 옮겨 본다.

＊

현재 난 대학생이다.

대학 동기들끼리 고등학교 때 이야기가 나오면 난 항상 "걍 평범했어." 또는 "그냥 오토바이 타고 놀면서 학교 수업 제끼고 다녔지." 이렇게 말한다.

하지만 사실 난 씹 왕따였다.

일단 지금부터는 내가 친한 친구에게도, 또 애인에게도 말하지 않은 내 학창시절 이야기이다.

난 키가 존나 작았어. 씨발 중3 때 신체검사 때 148이었다. 그리고 약간 뚱뚱했어. 148에 65kg 정도? 하여튼 간에 중학교 때는 날 괴롭히는 애들 몇몇 있었긴 한데

강도가 심하진 않았던 거로 기억한다.

근데 고등학교 올라와서부터 흔히 반에 한두 명씩은 있잖아?

존나 약해 보이는 새끼들 건드려서 빵셔틀 시키는 거.

예상대로 좀 쎈 척하는 애들이 나한테 시비를 걸어오더라.

참고로 난 싸워서 져 본 적이 없어. 왜냐하면, 씨발 한 번도 싸운 적이 없으니까.

그래서 애들이 때리는 거 다 맞고 반항도 못 하고 존나 찌질하게 보이다가 결국 빵셔틀이 됐지….

- 중략 -

우리 고1 담임이 남자였는데 나 괴롭히는 애들이 그만두는 것도 안 바라, 조금이나마 괴롭힘이 덜해질까 하는 생각이 들어서였어.

개인 상담 요청하고 전부 털어놓았다.

안 울라고 했는데 상담하면서 눈물이 존나 쏟아지더라. 존나 펑펑 울었다.

그때 담임이 알겠다면서 자기만 믿으라면서 나를 다독여줬다.

근데 씨발ㅋㅋㅋㅋㅋ 담임이 어떻게 했는지 알아?

교무실로 나 괴롭힌 애들(대충 여러 반 애들 합치면 열댓 명 정도)을 불러다가 나랑 화해시키더라. ㅋㅋㅋㅋ

- 중략 -

물론 그날 존나 맞았지. 안경도 깨지고. 집에 와서 엄마한테 축구하다가 부러졌다고 했다. 내 몸 다치는 건 둘째치고 엄마한테 너무 미안한 거야. 우리 엄마는 자기 아들 학교생활 잘하고 있는 줄 알고 있는데.

근데 날이 갈수록 그 씹새끼들의 날 괴롭히는 스킬은 발전하는 거야. 침을 뱉고 핥으라고 하질 않나, 변기 물 마시라고 하질 않나. (난 시키는 대로 다 함.) 생각해 보니 이 생활이 죽기보다 더하겠더라고.

그래서 자살할까 생각도 해 봤지. 근데 시발ㅋㅋㅋ 자살할 용기도 안 나더라.

용기고 나발이고, 나 자살하고 나면 우리 엄마 불쌍하잖아. 하나밖에 없는 아들 죽었는데 그 생각 때문에 그냥 존나 버텼다. 그렇게 좆 같은 1년이 지나고, 고2가 되었다.

왕따 당해 본 게이들은 알 거야?

반 바뀌어서 나 괴롭혔던 애들 다른 반 되면 나 괴롭히려고 우리 반까지 찾아온다. ㅋㅋ

그리고 우리 반인 지 친구가 새롭게 나를 또 괴롭히게 되지. 씨발.

고2 때도 담임한테 말한 적이 있어. ㅋㅋ 씨발 될 대로 되라 식으로 말했는데

나를 혼내더라? 여자 선생이었는데 계속 별것도 아닌 것 가지고 귀찮게 한다고.

"쌤, 근데 귀찮게 하는 건 죄송한데 정도가 너무 심해서 그래요…."

"그럼 나보고 어쩌라는 거야?" <---- 실제로 이렇게 말함.

그래서 고1 때와 같이 고2 때도 더 좆 같은 학교생활을 하게 됐어. ㅋㅋ

 - 중략 -

이제 좆 같은 2학년이 끝나고 3학년이 됐다. 하, 3학년 되니까 속으로

'이 새끼들 이제 대학 준비하느라 나 많이 못 팰까?' 했는데

양아치 새끼들이 공부를 하겠어? 1, 2학년 때보다 심했으면 심했지,

덜하진 않더라. 아, 맞다 일단 우리 고3 담임을 잠깐 소개해 볼게

남자였는데 나이는 잘 모르겠다. 근데 눈으로 봐선 존나 어려 보임.

20대 중후반 정도? 키는 한 183 되는 것 같고 얼굴 ㄱㅆㅅㅌㅊ였다.

근데 담임이 우리 반 맡자마자 하는 소리가 첨에 칠판에 존나 크게

자기 이름 세글자 딱딱딱 쓰고 나서 우리 반 가훈 적는 액자에다가 "

놀아라." 이렇게 적었다.

애들 존나 웃고 "그게 뭐예요 쌤?" 하니까 하는 말이

고등학교 때는 놀아야 한다고, 놀면서 공부해도 대학 갈 놈은 간대

나? 하나뿐인 학창시절을 공부 따위로 써버리지 말고 친구들과 재

밌는 추억 많이 만들라고 하셨다.

씨발 갑자기 그 말 듣고 존나 서러웠다.

어쨌든 그 고3 담임은 애들한테 관심을 많이 가졌다.

담당은 체육인데 체육 시간만 되면 애들 하고 싶어 하는 운동.

– 중략 –

근데 어느 날,

담임이 나보고 교무실로 오라고 했다. 나보고 앉으라면서

나보고 왜 학생 상담지에 있는 나의 꿈 적는 란에다가 꿈을 안 썼

냐 묻더라.

난 꿈이 없다고 말했지. 그러고는 되게 다정하게 "○○아, 사람은 꿈

을 가져야지! 선생님이 도와줄테니까 우리 같이 생각해 보자." 이렇

게 말하더라.

그렇게 날 존나 잘 대해주는데 이게 고등학교 입학하고 처음 남에게 받은 호의였어. 난 존나 그때 울컥해서 울었어. 찐따같이.

담임쌤은 존나 당황해서 "○○야, 왜 그래? 선생님이 뭐 잘못했냐? 야, 내가 잘못한 게 있다면 미안하다. 사과할게. 울지 말아." 하면서 어쩔 줄을 몰라 하더라.

난 울음을 그치고 내가 2년 동안 겪은 지옥을 담임에게 낱낱이 말해 주었다.

죽고 싶었고, 자살하려고 생각도 해봤다고 존나 ㅋㅋ다. 얘기하고 시계 보니까 1시간 반가량 말했더라.

근데 웃긴 건 그때가 점심시간 끝날 때였는데 담임이 1시간 반 동안 내 말을 경청했다는 거. 내 말을 도중에 끊지도 않았고, 어떤 여학생이 교무실로 찾아와서 "선생님, 왜 수업 안 오세요? 애들 다 운동장에 나가 있어요. 빨리 오셔요." 하고 하는 거

"니들끼리 놀아." 한마디 던져주고 1시간 반 동안 내 얘기 들어줬다. 지 수업 다 재끼고 내 얘기 듣고 나서는 존나 표정이 일그러지더라.

나 그 선생님 그렇게 화난 얼굴 처음 봤어.

너무 무서워서 다리가 후들거릴 정도였거든(원래 화 잘 안 내던 사람이 화 내면 더 무섭다). 그리고 담임이 나보고 A4용지를 꺼내주면서

여기에다가 너 조금이라도 괴롭힌 애들 다 적으란다. '씨발 이거 적어도 되는 건가?' 하면서 다 적음. 얼추 15명 정도 되더라. 다른 반 애들까지 합쳐서.

그러고는 담임이 나보고 수업 들어가란다. 이제 자기가 알아서 하겠다고.

그리고 그다음 날, 정확히 기억한다, 3교시 수학시간이었어.

우리 학교는 수학을 수준별 수업하거든? A, B, C반으로 나눠서. 물론 난 C반이었지. 존나 못했으니까.

그래서 옆반 애들이랑 수학 수업 같이하고 있는데 갑자기 우리 담임이 들어오더라.

들어오는데 손에 뭐 들려있는지 알아?

당구칠 때 그 큐트 뒷부분 알지? 그거 들고 들어오면서 수업하고 있는 선생님한테

"선생님, 죄송합니다. 제가 잠시 볼일이 있는 애들이 있어서요."

수학쌤은 존나 당황해서 "아, 네…"라고 했고, 담임은 목소리 깔고 "김OO, 박OO, 유OO 튀어 나와."라고 말하더라.

말하는 순간 그 3명 다 쫄아서 밖으로 나갔다.

일단 걔네들이랑 담임 나가자마자 수업 분위기는 개판됐었다.

수학쌤은 무서워서(여자임) "무슨 일이지? 무슨 일이지?" 하는데 좀 쫄렸다.

어쨌든 창문 밖 보니까 그 쓰레기 소각장에 아까 불려 나간 애들 3명이 엎드려있더라.

그러고는 진짜 사정없이 패더라.

내 기억으로는 한 대 맞고 엎어지니까 엎어진 채로 엉덩이랑 허벅지 존나 때린 걸로 기억했다.

그리고 그 새끼들 꿇어 앉혀 놓고 다시 4층 올라와서 몇 놈 데리고 가서 존나 패더라.

싸대기도 존나 치더라고. 그렇게 3, 4새끼 조져 놓고 다시 올라가서 3, 4명 데려와서 또 패고 그렇게 다 데려오고 대조해 보니까 딱 내

가 쓴 15명이었다.

일단 그 새끼들은 거의 실신 직전이었어. 멀리서 봤는데 막 나뒹굴고 있더라고.

그리고 엠뷸런스가 오는데 ㅋㅋ 담임이 불렀더라. ㅋㅋ

- 중략 -

담임이 "어후, 이 븅신 같은 게." 하면서 내 머리 존나 세게 쳤다.

그리고 나를 지 차에 태워서 어디로 데려갔다.

우리 집이 안산인데 안양까지 가더니 체육관에 나 데리고 들어가더라.

거기서 관장이랑 이래저래 얘기하더니

나보고 오늘부터 야자하지 말고 여기 다니란다. 담임이 3개월 치 학원비 다 내주더라.

난 뭐 선택의 여지가 없지. 시발 하기 싫은데도 해야지 뭐.

관장이랑 담임이랑 친구인 거 같았는데, 어쨌든 담임이 애들 팬 날부터 다니기 시작했다.

체육관에서 권투는 안 가르치고 줄넘기랑 달리기만 가르치더라. 근데 그마저도 힘들었다. 그 일이 있은 후 다음 날,

그 15명 중에 다섯 명 정도는 학교에 오고, 10명은 입원했더라. ㅋㅋ

그 학교 온 다섯 명도 목발 짚고 오고, 통기부스 하고 왔더라. 근데 존나 신기했던 게

난 우리 반 오면 어제 3대씩 맞은 애들이

"아 시발놈아, 난 너 괴롭히지도 않았는데 너 때매 어제 맞았잖아."

이렇게 대할 줄 알았는데 아니었다. 쉬는 시간에 애들이 이것저것 다

물어봤다.

얼마나 힘들었는지 또 어떻게 당했는지 여자애들도 몰려와서 힘내라고 다독여줬다.

나중에 소문 들어보니까

담임이 그 15명 새끼들 패기 전에 부모한테 전부 연락 돌려서 패도 되냐고 허락 맡았었댄다. 그리고 걔네들 치료비까지 전부 물어줬다고 했다. 사실인지 아닌지는 몰라.

어쨌든 뭐 입원한 새끼들도 퇴원하고 처음에만 담임이랑 서먹서먹하더니

시간 지나니까 같이 장난도 치고 재밌게 지내더라. 그리고 나는 절대 안 건드리더라

그냥 급식 때도 습관이 있어서 내가 걔네 꺼 받아 주는데 뛰어와서 "아, 됐어. 이제 내가 먹을게. 안 갔다 줘도 돼."라고 하더라. ㅋㅋ 청소도 나 안 시키고 지들이 하고. 나를 그냥 피했다. 이제 이 생활도 끝이구나 하는 생각에 존나 행복했다.

애들이 안 괴롭히니까 얘기하는 친구들 조금씩 생기더라.

그리고 체육관 계속 다니면서 권투도 많이 해봤는데

스파링할 때 상대편한테 처맞는 게 예전에 왕따당할 때 처맞았을 때보다 더 아프더라. 씨발.

그렇게 3개월 동안 존나 운동하고 살도 많이 빠지고 키도 쬐끔 커졌더라.

운동할 때 간간히 우리 담임이 체육관에 놀러와서 치킨 사 주고, 피자 시켜 주고, 음료수 사 주고 갔다. 그리고 담임이 나랑 얘기를 많이 하게 되더라.

그리곤 나보고 이제 꿈 생각해 봤냐고 하더라. 난 체육선생님이 될 거라고 말했지.

물론 담임처럼 되고 싶었음. 그리곤 집에 와서 검색으로 무작정 체육 선생님 되는 법 쳐보고 공부했다. 보니까 사범대학 체육교육과를 가야 한다대? 근데 난 공부를 존나 못했거든.

그래서 재수 작정하고 고3 겨울방학 때 체대 입시 학원 끊고 존나 시즌 기간 동안 운동했다.

재수 결심하고 재수학원 끊고 운동이랑 같이 공부했다.

시발 수학 처음 공부하는 건데 존나 어렵지만 재밌더라. 그리고 운동 때문인지는 모르겠지만 내 살이 다 키로 가더라.

그래서 지금은 179cm에 63kg 임 ㅍㅌㅊ? 어쨌든 재수해서 성적 좀 되니까

지방 사범대 체육교육과 정도 갈 성적이 되더라 그래서 거기 지원해서 붙었지.

그리고 대학 다니면서 존나 즐겁게 생활하고 나이가 돼서 군대 가고 제대한 후 또 즐거운 시간 보내다가 벌써 임용고시 칠 날이 다가왔네. 이번 주 토요일이다.

난 꼭 체육선생님 될 거다. 재수를 하든 삼수를 하든 6수를 하더라도 난 꼭 될 거야. 씨발 이 모든 게 진짜 내가 고3 담임 안 만났으면 가능했던 일이었을까?

다시 그 시절 생각해 보면 눈물이 난다. 진짜 너무 고마웠다 그 선생님한테.

대한민국에 몇 없는 진짜 참된 선생님이다.

요즘도 간간히 연락 주고받고 술 한잔씩 하는데 맨날 놀리는 말이 "니 고등학교 때 좆밥이었잖아. ㅋㅋㅋ" 이러면서 아직도 놀린다. ㅋ

ㅋㅋ

그때를 생각하면 너무 행복하다. 내가 세상에서 제일 존경하는 분
이다.

지금까지 긴 글 읽어줘서 너무 고맙다.

＊

난 이 사례를 보고 자신감을 잃었다. 만일 이 학생이 나의 내담자였다
면 어떻게 처방했을까? 감성적으로는 어림도 없다. 체육선생님은 이 학
생 한 명만 구한 것이 아니다. 가해학생 15명은 물론 전교생을 바로 잡
았고, 학부모들의 사고방식도 뜯어고친 것이다. 아마, 그 학교 전체의 왕
따 문제를 잠재웠을 것이다. 나에게 닥친 문제였다면 어떻게 할까 연구
하느라 밤을 지새워도 답이 나오지 않는다. 지금까지 나는 감성에 젖어
꿈꾸는 공주였고, 착한 마음에 젖어 천사를 꿈꾸는 소녀였구나 이렇게
반성도 했다. 아무리 매스컴으로 홍보를 하고 교육부에서 교육을 해도
목격하는 아이들은 뒤가 두려워서 신고 못 하고, 자신이 따 당할까 두
려워 선생님께도 말 못 한다. 목격하면서 어쩌면 자신이 모면했다는 안
도감을 즐기는지도 모른다.

생각에 생각을 포개던 중 찾았다. 나는 나답게 해결하는 것이 정답
이다. 만일 나에게 주어진 사례라면 나는 이렇게 할 것이다. 가상 해결
을 해 본다.

열다섯 명의 부모님과 학생을 교장실로 불러서 교장선생님 앞에서 긴
연설을 하는 거다.

"저는 인간사회에서 가장 경멸하는 사람이 약자 앞에서 군림하고, 강자 앞에서 손 비비는 사람입니다. 우리 학교에 야만적인 방법으로 군림하는 학생들이 있다는 사실을 알고 실망과 걱정보다 먼저 아이들의 미래는 물론 사회적으로 큰 위험이 다가오고 있다는 생각에 심장이 뛰었습니다. 심사숙고 끝에 이 열다섯 학생들만의 문제가 아님을 알기 때문에 바로잡아야 한다는 결심을 했습니다. 여러분들은 지금부터 자신이 혁이라는(가명) 학생이라고 입장을 바꿔서 제 얘길 들어 주세요. 이 자리에 함께한 이 학생들이 약자 앞에서 가장 난폭하고 피도 눈물도 없는 야만적인 방법으로, 혁이를 괴롭혔습니다."

그동안 당한 내용을 설명한 다음 부모들 앞에서 사실 여부를 확인을 시킨다.

"변기 물도 먹게 했나?"

서로 눈치를 본다.

"솔직하게 대답해, 혁이 말만 다 옳다고 할 수는 없잖아!"

그랬단다. 부모님들도 교장선생님도 경악의 신음이다.

확인을 받은 후 이유를 물었다. 예방을 위해 이유가 중요하다.

"저지른 소행을 보면 오늘 너희들도 변기 물 마시도록 해야겠지만 대장균이 우글거리는 걸 생각하니 차마 못 하겠다. 혁이를 괴롭힌 이유가 뭔가?"

한 명씩 물어보니 이유의 공통점은

'시키는 대로 다 하니까. 학교 찾아와 골 때리는 보호자가 없으니까.'

한마디로 힘없고 가정도 불우한 아이를 타깃으로 하는 비굴함을 부모들께 보여줬다.

"남녀 공학 학교에서 그나마 학년 전체가 보는 앞에서의 수모보다 남자 화장실 변기 물 먹는 쪽이 덜 창피했답니다. 그 말을 듣고 있을 때 온몸에 소름이 돋았습니다. 학년 전체 앞에서 바닥에 음식을 버리고 발로 밟은 후 먹는다는 것 상상해 보세요. 발길에 차이고 두들겨 맞는 고통이 얼마나 지옥이었으면 그걸 먹을까요? 여기 이 아이들 이런 야만인입니다. 자살도 생각하고 학교 옥상에 올라갔지만, 엄마가 불쌍해서 죽지 못했답니다. 만일 이 모든 사실을 유서에 써놓고 자살이라도 했다면 여기 모인 너희들은 어떻게 될까? 살인자가 될 테죠. 여러분들이 꼭 명심해야 할 중요한 통계가 있습니다. 심리학계의 통계에 의하면 애들이 사회에 진출하면 오히려 낙오자가 되는 경우가 더 많다는 것입니다. 과거를 숨길 수 없는 네트워크 시대에 대학교만 가도 애들은 경계의 대상이 되고 자연스럽게 자따추가 됩니다. 약자 앞에서 군림하는 행위로 즐기다가 사회에 나가면 어떨까요? 정붙일 대상 없어요. 스스로 낙오되는 경우 여럿 봤습니다. 학과공부도 중요하지만, 인성과 인맥이 더 중요하다는 건 잘 아시잖아요. 어떻게 해결할까요? 여러분의 의견을 말씀해 주세요."

이렇게 설명을 할 것이라는 상상만으로도 눈물이 나는데 실제 그 자리서는 눈물이 많이 흐를 것 같다. 그것은 학부모나 가해 아이들에게 마음을 움직이는 도구가 될 것이다. 설마 창피한 마음에 화를 내는 부모는 없을 테지. 이쯤 되면 교장선생님께서 혁이 부르고, 가해 학생과 부모님은 물론 교장선생님도 모두 혁이 손잡고 사과하도록 유도할 것이다. 가해부모 중에는 경제적으로 혁이네를 돕겠다는 분도 있을지 모른다는 상상도 하면서 잠시 내가 자아도취에 빠진다.

내가 생각해도 체육선생님다운 해결이라면, 나는 나다운 해결책이라 생각한다. 물론 졸업할 때까지 나는 혁이 보호자 역할을 해야 할 것이다. 가상 상담 해결하느라 이틀이나 걸렸다.

내일은 아무래도 연희를 따로 불러서 내가 먼저 문을 열어야겠다. 지난주 하고 싶은 말이 있는 듯 쭈뼛거리다가 가는 뒷모습이 무거워 보였다.

점심시간에 상담실이 아닌 양호실에서 접한 연희는 의외로 많이 불안해 보였다. 아마 따로 나를 만나는 것이 반 친구들 눈에 띄지는 않을까 불안한가 보다. 먼저 불안감부터 해소해야겠다는 생각에

"지금 너는 생리통이 심해서 진통제를 먹고 양호실에 누워 있는 거야. 수업 시작 벨이 울릴 때쯤엔 진통제 효과로 배도 덜 아프고. 그래서 거뜬해진 거야 어때?"

연희가 한결 밝아졌다.

"고민이 뭐니?"

"선택을 못 하겠어요."

"자세히 말해봐."

"엄마는 일찍부터 화장하면 피부가 빨리 늙어 버린다고 못 하게 하고, 학교에 오면 지들이랑 같이 행동 안 하고 따로 논다면서 찐따 취급해요. 아버지도 중학생이면 학생다워야지 화장하는 아이들 많다고 못마땅해서 미리 저한테 화내세요."

"화장이 문제구나. 엄마도 친구들도 상관없이 솔직하게 너는 화장 하고 싶니?"

"나는 눈썹도 진하고 피부도 흰 편이라 화장 안 해도 괜찮지 않아요?"

그 많은 아이들을 화장 못 하게 할 수도 없고, 화장 안 한다고 따돌리지 마라, 안 하는 아이도 자유는 있다고 설득을 한다면 오히려 따돌림은 더 심해질 수도 있으니 우습게 볼 일이 아니다. 아이들의 화장은 사춘기의 호기심이기도 하지만 자나 깨나 공부, 공부, 공부에 대한 강박감, 집에서도 학교서도 잔소리에 시달리는 아이들의 스트레스 탈출구이기

도 하다. 막을 수는 없다. 내 핸드백을 열고 립스틱과 거울을 꺼내서 발라 보라고 했다. 머뭇거리다가 바르더니 활짝 웃는다.

"입술만 발라도 화장한 것 같지? 오늘 엄마한테 너의 입장과 이 사실을 다 말씀드리고 립스틱만 하나 달라고 해. 엄마 허락 없이 사지 말고 꼭 엄마한테 부탁하는 거야. 너한테 맞는 색깔로 해. 학교에서만 바르고 집에 갈 때는 지우면 되잖아. 생각해 보고 좋은 해결책이 나올 때까지 이 방법을 쓰자."

"이거 바른다고 다 해결되는 건 아니지만 오늘 완전 좋거든요."

"뭐야. 화장 문제 말고 또 다른 문제가 있다는 거야? 혹시 탈코7?"

"화장은 립스틱으로 해결하더라도 머리가 문제거든요. 펌도 싫고 염색도 싫어요. 그렇다고 탈코는 못해요. 마음 같아서는 탈코가 편한데 너무 남자 같은 건 싫어요."

"하지만 탈코는 홍보하고 권유하는 정도지 왕따는 안 시키잖아. 오늘은 화장 문제 해결로 끝내자."

그나마 밝게 웃으며 복도를 걷는 연희의 뒷모습이 나비 날갯짓이다. 저렇게 좋을까?

이를 어쩌나 싶다.

교장선생님께 우리 학교뿐이 아니라 지금 화장 안 하는 아이들을 왕따시키는 행위들이 심해지고 있다는 말씀을 드리며 결재를 받았다.

"화장하자 팀 & 화장 반대 팀의 토론회를 해서 학생들이 화장의 장단점을 스스로 판단하도록 하는 것이 좋겠습니다. 역할극이 더 좋을 것

7_ 탈코: 코르셋을 단순히 몸을 조여 주는 속옷의 명사로 보지 않고 예쁘게 보이기 위한 여성들의 꾸밈노동. 즉 압박감을 의미한다. 그 압박감에서 벗어나자는 운동이 탈 코르셋 운동이다.

같아요. 서로 반대 역을 부여해서 가장 설득력 있는 학생에게 상을 주는 역할극요. 코로나 19 때문에 영상으로 만들어 영상 수업 시간에 방송하는 것입니다."

교장선생님께서는

"화장은 찬반의 문제가 아니잖소."

하신다. 옳은 말씀이지만 따 문제를 주제로 하면 참여하지 않을 거니까 찬반으로 일단은 시작해서 따 문제로 흐르도록 할 계획을 말씀드리고 결재받았다.

각반 담임에게 적극적으로 홍보하고 출연자는 지원자 우선이며 만일 지원자가 없으면 추천하는 방법으로 결정했다.

뜻밖이다.

양쪽이 다 지원자가 많다. 반마다 1명씩만 출연하기로 했다.

화장을 강요하고 있는 아이는 화장을 반대하는 역할을 주고 그 반대편은 화장을 강요하는 역을 주며 토론할 대본은 직접 써서 제출하면 선생님의 심의를 거치기로 했다. 그러나 계획은 계획일 뿐 양 팀장을 맡겠다며 자원한 두 학생은 내 라이프(life) 내가 주장하겠단다. 팀장만 원하는 대로 역할을 주기로 했다.

토론장에 낯선 상황이 생겼다. 팀장을 제외한 아이들이 달라졌다. 평소 눈 화장까지 진하게 하던 아이가 화장을 한 듯, 안 한 듯 거의 민낯으로 등장했고, 화장 안 하던 아이는 화장을 제법 진하게 하고 나타났다.

좌장은 내가 맡았다. 토론회의 취지와 개요를 설명하고 양쪽 토론자들의 인사를 하면서도 내내 미소 띤 얼굴들이다. 가식이 아니다.

좌장: 주제가 화장이니까 찬성 팀과 반대 팀으로 명명하겠습니다. 팀

당 각 세 명이 준비하고 있습니다. 양 팀의 주장이 주제를 발표한 후 그에 준해서 토론이 시작됩니다. 먼저 찬성 팀 주장 2학년 성은주의 발표입니다. 오늘 토론은 친구들과 서로 이해하며 공감대를 형성함으로 거리감 없는 단합이 목표니까 오늘만 예외로 애써 표준어 쓰지 않아도 됩니다. 실제 친구들끼리 쓰는 언어로 말하세요. 찬성 팀 성은주 시작하세요.

성은주: 2학년 성은주입니다. 이 기회에 선생님들께 한 가지 부탁이 있습니다. 제발 저희들 어린이 취급하지 마세요. 아마 화장 문제로 따가 있다는 판단으로 이런 토론회를 하는 것 같은데 저희들 어린이 아닙니다. 친구들아, 싫으면 쌩까! 해보지도 않고 무조건 거부하는 거 완전 답답해. 우리가 예쁘게 표출하고 싶은 마음은 여자이기 때문이 아니거든. 남녀노소 누구나 더 멋지게 보이고 싶은 것이 동물본능이야. 왜 솔직하지 못하고 본능을 숨기고 내숭이야? 내숭도 짭이라고 생각해, 나는 피부도 검고 제멋대로 생긴 얼굴 때문에 자존감 제로였어. 친구 따라 시작했는데 완전 좋아. 자존감이 힘을 얻으니 용기도 생겨. 전에는 찐따처럼 풀 죽어 있었거든. 지금 완전 고개 들고 다녀. 이렇게 쩔은 걸 왜 안 하니? 시들어가는 꽃병의 꽃 같은 분위기보다는 전체적으로 밝고 산뜻한 분위기 좋잖아.

좌 장: 깔끔한 외모로 분위기도 좋고, 자존감 살려서 당당하게 살자는 행동은 본능이다. 숨길 필요 없다는 뜻이군요. 다음 반대 팀 대표 진보라의 발표입니다.

진보라: 2학년 진보라입니다. 좌장 선생님, 나는 토론의 주제부터 잘못되었다고 생각합니다. 우리는 화장하는 것을 반대하지 않아요. 하든 말든 상관 안 해요. 그런데 화장을 반대하는 팀으로 토론

이라니 잘못된 것입니다. 우리가 왜 반대합니까? 주제를 '자유' 또는 '민주주의'로 해야 한다고 생각합니다. 서로 인격을 존중하자는 겁니다. 친구들아 자유롭게 살자 서로 상관 말기를 바람다. 어차피 시작된 것이니 반대라기보다는 우리가 화장을 하지 않는 이유를 말할게, 성은주는 우리가 답답하다고 하지만 나는 미래를 생각하지 않는 친구들이 답답해. 첫째, 우선은 예뻐 보이니까 자존감이 쩔겠지만 성장하고 있는 피부에 화장품으로 덮는 것은 건강한 피부를 약하게 만드는 거라고 생각해. 어른이 되어서 남보다 일찍 피부가 망가진다는 부모님 말씀을 나는 믿어. 둘째는 화장하는 동안의 긴 시간이야. 설명이 필요 없지? 세 번째는 중학생다운 본분을 지키자. 네 번째 따 시키면 쌩까라고 하는데 쌩깐다고 걍 두니? 화장을 하든 말든 그대로 자유롭게 좀 살자. 왜 단체로 해야만 돼? 그러잖아도 우리 스트레스 많잖아. 우리끼리라도 서로 지켜 주며 살자.

한송이: 화장품이 좋아서 발라도 피부가 충분히 숨을 쉰다고 했어. 오히려 피부는 일찍부터 영양을 섭취하며 보호하는 것이 더 고운 피부로 성장한다고 했어. 예쁘고 단정해서 나쁠 건 없잖아.

노정애: 그 말을 믿다니…. 그래, 그렇다고 치자. 아직 성장기인 우리 피부는 자유롭게 두는 것이 건강하고 좋다고 생각해. 피부가 숨도 못 쉬는데 어떻게 더 좋을 수 있어. 그리고 눈 화장이 제일 위험해. 그 화학성분이 눈에 안 들어갈 수는 없잖아. 그래서 눈 화장 진하게 하는 언니들도 보면 눈이 충혈되어 있어.

조경희: 그런저런 좋고 해로운 건 우리가 판단할 문제가 아니잖아. 하지만 나는 화장을 하고 있는 시간은 행복하고 충전의 시간이야. 스트레스 해소에는 최고야. 그 작은 행복마저 그만두면 무슨 낙

으로 살까? 공부 외에 마음 붙일 것이 없잖아.

이가람: 스트레스 해소에 도움이 된다는 말은 인정해. 하지만 그건 기본 얼굴이 받쳐주는 친구들이고, 완전 스트레스 만드는 시간일 수도 있다는 거 알아? 돈 들여, 시간 들여 애써 화장을 해도 그게 그거일 때, 그 심정 알아? 거울 보는 것 자체가 완전 스트레스거든. 그러니까 화장은 쌩까고 외모 대신 내면적인 성장에 정신을 쏟는 거지. 그런데 왜 가만두지 않아? 화장이 좋으면 남 끌구 가지 말고 걍 니들만 해! 왜 싫다는 걸 억지로 강요하고 따 시키고 그랴? 남의 인생에 고나리질 쩌는 게 누군데 아니라고 하니? 쌩까라고? 쌩깔거여 그러니까 가만히 둬.

　　이가람의 목소리가 제법 격앙되어 있다. 평소 화장을 즐기는 가람이가 쌓인 울분 터뜨리듯 연기를 아주 잘한다. 반대로 당하는 아이들을 찬성 팀에 넣었더니 크게 찬성할 말이 없나 보다.

정다운: 가람이 친구가 많이 화났구나, 침착하자. 집에서도, 학교에서도 공부, 공부, 하니까 완전 기분 더럽잖아. 그런 상태에서 그나마 화장은 잠시 마음을 평화롭게 하잖아. 생각과 행동이 서로 다르니까 쌩까는 거야. 싫어서 쌩까는 것도 자유거든. 의견이 일치하면 동지가 된 느낌이고 그런 거 있잖아. 아니면 그 반대가 되는 거 그런 거야.

진보라: 나도 팀장으로서 말하는데 절대 자따추가 아니거든. 너희들이 비꼬는 말들이 그 증거야. '잘난 체하네', '화장품 쓰던 거 줄까?', '너는 모태 민낯에 오해를 하는데 아니거든.' 이런 말로 비꼬는 건 뭐니. 오늘만이라도 진실을 담자. 이 자리 빌려 고백하는데 나

도 초딩 때부터 코르셋 오질나게 조였어 중딩이 되면서 페미니즘을 알게 되었고 한남들을 보니까 내가 쟤네한테 잘 보여야 할 필요가 없다는 생각이 들더라. 내가 하고 싶은 대로 하겠다는데 한남 새끼가 뭐라고 나한테 지적질을 해. 개빡쳐서 분노로 변했어. 그 순간부터 화장은 일절 안 해. 처음엔 엄청 쭈뼛거렸지만, 지금은 이렇게 편할 수가 없어.

성은주: 누가 그렇게 비꼬았는지 모르지만 따 시키는 거 아니야.

진보라: 우리더러는 본능 숨긴다고 솔직하지 못하다고 했지? 그것은 자제할 건 자제하는 도덕이야. 하지만 니들은 까놓고 말하면 질투잖아. 우리는 노는 애들처럼 만들고 니들은 FM 행세하느냐, 뭐 그런 꼴이 싫은 거잖아. 우리 보고 자따추라고 했지, 우리가 노는 애로 만든 거 아니잖아?

성은주가 상기 된 얼굴로 벌떡 일어난다.

"진보라에게 묻는데 우리가 노는 애들이니?"

모두가 긴장해서 조용하다. 허나 망설임 없이 진보라의 자신감 넘치는 대답은

"아니지, 아니기 때문에 '노는 애들처럼'이라고 했잖아."

후유증이 걱정되던 바로 그 부분을 은주가 들추었고, 보라의 당차고 현명한 대답이다. 다시 내가

"맞아요, 객관적으로 볼 때, 아니라는 생각이 평소 각인 되어있기 때문에 '처럼'이라는 조사를 사용하게 되었다고 봅니다. 성은주 팀장은 오해가 풀렸나요?"

긍정의 표시로 고개만 끄덕인다. 무언가 찜찜한 게 느껴진다.

"지금까지 토론에서 찬성 팀에서는 '절대 따 시키는 것이 아니다', 반대

팀에서는 '화장을 반대하지 않는다. 다만 서로를 존중하고 간섭하지 말자'입니다. 그렇다면 더 이상 토론이 필요 없어요. 서로 간섭 않고 존중하는 것이 관건입니다. 양 팀이 결의할 내용은 '서로를 존중하며 간섭 말자.'입니다. 여기에 사인하면 됩니다. 이쯤에서 토론회를 마치겠습니다.

오늘 우리 학생들의 토론을 보며, 그동안 타 학교 아이들이나 학부모들과의 상담을 통합해 보면 사회에 물의를 일으키는 사이코적인 학생은 극소수일 뿐이지 모든 학생들은 어른들의 생각보다 더 현명하며 미래는 밝다고 기쁜 마음으로 결론짓겠습니다.

우리는 인간이다. 길고양이를 비롯해서 모든 동식물들은 죽거나 떠나기 전에는 절대 끝을 볼 수 없는 '따' 문제도 지혜롭게 해결하며 함께 미래를 바라보는 만물의 영장.

✎ 오계자
한국 문인 수필 신인상, 동양일보 소설 신인상
수필집 『목마른 두레박』, 『생각의 궤적』, 소설집 『첩부』, 장편소설 『내 노동으로』

작은 새가 사는 법

. . . .

강순희

"언니야! 말할 것이 있어. 나 좀 놔 주라."

주인 언니는 또 무슨 이야기를 하는가 싶어 나를 빤히 쳐다본다. 낮에 밤을 하얗게 새고 출근한 언니에게 제일 듣기 싫은 이야기를 한다는 것이 미안하기는 하지만 나는 이 집이 싫어졌다. 몇 번을 그만두려 했지만, 진드기처럼 붙어서 나를 붙잡은 언니 때문에 참았다.

한 번 마음이 뜨면 붙잡아도 소용이 없는 것이 사람의 마음이라는 말을 언니가 한번 하는 것 같은데 왜 내 마음을 모르는지.

"솔직히 말해봐. 너 왜 우리 집을 나가려 하는지 그 이유가 정확하면 내가 보내 줄게. 너 이런 일을 다른 곳에서도 한다면 보낼 수 없다. 보나 마나 금방 후회할 것이니까."

언니는 나가려 하는 정당한 이유를 대라는 식으로 다그쳤다.

"언니! 그냥 쉬려고요. 왜냐하면, 날씨가 추워지니 거리가 너무 멀어서 출퇴근하기가 너무 힘들어요. 그리고…."

언니는 양푼이 비빔밥 위에 계란과 소시지를 올리면서

"너 그 할아버지가 여기 못 다니게 하지 맞지?"

그렇다고 긍정적으로 고개를 끄떡이고 싶지만, 언니는 어쩜 귀신처럼 내 속사정을 알아내는지 반감이 와서 고개를 저었다.

"그냥 허리가 아파서 침을 맞고 쉬려고요. 출퇴근도 힘이 들어서."

찌그러진 양푼이 밥을 손님상 위에 놓으면서 언니는 '맛있게 드세요.' 라는 말은 하지 않고 나를 보면서

"야! 너 솔직히 말해. 네가 허리가 아프다고? 내가 잘 알아. 너는 허리가 아픈 애가 아니야. 나랑 일 년을 함께했는데 허리 아프다는 말을 해본 적이 없어. 너는 절대로 허리가 아픈 애가 아니란 말이야. 출퇴근 힘이 들면 택시 값으로 십만 원 더 얹어 줄 테니 아무 말 하지 마."

어쩜 언니는 귀신처럼 내가 슬쩍 넘어가려 하는 말을 아예 믿지 않으니 은근히 부아가 났다.

"언니! 내가 그럼 소야? 아프지 않고 소처럼 일만 하는 여자냐고. 아무튼 나는 이주 일요일까지만 일을 하고 그만둘 거야."

나무 도마 위에 비빔밥 재료로 썰어놓은 당근, 상추, 오이를 노란 양푼 위에 담으며 언니는 굳은 표정으로

"아니! 그동안 너를 붙잡기는 붙잡았지만 사람을 구해놓고 그만둘 여유를 주어야 하지 않니?"

가락국수를 삶는 크게 찌그러진 양푼에 물을 붓는 언니의 옆모습은 평소에 친한 사람이 아니다. 야박하다는 듯이 말을 하는데 사실은 내가 그렇게 생각한 부분이다.

언니는 내가 이 세상에서 가장 존경하고 좋아하는 사람을 은근히 무시하는 눈치다.

십오 년 전 마음으로 들어와 절대로 보낼 수 없어서 아니, 나를 놔주지 않은 사람을 언니는 달갑게 생각하지 않는다. 그것을 안 이상 언니 집에 있고 싶지 않다. 물론 나에게는 우리 아저씨라 칭하지만, 언니에게는 그 할아버지로 통한 사람이 언니가 별로라고 생각한다는 것을 눈치 채고 이 집을 그만두라는 명령을 했다. 물론 이 집에 쓸 만한 남자가 출

입한다는 이유가 더 크겠지만 언니 탓으로 돌리자면 나의 남자로 가슴으로 몸으로 깊숙이 들어선 남자 이야기를 시큰둥하게 여겼던 탓이다. 그래서 언니 탓이라는 것을 알아야 한다.

"솔직히 언니! 나에게 너무한 것 아니야? 언니가 마음에 들어서 내가 지난 과거 이야기를 모두 말했더니 그것이 나에게 잘못이었다는 것을 이제 알았어."

이제 떠날 거니까 내가 하고 싶은 말을 다 해야지. 처음 이 집에 들어설 때는 머리 풀어헤치고 아주 조신하게 앉아 있었지만, 이제 이 집을 떠날 준비를 하며 출근했으니 하고 싶은 말 다 해야 직성이 풀릴 것 같다.

있는 그대로 나를 받아 주었으면 얼마나 좋았을까? 진득하게 나를 위해 참아 준다면 얼마나 살만한 세상이 되었을까?

점심 장사를 할 때 언니는 늘 혀가 아직 잠에서 풀리지 않아서 둔하다는 말을 했다. 어젯밤에 열심히 일을 했든가 말았던가, 어질어질 하든가 말든가 모두 가식 같다. 아니 엄살인 줄 모른다.

낮에 손님이 없으니까 빨리 골방으로 들어가 잠을 자려는 수작인지 모른다.

언니를 많이 이해하려 했는데 잘되지 않았다. 정말 언니가 늙어서 우동집을 할 때까지도 이곳에서 함께 하리라 맹세했었다. 노후를 언니랑 보낼 생각까지 했던 충신이었다.

이런저런 불만은 접어두고 그냥 살아 보려 무척 노력했다구.

언니는 저녁 다섯 시만 되면 어슬렁거리며 일어나 거울을 보며 머리를 가다듬고 표정을 지어본다. 화장품을 잘 쓰지 않은 언니는 손바닥만 한 거울을 들여다보며 입을 좍 벌려서 이 사이에 낀 고춧가루라던가 김가루를 휴지로 닦아낸다. 양치질을 개운하게 해야 할 시간에 이런 식으로 몸을 가꾼다. 어쩜 언니가 입고 있는 옷에서는 우동냄새가 배어 있을지 모른다. 이곳에서 종일 입고 또 그다음 날 입고 일한 옷을 또 그다음 날까지 입고 나타난다. 겉보기에는 허리가 잘록하며 옷 색깔을 잘 맞추어 입기 때문에 꽤나 멋있어 보일지 모르나 알고 보면 느리고 게으른 언니의 사생활을 공개하고 싶다.

그러면서 늘 먹는 것은 남이 먹던 것이라면 절대 안 먹고 컵과 숟가락은 늘 삶아야 한다는 잔소리를 한다. 언니가 누워있는 골방은 시끌시끌하게 늘어놓고 살면서 가끔은 부엌에서 깔끔을 떨기 때문에 이런 말을 늘어놓는 것이다.

종일 일자리에 와서 일을 하면 될 것인데 작년부터 아니 내가 오기 전부터 무슨 요가를 하러 다닌다. 팔자가 좋아서 자신에게 투자하는 것이지 누군들 할지 몰라서 못 하는 것이 아니다.

언니는 다섯 시 정각이 되면 손님이 있든 친구가 있든 해야 할 일이 산더미처럼 밀려 있어서 발을 동동 굴러도 요가를 하러 간다. 한 번쯤 빠져도 될 일이지. 내 가게도 아닌데 나에게 몽땅 맡기고

"조약돌아! 언니 올 동안은 아주 천천히 안전하게 가게를 지켜라. 손님이 많이 오거든 사람들에게 우리 언니가 잠깐 외출했으니 여러 가지 시키지 말고 한 가지로 통일하세요. 이곳은 우동집이니 우동만 시키라고요. 이렇게 아주 부드럽게 말해야 된다. 아니 그냥 솔직히 우리 언니가 요가 하러 갔거든요. 이렇게 말을 해도 된다. 사람들이 외출했다 하면 혹 바람났다는 말을 해서 유언비어를 터트리거든."

조용히 말하며 손을 흔들며 운동화와 추리닝을 입고 문을 살짝 닫으며 떠난다.

한 시간의 여유를 가져야 한다는 언니의 말은 앞뒤가 잘 맞지가 않다. 낮이나 밤이나 근무하면서 건강을 위해 오래 살려면 잠을 오래 잘 것이지 무슨 요가까지 하러 가는지 이해가 안 간다.

길쭉한 다리와 허리 목선 얼굴 모두 길게 뻗어 있는 언니의 몸을 더 늘리려는 것일까.

언니가 하는 요가 때문에 이 집을 떠나야 하는 이유가 생겼다는 것을 언니는 아직 눈치를 못 채나 보다. 물론 이미 알고 있으면서 아직 혀가 잠에서 풀리지 않은 사람이니 아직 나를 잡을 말발이 터지지 않았을지 모른다.

어제 언니가 요가를 하려고 문을 닫고 나간 후 바로 어디서 본 듯한 사람이 들어왔다. 가슴 떨리게 좋아하는 사람이지만 이렇게 나타나면 가슴이 한참 동안 두근두근 거리는 사람이다.

희끗희끗한 머리에 자그마한 키, 코는 높으며 머리는 약간 스포츠 머리형으로 잘라 얼핏 보면 젊어 보이나 다리가 짧은 남자는 언니가 표현한 대로 할아버지가 맞긴 맞다. 예순 살이 넘었으니 남자라 보기에는 늙었고, 할아버지라 보기에는 젊은 분이다.

"아이고. 또 왜 벌써 나타나요. 간 떨어질 뻔했네요. 언니가 지금 나갔어도 어떤 때는 다시 들어와요. 갈수록 망각증세가 있어서 잃어버린 물건을 가지러 온다구요. 잠깐 뒷문으로 나가서 담배 한 대 피우다 오세요."

빙그레 웃으며 남자는

"보고 싶어 왔더니 완전히 문전박대네. 야, 인마 내가 손님으로 오는 건데 뭐가 어떠니? 내가 좋아하는 낙지볶음 하나 해와야지."

남자는 당당하게 식탁 위에 앉으며

"정석아! 너 그 앞이 푸욱 패인 옷이 뭐니? 얌전하게 입어야지. 전번에 내가 사다 준 셔츠는 왜 안 입은 거야?"

늘 보면 입에 달고 하는 말이 또 시작이다.

"아후, 오빠는 많이 입으면 닳을까 봐 아껴 입는 거여. 이 블라우스가 뭐가 패였다는 거예요. 내가 좋아하는 레이스가 예쁘지 않아요?"

함박웃음을 머금으며 코 맹맹한 소리를 내어 남자 앞에서 재롱을 떨었다. 나는 어쩜 이 남자 앞에서 애교를 피우기 위해 태어난 여자가 아닐까 착각할 정도다. 늘 입은 거에 신경을 많이 쓴 이 남자 앞에서 여자로 살아가는 법은 '아니요. 이러면 어때요?' 하고 대들면 안 된다는 것이다. 무조건 말대꾸를 부드럽게 해야 하루가 편하다. 아니 가슴이 두근거리지 않아서 좋다.

"정석아! 니네 주인 언니 옷 입은 것 안 봤니? 무릎 내려온 치마에다가 목까지 올라오는 블라우스 신발도 좀 얌전하더냐. 본받아라. 그리고 머리도 쪽머리하고 천상여자인데 남자들 앞에서 실실 웃지도 않아. 본받아라."

보는 눈이 있어서 내숭덩어리 언니를 얌전하다 고상하다는 식으로 표현한 것이 마음에 거슬렸다. 언니는 속으로 이 남자를 얼마나 우습게 보고 있다는 것을 모르기 때문이다.

"언니는 뭘 좋은 메이커 옷만 입고 신발도 나보다는 싸구려가 아니에요. 언니는 옷을 이것저것 색깔에 맞추어 입어요. 그런데 나처럼 깔끔하게 날마다 빨아 입지 않아서 3일 입은 날은 우동냄새가 몸에 배어 난단 말이에요. 그리고 언니는 자신이 좋아하는 사람 앞에서만 환하게 웃지. 마음에 들지 않으면 아무리 손님이라도 비위 맞추기 위해 웃거나 그러지 않는다구요. 오빠를 보면 웃지 않지 않아요. 그것으로 보면 나의 남자인 오빠를 별로 좋아하지 않는다는 뜻이라구요."

남자는 나를 바라보며

"이놈의 자식아! 너 이곳에 나와서 경거망동하지 말고 주인 언니 잘 모시며 본받아라. 세상에 그렇게 열심히 사는 사람이 없다는 이야기가 자자하더라. 사람은 자고로 얌전해야 하는 법이다."

"낙지 볶음밥은 맨날 먹어도 오빠는 힘도 못 쓰면서 다른 것 먹어보지. 나는 돼지두루치기 좋아하는데 다섯 근 정도 먹을 수 있는데 언니 없으니까. 우리 돼지두루치기 먹을까? 많이 해서 상추쌈에 싸서 먹으면 좋은데…"

"어허, 이놈 봐라? 내가 돼지고기 안 좋아하는 줄 알면서 그러냐. 고기는 다음 주에 내가 외식 시켜줄 것이니 낙지볶음이나 해라."

함께 앉아 긴 머리 풀어 재롱을 피우고 싶지만 이러다가 언니가 아는 단골손님이 쑤욱 들어오면 낭패다. 부엌으로 들어와 낙지를 굵은 놈으로 잡아 쭈욱 훑으며

"오빠 낙지 통통한 놈으로 많이 넣어서 매콤하게 볶아 줄 테니 기다려요. 나 일하는 예쁜 모습 보면서."

"야! 많이 넣지 마라. 평상심을 잃지 말라 했지. 그 언니 눈이 커서 다 알아. 장사하는 사람은 보지 않아도 알고 봐도 알고 거짓말을 해도 안 해도 다 안단 말이야. 너 가끔 엉뚱한 소리 잘하는데 그 언니 스타일은 평상시 잘하다가 한번 수가 틀리면 보지 않은 성격이야. 그러니 조심하라고."

남자는 계속 주인 여자를 두둔하는 말을 한다. 신경 쓰이게 언니 같은 스타일을 좋아한다는 뜻인가? 통통한 낙지를 골라 정성을 다하여 푸짐하게 볶아서 철판에 담았다. 평소에 이 남자를 위해 밥을 해주고 싶었다. 사람들이 남편 밥을 할 때 고민스럽게 말을 하면 화가 났다. 밥을 해주고 싶은 마음은 간절하나 해 줄 수 없는 입장이기 때문이다. 숨어 사는 여자의 샘은 이렇게 속에서 욕구불만처럼 자란다는 것을 모른다. 처음에는 남의 유부남을 만난다는 것만도 큰 죄가 되어 숨어서 모르게 가슴을 태우며 살아야 된다 생각했다. 그런데 죄는 여러 번 반복될수록 불감증을 낳았다. 아무렇지 않을 남의 남자가 어디 있는가 사랑하는데 왜

남의 남자로 살아야 하는가. 사람은 한번 태어나 죽는 법, 그 남자가 하는 것으로 봐서는 조강지처보다 나를 더 좋아한다. 그것을 분명히 느낄수 있다. 아니, 확신할 수 있다. 사람들은 나를 보며 작은 년이라 비웃겠지만, 그 남자의 사랑 앞에서 내가 큰 년이 될 수 있다는 것을 안다. 그래서 사람들에게 자신 있게 우리 아저씨라 소개하며 작은 년으로 살아간다는 이야기를 이 집 언니에게 아주 떳떳하게 해버렸다. 드러내 놓고 살고 싶지만 그럴 수 없는 나의 삶을 누가 보상해 줄까. 이 세상에 나를 있는 그대로 받아 줄 사람이 어디에 있을까? 그토록 손수 밥상을 올리고 싶은 저 남자마저 나란 사람에게 솔직하지 않게 만든다. 늘 다른 남자를 보며 웃으면 안 된다는 둥 친구들과 노래방에도 가면 안 되고 야한 옷을 입어서는 안 된다. 온통 이 세상에서 나는 절제의 대상이다. 어린아이도 아닌데 사십이 넘은 여자인데 이십 대 초반에 서 있는 숫처녀처럼 행동해야 한다. 앞으로 보이는 세상보다 지워 버리고 싶은 흐르지 않는 물, 고여 있는 물로 썩어 문드러지기를 바랄 뿐이다. 어차피 가식으로 살아야 한다면 이 세상 한구석에 골방에 꽁꽁 가둬 놓든지 아니면 나를 자유스럽게 날개를 달아 주던지 이것도 저것도 아닌 구속은 맑은 하늘을 그리워하는 새장에 갇힌 새처럼 답답하다. 머리 아프다. 그럴 때마다 판콜에이를 마신다. 약국에서 한 보따리씩 산 판콜 중독자가 되어 버렸다. 그런지도 모르고 내 앞에 남자는 목소리가 점점 커진다. 그는 말을 크고 길게 한다.

  남자가 통통한 낙지를 숟가락 위에 올려 입을 크게 벌리며 널름 날름 받아 삼킨다. 나를 못살게 하는 남자의 목구멍으로 넘어갈 낙지의 매끄러움을 생각한다.

  밖에 두런거리는 소리가 들렸다.

  "안녕했는가. 조약돌. 오늘은 왠지 더 예쁘네. 그 레이스가 살랑거리네. 요즈음 좋은 일 있는가 봐."

키가 큰 남자는 걸쭉한 웃음을 웃으며 말을 걸었다. 벙어리가 되어야 한다. 이제 따악 걸렸구나. 저 남자에게 얼마나 당해야 되나. 항상 두 사람이 함께 오는 사십 대 중반의 사내들은

"아니 왜 사람이 왔는데 인사를 안 하는 거야? 그토록 살랑거리더니 이제 삐졌나? 늦게 왔다고 아무래도 삐졌나 보다."

얼굴에 만발의 웃음을 띠며 계속 말을 걸어오는 사내들

"저 수건을 좀 빨지. 빨지 않았어. 올 때마다 저 수건은 저렇게 저 자리에 걸려 있더라. 주인 언니가 속이 좋아서 잔소리 안 하지. 아니, 그런 일에 관심이 없는 언니 같아."

사내들은 화장실을 가려고 지나가면서 나를 툭 친다. 사실 저 남자가 나타나지 않았더라면 나는 재미나게 이 손님들과 농담을 주고받았을 것이다. 언니도 없겠다 이 키 크고 멋있는 사내들과 웃으며 떠들어댔을 텐데 내 남자가 나타나 나를 은근히 억압하고 있다. 남자는 화가 잔뜩 나 있는 표정으로 식은 낙지를 숟가락에 걷어 올린다.

사내들은 어묵탕 한 사발과 부침이 한판, 막걸리 한 되를 시켰다.

입을 꽈악 다물며 열심히 막걸리를 갖다 주며 얼굴을 붉히는데

"이상하다. 오늘은 왜 이리 이쁜 짓을 하지 않을까? 그 고지식한 언니가 이제 얌전해야 한다는 교육을 한 건가?"

이리저리 쳐다보며 말을 걸었다. 입을 더 다물며 부침이를 부치는데

언니가 요가를 끝낸 후 화장기 없는 얼굴로 비닐 문을 밀며 살며시 미소를 짓는다. 언니가 가장 착해 보일 때가 요가를 마치고 돌아오는 모습이다. 긴 머리는 뒤로 검은 고무줄로 묶었으며 검은 추리닝에 흰 셔츠를 입고 소녀처럼 웃는다.

사내들은 언니를 보며

"아휴 어디 허리선 늘리러 요가 다녀오셨어요. 살 뺄 때도 없는데 무슨 운동이에요. 지금 저 아가가 삐져 있어요. 화가 났는지 말을 안 해요. 무슨 도를 닦은 건가요."

언니는 가게 안을 둘러보더니 화가 머리끝까지 나 있는 나의 남자를 보며

"오셨어요."

가볍게 인사를 했다.

"예."

대답을 무겁게 하며 앉아 있는 남자를 언니는 바라봤다.

사내가

"어째서 오늘 분위기가 이렇게 살벌해요? 좀 마음 풀어서 저 젊은 아가에게 잘해 주어요."

언니는 굳어 있는 남자를 바라보며

"오늘은 내가 힘이 없어서 말을 걸지 마세요. 알았지요? 이해해 주세요."

이렇게 분위기를 잡은 언니는 골방에 가서 옷을 갈아입었고, 가게 안에 있는 남자들은 슬슬 꽁무니를 빼듯 나가 버렸다.

길게 한숨을 쉰 나는 이제 이 광경을 봤던 남자에게 죽었다는 생각에 판콜 에이를 마셨다.

언니는 이런 나의 심정을 알았는지 아무런 말을 걸어오지 않았다.

"언니! 나는 이제 지랄이여. 저 영감한테 혼난다구. 그놈의 아저씨들이 하필이면 그 시간에 와서 나에게 반말하며 농담을 걸어올 줄이야 아휴 갑갑해 죽겠네."

언니는 꽃무늬 치마에 분홍 리본이 있는 블라우스를 입고 앞치마를 차면서

"야. 너의 평상심으로 그대로 전해진 것뿐이지 않아. 네가 평소에 그렇게 웃고 그 아저씨들과 떠들다가 갑자기 얌전할 수 있니? 그리고 그 할아버지가 우리 집에 와서 그렇게 인상 박박 쓰면서 골내고 있을 필요가 없지. 여자 일하는 곳에 나타나 지킴이가 된다는 것이 경우에 어긋난다는 생각 안 들어? 야단치거든 왜 책임을 지지 못하면서 구속하느냐 따져라. 그리고 그 남자들을 욕하거든 이렇게 말해 이 세상에서 가장 나쁜 짓 하는 사람은 우리 둘이에요. 그 남자들 가정 잘 지키고 잘사는 사람들이에요. 우동집에 좋은 손님들이라고요."

언니는 내가 남자에게 얻어들을 꾸지람의 내용까지 다 알고 있는듯했다.

퇴근 시간이라 머리를 풀면서

"언니는 몰라서 그래요. 내 입장이 돼보지 않아서 모든 것이 내 책임인 양 말하는데 당해보지 않고는 모른다고요. 누가 작은 년으로 살고 싶어서 사나요. 나도 정말 큰 년으로 살고 싶어요. 아저씨 마누라는 나이가 예순인데 맨날 아저씨 옆에서 그림자처럼 산단 말이에요. 물론 내 그림자는 아저씨, 마누라는 물론 나지만 그 사실을 감쪽같이 모르고 모범 가정으로 산다구요. 그러면서 나만 혼내구요. 너무 부당해요. 언니 사실은 올해가 십삼 년째거든요. 숨어 사는 여자가 싫어졌어요. 밖에서 살고 싶어요. 떳떳하게 말이에요. 어제는 퇴근하다가 바로 앞에 있는 사우나 앞에서 아저씨와 마누라를 만났어요. 얼마나 쪽팔리던지 나는 아무것도 아니더라구요."

언니는 한심하다는 표정으로 나를 보며

"정석아! 너 입장 이해하지만 너 그 나이에 할 일이 없어서 그 짜리몽땅한 할아버지 노리개감으로 살아야 되겠니? 충주는 좁으니까 내가 그 사모님에게 고해바칠 거야. 조심해. 잠깐 불장난으로 연애하는 것도 아니고 십삼 년째 완전범죄를 꿈꾸고 있는데, 너 양심에 소리가 들리지 않니? 나에게 욕해도 좋아. 나는 너보다 나이가 많으니 이런 말을 할 수 있어. 사실 한참이나 어린 동생이니까 내 남동생이랑 동갑이니까. 나를 많이 못마땅하다고 생각하지 마라. 너는 정말 일 잘하고 애교 있고 얼굴이 예쁜데 왜 하필 저런 진드기 할아버지를 만나서 머리 아프게 판콜에이를 먹어야 하니? 그 약에 중독되면 못쓴다. 언니가 좋은 데 중매해 줄 테니 오늘 그 할아버지를 만나서 야단치거든 같이 따지라고, 청춘을 돌려 달라 책임을 질 수 있느냐 등등."

여태껏 내가 좋아하는 남자를 사람들은 무조건 미워하는 줄 알았는데 언니가 내 편이라는 것을 알았다. 야단을 맞는다는 것 이렇게 속 시원하게 혼나 본다는 것이 참 오랜만이다. 언니에게 사사건건 있었던 작은 불만들이 한순간에 사르르 녹아 버렸다.

언니 말대로 당장 이 남자 앞에서 그동안 지은 죄가 아파서 헤어지자는 것이 아니라 그동안 내가 먹은 판콜에이가 산더미처럼 많은 까닭은 무엇인지 생각해 보라. 그 문제를 해결하기 위해서 나도 살아야 되니까, 가끔씩 오는 이 어지럼증을 해결해야 되니까 긴 만남 짧은 이별을 하자 해야지.

"언니! 걱정 마. 언니가 중매해 준다는 사람이 누군지 알아. 기타 치는 아저씨지 시인 아저씨. 그런데 나는 그런 스타일이 싫어. 너무 털털하게 하고 다니지 않아. 나는 이 집에 처음 왔을 때 나를 보면 그 자리에서 조약돌이네, 빗나가는 돌팔매질이네 하고 웃었을 때 이 사람이 정상이 아닌가 생각했거든. 전쟁터에서 갓 돌아온 패잔병처럼 군복을 입고 맨발에 낡은 흰 구두가 이상하드만. 아무리 시를 잘 쓴다 해도, 기타를 잘 친다 해도 나는 그런 남자는 싫어. 좀 깔끔한 사람이 좋아. 그리고 사실 기타 아저씨는 짠돌이지 않아."

언니는 장미가 그려진 머그잔에 커피를 붓고 뜨거운 물을 많이 넣어 저으며 웃었다.

"정석아! 너는 왜 그리 웃기냐. 그 기타 아저씨가 집이 세 채나 되고 연금도 있어. 아이들 둘 잘 가르쳤고, 옷이 집에 가면 옷방에 가득 차 있어 아주 멋쟁이라니까. 그렇게 멋을 부릴 뿐이지."

두둔하는 언니에게

"아니 그러면 언니는 혼자 사는 남자 방에 옷 있는 것까지 알아? 수상해. 언니가 내숭이라서 겉으로는 그 아저씨를 친구라 하면서 혹시…"

언니는 커피를 마시며 큰 소리로 배를 잡고 웃어댔다.

"그 아저씨는 정말 전생에 이 우동집과 인연이 있나 보다. 십 년이 가깝도록 늘 만나는 남자 친구이니 아니 이제 가족처럼 되어 버렸구나. 예전에는 그렇게 나의 허물을 많이 두둔하더니 요즘 늙었는지 아주 순해졌단 말이야. 여자 복이 없어서 혼자 살게 됐지만, 천성은 착한 사람이란다. 그 사람은 정말 여자 복이 많아서가 아니라 없어서 그렇게 되었을거야. 제대로 된 여자랑 결혼했던 것이 아니라 본인은 어려서 소설이나시에 등장하는 문학작품 속에 들어있는 술집 아가씨나 다방 아가씨가안됐다는 생각을 해서 두 번이나 그런 아가씨를 구제해 주려고 결혼을했는데 저기에 적어 있는 발작이란 시만 남기고 말았대."

이 집에는 군데군데 기타 아저씨의 시가 세월과 함께 익어갔다.

발작25

하나는 작부였고
하나는 레지였다.

둘 다 실패하긴 했지만

사랑이 망가진 것이 아니다.

또한 철학이 망한 것도 아니다.

누런 백로지에 붙어 있는 시를 보며 그래 말쟁이들이라서 자신의 변명을 잘했다는 생각이 들었다. 분명 시인 아저씨는 마누라에게 무척이나 짜게 굴었을 것이다. 아마 마누라 먹은 것도 아까워했을지 모른다. 아니 술 먹으면 철학이야기를 많이 해서 나처럼 머리가 아프고 속이 답답해서 도망을 갔을지 모른다. 내가 술 먹지 않은 할아버지에게서 들은 말 종류를 기타 아저씨가 술 먹으며 하기를 좋아하더니만 도망간 년은 오죽해서 갔겠는가. 아마 그 여자들은 판콜에이 약이 있다는 것을 몰랐을 거야.

"언니! 시인 아저씨는 내가 안 좋아해. 나랑 엮어 주려고 생각하지 말고 잘 있어. 퇴근 시간이야. 아마 우리 남자가 시인의 공원에서 나를 기다릴 거야. 분명 말 고문을 하려고. 그러면 속으로 욕을 하던가, 아니면 언니가 가르쳐 준 대로 대들던가 할게. 걱정하지 말고 잘 있어."

거울 안에 들어 있는 한 여자는 머리를 풀고 있다. 나는 이렇게 풀어 헤친 머리가 좋다. 사람에게 숨어 사는 여자가 된 후 얼굴을 조금이라도 가리는 것이 마음이 편했다.

솔직히 나는 머리를 묶은 것 싫어한다.

내 얼굴을 내놓을 수 없기 때문이다. 주인 여자는 나에게 은근히 머리를 틀어 올리기를 바란 눈치다. 내가 화장을 지우면 지금의 얼굴과 다르게 보이듯 머리를 올리면 정말 어울리지 않게 느끼기 때문이다.

치렁치렁한 검은 머리는 내 나이를 감추고 내 생활을 감추기에 잘 어울린다.

사실 내 긴 머리를 내 죽은 남편이 무척이나 좋아했다. 미석 아버지가 죽지 않았더라면 나는 이렇게 시인의 공원에서 기다리는 남자를 위해 머리를 풀어야 할 이유가 없을 것이다.

미석 아버지가 죽던 날 밤에는 목련이 눈처럼 떨어지고 있었다.

하얗게 핀 꽃들이 툭툭 하고 뜰 안에 떨어질 때, 가슴이 덜컹덜컹 내 앉기 시작했다.

"여보, 오늘 밤은 잠을 편히 잘 자고 있어. 상우 아들 백일이라서 친구들과 만나 한잔하다 보면 늦어질 것 같아. 전화 기다리지 말고 울 아들이랑 잘 자야 해."

남편은 여느 때와 다르게 아주 부드러운 목소리로 말을 했다. 아무 걱정 없이 푸욱 잠을 자면 된다는 생각만 들었다.

남편은 늘 내 곁에 있었으니까 크게 걱정할 필요가 없었다.

그날따라 졸음이 나른하게 내 몸을 감싸 오면서 뜰 안에 떨어지는 목련이 힘없이 푹푹 떨어진다는 것을 느낄 수 있었다.

세 살 난 아들은 보채지 않고 먼저 잠이 들었고 스물아홉의 나는 그냥 잠이 들었다.

꿈속에서 하얀 옷을 입은 여자가 우리 집을 들어오려고 했다. 왠지 기분이 좋지 않아서 나는 우리 집 문을 꼭꼭 잠갔다. 하얀 옷에 여자는 담을 뛰어넘어 목련이 피어 있는 뜰 안에 서 있었다. 나는 우리 집 방문을 잠그고 유리창으로 그 여자를 바라봤다. 흰 목련이 피어 있는 뜰 안에 그 여자는 우리 방을 들여다보며 미소를 지었다.

불안에 싸인 기분에 전화벨 소리를 들었다.

손으로 전화를 잡았을 때부터 등 뒤에 땀이 좌르르 흘렀다.

어둠 속에 전해 오는 낯선 여자의 목소리.

"여보세요, 민석 씨네 집이지요? 여기 서울 병원인데요. 빨리 와 보세요. 교통사고가 났어요."

"아니, 뭐, 뭐라고요. 미석이 아빠가 맞아요? 어때요, 얼마나 다쳤냐구요."

가슴이 입술이 바르르 떨리며 수화기를 잡은 손에 힘이 쫘악 빠져나갔다.

"보호자 되시지요? 와서 보면 압니다."

가물거리는 미석이 아빠, 내 남편이 이미 이 세상을 떠났다는 예감이 왔다.

이제 갓 첫돌을 지낸 미석이를 부둥켜안고, 멍하니 있었다. 툭툭 떨어지는 저놈의 흰 목련 지는 소리와 함께 힘없이 가라앉은 미석 아빠를 부둥켜안고 내내 목이 쉬도록 울었다.

왜 죽었냐구, 나를 놔두고 미석이를 놔두고 나는 어떻게 살라고 먼저 죽어야 했냐구, 응? 말을 해보라구, 나는 어떻게 살라고….

말없이 입을 다물어 버린 그가 미웠다. 함께 눈을 감아 버릴 수 있다면, 죽어버릴 수 있다면 얼마나 좋을까.『사랑과 영혼』이란 영화에서 나오는 장면을 영상해 봤다.

도자기를 만지고 있는 여자 주인공 어깨 위에 죽은 남자의 영혼이 에워싼다. 흙범벅이 된 손놀림과 전율처럼 전해 오는 죽은 남자의 영혼이 여자주인공 손 위에 자신의 손을 얹어 본다.

그곳에서 흐르는 영화 음악소리가 들렸고, 그 죽은 남자의 숨소리가 전해 오는 것을 느꼈다.

사랑한다는 것, 그리고 죽음이라는 것을 평소에 깊게 생각하지 않았다.

그와 내가 살아서 이별이 있을 거라는 예감을 할 수 없었다.

지금 그 영화 장면처럼 그가 허공에서 날아와 미석이를 내려다보고 있을 것이다.

그렇다면 내가 찾아 그를 붙들고 싶다.

"안 돼? 그럴 수 없어. 어떻게 나를 놔두고 혼자 갈 수 있냐고. 미석 아빠, 나랑 함께하자."

하늘을 향해 소리를 질러보지만 메아리만 되어 돌아올 뿐이다. 미석 아빠가 이 세상을 떠난 후 이 세상에 나를 이해해 줄 사람은 단 한 사람도 없다는 것을 알았다. 젖을 달라 보채는 미석을 안고 어쩌란 말인 가? 삶에 의욕 같은 것은 사치였다. 슬픔마저 여유가 있을 때나 가능하 다는 것을 알았다.

남편을 잡아먹었다는 시어머니의 억지는 더욱더 힘들게 했다.

생때같은 자식을 앞세우는 시어머니의 마음을 헤아리기에는 너무 어 렸고, 그럴 여유가 없었다. 어머니는 손자를 놓고 떠나라 했다. 하늘이 무너지는 소리다. 주변에서 우리 미석을 키워줄 사람은 없었는데 나를 보며 억지를 부리느라 투정을 하기 시작했다.

어린 미석을 잠재우고 슬며시 집을 빠져나와 어느 포장마차를 찾았 다. 그때 소주 한 병과 미석이 아빠랑 즐겨 먹었던 닭똥집을 시켜 놓고 사람들이 이야기처럼 흰 담배 연기를 보며 주인에게 담배 한 개비를 달 라 했더니

"새파란 새댁이 남세스럽게 무슨 담배까지 피워요. 속상한 일이 있으 면 남편과 함께 와서 술 한잔하면서 풀지. 혼자 그러면 못써."

평소에 남편과 함께 다녔던 포장마차 주인 여자는 못마땅한 표정으로 담배 한 개비를 호주머니에서 꺼내어 주었다. 처음으로 태워보는 담배 연기, 술과 담배가 아니면 버틸 수 없었던 시간들이었다. 시골 고등학교 를 졸업한 후 어느 인쇄소에 경리로 취직을 했다가 다섯 살이나 더 먹은 미석 아빠를 만났다. 결혼으로 가는 운명은 어느 누가 해방을 놓아 될

것이 아니었다. 시어머니는 대학 나온 아들이 앞으로 정식 교수가 될 아들을 가방끈이 짧은 촌 여자랑 결혼 시킬 수 없다며 입에 거품을 물고 말렸는데 그리고 내 팔자가 무척 세다는 말을 덧붙였는데 그때 그냥 미석 아빠를 놓아줄 것을 후회해 봤자 소용없었다.

술과 담배 그리고 아빠를 꼭 빼닮은 내 아들 미석이. 모두 안고 남편의 흔적을 지우는 방법은 서울을 떠나야 된다는 것을 알아 무작정 충주로 내려왔다. 아는 사람이 하나도 없는 곳이 충주라는 생각이 들었다. 혹 마을 친구가 이곳으로 시집와서 살아도 안 되었다. 어느 누구도 나를 알아서는 안 된다는 생각뿐이었다. 무인도에서 다시 출발하는 거야. 이제 내 인생은 끝이 났으며 이 어린아이를 위해 사는 거야. 이 목숨을 바칠 거야. 나를 모르는 이곳에 뿌리를 내려서 이 아이에게 싹을 키워야지. 보따리 하나 들고 내려온 모녀는 기차역 근처 봉방동 여관방에 아이를 내려놓고 처량하게 앉아 젖을 물렸다. 술과 담배가 섞여서 아이 입으로 들어갈 것 같았다. 젖을 물리며 잘 살아야 한다는 다짐을 했지만 이미 술을 마시지 않으면 잠을 잘 수 없었다. 담배를 피우지 않으면 가슴이 두근거려서 안절부절못했다. 아직 서른이 안 된 스물아홉에 아이에게 우유와 밥을 먹이기 위해 일자리를 구해야 했다. 기저귀 가방속에 움켜온 얼마 안 되는 돈으로 월세방을 구했으며, 아이를 업고 일할 수 있는 직장을 구했다.

다행히 광고지를 보고 어느 할아버지 병간호를 하는 일을 하게 되었다. 할아버지만 사는 큰 집에 간호하는 사람이 없어서 우리 모자가 가서 하루 종일 할아버지 말벗도 되어 주고 함께 생활을 하게 된 것이다. 사람이 별로 오가지 않은 집에서 청소며 빨래, 할아버지의 음식을 만들어 함께 먹었다. 할아버지는 오래된 지병으로 시달려온 분이었다. 마음이 좋아서 우리 아들을 참 예뻐해 주었다. 아이를 키우며 직장 생활을 할 수 있는 것은 큰 복이 되어 점점 나의 기력이 회복되기 시작했다.

서른이 된 후 할아버지는 돌아가셔서 그 집에서 나와서 아이를 놀이방에 맡기며 식당일을 하게 되었다. 오줌똥을 잘 가리지 못한 어린 것을 어떻게 키웠는지 모른다. 할아버지의 죽음은 또 우리를 살벌하게 만들었다. 여자들이 모여 있는 곳 부엌일은 살아남기 위해 입을 악물어야만 했다. 삼십 초반에 나이든 식당 아줌마들과 섞여 '해나무 가든'에서 일을 하는데, 일보다 더 힘든 것은 아줌마들과의 심리 관계였다. 한 사람이 퇴근하면 그 사람 흉을 보다가 또 같이 흉본 사람이 퇴근한 후 또 그 사람을 흉을 본다. 접시가 와르르 깨지는 기분이었다.

어린아이를 데리고 산 나에게 아줌마들은 호기심을 갖기 시작했다.

부엌에서 설거지와 잔일을 맡아 하고 있는데, 어느 날 주인아줌마가

"김양아! 이리 좀 와봐라."

젖은 앞치마를 툭툭 털며 주인아줌마가 서 있는 카운터에 갔더니

"이 집에 사정이 있어서 이제부터 네가 홀 일을 좀 맡아서 해 주어야겠다."

사람들과 많이 만나고 싶지 않은 심정이어서

"사장님! 저는 부엌에서 일하는 것이 제일 편한데요."

"아니야. 너는 아직 나이가 있어서 조금 쉬운 일을 하는 것이 낫겠어. 너도 아이랑 힘들지 않아. 뭐 하려고 억지로 힘든 부엌일만 고집하냐? 그냥 홀 일은 손님 비유 맞추며 팁도 생기니 괜찮단다."

사람은 자신의 의지 대로가 아닌 타인의 부추김을 통해 인생의 빗나간 만남이 이루어지기도 하나 보다. 사실 난들 십오 년이나 더 먹은 남자와 불륜을 이루리라 생각이나 할 수 있었겠는가? 시골에서 고등학교를 보낸 울 엄마가 알면 얼마나 속상해 할까.

홀 안에 접대부가 되어버린 나. 하얀 블라우스에 검은 치마는 무릎 위

에 올라 있었다. 손님들은 나를 김양이라 불렀고, 내 긴 머리에 탐을 냈으며 손을 잡고 끌어안기도 했다. 저항하지 않으려 술을 마시기 시작했다. 다시 담배를 피웠다.

괜찮은 손님이 오면 주인아줌마는 나를 들여보내고 문을 닫았다. 사르르 술기운이 다리가 흔들리며 주저앉고 말았다. 술이 없으면 버틸 수 없었다. 담배는 나의 숨 막힘을 뚫어 주었다.

그 시절에 요릿집으로 소문이 나 있는 이 집에 꽤나 나를 찾아오는 손님이 많아졌다.

슬그머니 요리상에 올려 있는 죽은 조기처럼 나는 술에 절어 있으면 월급보다 팁이 더 많아서 꽤나 배가 불리고 있었다. 내 아들을 위해 나는 빨리 돈을 모을 수 있다는 생각이 들었다. 손 터지게 설거지를 하지 않아도 된다. 부엌 아줌마들에게 흉을 잡혀서 입에 오르지 않아도 된다. 나를 따르는 남자들만 상대하면 나는 부자가 되어 갈 것만 같았다.

술을 마시며 노래를 불러 주고 춤을 추어주고 그냥 힘없이 주저앉아 버린 삶을 다시 들여다보고 싶지 않았다. 왜 나만 정직하게 순정 지키면서 잘 살아야 되냐구. 누구를 위해 진실해야 되냐구. 힘들게 사는 월세방에서 누가 나를 해방시켜 줄 수 있느냔 말이야.

충주에서 아이랑 살아간다는 것을 알아주는 사람은 아무도 없었다. 내 아들을 어쩜 시어머니가 데려갈지 모른다는 생각이 남편의 흔적을 지우기 위해서 보다 더 비중이 컸다. 이곳으로 오기까지는 말이다. 사람들에게 들키지 않은 삶이기를 바랐던 것은 아마 그때부터였다. 월세방에서 해방하고 싶었던 욕심이 대단했던 시절에 '해나무 가든'에 손님으로 온 지금의 남자를 만난 것이다.

서울에서 사업차 내려와 있다는 남자는 말이 별로 없었다. 처음 만났을 때는 사십 대 중반이라서 그랬을까? 남자는 머리가 크고 키가 작달

막해서 사람들이 조선 무 아저씨라는 말을 했다. 남자는 나에게 짓궂게 하지 않았으면서 갈 때마다 수고한다는 이유로 돈을 많이 호주머니에 넣어주었다. 솔직히 그 시절에 제일 많은 액수인 이십만 원을 내 호주머니에 넣어주었다.

그때는 키가 작은 것, 머리가 약간 크다는 것을 제외하고는 잔소리를 하지 않아서 꽤나 괜찮아 보였다. 그 남자와 나는 처음부터 물질적으로 잘해 준다는 것에 정이 싹트기 시작했다. 하찮은 나에 관한 이야기를 주인아줌마에게서 들은 후 관심을 갖고 내 아들 걱정까지 해주었다. 긴 세월 사랑이란 이름으로 시작하여 결혼했던 사람도 내 곁을 떠났다. 아주 순수한 정으로 맺어진 사이도 하늘이 갈라놓으면 어쩔 수 없다는 것을 알았다.

그렇다면 계산적인 만남, 나와 아들을 월세방에서 해방시켜 줄 구세주에게 사랑을 계획대로 시작한다 한들 무엇이 잘못인가? 그것이 꼭 가식인가. 살아남기 위해 사랑을 한다는 것이 부당하다는 말을 어떻게 할 수 있어. 그 남자와 내가 만나면 가슴에 불이 당겨지고 그 불 속에 서로 몸과 마음을 태워가는데 사람들이 이런 우리를 불륜이라 칭하며 비방할 수 있을까.

부엌에 아줌마들이 수군거리기 시작했지만, 귀와 눈을 감기로 했다. 남편은 죽었고 아들과 살아야 하는데 나는 아직 젊어서 남자가 필요한데, 아니 더 솔직히 남자의 벽이 필요한데 유부남이란 이유로 꼭 내가 천하에 몹쓸 년이 되어 지탄을 받아야 하나.

사람이 자신의 입장에 서보지 않으면 쉽게 판단할 수 없는 것. 그때 나는 그럴 수밖에 없었다. 남자가 작은 연립을 사주었다. 그다음 날 '해나무 가든' 일을 접었다. 생활비는 내가 벌어서 살아야 하므로 다시 '휘파람회관'에 주방에 취직했다. 내가 취직한 주방은 사람의 출입이 없었다. 그 사장과 남자가 친한 사이였으므로 남자는 주방을 출입할 수 있었다. 주방 참모는 오십이 훌쩍 넘은 나이든 아줌마였고, 나는 그 안에서 참모를 도와주는 아줌마로 취직이 된 것이다. 눈떠서 출근하면 꼼짝없이 주방에 갇혀 있다가 퇴근하면 남자를 만나지 않으며 집에 있어야 했다. 처음에는 이런 아름다운 구속이 부러웠던 시간들이 많아서 그 남자의 틀에 갇힌다는 것이 행복했다. 지극 정성으로 나에게 관심을 보여 준 남자가 참 고마웠다. '휘파람회관' 작은 부엌에서 꼼짝없이 갇혀 버렸다는 것을 처음에는 몰랐는데 주변 사람들이 쑥덕거리는 소리를 듣다 보니 실감하기 시작했다.

남자는 퇴근 시간에 차를 대기하고 있었고, 아줌마들과 가끔 가는 노래방을 차단시켰다. 일주일에 한 번씩 남자와 함께 가야 한다. 가기 싫어도 가고 싶어도 의무적으로 머리를 풀어헤치고 귀엽고 사랑스러운 여인이 되어 남자 앞에서 노래를 부르며 춤을 춘다. 남자가 좋아하는 흘러간 노래를 억지로 불러야 한다. 내가 좋아하는 노래인 「있을 때 잘해」 이런 노래를 부르고 싶다. 춤추며 노래하다가 늘 내 남편이 생각난다. 그래서 '있을 때 잘해'라는 노래를 부르고 싶은데 남자는 그것을 눈치챘는지 그 노래를 못하게 금지곡으로 만들었다. 모든 것을 남자의 취향에 맞추어야 한다. 그래야 용돈을 주며 옷을 사주고 아들 먹을거리를 사준다. 좋은 것이 좋은 것이니 어쩔 수 없다.

그 '휘파람회관' 주방에 갇혀 나랑 나이 드신 아줌마랑 오 년이란 세월을 살았다. 크게 답답해하지는 않았지만 언젠가부터 머리가 아파서 판콜에이를 먹기 시작했다.

나랑 살았던 남편보다 몇 배를 더 함께한 남자를 다른 사람의 남편이라 생각하지 않았다.

그 '휘파람회관'은 내가 살아남기 위해 적당히 잘 짜인 감옥임이 틀림

없었다. 그 '휘파람회관'에 불경기를 탄다는 소리와 함께 우리는 그 회관이 문을 닫지 않았는데도 나이든 아줌마와 함께 쫓겨났다. 이유는 장사가 안 된다는 것 때문이었지만, 그 후 다른 주방장과 참모를 채용했다. 이렇게 실업자가 되어 며칠을 집에 있는 데 몽롱했다.

남자는 어느 세월에 나를 감시하는 감시용 카메라가 되어 있었다.

슈퍼에 간다든지 화장실 가는 시간까지 보고를 해야 할 상황이 되었다. 집에 있는 동안 남자를 따돌리기 위해 궁리를 했다. '해나무식당' 다닐 때 함께 홀 접대를 맡았던 윤양이 삐삐 아줌마로 다녔는데 그곳에 한몫 끼어 보기로 했다. 긴 머리에 진한 화장을 하고 레이스가 달린 블라우스와 나풀대는 치마를 입었다. 한 시간에 이만 원을 받을 수 있다면 얼마나 좋은가.

하루 종일 설거지를 해도 삼만 원인데 직업을 바꿔볼까 생각했다. 손님과 노래하다가 손님의 손이 온몸을 더듬으며 또한 옷을 벗기를 강요했다. 윤양은 사십이 넘었는데도 실제로 대담하게 옷을 벗어 던지며 춤을 추었다. 이러다가 남자에게 들키면 어떻게 하나 가슴이 뛰기 시작했는데 퇴근해서 집으로 가는 길에 문 앞에서 어디서 본 듯한 사람을 만났다. 달빛에 서 있는 사람은 오랜 세월 내 남자로 서 있는 사람이었다.

남자는 노하여 소리를 질러대며 호령을 쳤다.

갑갑해서 집에서 살 수 없었다. 남자가 '행복한 우동가게'에서 주방 아줌마를 구하니 한번 가보자는 것이다. 화제라는 광고지에 가족처럼 지내실 분이라는 말이 마음에 들었고, 다른 집보다 근무시간이 두 시간이 짧기 때문에 빨리 가고 싶은 생각이 들었다. 남자는 나를 차에 태워 '시인의 공원' 앞에서 내려 주고 면접을 보고 오라 하였다.

조신하게 행동하라는 남자의 잔소리를 들으며 비닐문을 밀고 들어갔는데 젊은 새댁이 있었다. 주인아줌마는 요가를 갔으며 아는 동생인데 잠깐 가게를 봐주는 거란다. 어리둥절한 가게에서 정신이 없었다. 머리가 아팠다. 더덕더덕 붙어 있는 종잇조각들이 수북하게 쌓여 있는 듯했다. 한참을 기다리니 주인 여자가 들어 왔다.

젊은 새댁이 말을 하지 않았는데도 취직하려고 온 여자라는 것을 알아차려서인지 녹차 두 잔을 타서 마주 앉았다.

"이렇게 젊고 예쁜 새댁이 우리 집에서 일할 수 있을까요?

주인아줌마가 언니처럼 느껴지기 전까지는 무척 어렵게 와 닿았다. 전화번호와 나이 등을 적어 놓고 다음에 연락을 주겠다는 말을 했다. 한마디로 퇴짜를 맞았다는 생각이 들었다.

이곳에서 일하고 싶다는 미련이 나를 잡아당겼다. 할 말이 많아서 사람들이 토해 놓고 간 낙서들은 나를 잡아끌기 시작했다. 처녀 시절 인쇄소 근무할 때 내 몸에 늘 묻어 있던 잉크 냄새가 흥건하게 배어 있는 듯 한 곳이다. 자꾸만 뒤를 돌아보는 나에게 남자는 이 집 주인이 얌전한 사람이라 소문이 났으니 이곳에 근무하면 좋겠다는 말을 했다. 남자의 이야기는 모두가 한결같이 얌전한 여자여야 한다는 말을 한다. 항상 바람을 피지 않을까 하는 의심이 깔려 있다. 기다려 봐도 예감대로 연락은 오지 않았다. 일하고 싶다는 전화를 한 번 더 했으나 주인아줌마는 다음 기회로 미루었다. 어쩔 수 없이 남자와 상의해서 순댓집 부엌에 취직을 해서 날마다 곱창에서 돼지 똥을 꺼낸 후 깨끗하게 씻은 일을 맡아 하게 되었다. 온몸 안으로 들어오는 돼지똥 냄새가 진동했다. 종일토록 돼지 창자 속에서 배설물을 집어내는 일에 재미가 없었다. 한 달 정도 지났을까? 월급을 타는 날 낯모를 목소리의 전화가 왔다. '행복한 우동가게' 아줌마 전화였다. 지쳐 있을 대로 지쳐 있는 나는 그 자리에서 순댓국집을 그만두었다. 남자와 상의 없이 나는 '행복한 우동가게'로 달려와 취직한 것이다.

그때 기타 치는 시인 아저씨는 나를 조약돌이라는 애칭을 지어 주었다. 매끌매끌한 조약돌이 언제 빗나갈지 모른다는 말을 해서 약간 불길한 예감을 받았으나 정신 나간 아저씨가 이상한 말을 하는구나 생각했다. 몹시 초라해 보인 기타 아저씨랑 만남은 첫날 이루어졌으며, 언니가 출근하지 않는 아침 시간에 꼭 마주치게 되었다. 남자는 언니가 나오지 않은 시간과 요가 가는 저녁 시간을 이용해서 스스럼없이 나타났다. 기타 아저씨와 날이 갈수록 친해졌으나 우리 남자랑 부딪칠까 봐 여간 신경이 쓰인 것이 아니었다.

하루는 퇴근 시간에 '시인의 공원'에서 남자가 차를 대고 기다리는 줄 몰랐기 때문에 기타 아저씨랑 장난을 치다가 팔짱을 끼고 나가려 하는 것을 언니가 말려서 문 앞에서 풀었더니 느티나무 아래 어디서 본 듯한 남자가 비닐문 안을 들여다보고 있어 기겁을 한 적이 있다.

주인 언니는 남의 유부남과 숨은 꽃으로 살아서 뭐하냐, 그 구속은 너를 판콜에이나 먹게 하므로 하루라도 빨리 풀려나와야 한다는 말을 늘 했다. 그리고 어쩜 혼자 사는 시인 아저씨랑 인연을 맺으며 더 아름다운 만남이 되어 떳떳한 생활을 하라는 고리타분한 이야기를 농담처럼 곁들인다. 사실 언니 말을 늘으면 금방이라도 시원한 탈출을 할 것 같지만 막상 남자 앞에서는 언니의 조언이 미워지는 까닭은 무엇일까? 언니네 집에 와서 바로 그날 남자가 언니 앞에 인사를 했다. 무슨 자랑이나 된 것처럼 나의 보호자로 나타나 언니에게 인정을 받으려 했지만, 언니는 우리 남자를 좋아하거나 인정하지 않으려는 눈치였다. 내 남자가 아무리 낙지 덮밥을 많이 팔아 주어도 언니는 다정한 눈빛 한 번 주지 않는다는 것을 알았다.

이 집에서 오래 있을 수 없다는 것을 예감했다. 언제나 내 남자는 주인이 자신을 인정하지 않는 곳에는 근무를 하지 말라는 식이었으니까.

올 것이 온 것이다. 이 집에 멋있는 남자들이 많이 다닌다는 이유를 들면서 왜 그들이 너에게 반말을 하느냐 어떻게 행동했으면 너는 그런 대우를 받아야 하느냐 이런 식으로 잘 따지는 남자는 '시인의 공원'에 앉아 담배를 피우며 나를 바라보고 있다. 무슨 질긴 인연이기에 이 남자의 차를 타고 저녁을 먹으면서 잔소리를 들어야 할까? 주인 언니가 가르쳐 준대로 덤벼 버릴까? 정말 헤어져 버릴까? 내가 저 노인네 품에서 벗어나지 못하고 있다가 저 남자가 하루아침에 죽기라도 해버리면 시원한 것이 아니라 아주 억울할 것 같아진다. 물론 내가 좋아서 하는 짓이지만 뭔가 인생에 손해를 많이 보게 하는 나쁜 사람처럼 느껴진다. 물론 주인 언니의 말이 그동안 나에게 닫혔던 가슴을 열어주었는지 모른다.

많은 생각이 오가는 것을 알아듣는 것처럼 느티나무가 살랑살랑 고개를 흔든다. 이곳에 있는 나무들이 저 우동집에 일어나는 일을 다 알아듣는다는 언니의 말처럼 정말 저 사람과의 나의 불륜을 알고 있는 것 같아서 갑자기 부끄러워진다. 남편이 죽고 이 세상에 부당함을 느꼈기에 단 한 번도 양심의 가책이 오지는 않았다. 15년이 위인 남자의 아내보다 늘 내가 더 젊고 예쁜 여자며, 나를 더 남자가 좋아한다는 자신감을 갖고 살았다. 그런데 가슴에 이렇게 허전한 바람이 불어오고 있다. '시인의 공원'에서 담배를 피우는 남자 곁에 앉아 남자의 눈을 보며 담배를 한 개비 피웠다. 하늘로 나는 담배 연기가 내 답답함을 끄집어내는 것처럼 보일 뿐 이 속에 썩어 문드러진 이 찌꺼기가 나가지는 못함을 호소하고 싶다.

남자는 두 시간 동안 계속 말을 한다. 하늘을 보며 딴생각을 해본다. 아주 멍하게 남자를 쳐다본다. 뭔가 잘못 얽힌 우리 만남에 돌팔매질을 하고 싶어진다. 내일이면 언니에게 "사람을 구하라."라는 말이며, 그 집에 다니는 남자들이 왜 너에게 장난을 걸어야 하느냐 등 반말을 하느냐는 둥 어떻게 했기에 남자들이 웃으면서 가게 안으로 들어왔느냐 또 주인 여자는 별볼일 없는 여자가 왜 그리 교만한지 자존심 상해서 그 집에 드나들 수 없다는 등의 말을 해댄다. 느티나무는 하늘에서 살랑살랑 나의 마음을 흔들어 대지만 끝내 말대꾸를 못 하고 말았다.

남자의 앞에서 두 시간이 지난 후 언니가 미워지기 시작했다. 나를 혼란하게 만든 이상한 우동집을 이 남자의 말대로 빠져나올 수밖에 없다. 그동안 남자를 사랑한 세월이 모두 추억이 아니라 죄악으로 옥죄는 이상한 언니가 무섭게 느껴졌다. 그리고 겁나게 나만 보면 머리를 흔들어 대는 느티나무 모두 나를 어지럽게 한다.

'행복한 우동가게'를 택해야 하느냐 내 남자를 택해야 하느냐 이런 귀로에 서서 일단 이집 을 떠나기로 했다. 언니에게 나를 놔 달라 윽박지른다.

언니는 절대 안 된다. 너는 우리 집을 그만둘 자격이 없다는 말을 한다.

가슴이 아리다. 우리 아들이 이렇게 많이 자랐는데 정말 언니 말대로 하늘이 무서운 것이 아니라 자식이 무서운 마음이 드는 걸까? 잘 살아야 한다는 것이 나에게 내재 되어 있었을까?

언니랑 우동집 끝날 때까지 함께 살고 싶다던 말, 정말 진실이었는데 내 이야기만 언니가 들어 주고 나에게 답을 하지 않으면 나는 결코 이곳을 떠나지 못할 것이다.

그 남자와 헤어지라는 답을 내린 언니 곁에서 견딜 수 없는 고뇌가 있었다. 잠시 나는 쉬고 싶다. 나이 먹은 남자의 곁을 떠나면 안 된다. 주인 언니의 정직한 표정을 떠나 아들과 함께 먼 여행을 가고 싶다. 내 남편의 묘에 가서 실컷 울어버리고 싶다. 울고 싶어도 못 울었던 나. 속에 들어 있는 진한 액체를 뽑아내고 깊은 잠을 푸욱 자고 싶다. 그리고 맑은 하늘을 보고 싶다. 고단한 나의 삶이 결론은 처음부터 없었으니 모두가 살아가는 과정이라는 것을 뼈저리게 말하고 싶다.

✎ 강순희

충북여성문학상

소설집 『행복한 우동가게 첫 번째 이야기』, 『백합편지』, 『행복한 우동가게 두 번째 이야기』

내 생애 처음 파티

· · ·
권효진

이력서를 보낸 지 하루 만에 전화가 왔다. 전화를 건 여자는 자신이 신문사의 발행인이라며 당장에라도 면접을 보고 싶다고 했다. 나는 긴장했다. 아무리 작은 신문사라지만 신입 기자를 채용하면서 발행인이 직접 전화를 걸어 면접을 보러 오라고 할 줄은 몰랐다. 게다가 여느 회사의 직원들처럼 면접날짜와 장소를 알려주고는 금방 전화를 끊을 줄 알았는데 그게 아니었다. 그녀는 내가 잘 알았다고, 고맙다고 대답하려는 찰나에 불쑥 신문사의 월급 얘기를 꺼냈다. 나는 당황했다. 이런 적은 처음이라 어떻게 대처해야 할지 몰랐다. 그녀는 이어 작은 주간신문사지만 단 한 번도 결간 한 적이 없으며 월급을 제때 못 준 적도 없다는 말도 덧붙였다. 내가 미심쩍어 하는 것이 무엇인지 다 알고 있다는 듯이, 면접을 보고 나서 결정해도 늦지 않으니 서둘러 신문사로 와주면 좋겠다고 했다. 사실 그녀의 말대로 나는 도대체 어떤 신문을 만드는지도 잘 모르는 지역 주간신문사에 이력서를 내고 나서 내내 찜찜했다. 실컷 일을 해주고도 급여를 못 받은 식당과 건설회사 사무실이 자꾸 생각났기 때문이다. 구인광고를 보고 되는 대로 몇 군데 이력서를 보냈는데, 연락이 온 곳이 하필 주간신문사 한 곳뿐이어서 망설이지 않을 수가 없었다.

나는 숨소리를 죽인 채 수화기 너머로 들려오는 그녀의 목소리에 귀를 기울였다. 여전히 미심쩍은 생각이 들었지만, 신문사의 발행인이라는 사람이 자신의 신문사에 대해 뭐라고 말하는지 더 들어서 나쁠 것은 없었다. 나는 간간이 "네, 아…, 네." 하는 소리로 내가 그녀의 말을 귀담아 듣고 있다는 것을 알려 주었다. 그러다 나는 차츰 그녀의 이야기에 빨려들어갔다. 지금까지 수십 군데 이력서를 냈고 면접을 보러 오라는 연락을 많이 받아봤지만 이렇게까지 구구절절, 솔직하고도 간곡하게 면접을 보러 오라고 한 적은 없어서 고맙기까지 했다. 자기가 만드는 신문이 교육을 위한 신문이니만큼 평생을 바칠 사업이라고 말할 때는 마치 내게 경건한 다짐이라도 하는 듯했다. 어느덧 내 머릿속에는 오래전 영화에서 본 개화기 신여성의 얼굴이 그려지고 있었다. 그러자 지방의 작은 주간지가 마치 한 시대의 계몽을 책임지는 선구적 언론처럼 생각되는 것이었다. 마침내 나는 그녀의 손을 잡고 새 시대의 주역이 될 선진 신문사를 이끌고 나가는 일꾼이 되고 싶어졌다. 당장 그녀를 만나러 가고 싶었다. 그녀와 함께라면 두려울 것이 없겠다는 생각이 신념처럼 불끈 솟았다.

신문사는 시내에서 한참 떨어진 변두리에 있었다. 집 앞에서 버스를 타고 이십 분쯤 가다 천변도로가 끝나는 지점에서 내려 십 분 정도를 더 걸었다. 열흘이 넘게 계속되는 폭염 때문인지 거리에는 사람들이 보이지 않았다. 오래된 집들이 제멋대로 흩어져 있는 동네는 텅 빈 것처럼 조용했다. 뜨겁게 달궈진 보도의 열기가 얼굴에까지 닿았다. 보도를 덮은 시멘트 블록은 군데군데 들뜨고 깨져 있었는데 마치 맹렬한 열기를 견디다 못해 분화된 것 같았다. 울퉁불퉁 튀어나온 블록 조각들을 피해 걷느라 나는 몇 번이나 휘청거렸다. 구두굽이 블록 사이에 빠질 때마다 발뒤꿈치가 쓸렸지만, 면접시간에 늦을까 봐 걸음을 재촉했다. 점점 이마

가 달아올랐다. 어디든 그늘진 곳을 찾아 숨고 싶었을 때 저만치 신문
사가 있는 빌딩이 보였다. 단숨에 달려가고 싶었지만 이젠 한 걸음 내디
딜 때마다 아프게 발을 조이는 구두 때문에 그럴 수도 없었다. 집을 나
설 때부터 오랜만에 꺼내 신는 구두가 불안하더라니. 한 벌뿐인 여름정
장에 어울리는 구두 역시 단 한 켤레뿐이라 선택의 여지가 없었다. 그사
이 발볼이 더 넓어진 것인지 발가락뼈들이 진저리를 쳤다. 간신히 빌딩
안으로 들어간 나는 화장실부터 찾았다. 찬물을 양팔에 끼얹으며 열기
를 식혔다. 구두를 벗어보니 미리 붙여놓은 일회용 밴드는 구겨진 채로
발바닥에 붙어 있고, 그새 뒤꿈치에 물집이 잡혔다. 가방에서 새 밴드를
꺼내 붙이고 나와 엘리베이터를 찾았다. 하지만 건물 안에는 엘리베이터
가 없었다. 가슴 속에서 불길이 치솟는 것 같았다. 경사가 가파른 계단
을 밟고 한 층 한 층 올라가는 동안 이마에서 땀이 비 오듯이 흘렀다. 오
층이 아니라 십 층, 십오 층을 오르는 것만 같았다. 마침내 오 층 신문
사 사무실 앞에 다다랐을 때 나는 숨을 헐떡이며 난간의 끝을 잡고 숨
을 골랐다. 뒤꿈치가 불에 덴 듯 아팠다. 다시 구두를 벗어보니 물집이
터지고 피가 맺혀 있었다. 밴드를 새로 붙이려고 가방을 뒤적이는데 안
에서 누군가가 걸어 나왔다. 나는 얼른 구두를 꿰어 신고 똑바로 섰다.

　─ 정 기자, 찾아오느라 힘들었지?

　─ 아뇨, 금방 찾았어요. 간판이 크게 걸려 있어서요.

나는 허리를 굽혀 깍듯이 인사했다. 전화통화로 들었던 목소리, 발행
인 여자가 분명했다. 고개를 숙이는 짧은 순간 얼굴이 화끈 달아올랐다.
아직 신문사에 출근하기로 한 것도 아닌데 벌써 기자라고? 그 순간 나
는 중대한 사실을 깨달았다. 그것은 바로 그때까지 내가 단. 한. 번. 도.
'기자'가 되겠다는 생각을 해 본 적이 없다는 사실이었다.

수수한 차림에 기자나 작가다운 포스가 있을 거라는 내 상상과는 달리 발행인은 화려하고 세련된 인상이었다. 진한 향수 때문에 방금 전까지 백화점 수입화장품 매장에서 향수를 고르다가 갑자기 내 앞에 나타난 것만 같았다. 그녀는 만만한 사촌 여동생 대하듯 내 팔을 잡아끌고는 사무실 한가운데 놓인 원형 탁자 앞에 앉혔다. 그리고는 날개가 커다란 선풍기를 내 쪽으로 돌려 방향을 고정시켰다. 순식간에 거친 바람이 와락 얼굴을 덮쳤다. 숨쉬기가 힘들었다. 탁자 위에 놓인 신문들이 사납게 펄럭거리다 바닥으로 떨어졌고, 내 긴 머리카락은 땀 젖은 얼굴에 들러붙었다. 내가 헝클어진 머리카락을 채 수습하기도 전에 발행인은 오늘부터 출근하는 거로 하자고 했다. 그리고는 집게손가락으로 책상 쪽을 가리켰다. "궁금한 게 있으면 저기 기자들에게 물어보구." 내가 정신을 차리지 못하고 있는 사이 그녀는 악어가죽 핸드백을 그러쥐고 사무실을 나가버렸다. 나는 아직 아무 말도 하지 못했는데 면접은 그게 전부였다.

그때 저쪽에 앉아있던 키 작은 여자가 다가왔다. 편집을 맡은 한 기자라고 했다. 그녀는 탁자 위에 흩어진 신문을 모아 구석에 놓인 종이상자에 팽개치듯 던져 넣고는 얼음물 한 잔을 갖다 주었다. "에어컨이 고장났거든요." 나는 얼음이 가득 든 컵을 양손으로 감싸 쥐었다. 그 순간 나는 물고기가 아가미로 숨 쉬듯이 손바닥으로 숨을 쉬는 변종이 된 것 같았다. 살 것 같았다. 얼음물 한 잔을 다 마시고 나자 사무실 안이 눈에 들어왔다. 한은 턱짓으로 출입구를 가리켰다. "원래 저래요." 나는 한에게 웃음을 지어보려 했지만 굳어진 얼굴이 제대로 펴지질 않았다. 발행인의 이상한 면접 때문이 아니라 궁색한 사무실 살림살이 때문이었다. 정말 발행인이 말한 대로 월급을 제때 받을 수 있을지 의심스러웠다. 지금이라도 그냥 일어나 집에 갈까 싶었지만, 구두 속에 든 발이 터져나갈 듯 쓰라렸다. 거기다가 나는 당장 일자리가 필요했다.

나는 빈 책상으로 가서 앉았다. 책상 위에는 뽀얗게 먼지가 내려앉아 있었다. 물휴지로 책상을 닦고 서랍을 열어보는 사이 최 기자로부터 신문꾸러미 하나를 받았다. 지나간 신문을 차례로 묶어 놓은 것이었다. 최는 이전에 발행된 신문을 차례로 읽어보고 어떤 기사를 주로 다루는지 파악하라고 했다. 그녀는 내가 자기들이 만든 신문을 한 번도 본 적이 없다는 것을 다 알고 있다는 듯이 말했다. 마흔 몇 살쯤 되었을까. 발행인보다 서너 살은 더 많아 보이는 최의 얼굴에는 기미가 짙게 내려앉아 있었다. 최는 자기 책상으로 돌아가 자신의 노트북 모니터를 내 쪽으로 돌려주며 종이신문을 다 읽고 나서 인터넷 기사와도 비교해 보라고 했다. "지면에 다 싣지 못하는 글이나 사진은 인터넷에 올려요. 아주 가끔이지만."

신문은 '교육신문'이라는 타이틀에 걸맞게 교육계 관련 뉴스와 기획기사가 많았다. 지면마다 학원 광고가 있었다. 교사동정이나 교육 정책을 곳곳에 끼워 넣어 간신히 광고지라는 혐의를 벗어나는 것 같았다. 신문을 보면 볼수록 이런 신문사에 다녀도 괜찮을까 싶은 걱정이 더 커져 갔다. 삼 개월의 수습기간이 지나고 정식 기자가 된다고 해도 보수가 얼마 되지도 않았다. 내가 아는 사람 중에 '미래교육신문'을 아는 사람은 둘 뿐이었다. 둘 다 학원 강사를 하는 친구들이었다. 그들은 내가 이 주간신문사에 이력서 내는 것을 만류했다. 직원채용공고가 자주 나오는 데는 다 이유가 있는 거라고, 월급을 제때 안 주거나 사람을 힘들게 부리거나 둘 중에 하나일 거라고 했다. 그럼에도 불구하고 나는 이력서를 냈다. 아무래도 최저시급을 받는 아르바이트보다는 나을 것 같았다. 그동안 이력서를 내고 면접을 보러 다니느라 저녁시간대의 아르바이트만 한 지도 이 년이 지났다. 늙은 외삼촌의 방앗간은 일거리가 없어 공치는 날이 많았고, 외숙모는 무릎 수술날짜를 기다리고 있었다.

그렇지 않아도 퇴행성관절염을 앓고 있던 외숙모는 초록불이 깜박이는 걸 보고 급하게 횡단보도를 건너려다 길바닥에 무릎을 박으며 고꾸라졌다. 외숙모의 귀에도 선명하게 들렸다던 무릎뼈 바스라지는 소리. 나는 도무지 상상이 되지 않았지만 외숙모는 그 말을 하면서도 온몸을 떨었다. 외숙모의 오른쪽 무릎뼈가 바스라지지 않았더라도 나는 당장 일자리를 구해야만 했다.

선풍기 날개가 돌아갈 때마다 머리카락이 흩날렸고, 그때마다 머릿속이 흔들렸다. 도무지 읽을 만한 게 없는 신문을 뒤적이며 책상 앞에 앉아 있는 것은 고역이었다. 지나간 신문을 뒤적이며 새로 부임한 수많은 교장선생들과 인기 많은 학원 강사들의 얼굴을 보았다. 그들은 모두 웃고 있었지만, 도무지 친근하게 와닿지가 않았다. 여섯 시가 되자 한은 책상 위에 늘어놓았던 립스틱과 손거울을 핸드백에 챙겨 넣었다. 그때 날카로운 구두 굽 소리가 계단을 울렸다. 유난스레 또각거리는 쇳소리가 귀에 거슬렸다. 누구인지 대번에 짐작이 갔다. 얼굴을 마주한 시간은 불과 오 분 남짓했지만, 그녀와 그녀의 구두 굽 소리는 벌써 내 머릿속에 완전하게 각인되어 있었다. 발행인은 사무실에 들어서자마자 핸드백을 의자에 던지고는 어디론가 전화를 걸었다.

"독수리가 좋겠어요. 날개가 크고 잘생긴 독수리요. 뭣보다 날갯죽지가 힘차 보이는 게 중요해요. 그렇죠. 눈빛이 살아있고 부리도 날카롭게 보이는 거로. 네, 네. 금방이라도 날아오를 것같이 멋진 독수리로요."

책상 끝에 엉덩이를 반쯤 걸치고 서 있던 발행인은 통화하는 내내 손톱 끝으로 책상 위에 깔린 유리를 두드렸다. 따닥따닥. 창으로 들어오는 오후의 햇빛이 그녀의 손톱 끝에서 잘게 부서졌다. 점점 내 눈꺼풀이 떨리기 시작했다. 처음엔 가늘게 조금 떨리다가 점점 더 빠르게 깜빡거렸다. 머리카락처럼 가느다란 무언가가 살갗을 찌르는 것 같았다. 온몸의 땀구멍들이 한꺼번에 조여드는 것처럼 찌릿하고 따끔거렸다. 오랫동안 잠잠했는데 병이 다시 도지는 것은 아닌지 불안했다. 나는 아무도 눈치채지 못하게 슬며시 손바닥으로 눈자위를 문질렀다. 가슴이 두근거렸다. 흐릿한 눈을 깜빡이며 주위를 둘러보았다. 최와 한은 통화내용이 궁금해서 못 견디겠다는 표정으로 발행인만 쳐다보고 있었다. 아무도 내게 눈길을 주지 않아 마음이 놓였다.

수화기를 잡은 발행인의 두 눈은 과녁을 확인하는 궁수처럼 빛나고 있었다. 허공을 응시하고 있었지만 마치 눈앞에 있는 무언가를 노려보는 것 같았다. 두 기자는 발행인이 통화를 끝낼 때까지 몇 번이나 서로 눈길을 마주치며 영문을 알 수 없다는 듯 고개를 좌우로 흔들었다. 통화를 끝낸 발행인이 또각또각, 벽에 걸린 일정표 앞으로 걸어갔다. 그리고는 붉은색의 굵은 매직펜으로 8월 15일의 일정표 한 칸을 가득 채웠다. '오후 5시. 미성호텔. 창간 3주년 기념행사.' 매직펜 뚜껑을 닫으며 뒤돌아선 발행인은 기자들을 향해 선언하듯 말했다. "보름 뒤에 미성호텔에서 창간기념행사할 거야! 그런 줄 알고. 이상!"

발행인과 두 기자가 창간기념행사에 관해 이야기하는 동안 나는 갑자기 홀가분한 마음이 들었다. 눈꺼풀이 떨리던 것도 거짓말처럼 사라졌다. 내일 아침에 출근을 해야 할지 말아야 할지 고민하던 게 저절로 해결됐기 때문이었다. '창간기념행사' 덕분이었다.

그때까지 나는 한 번도 파티나 큰 행사장에 가본 적이 없었고, 얼음조각을 직접 본 적도 없었다. TV 드라마나 영화에서만 보았던 멋진 얼음조각을 직접 볼 수 있다는 데 생각이 미치자 나는 단번에 마음의 결정을 내렸다. 반짝반짝 눈부시게 빛나는 얼음독수리를 보고 나서 이 이상한 신문사를 그만둬도 괜찮을 것 같았다. 더군다나 밤낮없이 숨이 막히는 더위가 계속되는 한여름에 근사한 호텔에서 뷔페를 즐길 수 있는 기회가 내 생애 또 있을까 싶었다. 하필 그 얼음조각이 독수리라는 게 마음에 들지 않았지만 상관없었다. 내 머릿속에 사는 못생긴 검은 대머리수리 때문에 파티를 포기할 수는 없었다. 나는 보름 뒤에 맞이하게 될 내 생애 처음의 파티를 위해서라도 내일 아침 가뿐하게 출근할 수 있을 것 같았다.

출근한 첫날부터 내가 해야 할 일은 주요 일간지의 기사를 스크랩하는 것이었다. 따분했다. 당장 돈을 벌 수 있는 곳이라면 어디라도 괜찮다는 생각에 이력서를 넣은 것인데 이대로라면 아무런 비전이 없었다. 흔하고 흔한 게 뉴스고 손가락으로 터치만 하면 언제든지 금방 입력된 따끈한 소식을 알 수 있는 세상에 남들이 다 읽어버린 뉴스를 짜깁기한다는 것은 못할 노릇이었다. 꼭 필요한 정보만을 요약해서 제공한다는 데 의의가 있다 하더라도 일주일에 한 번 전하는 뉴스는 아무것도 새로울 게 없었다. 출근 첫날 반나절도 못 가서 나는 확실하게 깨달았다. '미래교육신문사'에는 나의 미래가 없다는 것을. 그래도 이왕에 발을 디뎠으니 버틸 때까지 버티면서 다른 곳에 이력서를 넣는 게 나을 것 같았다. 오늘 아침에 확인한 구인공고에도 경력직원을 뽑는 회사뿐이었다. 아무것도 하지 않는 것보다는 불안한 신문사라도 출근을 하는 게 백번 나을 것 같았다. 거기다가 외숙모의 무릎 통증이 점점 심해지는 것과 한낮의 수은주가 39도를 넘어선 것 말고는 아무 일도 생기지 않는 내게 특별한 파티가 기다리고 있지 않은가. 그것만으로도 나는 모든 것을 견뎌 낼 수 있었다. 에어컨이 작동되지 않아 푹푹 삶아질 것 같은 더위도, 우-웅- 거리는 낡은 선풍기 날개 소리도, 발행인의 날카로운 구두 굽 소리도 다 견뎌낼 수 있었다. 얼음물로 더위를 식히며 기사를 스크랩하고 사무실 청소를 하는 것쯤은 거뜬히 해낼 수 있었다. 발행인이 눈빛을 빛내며 주문했던 얼음독수리를 볼 때까지만이라도 잘 버텨내고 싶었다. 하지만 하루하루 출근 일수가 늘어날 때마다 내겐 좀 더 새롭고 굳건한 각오가 필요했다.

아직까지 단 한 번도 에어컨 수리기사가 다녀간 적이 없었다. 그 누구도 에어컨 수리기사 얘기를 꺼내지도 않았다. 발행인과 최는 매일 아침 회의가 끝나자마자 사무실을 나가 퇴근시간이 다 되어서야 돌아왔다. 외근을 핑계로 더위를 피해 시원한 곳을 찾아가는 게 분명했다. 나는 날마다 한과 둘이서 사무실에서 점심을 먹었다. 그때마다 나는 한에게 에어컨에 관해 물어보았다.

— 곧 새 걸로 바꿀 거래.

— 언제요? 여름 다 지난 뒤에요?

— 아무래도 기대하지 않는 게 나을 거야. 어쩌면 전기요금 때문에 수리기사를 부르지 않은 건지도 모르지. 나한테는 벌써 불렀다고 했지만 내가 직접 본 건 아니니까.

지난가을에 입사한 한도 에어컨이 작동되는 것을 본 적 없기는 나와 마찬가지였다. 그나마 신문사에서 보내는 여름이 나보다 몇 날 더 된다고 이젠 더위쯤이야 이골이 났다는 듯 퉁명스럽게 말했다. 하지만 한은 여전히 책상용 선풍기를 바짝 당겨두고 편집을 했다. 수시로 회전의자를 돌리고 앉아 분무기로 허공에 얼음물을 뿌린 다음 얼굴을 뒤로 젖히는 것도 잊지 않았다. 긴 속눈썹을 살며시 내리깔고는 분사된 물방울이 얼굴 위에 고루 떨어지기를 기다릴 때의 한은 마치 이슬을 머금은 숲의 여신이라도 된 것마냥 미소를 짓곤 했다. 나는 찜통 같은 더위 속에서도 그런 표정을 지을 수 있는 한이 마냥 신기할 뿐이었다.

미래교육신문사에서 기사다운 기사를 쓰는 사람은 최 뿐이었다. 중앙일간지와 지방일간지에서 이슈가 되는 시사뉴스를 뽑아 짜깁기하는 것을 뺀 나머지 기사는 모두 최가 썼다. 최가 쓰는 기사는 교육에 관한 기획기사나 인터뷰 기사가 중심인데, 교육행사 현장을 찾아가 취재를 하고 오기도 했다. 광고를 받아오는 것은 발행인의 몫이었다. 발행인은 광고를 잘 따왔다. 광고를 실어야겠다고 마음먹은 학원이나 업체가 있으면 기어코 광고를 받아내고야 말았다. 큰 광고지면은 청소년캠프장, 학원 전문 인테리어업체, 정수기회사 등의 광고가 중심이었다. 굵직한 광고 사이에 미술학원이나 피아노학원, 수많은 보습학원의 광고가 들어갔다. 가끔 꽃집광고가 실리기도 했다. 광고주로 점찍은 상대와 통화를 할 때 발행인은 사람을 녹일 듯 나긋나긋한 목소리로 대화를 이끌어 가다가 상대가 거절할 수 없을 것 같은 순간을 포착해서 원하는 것을 요구했다. 그녀는 상대방의 마음을 움직이게 하는 노련한 화술을 가지고 있었다. 한은 최가 쓴 기사와 스크랩한 기사들을 먼저 편집한 뒤 광고가 들어오면 나머지 지면을 알아서 채웠다. 16면 타블로이드판 주간신문은 그렇게 세 사람만으로 만들어졌고, 신문과 광고지의 경계를 아슬아슬하게 넘나들며 창간 3주년을 맞이하는 것이었다.

신문사에 출근하고 나서 처음으로 신문이 인쇄되어 나오던 날 아침이었다. 버스에서 내려 걸어가던 나는 도로변에 세워진 SUV 차량에서 신문 뭉치를 내리는 발행인을 보았다. 긴 머리카락을 뒤로 질끈 묶고 엉덩이부터 종아리까지 짝 달라붙는 청바지를 입은 발행인은 금방 오프로드 경주를 마치고 온 드라이버 같았다. 그때 나는 처음 발행인의 전화를 받던 날처럼 가슴이 설렜다. 저렇게 열심히 일하는 발행인과 함께라면 어떤 새로운 희망을 가져볼 수도 있을 것 같았다. 내가 처한 이 상황이 고난의 시기라면, 이런 정도의 고난쯤이야 마땅히 극복해 나가야 하는 것 아닌가 하는 생각도 들었다. 나는 발행인에게로 달려갔다. 그녀를 도와 차에서 신문뭉치를 내리고 그것들을 오 층 사무실까지 들어 올렸다. 사무실로 신문을 모두 옮기고 나서는 미리 주소를 인쇄해 놓은 봉투에 신문을 넣어야 했다. 봉투작업이 끝난 신문은 우체국으로 보내져 시내의 초중고 학교와 학원으로 배달됐다. 신문을 나르는 일은 매주 목요일 아침마다 해야 하는 일이었다. 그날 저녁 파김치가 된 나는 온몸에 파스를 붙이면서 수습기자를 자주 뽑는 이유를 깔끔하게 정리했다. 창고에 가득 쌓여 있는 상패를 정리할 때부터 알아챘어야 했다. 창고 박스 안에는 백일장, 피아노대회, 태권도대회, 미술대회, 발레대회 등 각종 경연대회의 상패가 가득 들어 있었다. 그 모든 대회의 공동주관에 '미래교육신문사' 이름이 박혀 있었다. 수많은 대회의 상장과 상패를 주문하고 대회가 끝나면 그것들을 각 학원으로 나눠주는 일도 수습기자가 하는 일이었다. 그래서 미래교육신문사에는 언제나 새로운 수습기자만 오고 갔던 것이다.

컵 표면에 맺혀 있던 물방울이 아랫입술을 타고 흘렀다. 손등으로 입술을 훔친 나는 다시 정수기 앞으로 갔다. 그때 발행인이 들어왔다. 나는 가볍게 고개를 숙이며 인사했다. 집게손가락에 끼운 열쇠고리를 빙글빙글 돌리던 발행인은 내 쪽으로 고개를 돌리지도 않고 "응." 하고 짧게 답했다. 발행인이 사무실 한가운데를 가로질러 갈 때 향수 냄새가 선풍기 바람에 날려 왔다. 어제와는 다른 향수였다. 나는 재채기가 터지려는 것을 참으며 자리로 돌아와 몸을 숙이고 발뒤꿈치를 문질렀다. 벌써 양쪽 뒤꿈치가 부풀어 올랐다. 면접 보던 날에 입었던 원피스를 다시 꺼내 입고 불편하기 짝이 없는 구두까지 신은 것은 특별히 옷차림에 신경 써달라는 발행인의 주문 때문이었다. 그토록 손꼽아 기다리던 파티였지만 나는 새 구두를 장만할 수가 없었다. 여전히 발뒤꿈치가 뻣뻣한 싸구려 에나멜 구두를 다시 꺼내 신는 것은 정말로 끔찍했지만, 미리 사 둔

대용량 밴드 한 통으로 버티는 수밖에 없었다.

발행인은 자리에 앉자마자 책상 밑을 살피더니 한복상자를 들어 올렸다. 한 달 전에 서울에 올라가 맞춘 한복이 빨리 도착하지 않는다며 수차례 전화를 걸어 재촉했던 게 어제 저녁에야 도착했던 것이다. 발행인은 조심스레 황금빛 비단보자기를 풀었다. 상자를 열어 진분홍 저고리를 꺼내 들고 벽에 걸린 거울 앞으로 다가갔다. 가슴께로 저고리를 펼쳐보더니 이내 옷상자를 통째로 들고 탕비실로 들어갔다. 조금 뒤에 한복으로 갈아입은 그녀가 밖으로 나왔다. 광대뼈가 도드라진 얼굴이 붉게 상기되어 있었다.

― 어때? 괜찮지? 응?

― 네, 멋있어요. 어쩜 그렇게 잘 어울리세요?

발행인이 거울 너머로 나를 바라보며 자신의 모습이 어떠냐고 물었을 때 나는 반사적으로 멋있다고 대답했다. 하지만 그 말은 진심이 아니었다. 내 눈에는 한복이 지나치다 싶을 만큼 화려해 보였지만 굳이 그녀의 들뜬 기분을 망치고 싶지는 않았다. 그녀는 서둘러 한복을 벗어 도로 상자에 넣고는 총총걸음으로 사무실을 빠져나갔다. 우―웅― 거리는 선풍기 날개 소리 사이로 또각또각, 경쾌한 구두 굽 소리가 번졌다.

멀리 창밖으로 내다보이는 강은 여러 날 전부터 바닥을 훤히 드러내고 있었다. 보도 곳곳에는 더위를 피할 수 있는 임시 천막이 설치되었고, 한낮에는 살수차가 몇 번씩 도로 위에 물을 뿌리기도 했다. 그래도 살인적인 더위는 지치지 않고 나무들과 사람들의 물기를 빨아들이고 있었다. 이렇게 찜통 같은 더위 속에 에어컨도 켤 수 없는 사무실에 앉아 있다는 것은 정말 미친 짓이었다. 시립도서관 열람실이 너무나도 그리웠다. 나는 선풍기 앞에 얼굴을 들이대고 앉아 속으로 결심을 굳히고 있었다. 오늘까지야. 진짜, 오늘까지만이야! 편의점에서 일할 때가 정말 좋았다는 생각이 절로 들었다.

내가 한숨을 내쉬며 발뒤꿈치를 주무르는 사이 한은 사무실 바닥에 물을 뿌리면서 에어컨 밑동을 발로 찼다. 이어 분무기를 들고 허공에 권총을 쏘아대듯 물을 뿌려대며 사무실 안을 빙빙 돌았다. '더위 때문에 다들 제정신이 아니라니까. 나까지 머리가 어떻게 되기 전에 당장 그만둬야 해.' 나는 한시라도 빨리 행사가 열리는 호텔로 가고 싶었지만, 최가 일을 끝낼 때까지 기다려야만 했다. 우리는 모두 최의 차를 타고 발행인이 예약해 둔 미장원에 들러 머리손질을 한 다음 호텔 행사장으로 가기로 되어 있었다.

최가 시키는 대로 나는 사무실 뒷정리를 하고 서랍에서 명함을 꺼내 챙겼다. 최는 내게 행사장에서 사람들에게 인사할 때마다 명함을 주라고 했다. 그래야 언제라도 취재할 일이 생길 때 수월하다는 것이다. 몇 차례 최를 따라 다니며 인터뷰를 하고 기사 쓰는 법을 배웠지만 내 명함을 건네준 사람은 두 사람뿐이었다. 학원연합회에서 교육분과장을 맡고 있는 입시학원장과 학원 전문 인테리어업체의 사장이었다. 학원 개업공사와 오래된 학원의 리모델링 공사를 주로 하는 인테리어업체는 신문사의 큰 광고주이기도 했다. 그들에게 명함을 내밀 때 나는 속으로 얼마나 부끄러웠는지 모른다. 기사를 전혀 쓰지 않는 내가 기자라며 모르는 사람에게 인사를 하다니! 나는 최에게 내일이면 그만둘 거라고 말하려다 말고 명함을 가방에 챙겨 넣었다. 그것은 그동안 내게 뭐라도 가르쳐 주려고 애를 쓴 최에 대한 최소한의 예의였다.

한은 컵 속에 든 얼음을 꺼내 오도독, 오도독 깨물었다.

— 이건 정말 서프라이즈야! 그렇지 않아? 요따만 한 것도 신문사라고 창간기념행사를 다 하고 말야.

한의 말대로 나 역시 서프라이즈 파티를 하는 기분이 들었다. 대단하지도 않은, 아니 발행인을 포함해 정직원이 달랑 셋뿐인 주간신문사에서 창간기념식을 한다는 것도 웃기는 일인데 그것도 특급호텔 연회장에서 행사를 치른다니 영문을 알 수가 없었다.

— 그리구, 어쩜 우리한테 한마디도 안할 수가 있냔 말이야. 아무리 생각해도 이건 너무해. 자기가 생각해도 너무 한 거 맞지? 하긴, 너무한 게 한두 가지라야 말을 하지? 그냥 그런가 보다 하고 따라가는 수밖에….

보름 동안 생각날 때마다 분을 터트리며 똑같은 말을 되풀이하는 한에 비해 최는 이렇다저렇다 하는 말이 없었다. 제정신을 차리려고 안간힘을 쓰는지도 몰랐다. 그 사이 최의 얼굴에는 기미가 더 늘어난 것 같았다.

우리는 앞쪽 범퍼가 찌그러진 최의 빨간 경차를 타고 발행인이 일러준 미용실을 찾아갔다. 최는 시누이 결혼식 날에도 안 간 미용실을 다 간다며 입을 삐죽거리기는 했지만 아주 싫은 기색은 아니었다. 미용실에는 벌써 머리 손질을 끝낸 발행인이 말끔하게 다려진 한복을 입고 앉아 있었다. 카메라를 든 채 그 옆에 서 있던 낯선 여자가 최에게 아는 체를 했다. 발행인의 부탁을 받고 서울에서 내려온 사진작가라고 했다. 중년의 사진작가는 배꼽과 허리가 훤히 드러나 보이는 짧은 민소매 상의에 하늘거리는 붉은색 통바지를 입고 있었다. 사진작가가 걸음을 옮길 때마다 기다란 금속귀걸이와 바지에 촘촘하게 달린 유리구슬과 스팽글들이 찰랑거렸다. 눈가에 검은 마스카라를 짙게 칠한 그녀는 화려한 분장을 끝내고 무대에 오르기를 기다리는 벨리댄서 같았다. "의상이 마음에 들지 않으면 사진을 찍을 때 필이 오지 않거든요." 우리가 자신의 옷차림에 보내는 눈길을 두고 하는 말이었다. 발행인이 한복의 매무새를 고치며 소파에 자리를 잡고 앉자 사진작가는 연신 셔터를 눌렀다. 긴 머리를 위로 틀어 올린 발행인이 카메라를 향해 얌전하고 다소곳한 표정을 지었다. 사진작가가 셔터를 누르며 이리저리 자리를 옮길 때마다 그녀의 미어져 나온 옆구리 살이 출렁거렸다. 사진 찍기를 마친 발행인은 소파 테이블 앞으로 우리들을 불렀다. 핸드백에서 하얀 봉투 세 개를 꺼낸 그녀는 한 사람 앞에 하나씩 그것을 나눠주었다. 줄곧 통장으로 이체시켜 주던 월급을 한 번쯤은 봉투에 넣어 직접 줘보고 싶었다고 했다. 나도 보름치의 수습급여를 받았다. 아침에 사무실에서 줘도 될 것을 굳이 다른 사람들이 보는 미용실에서 월급봉투를 내미는 그녀의 속내를 알 것도 같았다.

사진작가의 머리손질을 해주던 미용실 원장이 발행인과 눈을 맞추었다.

— 윤 사장, 이번에 시의원에 출마할 거라며?

— 아, 그거요? 몇 해 전부터 말이 있었는데, 신문사 일이 워낙 바빠서요.

— 그렇게 바빠서야 어디 시집이라도 가겠어요? 홀아비 신랑 목 빠지게 기다리는구만.

발행인은 갑자기 안색을 바꾸더니 사진작가를 데리고 먼저 미용실을 빠져나갔다. 두 사람이 나가자마자 미용실 원장은 참았던 웃음을 터뜨렸다.

— 저 여자는 꼭 저렇게 입어야 '필'이 산다고 그러네요? 얼마나 필 좋은 걸 찍으려구?

— ….

누구도 원장의 말에 맞장구치며 같이 웃어주질 못했다. 최와 한과 나는 각자 젊은 헤어디자이너들에게 머리를 맡기고 앉아 거울을 쳐다볼

뿐이었다. 잠깐 시큰둥해 하던 원장은 곧 아무렇지도 않은 듯 발행인이 조만간 미성호텔의 안주인이 될 거라고 했다. 그녀가 시의원에 출마한 다는 얘기도 그냥 떠도는 헛소문이 아니며, 아내와 사별하고 혼자된 호텔 사장과 사귀는 게 알려지고부터 출마설이 나돌았다는 것이다. 최와 한은 기가 막혀 말이 안 나오는 모양이었다. 서른아홉 올드미스 발행인의 갑작스러운 결혼소식이 놀랍기도 했지만, 그보다 더 황당한 것은 그런 소식을 미용실 원장에게서 들었다는 사실이었다. 더욱이 신문을 창간할 때부터 삼 년 내내 발행인과 같이 일한 최의 충격은 더 큰 것 같았다. 한솥밥을 먹어야 정든다며 사무실에 전기밥솥까지 가져다 놓은 발행인이 최에게조차 자신의 결혼에 대해 한마디 하지 않은 것은 나로서도 이해가 되지 않았다.

호텔 연회장 앞에는 수십 개의 화환이 겹겹이 세워져 있었다. 화환에 매달린 리본 중에는 불미스러운 일로 자주 뉴스에 등장한 시의원의 이름도 있었다. 나는 얼른 연회장 안으로 들어가 얼음조각부터 찾았다. 얼음독수리는 연회장 앞쪽 테이블 위에 날개를 활짝 펼친 채로 앉아 있었다. 투명한 빛을 내며 반짝이는 독수리는 멀리서도 눈이 부셨다. 좀 더 가까이에서 얼음독수리를 보고 싶었지만, 발행인이 부르는 바람에 복도로 나와야만 했다. 발행인은 두 기자와 나를 자신의 양옆에 나란히 세워두고는 행사장 안으로 들어가는 손님들에게 정중히 고개 숙여 인사하고 가슴에 꽃을 달아주라고 했다. 한참을 그렇게 인사하는 와중에 아이들을 앞세운 한 무리의 사람들이 들어섰다. 발행인의 부모와 형제 가족들이었다. 여든이 훨씬 넘어 보이는 발행인의 아버지는 자신의 딸을 보자마자 반색하며 어깨를 쓰다듬었다. 한없이 자랑스럽고 대견한 모양이었다. 딸의 손을 꼭 잡아주는 그녀의 아버지를 보자 갑자기 베이징 어딘가에 있을 아버지 생각이 났다. 소식이 끊어진 지 몇 년인지도 가뭇했다.

아버지의 손에 끌려 서우두(首都)공항에 내렸을 때 젊은 중국 여자가 마중을 나와 있었다. 일곱 살이었지만 서툰 한국말로 인사하는 그녀가 아버지의 젊은 중국인 아내라는 것은 알 수 있었다. 다음 해 나는 중국 아이들이 다니는 학교에 입학했다. 우리 반에서 외국인은 나 혼자뿐이었다. 입학하기 전에 중국어를 조금 배우긴 했지만, 학교공부를 따라갈 수는 없었다. 내가 2학년이 되었을 때 젊은 중국 여자는 아기를 낳았다. 그녀는 내게 잘 대해 주었고 아기도 잘 돌봤다. 하지만 곧 보모에게 아기를 맡기고 아버지의 회사에 나가 일을 했다. 아버지와 젊은 중국 여자는 밤늦게 들어오는 날이 많아서 얼굴을 마주할 시간이 별로 없었다. 나는 말이 통하지 않는 중국인 아줌마가 해주는 밥을 먹고 조선족 과외교사에게서 중국어와 영어를 배웠다. 그때부터 머리카락이 빠지기 시작했다. 처음엔 정수리에 조그마한 구멍이 생기더니 점점 더 커지는 것이었다. 나는 대머리가 될까 봐 무서웠다. 하지만 대머리가 될지도 모른다는 두려움보다 나를 더 힘들게 한 것은 다른 아이들의 시선이었다. 아이들이 놀릴 때마다 나는 그들을 피하면서 조금씩 눈을 깜빡거리기 시작했다. 눈물을 참으려고 그런 것이었다. 어느 때부터는 나도 모르게 저절로 눈꺼풀이 깜빡거렸다. 나중에 다리를 심하게 떨기 시작할 때쯤에는 눈꺼풀이 제멋대로 뒤집히고 입술 끝이 심하게 떨리기까지 했다. 결국, 나는 열 살 때 다시 한국으로 돌아왔다. 엄마가 있는 집이 아니라 외삼촌의 집이었다. 내가 돌아왔을 때 엄마는 이미 다른 남자와 결혼해서 다른 아이들의 새엄마가 되어 있었다.

방앗간을 하는 외삼촌의 집은 조용했다. 대학생 외아들을 군대에서 잃어버렸기 때문이었다. 학교에서 돌아온 나는 집에서 혼자 놀다가 외숙모가 차려주는 저녁을 먹고 잠이 들었다. 가끔 대문 옆 창고에 들어가 놀기도 했는데, 창고 안에는 방앗간에서 쓰다 망가진 커다란 플라스틱

대야나 기계의 부품들이 쌓여 있었다. 한쪽에는 오래된 신문과 잡지들을 쌓아 두었다. 빛이 바래고 표지가 찢어진 책들 속에서 내 눈길을 사로잡은 것은 컬러사진이 많은 잡지였다. 무심코 펼쳐 든 잡지 속에는 티베트의 천장(天葬)을 담은 사진이 있었다. 사진 속에는 머리털이 없는 검은 독수리들이 죽은 사람의 몸을 쪼아대고 있었다. 그날 밤 나는 고열에 시달렸다. 밤새도록 독수리의 날카로운 부리가 내 몸을 쪼아댔는데 그 후로도 가끔 똑같은 꿈을 꾸곤 했다.

연회장 안은 수많은 사람들로 북적거렸다. 일주일에 한 번 신문을 발행하는 지역신문사의 기념행사에 그렇게 많은 사람들이 모였다는 게 신기할 지경이었다. 행사는 발행인의 대학 시절 지도교수의 축사로 시작했다. 교수는 재학 중에도 두각을 나타내던 자신의 제자가 기대를 저버리지 않고 젊은 창업가로, 교육현장의 개척자로, 언론인으로 활약하고 있음을 자랑스럽게 여긴다고 했다. 또 몇 사람의 축사가 이어지고 나서 발행인의 인사가 있었다. 손에 든 원고도 없이 시작된 그녀의 인사말은 흐트러진 데 없이 끝까지 정연했다. 역시나 듣는 사람을 빨아들이는 강력한 힘이 있었다. 검은 마스카라의 사진작가는 춤을 추듯 연회장의 곳곳을 헤집고 다니며 사진을 찍었고, 사람들은 가끔씩 그녀를 흘깃거리며 미묘한 웃음을 흘렸다. 소프라노 가수가 노래를 부르고 현악사중주를 끝으로 기념행사가 끝났다. 사람들이 뷔페음식이 차려진 곳으로 몰려갈 때는 탱고가 흘러나왔다. 연회장은 금세 즐거운 파티 분위기로 바뀌었고, 사람들은 건배를 외쳤다. 나는 얼음독수리 앞으로 갔다. 가까이 다가서자 얼굴에 냉기가 느껴졌다. 독수리의 날개는 샹들리에에 불빛을 받아 눈부시게 반짝였다. 날카로웠던 부리가 조금 녹아내리기는 했지만 커다란 날개만은 그대로였다. 금방이라도 시원한 바람을 일으키며 날갯짓을 할 것만 같았다. 결이 곱고 투명한 얼음으로 조각된 독수리는 위엄 있고 근사했다. 나는 배고픈 것도 잊은 채 독수리의 날개 끝을 만져보았다. 손이 시렸다. 아주 잠깐, 어릴 적 꿈속에서 나를 낚아채고 머리카락을 잡아 뜯던 발톱이 스쳤다가 사라졌다.

음식이 바닥난 쟁반이 몇 차례 채워지는 동안 얼음독수리는 서서히 녹아내렸다. 녹기 시작한 얼음은 점점 더 빠르게 물방울을 떨어뜨렸다. 어느새 근육질로 단단해 보였던 독수리의 몸체는 무겁고 둔해 보이는 얼음덩어리로 변해가고 있었다. 빛나던 눈과 날카로운 부리는 벌써 뭉그러지고 없었다. 흘러내린 얼음물로 바닥이 흥건하게 젖어 있었다. 시시했다. 찜통 같은 더위 속에서 보름이나 기다렸는데 고작 몇 시간 만에 녹아버리다니…. 배가 고팠다. 뒤늦게 허기를 느낀 나는 접시 가득 먹을 것을 담아 얼음독수리가 잘 보이는 자리에 앉았다. 천천히 배를 채우면서 독수리가 사라져 가는 것을 마지막까지 지켜보고 싶었다. 첫 번째 접시를 말끔하게 비우고 두 번째 접시를 비워가고 있을 때였다. 내가 앉은 뒤편 어디에선가 발행인의 웃음소리가 들려왔다. 나는 앉은 채로 뒤돌아 그녀의 얼굴을 찾아보았다. 사람들에 둘러싸여 있어서 그녀의 얼굴은 보이지 않았다. 배부르게 먹고 마신 사람들이 느긋한 표정으로 디저트를 즐기는 사이 사진작가는 발행인의 지도교수와 칵테일 잔을 부딪치고 있었다. 그녀는 가끔 음악에 맞춰 허리를 흔들기도 하고 고개를 끄덕이며 박자를 맞추기도 했다.

손님들이 하나둘 연회장을 빠져나갈 무렵에는 얼음독수리의 힘차고 강단 있어 보이던 날갯죽지도 완전히 녹아 버렸다. 나는 식어버린 갈비 조각을 입에 넣으며 티베트의 독수리를 떠올렸다. 천장(天葬)을 지내는 잿빛 들판에서 무리 지어 시체를 쪼아대던 독수리들을 나는 아직도 선명하게 기억해 낼 수 있었다. 더 이상 눈썹이 떨리지 않았다.

연회장 문 앞에서 발행인이 한복 자락을 여미며 손님들을 배웅하고 있었다. 모든 것이 만족스러운 표정이었다. 홀 안에 몇 사람밖에 남지 않았을 때 발행인은 중년의 신사와 나란히 호텔 복도로 걸어갔다. 그 남자는 내빈석에 앉아 있던 미성호텔 사장이 분명했다. 그들 뒤로 사진작가가 분홍빛 스팽글을 찰랑거리며 뒤따라 나갔다. 사진작가를 따라 교수가 나가고 발행인의 가족들이 웅성거리며 밖으로 몰려 나갔다.

사람들이 빠져나간 연회장 테이블 위에는 빈 접시와 음료수 병들이 즐비했다. 은색 쟁반 위에 반짝이며 들려 나왔던 유리잔들 속에는 마시다 남은 와인과 음료가 들었고, 기름진 입술 자욱이 선명했다. 곧바로 여러 명의 호텔 직원들이 기다렸다는 듯이 빠른 걸음으로 들어왔다. 그들은 일사불란하게 테이블과 의자를 정리하기 시작했다. 캐리어를 밀고 온 여직원이 무표정한 얼굴로 테이블 위를 치우자 남자 직원들이 테이블과 의자를 옮겼다. 한때 독수리였던 얼음덩이는 물기를 잔뜩 머금은 채 방치되어 있었다. 불빛을 받아 번들거리는 얼음덩이는 왠지 멍청해 보이기까지 했다. 나는 가만히 다가가 고인 물에 손을 담가 보았다. 얼음독수리가 녹아내린 물은 그때까지도 차가웠다.

그때 한 남자가 옆으로 다가와 슬쩍 내 몸을 밀치고는 얼음덩이가 놓여 있는 테이블을 끌어당겼다. 그는 출구 쪽으로 방향을 잡고 커다란 테이블을 거칠게 밀었다. 출렁이던 얼음물이 내 구두 위로 튀었지만 남자는 내게 눈길조차 주지 않았다. 그저 테이블을 밀고 성큼성큼 연회장을 빠져나갈 뿐이었다. 그가 지나가는 자리마다 얼음물이 흥건했다. 남자가 나간 문으로 청소도구를 실은 캐리어를 밀고 다른 직원 둘이 들어왔다. 그때야 비로소 나는 그 자리에 나 혼자뿐이라는 사실을 깨달았다. 최와 한은 어디로 가버린 거지? 다시 신문사로 가야 하는 건가? 아니면 이대로 집으로 가도 되는 건가? 누구도 내게 그것에 대해 말해주

지 않았다. 주위를 둘러보았지만 내가 어디로 가야 하는지를 말해줄 사
람은 아무도 없었다.

✎ 권효진
한국소설 신인상
단편소설 「사냥의 추억」, 「모니카의 여름」 외 소설집 『좀마삭에 대한 참회』

회귀(回歸)

· · · ·
이영희

예정됐던 귀국 비행기를 탑승할 수 없게 된 우리는, 울란바토르공항 로비에서 잠시 공황상태에 빠졌다. 탑승 항공기가 빤히 보이고 30여 분의 시간이 남았었다. 우리 일행의 캐리어가 내려지는 걸 멀거니 바라보다가 되돌아 나오는 황당함이라니, 낯선 이국땅에서 졸지에 미아가 된 심정이었다.

여행사 대표가 그전 생각만 하고, 예정에 없던 마두금 공연을 관람해도 충분하다고 잘못 판단하였다. 홍콩 시위 사태로 평소보다 검색에 1시간 이상 더 걸린다는 것을 간과한 것이다.

"우리 안식구 이름이 마두금이니 몽골 마두금(馬頭琴) 공연을 꼭 보아야 된다."라고 한 사람은 남편이었다. 일행들도 애칭인 줄 알았는데, 어떻게 그런 매력적인 이름을 지었느냐며 신기해했다. 마두금 공연 관람에 동의한 건 물론이었다.

그러나 몽골여행의 특별한 추억이 될 거라고 너스레를 떨던 남편은, 막상 비행기를 놓치게 되자, "살다 보면 이런 일도 있게 마련이다."라며 둘러댔다. 그러면서 일정 지체에 따른 추가 비용은 우리가 부담할 용의가 있다고 큰소리를 쳤다. 밖에서는 저렇게 통 큰 호인인체하면서 집에서는 그런 구두쇠, 독불장군이 없다. 허풍과 위선도 대물림인지, 자기 아버지를 빼다 박았다. 사사건건 간섭과 감시의 끈을 놓지 않고 독선을 부리는 남편의 성격에 시달려 온 지난날을 떠올리며 나는 깊은 한숨을 내쉬었다.

대책 없이 막막한 시간이 이어지자 일행의 표정들이 굳어졌다.

"정치를 잘했으면 여기까지 와서 이런 푸대접을 받지 않았을 텐데…."

누군가의 넋두리가 들렸다. 화나면 무슨 소릴 못할까마는, 상황 파악을 못 한 여행사나 우리 탓이다. 정치를 탓할 일은 아니지만, 내 이름 때문에 벌어진 일이 아닌가 싶어 일행의 얼굴 보기가 민망했다.

공항 밖의 공원으로 나온 일행은 아무 일도 없었던 듯 사진을 찍고, 생략했던 박물관 견학을 했다. 귀국 후의 일정 때문에 마음이 급한 나는, 전시품들이 눈에 들어오지 않았다. 마두금의 유래와 제작 과정을 보여 주는 작품도 있었지만 눈여겨보지 않았다. '마두금 이야기'라면 몽골 작가가 써야지, 미치코라는 일본 작가가 써서 유명해졌다는 얘기는 이해가 되지 않았다. 남편은 마두금이 마두금을 외면하면 되느냐며 '마두금 이야기' 앞에서 내 손을 잡고 읽어나갔다.

'마두금은 몽골 전통악기이다. 동쪽에 살던 후루가 군대에 가서 서쪽 땅을 지키다가 그곳 마부의 딸인 예쁜 처녀와 사랑에 빠지게 되었다. 군대를 마치고 고향으로 돌아가는 후루에게 처녀는 조농할이라는 말을 주면서, 이 말을 타고 꼭 다시 돌아오라고 부탁했다. 고향에서 후루를 짝사랑하던 부잣집 아가씨가 이 사실을 알고 말을 죽였다. 조농할은 죽으면서 그 두개골을 악기로 남겼다. 후루는 그 후 서쪽 지방에 두고 온 연인이 생각날 때마다 마두금을 연주했다.'라는 슬픈 사랑 이야기였다.

이혼을 생각하며 여행길에 오른 내게도 그들의 아픈 사랑이 잠시 가슴을 찡하게 했다. 한글 설명이 인쇄된 팸플릿을 한 장 가지고 나왔다. 마두금 연주곡이 담긴 CD도 한 장 샀다.

가이드가 가장 빠른 귀국 비행기 시간을 사방으로 알아보는 중이라고 했다. 스마트폰을 한참 들여다보더니, 내일 아침 상하이에서 출발하는 좌석표가 다섯 개 있다고 한다. 칭다오에서 더 늦게 출발하는 좌석표가 아홉 개 있어서 두 팀으로 나누어 가야 한단다. 입국 이튿날 저녁, 문학제에서 내가 시 낭송을 하기로 되어 있으므로, 그 전에 꼭 가야 하니 마음이 조급해졌다.

우리 부부는 조금이라도 빠른 상하이로 얼른 신청을 했다. 뒤이어 혼자 온 장현섭이 신청을 했다. 울란바토르에서 가는 비행기가 내일도 없다고 하니 부부 한 팀이 더 신청을 해서 다섯 명이 채워졌다.

우리 부부가 신청한 상하이 편은, 푸둥 공항까지 가서 숙박하고 아침에 출발한다고 한다. 전세버스가 다시 울란바토르 공항으로 달려가서 우리 다섯 명과 가이드를 내려 주었다. 가이드가 한참이나 공항 직원과 실랑이를 했다. 알고 보니 나는 상하이로 신청이 됐지만, 남편은 칭다오로 신청이 됐단다. 여행사 대표가 스마트폰으로 급히 신청을 하다가 착오를 일으킨 것이다. 가이드가 대표와 한참 통화하더니 아홉 명을 태운 버스가 다시 왔다.

칭다오행 버스로 옮겨 타야 할 남편의 표정이 좋지 않았다. 나를 쳐다보는 시선 역시 예사롭지 않다. 염려보다 불신과 불안이 담긴 시선이다. 그러나 집에서와 달리, 대범한 척 울화를 참는 것 같다. 자신이 타야 할 버스로 가면서, 교대를 하는 김경석을 비롯한 일행에게 안식구 잘 부탁한다며 정중히 머리를 숙였다. 남편의 그런 모습을 보면서 나는 속으로 중얼거렸다.

'저 속이 오죽할까?'

이제껏 살면서 이런 황당한 일은 처음이다. 그러나 이렇게 우리 부부가 잠시라도 떨어져 지내게 되니 홀가분한 면도 없지 않다. 앙금을 안고 사는 우리 부부가 다만 잠시라도 차분히 자신을 돌아보도록, 숙려 기회를 갖게 하려는 부처님의 배려가 아닌가 싶기도 했다.

친정어머니는 첫아들을 순산한 뒤 딸을 낳았는데, 그 딸이 바로 나, 마두금(馬斗金)이다. 말 두(斗) 자에 쇠 금(金) 자, 금이 한 말이니, 금쪽같이 귀하게 잘 살라는 소망이 담겼다. 귀한 재물 한 말이 생기면 혼자 잘 살려 하지 말고, 남을 위해 베풀며 살라는 뜻이랬다. 아버님은 불심이 깊으셨는데, 존경하는 주지스님의 법명이 이두(二斗)였다고 한다. 곡식 두 말이 생기면 한 말은 중생들에게 베풀고, 한 말은 절집 식구를 위해 쓰라는 뜻이었다는데, 그 스님의 법명에서 착안하셨단다. 머리 깎고 여승 되라고 안 한 것이 다행이라 싶었지만, 어릴 때는 그 별난 이름 때문에 놀림도 많이 받았다. 짓궂은 사내애들이 '날 보고 가슴 두근거리냐'고 묻거나 '말 대가리'라고 놀렸다. 그래서 내 이름이 싫었는데, 마두금이라는 몽골의 민속 악기가 있다는 건 금시초문이었다. 그 유래를 듣고 잠시 가슴이 찡했던 건 이름 때문은 아니었다. 발음이야 같지만, 한자로 쓰면 '마두금(馬頭琴)'과 '마두금(馬斗金)'은 다르다. 악기의 원산지나 내 국적이 달라 원 발음과 뜻이 모두 다른데, 공통점이 무엇인가. 그냥 우연 중의 우연일 뿐인데….

여름휴가로 내몽골에 가자는 남편의 이야기를 나는 탐탁지 않게 여겼었다.

"마두금, 당신은 꼭 몽골에 가서 마두금을 직접 보고 마두금 연주를 들어야 해. 악기도 제대로 소리를 낼 때 아름다운 것이잖아."

남편의 몽골여행 제안은, 제안이라기보다 간청에 가까웠다. 짐작건대, 요즈음 침묵으로 일관하는 내 심중을 읽고 분위기 전환을 시도하는 것이리라.

내 이름이 악기 이름 따위와 같다는 게 무슨 의미가 있느냐고 처음에
는 시큰둥했다. 몽골의 초원 한가운데서, 태곳적 그대로의 청정한 별을
바라보는 신비한 체험에 호기심이 일기 시작했다. 티 없이 맑은 밤하늘
의 별을 세고 여전사처럼 말을 달려 볼 수 있다면, 이혼을 생각하며 지
쳐 늘어진 오감이 되살아날 것 같았다.

"죽은 사람 소원도 풀어 준다는데, 당신이 정 원한다면…"

나는 마지못해 따르듯 내숭을 떨면서 남편의 제의에 동의했다.

독재자처럼, 감시자처럼, 아니 제왕처럼 군림하는 남편의 횡포에 지쳐
나는 이혼을 생각하고 있었다. 그런 나를 달래고 화해를 모색하려는 남
편과 동상이몽인 우리 부부의 동반 여행이 마지막 이별여행이 될지, 아
니면 옛날로 돌아갈 수 있는 빌미가 될지는 알 수 없지만, 잠시라도 지금
이 지겨운 상황을 잊을 수만 있다면 나쁠 건 없다 싶었다.

남편은 떡 벌어진 어깨에 우람한 체구로 남자답다는 말을 듣는다. 언
뜻 보아도 위압감을 느끼는, 만만찮은 타입이다. 그런 사람이 위계질서
가 분명한 직장에서 의협심을 발휘한답시고, 후배를 감싸고 상사를 치받
는 만용을 부리는 것 같다. 그래서 승진과는 등 돌린 사이가 되었다. 처
신을 반성하기는커녕, 밤중 홍두깨처럼 명퇴를 신청했다. 반대해도 소용
없겠지만, 집안에 틀어박혀 밤낮으로 얼굴을 맞대고 살자면 얼마나 더
나를 감시하고 볶아치랴 싶어 소화조차 되지 않았다. 남편 명퇴 후 한
달도 되기 전에 가까운 공인중개사 유리창에, 우리 집 옆의 편의점을 운
영하실 분을 찾는다는 쪽지가 나붙었다.

"당신 처녀 때 경리과에서 일했으니 편의점 한번 운영해보면 어때?"

느닷없는 제안이었다. 이미 독단으로 결정하고 명퇴금을 헐어서 계약
까지 한 눈치였다. 내 의견이 파고들 틈은 없었으므로, 나는 묵묵부답

으로 넘겼다.

"내가 수시로 교대할 테니 걱정 말라고…"

말뿐이지 싶었는데, 그래도 한동안 자주 교대를 해 주고, 찾는 고객이 많아서 제법 재미가 있었다. 웬만큼 적응이 되니 일을 할 때도 고생스럽다는 생각보다 남편의 감시에서 벗어나 해방된 느낌이었다.

그러나 재미도 해방감도 잠시, 건너편 아파트 앞에 규모가 제법 큰 마트가 생기면서 상황이 변했다. 전 주인이 그 낌새를 눈치채고 내놓은 모양인데, 그걸 덥석 물었던 것이다. 수입은 줄고 입을 틀어막아도 터져 나오는 하품만 늘어갔다. 남편의 교대 약속도 초반뿐이었다. 동창회다 등산이다 골프다, 갈 곳 많아 분주해진 남편은 종일 얼굴도 보이지 않는다. 전화질만 하다가 해 기울 무렵에 나타나 매출 상황을 내놓으라 성화다. 조금이라도 착오가 있으면 "어느 놈에게 빼돌렸기에 매출이 이것뿐이냐."라고, 피의자를 앉혀놓고 으름장을 놓던 본색을 나타냈다. 그러고도 일단 통장에 입금된 돈은 나와 무관한 것이 되었다. 일하는 보람은커녕, 앵벌이 그게 딱 내 신세였다.

편의점을 시작하고 얼마 후, 얼굴 구경조차 못 하던 친구를 모처럼 만났다.

답답한 속을 털어놓는 내 얘기를 들은 친구는, 남편의 그런 행태가 의협심 아닌 의처증 때문이라고 했다. 심리 상담을 받아 보든지 그게 안 되면 법률자문이라도 한번 받아 보라고, 아는 변호사의 전화번호까지 알려 주었다.

"지금 네 남편 하는 거로 보아선 상담에 응할 것 같지 않고, 설혹 이혼을 한 대도 위자료 받을 조건이 안 될 테니 증거를 확보해 놓아야 돼."

친구는 "제 버릇 개 못 준다."라며 은근히 이혼을 종용했다.

남편은 경찰서 수사 담당 형사였다. 출장이 잦았다. 출장 중인 때는 밤낮 가리지 않고 수시로 전화를 하는 건 물론, 내근 중의 한낮에도 툭 하면 전화를 했다. 신혼 초에는 그것이 관심과 사랑인 줄 알았다. 염려 때문이려니, 남들도 다 그렇게 살고 있으려니 믿었다. 그러나 허니문 기간이 지나고 세월이 흘러도 남편의 습벽은 여전했다. 핸드폰이 흔치 않던 때라 잠시라도 집을 비웠다가 돌아오면, 어김없이 남편이 와서 눈에 불을 켜고 기다렸다. 그리고 추궁하는 것이었다. 어디 갔다 왔느냐, 누굴 만났느냐. 주부가 살림 제쳐놓고 툭하면 집을 비우고 나다녀도 되는 거냐….

대답하기에 지쳐 입을 닫을 때까지 몰아붙였다.

입을 닫고 침묵으로 버티자, 남편을 무시하는 거냐며 손찌검을 다 했다.

이건 사랑이나 염려가 아니라, 불신이고 감시고 폭력이다. 그 후 남편에 대한 믿음은 깨지고 내 가슴에 쌓이는 건 미움과 분노였다. 분출구를 찾지 못한 분노는 시루떡같이 켜켜이 쌓여 절망으로 가고 있었다.

금쪽같이 살아라. 남에게 베풀며 살라 하던 아버지의 소망은 결혼과 동시에 풍비박산된 셈이다. 금쪽같은 내 인생은 아버지의 딸이었을 때뿐이었고, 베풀며 사는 인생은 시작도 되기 전에 파탄을 맞을 판이었다. 편의점 수입이 점점 줄어드는 만큼, 남편과 나 사이도 좋지 않은 쪽으로 기울어졌다.

남편과 교대한 시간을 이용해 봄나물도 살 겸, 전통시장을 한 바퀴 돌고 있는데 핸드폰이 울렸다. 가방을 열고 핸드폰을 찾는 사이에 신호음이 꺼졌다. 5분쯤 후에 다시 신호음이 울렸으나 통화 버튼을 누르기 전에 또 신호음이 꺼졌다. 받기 전에 성급히 꺼진 전화는 모두 남편이 건 것이므로, 내가 전화를 걸었다. 그러나 남편은 받지 않았다. 황급히 편의점으로 가 보니 문이 잠겨 있었다. 서둘러 집에 갔더니, 짐작대로 남편이 먹이를 놓친 범상을 하고 있었다. 조사실에서 흉악범 피의자를 다루듯, 추궁이 이어졌다. 나와 결혼 전에 사귀던 작자를 만났느냐. 그 작자가 어떤 놈이냐. 무슨 깨 볶는 얘기가 그리 많아서 전화도 안 받고 그렇게 놀아나도 되는 거냐. 재탕 삼탕의 반복 문초다. 왈칵 쏟아내고 싶은 말은 많았으나 나는 입을 닫았다. 쏟아지는 건 터질 듯한 가슴에서 치솟는 한숨, 그리고 주체할 수 없이 흐르는 눈물과 콧물이었다. 적장을 무릎 꿇린 승전 장군처럼 추궁과 질책을 계속하는 남편의 말을 끊고, 나는 딱 한마디만 하고 일어섰다.

"우리 여기서 끝내요."

나는 옷장을 열어젖히고 보따리를 싸려는 데, 남편의 고함이 터졌다.

"당신 미쳤어? 지금 뭐 하는 짓이야?"

"나는 당신에게 붙잡혀 수갑 찬 죄인도 아니고, 감시받는 사찰 대상도 아니에요. 노예나 시녀도 아니고, 그냥 평범하게 살고 싶은 보통 여자라고요."

내가 남편을 향해 한 말 중 가장 크고 긴말이었다.

"여보 이러지 마. 이건 아니야. 이러면 안 된다고."

갑자기 목소리를 낮춘 남편이 내 손을 잡았다.

"이 손 놔요. 안 되는 건 당신 사정이고, 나는 이대로 살 수 없어요."

"이러지 마. 당신이 미워서가 아니야. 왜 내 맘을 몰라?"

'왜 내 맘을 모르냐고? 그 맘이 어떤 맘인데?' 나는 남편의 돌변한 태도와 비굴한 말씨가 역겨웠다. 또 한차례 손찌검을 각오하고 선고처럼 말했다.

"당신은 유능한 형사였는지 몰라도, 평범한 남편 될 자격도 없어. 끝내요." 남편의 오른손이 어깨 위로 올라갔다. 나는 탁상 위의 재떨이를 들어 남편을 향해 힘껏 던졌다. 파국을 각오한 저항이었다. 빗나간 유리 재떨이가 맞은편 벽에 부딪히며 내는 파열음과 어깨 위로 올라간 남편의 손이 자신의 가슴을 치는 소리가 거의 동시에 들렸다. 남편과 내가 경악한 것도 역시 동시였다.

나는 남편의 손이 나를 때리려는 것으로 짐작하고 본능적인 방어책으로 재떨이를 집어 던졌고, 남편은 의외로 과격한 나의 반항 때문에 답답해서 제 가슴을 쳤을 것이다. 나는 눈을 질끈 감았다. 자기 가슴을 쳤던 남편의 손이, 이번엔 내 얼굴이나 몸통 다른 어느 곳을 가격하리라.

불과 몇 초간의 침묵, 아니 적막이 흐르는 동안 나는 눈을 뜨지 못했다. 그러나 가격은 없었다. 나는 눈을 떴다. 눈앞에 벌어진 이번에 나는 또 한 번 놀랐다. 고개를 숙이고 무릎을 꿇은 남편이 눈앞에 있었다.

사막의 신기루인가, 아니면 환시인지 환각인지. 눈을 껌벅여 봐도 여전했다.

"여보 내가 잘못했어. 난 당신 없으면 버티고 살 수가 없어. 날 용서해."

초연 배우가 대사를 외우듯, 남편의 목소리는 작고 떨렸다. 나는 믿기지 않는 현실에 어떻게 대처해야 할지, 결정 장애자처럼 판단불능 상태가 되었다.

남편은 울고 있었다. 울면서, 지금까지 내가 짐작도 못 했던 말을 했다.

어릴 적 얘기였다. 계모 밑에서 자랐는데, 생모가 여덟 살 때 집 뒤의 밤나무에 목을 맸기 때문이었다. 밤꽃이 지렁이처럼 밟히던 날이었는데, 굵은 밑가지에 목이 부러진 허수아비처럼 매달려 있던 어머니를 보았다고 한다. 그 후부터 자기는 밤을 먹지 못한다고 했다.

"어렵던 시절에, 큰아들인 내 아버지만 대학까지 가르치고 서둘러 결혼을 시켰어. 어머니는 가난한 집안의 장녀로 태어나 공부를 하지 못했는데, 중매로 결혼이 성사됐으니 처음부터 기우는 결혼이었지. 무식한 어머니를 백안시하고 창피하게 생각하던 아버지의 불만은 점차 학대로 변했어. 견딜 수 없었던 어머니는 나와 다섯 살 위의 누나를 남겨놓고 세상을 버렸지. 어머니보다 많이 배우고 예쁜 계모는 유식한 만큼 간교해서 우리 남매를 눈엣가시처럼 여기고, 보는 사람이 없을 때는 매질도 서슴지 않았어. 그럴 때마다 누나는 나를 감싸 안고 대신 매를 맞았어. 좀 더 자라서는 매질하는 계모에게 반항을 했지만, 그건 '왜 때려요?'라는 비명 같은 외마디 소리가 전부였지. 그러던 누나가 열네 살 때 가출을 했고, 혼자 남은 나는 늘 공포에 떨면서 누나가 돌아오기를 기다렸어. 누나는 오지 않았어. 누나와 함께 있을 때도 어머니가 늘 그리웠지만, 누나까지 사라진 후엔 밤낮없이 계모의 눈총과 매질이 무서웠어. 혼자서 떨던 그때를 생각하면, 지금도 온몸이 떨려…"

남편의 눈물은 그쳤지만, 목소리는 여전히 작고 흔들렸다.

"좀 더 커서는 내가 또래들에게 매 맞는 아이나 놀림당하는 아이들 편을 들거나 대신 싸웠지. 어린 시절의 외롭고 두려웠던 기억과 누나도 없이 혼자서 계모에게 매질을 당하던 아픔 때문인지도 몰라. 누나는 자신보다 나를 위하고 사랑했지만, 결국 나를 버려두고 집을 나갔어. 당신도 누나처럼 언젠가는 내 곁을 떠나지 않을까 불안해. 당신 소재가 확인되지 않으면 나는 불안해서 아무것도 못 해. 당신 힘든 거 나도 알아. 용서해. 반성하고 고칠게."

독선자인 듯 감시자인 듯 적장을 굴복시킨 장수처럼 당당하던 거구의 남자가, 가냘프고 외로운 소년이 되어 내 앞에 앉아 있었다. 그리고 용서를 빌었다.

그러나 나는 용서한다고 말하지 않았다. 반성하고 고친다는 말을 믿지 않았다. '제 버릇 개 못 준다.'라는 친구의 말뿐이 아니었다. 마음속

깊은 곳에 뿌리박힌 트라우마는 표피에 난 상처처럼 쉽게 낫지 않는다는 걸 알기 때문이었다.

상하이 푸둥공항에 도착한 우리는 가까운 곳에 호텔을 잡았다.

부부 팀은 6층이고 장현섭·김경석과 나는 7층인데, 공교롭게도 그들이 내 옆방이다. 부부가 6층의 엘리베이터에서 내리고, 7층에서 두 남자와 같이 내리며 괜스레 가슴이 콩닥콩닥 뛰어 눈을 내리깔았다. 그때 핸드폰이 울렸다. 마치 그 현장을 보고 있는 듯 잘 도착했느냐는 남편의 전화였다. 남편은 잠들면 비행기 못 타니 잠들지 않게 전화를 계속하겠다고 한다. 문 꼭 잠그고 절대 문 열어 주지 말라고 신신당부를 했다. 또 본병이 도졌구나, 나는 속으로 한숨을 쉬었다.

씻고 누우면 곯아떨어질 것 같아 텔레비전 스위치를 눌렀다. 얼굴이 화끈했다. 19금 채널에 맞춰놨는지 노골적인 장면이 아랫도리를 강타했다. 최면에 걸린 듯 나도 모르게 흥분해서 채널을 돌리지 못했다. 속옷이 흥건히 젖었다. 자극이 없더라도, 오랫동안 굶주린 내 몸은 해갈을 원했지만, 남편과는 아니었다. 전라의 남녀가 벌이는 몸부림을 보면서, 나의 원초적 본능은 ktx 상행선을 탄 것 같이 속도를 냈다. 차마 못 볼 것이라 여기면서도 눈을 돌리지 않는 모순은 익명의 장막 뒤에서 거침없이 노출되는 인간의 본능인가. 옆방에 신체 건장한 남자가 있다는 사실이 더 몸을 뜨겁게 만들었다. 수절 과부가 밤꽃 피는 시절이면 넓적다리를 송곳으로 찔렀다는 말이 이해가 되었다. 실제 밤꽃 냄새의 성분인 스퍼미딘과 스퍼민이란 성분은 동물의 정액에서 처음 발견되었다고 한다. 이성보다 감성이 마성처럼 뻗치는 밤에 밤꽃 향기를 풀어 놓아서인가. 나는 잠시 색녀가 되었다.

"등신, 머저리!" 부지중에 소리를 질렀나 보다. "무슨 일 있어요?"라는 장현섭의 목소리가 문밖에서 들렸다. 이내 요조숙녀로 돌아와 문도 열지 않고 아무 일 없다고 했다. 외간 남자의 침입을 은근히 기다렸으면서, 아닌 척 시침을 떼는 간교하고 비겁한 이중성이 내 속에 똬리를 틀고 있었던 것이다.

"까똑." 또 소리가 난다. 밤새 몇 차례나 전화를 하고도 뭐가 못 미더워 첫새벽에 또 '까똑'인가? 미안하다고 반성한다며 다짐하던 얼마 전의 일을 까먹고 수시로 도지는 병, 과연 그 병소를 끌어안고 어찌 살 건가?
　그러나 남편이 보낸 문자는 트라우마에 갇힌 불신의 발로는 아니었다.

　　내 사랑 마두금~.
　　당신을 처음 보았을 때 별같이 반짝이는 눈으로 미소를 짓는데 정신이 몽롱했소. 거기에 빠져들어 늘 당신 주위를 맴돌았지. 당신은 치자 꽃향기로 내게 다가왔어. 상큼하면서도 허스키한 사이다 음색은 더 매력적이어서 내가 꼭 연주하고픈 악기가 되었소. 지금도 예쁘지만 당신이 그때 얼마나 청초하고 예뻤던지. 깊은 산속 암벽 위에 홀로 피어나는 이슬 먹은 원추리 꽃 같았소. 날마다 당신을 만나는 게 삶의 의미로 자리 잡았소. 거절하는 당신에게 껌딱지같이 딱 달라붙어 좋은 인연을 만들었소. 그리고 행복을 심어 오늘까지 가꾸어 왔네. 영원히 사랑하오.

읽고 나니 부지불식간에 웃음이 나왔다.
'뭐, 좋은 인연이라고? 행복을 가꾸었다고?'
　그래도 새로운 하루가 시작되는 새벽이라는 걸 의식해선지, 험악한 소리나 문자가 없는 게 다행이다. 밤에 문 두드린 남자는 없었느냐, 문 열어 주고 불러들인 작자가 있다면 그냥 두지 않을 거라는 등….

반응이 없으면 또 전화나 문자가 올 것이므로 답을 보냈다.

'좋은 여행 마지막 여정까지 무사해서 다행이네요.

귀국해서 뵈어요.'

말을 아낀 것은 혹시라도 남편이 속단할까 염려해서였다.

'나도 사랑해요.' 어쩌고 감정이 섞이면, 필시 동상이몽의 동반 여행이 의기 상통하여 화해가 이루어졌다는 속단을 내리지 않을까 하는 생각 때문이었다.

패장처럼 꿇어앉아 눈물을 흘리며 털어놓던 트라우마, 소년 시절부터 심어진 분리불안을 떨쳐내지 못하고 있는 남편의 고백에 연민이 갔다. 하지만 그의 다짐을 믿을 수 없고, 그래서 나는 결심을 바꾸지 않은 것이다.

다섯 시가 가까워 왔다. 화장을 하려고 거울 앞에 앉았다. 지난밤 비록 혼자만의 상상이었지만 본능에만 충실했던 중년의 여인이 무척이나 낯설었다. 늘 남편을 짐승같이 취급하고 혼자 고상한 척하더니…. '미친 것' 소리가 절로 나왔다. 회오리치던 속내까지 감추려고 콤팩트를 더 오래 두드렸다. '탁 탁 탁 탁….' 콤팩트는 내 얼굴을 치장하는 것이 아니라 단죄하는 것이었다.

마두금에 얽힌 애절한 사랑을 상상하며, 텔레비전 화면에서 용틀임 치는 전라의 남녀와 함께했다. 밤새 내 육신에도 태풍이 휘돌아 나갔지만, 흔적은 전혀 남아 있지 않았다. 쥐를 삼킨 고양이가 잔인했던 순간을 낯선 방에 버려두고 시침을 떼듯, 나 혼자서 한밤을 뜨겁게 보낸 객실의 키를 서서히 뺐다. 엘리베이터 문이 열리니 장현섭 팀도 좇아와 동승을 했다. 그들을 보니 괜스레 무안해져서 등을 돌리고 벽을 바라봤다. 남편과 떨어져 있을 때 슬며시 다가와 은근히 친밀감을 표시하던 장현섭이 "뭘 이렇게 달고 다니냐?"라며 등 뒤에서 슬쩍 끌어안는다. 손길만으로도 감전이 된 듯 온몸이 찌르르했다.

"타이밍이 예술이라는 것도 모르는 등신." 혼잣말을 중얼거렸다. 두 남자가 무슨 소리인가 하고 나를 쳐다본다. 무례하다는 마음보다 더 많은 아쉬움이 감춰진 것을 알았을까? 나는 새삼스럽게 얼굴이 뜨거워졌다.

부부 팀은 또 비행기를 놓칠까 봐 불안해서 한 시간 전에 나왔다고 했다. 가이드도 없고 티켓도 없는데 어떻게 공항버스를 탈 수 있을지, 여행사 대표를 깨워 통화를 했다. 호텔 카운터 직원을 바꿔 주며 실랑이를 한끝에, 다섯 명이 탈 수 있는 승합차가 도착했다. 이왕이면 짐 부치는 19번 게이트 앞에 세워주었으면 하고, 기사한테 "헬로." 해도 반응이 없다. "웨이." 하니 돌아본다. 궁하면 통한다고 손짓 발짓 다 하여 의사를 관찰시켰다.

우리나라로 가는 동방항공에 무난히 탑승을 했다. 울란바토르에서 올 때와 같이 부부 팀이 앞에 앉고 김경석·장현섭과 내가 그들 뒤에 앉았다. 올 때는 남편과 나란히 앉아 왔었는데, 방향은 다르지만 느긋하고 평온한 마음은 아니다.

도착 시간을 보니 내일 행사에 펑크를 내지는 않을 것 같다. 그나마 다행이라 안도의 숨이 나왔다.

장현섭이 여기저기서 셀카로 찍은 자기 사진을 보여 주더니, 내 것도 좀 보여 달라고 했다. 사진으로 보니 까무잡잡한 피부에 선 굵은 이목구비가 잘생긴 배우 같다. 흘깃흘깃 쳐다본 생얼보다 더 선명하고 섹시해 보인다.

나는 사진을 잘 못 찍어서 다른 사람들 모델만 되어 준다고 거절을 했는데, 굳이 좀 보자고 졸랐다. 옆에 앉아서 더 거절하기도 민망해 스마트폰을 내밀었다. 한참을 들여다보던 그가 "아니 이건!" 했다. 무엇인가 가로채서 보니 참 가관이다. 남편이 하도 전화를 해서 녹음 버튼을 눌러 놓았었다. 그런데 동영상 버튼을 눌러 놓았었나 보다. 혼자 보기에도 민망한 빈방의 모노드라마 한편이 찍혀 있었다. 절명하는 듯한 여자의 교성이 들리고 여과 없는 본능 그대로 낯 뜨거운 욕망을 뿜어내고 있었다. 나를 가장 부끄럽게 만든 건 화면 속에서 남자의 애무를 받던 여자가 '하고 싶다.'라고 내뱉는 신음소리였다. 열정적으로 인생을 개척하는 시간이나 그런 곳에서 그 소리를 들었다면 꿈이 많고 도전적이구나 했을 것이다. 그러나 지금은 누가 봐도 무슨 말인지 알 것 같아 고개를 들 수가 없었다. 당장 삭제 버튼을 눌렀다.

'등신 머저리.'라고 하던 소리를 나 자신에게 확 되돌려 주고 싶었다.

귀가 얇은 탓인지 증거를 잡아 두라는 친구의 말을 듣고, 아내를 감시하듯 추궁하는 남편의 전화 목소리를 녹음한다는 것이 엉뚱한 버튼을 눌러 놓았다. 제 발에 걸려 넘어지는 숙맥짓을 한 셈이었다. 쥐구멍이라도 찾고 싶었다.

장현섭과의 동석이 껄끄러웠다. 초침보다 빠르게 헤어지고 싶은데 비행속도는 시침보다 느려서 착륙 시간이 아직도 많이 남은듯했다.

남자라는 상대만 없었을 뿐이지, 같은 순간에 내가 함몰되었던 원초적 욕망을 저울로 달아보았다면 남녀 두 접합의 무게보다 부족하지 않았을 것이다. 눈치 빠른 장현섭이 아쉬운 듯 중얼거렸다. 결코, 작은 소리가 아니었다.

"내가 용기를 냈어야 했는데. 미적미적하다가 천하절색 마두금을 연주할 천재일우의 기회를 놓쳤네…"

얼굴 뜨거운 수치심과 함께 나라는 여자가 무척 낯설었다. 이제껏 남편이 감시한다고 불평하며 자유가 그립다고 비명을 달고 살았다. 교통사고가 대부분 쌍방 과실이듯, 나와 남편의 관계도 쌍방의 탓이거나 내 탓이 더 많지 않았을까? 동상이몽인 우리 부부의 관계는 과연 남편만의 탓일까? 장현섭의 뇌리에 박힌 내 모습은 과연 어떤 것일까?

트라우마에 갇힌 남편의 의처증에 시달리는 가련하고 정숙한 여인? 아니면 스스로 밤꽃 향기에 취해 요염한 육체로 남성의 본능을 자극하는 몸 뜨거운 여인인가? 남편과 이혼을 위해 잡으려던 증거 대신 엉뚱하게도 이혼당하기 마침한 증거를 잡았으니, 장현섭의 뇌리에 박힌 내 모습은 뻔할 터였다.

'내가 용기를 냈어야 했는데…' 장현섭이 중얼거린 말속에는 나를 낚았다 놓친 고기로 생각하는 게 있는 것 아닌가? 그렇다고 장현섭이 착각이나 망상에 빠진 탓이라고 나무랄 처지도 못 된다. 나 스스로 증거를 그의 손에 쥐여준 셈이다. 나는 정숙하지만 의처증 남편에게 시달리는 가련하고 불행한 여인이다. 그렇게 말한다면 장현섭은 아마 가가대소하며 나를 조롱할 것이다.

나는 친구의 말대로 남편에게 정신과 치료를 권하지 않았다. 아직은 변호사와 상담도 하지 않았다.

뜨겁고 행복하던 신혼 시절의 기억은 모두 허공에 날려버리고, 지금 겪고 있는 고통을 전부 남편 탓으로 돌리는 이기적인 여자가 나라는 생각이 들었다. 이미 내 속을 다 알아버린 외간 남자와 나란히 앉아 구름보다 높은 하늘을 날고 있다. 남자는 이제 말이 없지만, 색에 굶주린 마두금이란 여자를 마음만 내키면 언제라도 원초적 신음 소리를 내도록 연주할 수 있다고 생각할 것이다. 지난밤에 오랫동안 억제했던 육체가 본능에 휘둘리면서, 옆방에 있던 이 남자를 나는 마음속으로 원하고 있지 않았던가?

그러나 지금은 동석 자체가 형벌처럼 느껴진다. 이 남자가 무례를 저지르거나 혐오감을 주어서가 아니라, 숨겨뒀던 나의 원형을 몽땅 들켜버려서다. 그런데도 남편 탓을 당연한 구호처럼 가슴에 담고, 감시와 학대에 시달리는 피해자로 자처해 왔던 내가 아닌가?

인천공항을 출발할 때는 비록 동상이몽일망정, 남들처럼 남편과 나란히 앉아 있었다. 남편은 비록 가식일지라도 자상했다. 기체 밑으로 흐르는 떼구름 속에서 갖가지 형상을 찾아서 그걸 보라고 일일이 내게 가리켜 주었다.

"저건 쥐 모양인데, 옆의 고양이 형상보다 크지? 진짜 그런 일이 생긴다면 고양이가 쥐를 잡아먹지 못하겠지. 언제 저런 큰 쥐가 나타날지 모르잖나."

유치원생 같은 남편의 말속에는 세상을 강자와 약자로 구분하는 이분법이 잠재돼 있었다. 절대강자였던 계모에 대한 공포감 때문이리라. 신기하지도 재미있지도 않았지만, 나는 계속 고개를 끄덕였다. 우리도 남들같이 다정한 부부처럼 보여야 했기 때문이었다.

그러나 지금은 나와 다른 비행기에 탑승한 남편의 속이 새카맣게 타고 있을 것이다. 짝없는 두 남자가 나와 동행이라는 게 불안을 더 키웠을 것이다. 가뭄에 갈라지는 논바닥 같이 타는 속을 감추고 의연한 체 애쓰고 있을 남편이 불쌍해졌다.

그 큰 체구가 내 앞에 무릎을 꿇고 어린애처럼 눈물을 줄줄 흘리던 모습이 새삼스럽게 떠올랐다. 한없이 여린 남자. 목을 매고 죽은 엄마와 가출한 누나와의 이별로 가슴에 못이 박힌 소년. 사랑의 결핍으로 관심이 늘 필요했던 소년. 나는 왜 그런 남편을 외면하고 '금쪽같은 나'만을 생각했던가? 측은한 마음이 일면서 내 이름을 지은 뜻에 생각이 미쳤다. 남편이 보고 싶어졌다.

멀고 아득한 초원을 사이에 두고 헤어진 서쪽의 처녀와 동쪽의 후루. 타고 갈 말이 죽어 만나지 못하고 애태우던 두 사람은 누구를 탓하고 원망했을까? 누구도 상대를 탓하지 않았으리라. 간절한 기다림과 함께 언젠가 초원을 가로질러 가서 만나는 날을 꿈꾸며 그리워했으리라.

옆 좌석의 남자, '내가 용기를 냈어야 했는데…'라며 나 마두금을 연주하지 못해 지난밤을 후회하던 그는 고개를 삐딱하게 꺾은 채 곤히 자고 있다. 이제 옆 좌석의 마두금 따위에 흥미도 없다는 듯.

잠시 후 공항에 도착한다는 안내방송이 나왔다. 잠을 깬 장현섭이 무슨 말을 하려는지 "저기…"라고 입을 열었다. 나는 그의 말을 툭 잘랐다.

"내릴 준비나 하세요."

공항에 도착하면 얼마 후, 남편이 탄 비행기도 도착할 것이다. 몇 분이 되던 몇 시간이 되던, 나는 공항 로비에서 남편을 기다릴 것이다. 그리고 '당신이 많이 보고 싶었다.'라고 진심으로 말할 것이다.

집에 돌아가면 남편과 함께 마두금 CD를 틀어놓고, 그 애절한 음률을 다시 들어 보리라. 남편이 나를 연주하겠다면 그 또한 함께하리라.

기체 착륙으로 인한 가벼운 충격 후 활주로를 달리는 창밖으로 눈에 익은 풍경들이 빠르게 내달린다. 떠난 것은 언젠가 제 자리로 돌아와야 하는 법. 그건 진리인가 보다.

✎ **이영희**

한맥문학 신인상(1998). 26회 동양일보 소설부문 당선.
23회 충북수필문학상 수상.
2018 청주시 생명 글자판 당선. 수필집 『칡꽃 향기』, 『정비공』

回復

• • •

정 순 택

"너 이대로 자라면 5년 후에 어떻게 될까?"

"폐인이 되겠지요."

태만의 입에서 나오는 소리에 일천은 귀가 의심되었다. 폐인이 무엇인지 안다면 쉽게 할 수 있는 말이 아니었다. 또한, 그런 말이 그리 쉽게 나올 정도라면 어떤 각오가 있었을 것이다. 먹었던 생각과 달리 습관적으로 행동된다고 해도 변화가 있게 마련이다. 숨기려 할 필요가 없겠지만, 설령 몰래 한다고 해도 어느 구석이건 낌새 알아챌 수 있는데 태만에게서는 그런 기미를 조금도 못 느꼈다. 누가 자기에게 '너 5년 후엔 폐인이 될 거야.'라고 한다면 이유 불문하고 대들 것이다. 그런데 태만은 스스로 그런 말을 하고도 아무렇지도 않은 듯 덤덤한 표정이다. 오히려 일천이 눈치 살피면서 이왕 시작한 말이니 이어나갔다.

"너 멋진 사내가 되고 싶다고 했지."

"예 그랬어요."

"그렇다면 그에 맞는 행동이 따라야지."

"그렇겠지요."

속이 타는 것은 일천이었지 태만은 시종일관 여유만만하다. 초등학교 5학년이면 충분히 알만한 나이다. 또한, 폐인이 무엇인지도 알고 있어서

한 말일 것이다. 그런데 달라지겠다는 약속 있고서 며칠은 변하는 듯하다가 제자리걸음이다. 다시 약속 이행하기 바라면서 꺼낸 말의 반응이 너무 담담하여 적이 당황된다. 그뿐만이 아니고 무슨 생각하고 있는 것인지 도대체 종잡지 못하여 눈치 살펴진다. 교육시킨다고 하다가 빗나가기라도 하면 커나가는 아이의 마음에 상채기만 남기기에 십상이다. 여간 조심스러운 것이 아니다.

조금이나마 엇나가게 산 결과로 입에서 단내가 나는 사람들 종종 하는 소리가 있다. 부모가 그리 심하게 다루지 않았거나 조금만 덜 간섭했더라면 자기의 삶이 달라졌을 것이라고 한다. 그런 사람들은 놀랍게도 여기저기에 있어 어렵지 않게 들을 수 있는 소리이다. 또한, 거의 비슷한 소리여서 그러려니 하는 가운데 듣게도 된다. 설령 마음에 걸린다고 해도 되돌리지도 못할뿐더러 이미 습관으로 굳어진 것이니 어떻게 할 수도 없다. 단지 들으며 마음만 짠해지고 내가 그런 우를 범하지나 않았는지 뒤돌아보아진다. 그들은 분명히 잘못이란 것을 알고 한 행동이었다고 한다. 부모에 대한 반항심에서 그랬고 잘못이 밝혀지면서 당황해하는 그분들의 모습 보면, 복수하는 것쯤으로 여겨서 그랬다며 씁쓸해한다.

그런데 그 사람들이 가해자라고 지목하는 부모들에게 묻는다면 무슨 생뚱맞은 소리냐며 되받아칠 것이다. 어느 부모건 자식 잘되는 일이라면 뜨거운 불 속이라도 마다치 않기 때문이다. 부모도 사람인지라 어찌하다 보면 조금 심하게 할 수는 있다. 그랬다손 치더라도 저희들 잘 되기 바라고 한 것이어서 뒤돌아서자마자 잊어버린다. 어쩌다 그런 소리 듣게 되면 그런 일이 있었느냐며 머리 긁적이게 된다. 생각지 못한 결과에 당황되는 것이야 사실이어도 단지 저를 위해서 한 일일 뿐이다.

사람은 커가면서 꼭 데려온 자식처럼 느껴지는 경우도 있다. 같은 형제인데도 유독 자기에게만 가혹한 것 같기도 하다. 주위를 둘러보아도 자기처럼 사는 사람은 안 보인다. 그럴 때 그렇게 느껴지는데, 잘 해주는 것은 안 보이고 모든 것이 이상하게만 보이는 오해로 빚어진 결과이다. 반항기와 사춘기 겪으면서 흔히 맛볼 수 있는 감정이기도 하다. 그 시기에는 생각이 짧아 무조건 극단적으로 치닫는다. 한 번 삐딱해지면 분별력이 무뎌져 이판사판식이다. 바른 일 하다가도 부모가 좋게 될 것 같아서 일부러 엇나가는 짓만 골라지기도 한다. 스스로 망가지는 것은 전혀 관계치 않는다. 적개심만 불타 눈이 지글거린다. 누군가는 해야 할 일, 희생은 당연한 것, 그 일을 자임하는 것으로 생각되어 자랑스럽기까지 하다. 그렇게 사는 사이 어느새 천성으로 굳어져 이 모양 이 꼴로 사는 것이라고 씁쓸히 말할 때는 이미 늦어 아픔만 남는다. 그런데 이 아이가 꼭 그렇게만 될 것 같은 생각이 절로 들어 몸이 움츠러드는 일천이었다.

태만은 아들이 가슴으로 낳았다. 일천을 애타게 하던 아들이 불혹의 나이도 저물 즈음 동창이라는 상대와 일가를 이뤘다. 옛날에 쉰둥이는 희귀했지 지금은 보통적인 일이어서 관심 밖으로 생각하기 심상이다. 당연히 있을 것으로 안 태기가 감감무소식이었다. 크고 작은 병원 안 가리고 들락거렸지만 허사였다. 용하다는 소문만 들리면 거리 안 따지다가 결과적으로 포기하기에 이르렀다. 옛날 같으면 양자 드리려고 눈을 번득였겠지만, 세상에 자식 나눌 형제는 없었다. 자연 입양제도에 눈 돌렸다.

식견이 멀쩡한 아이를 택했다. 대 이으려는 자식이라면 어찌하던 피 이은 것처럼 하겠으나 옛날에도 입막음일 뿐이었다. 발 없는 말이 천 리 가는 것이라서 은연중에 알려져 많은 후유증이 있었다. 우리는 피 내림의 전통이 강한데, 독일 같은 나라는 누구의 피라는 것은 개념 없어진 지 오래되었다고 한다. 누구든 힘이 있으면 일단 키우고 본다. 유명한 사람 가운데 부모가 누군지 모르는 사람이 부지기수란다. 그런 사회가 건강한 사회일 것이다. 하늘이 내려 주었다면 다른 데 눈 돌리지 않겠지만 기대할 나이도 넘긴 것 같다. 그 나이에 핏덩이라면 누구나 의심의 눈초리 보낼 뿐이다. 그럴 바에야 떳떳한 길이 바람직한 것 같더라는 소리에 일천은 가슴 허전해져 헛기침만 거듭하였다.

얼굴이 훤한 태만은 공부와는 거리가 있을뿐더러 매사를 해도 그만, 안 해도 그만 하는 식으로 지냈다. 곁에서 보면서 성깔 있다면 속 터지기에 십상이었다. 옛날부터 공부 잘하면 훈장은 받아놓은 밥상일지 몰라도 큰 인물은 안 된다는 말이 있어 위안 삼고, 바른 생각만 가지기 바랐는데, 타성에 젖은 듯 먹고 자는 것 외에는 무심히 넘겼다.

시설에서 또래들과 함께하는 사이, 이런저런 제약이 빚어 놓은 것쯤으로 이해하려고 했다. 자기주장 펴다가는 모난 돌이 정 맞는다는 속담처럼 되기에 십상이다. 어찌하든 무사히 넘겨야 한다는 생각이 앞섰을 것이다. 본능적으로 이래도 좋고 저래도 좋은 쪽으로 가닥이 잡혀 눈총 안 받으며 지낸 것으로 보였다. 그때는 그래야 했겠지만, 환경이 변했으니 날개 활짝 편 채 살기 바랐다. 성깔 한 번 부려보다 꾸지람 끝에 바로 잡아지는 것이 인생살이 아니던가?

제 주장 마음껏 펴면서 살라고 하는데, 항상 수동적이다. 즐거운 일이나 슬픈 일의 분간이 안 되는 듯 언제나 그 표정 그대로이다. 어린애에게서 면 벽 십 년쯤의 고승의 냄새가 물씬 난다. 어떠한 시험이 있어도 안 걸리겠다는 듯한 행동거지이다. 티베트의 달라이라마가 처음 결정될 때는 젖비린내 나도 전생의 삶들이 그대로 드러난다고 한다. 태만이도 그 정도라면 좋겠지만 먹고 잠자는 것에만 눈을 반짝이니 수행의 결과와는 무관하다는 생각이 절로 든다.

보다 못한 아들은 바로 가르쳐야겠다면서 팔을 걷어붙였는데 쇠귀에 경 읽기였다. 분위기 달라지면 변하겠지 할 때와는 달리 말이 거칠어졌다. 어떠한 말도 안 먹히자 제 분을 못 이겨 펄쩍펄쩍 뛰었다. 이윽고 폭력까지 뒤따랐다. 발 없는 말이 천 리 간다고 떨어져 살고 있는 일천의 귀에까지 들려왔다. 일천은 가만히 있으면 안 될 것 같았다. 보고 싶다는 구실을 붙여 찾아 나섰다.

"태만아! 이리와 봐."

"왜요?"

"어른이 오라면 다소곳이 오는 거야. 너 여기에서 앉았다 일어섰다 하기 스무 번만 해봐. 너 힘들게 하거나 괴롭히려는 것은 절대 아니다. 운동 한번 해 보라는 것이야."

태만은 순순히 시작했는데 10번 채우지 못하고 힘들어하는 것은 물론이고 중심 못 잡고 픽픽 쓰러졌다. 그냥 쓰러지기만 하는 것이 아니었다. 억지로 있는 힘을 쏟으려 하자 용수철처럼 튕겨 나갔다. 모서리에 부딪히면 큰일 날 것 같았다. 일천은 일어나 태만의 어깨를 잡고 태만에게도 자기 어깨를 짚으라고 했다. 그런 상태로 주문한 횟수는 채웠다. 그러자 태만은 숨 가빠 헐떡이는 것이 한참 달리는 화차 방불케 하였다. 일천은 이왕 시작한 것 바로 알려주고 싶었다. 태만이 보는 데서 가볍게 몇십 번 더 하였다.

"태만아! 나는 칠십이 넘었는데 매일 아침 100번 이상 하거든. 그래서 이렇게 가볍게 할 수 있는 것이야. 그런데 너는 힘이 넘칠 나이면서도 그깟 스무 번으로 그리 헐떡이니 말이 되냐? 지금까지 운동과는 무관하게 살았다는 증거이니 도리가 없지. 꾸중한다고 될 문제는 아니라서 덮어놓겠다. 그렇지만 너는 심각하게 받아들였으면 한다. 이제부터라도 네 몸 단련했으면 하는데, 너는 어떻게 생각하는지 모르겠다."

"해야겠지요. 앞으로 할게요."

"고맙다. 그리고 말이다. 너도 주위에서 보아 알겠지만, 나이가 먹으면 힘이 스스로 빠진단다. 즉 내 나이쯤이면 힘이 부족하여 헐떡거리는 사람이 의외로 많지."

"맞아요. 그런 분 자주 보았어요."

"그런 사람하고 이 할아버지하고 다른 것은 하나뿐이다. 건강관리 하며 살았는지 무관심한 가운데 살았는지가 나이 들면서 나타나게 되어 있어. 이 할아버지가 어릴 때를 되돌아보면 힘이 없어 비실비실했었는데 꾸준히 운동하면서 몸이 달라졌단다. 즉 몸 관리하기 위해서 땀 흘린 결과로 너에게 당당히 말하고 있는 거야. 너에게 자랑하려고 이런 말 하는 것은 아니다. 네가 나를 보면서 네 생각이 달라져 운동으로 몸이 단단해졌으면 하는 바람에서 이르는 소리란다."

"알았습니다. 한번 해 보겠습니다."

"이왕 말이 나온 것 한 가지만 더 말하자. 지금 내 나이의 사람들 약이 한 움큼씩이란다. 당료와 혈압은 필수인 양 되었고, 이런저런 병으로 어디 나서려면 반드시 챙기는데 이 할아버지는 아직은 건강하여 약을 모르고 산단다. 모두가 건강관리 한 덕분인데 그 첫째가 운동이란다. 나하고 약속했으니 잊지 말고 꼭 지켜라."

"약속할게요."

그렇게 다짐하고 헤어졌는데 작심삼일이었고 도로 아미타불이었다. 일천이까지 나서면서 잘 되겠지 하는 기대가 무너지자 약속을 일깨우며 구슬렸지만 "예, 예." 할 뿐이었다. 보다 못한 아들은 지금까지의 방법에서 충격요법으로 바꾸었다. 생각이 조금이라도 있다면 이러지는 않을 것이라며 별명 짓고는 이름 대신하는데 전혀 반항하지 않았다. 속이 있는 것인지 없는 것인지 분간이 안 될 지경이었다. 별명 부르면 당연한 것처럼 받아들이는 통에 더 울화가 치밀었다. 모든 일에 시종일관 강압적이면서 충격적인 말까지 구사하기에 이르렀다. 그렇게 하면 언젠가는 듣기 싫어 달라질 것이라며 더욱 그러는데 태만은 이미 적응된 것 같았다.

"야! 꼴통 이게 뭐지?"

"…"

"내가 어떻게 하라고 했어. 반드시 기억하라고 했잖아. 그런데 넌 왜 이리 모르는 거야. 관심이 조금만 있다면 이것 정도야 식은 죽 먹기잖아. 네가 내 말에 조금이라도 신경 쓰는데도 이런다면 네 머리는 텅 빈 상태일 것이야. 그래서 내가 너에게 꼴통이라고 하는 거야. 알았어?"

"…"

요즘 거의 일상적으로 들리는 소리다. 만약 팬데믹이 없었다면 웃음으로 그쳤을지도 모른다. 아는 것이 병이라는 말이 있듯 태만에게는 고통이 따르고 있는 것도 같다. 그렇지만 전화위복이 되기 바랄 뿐이다.

코로나19가 현대인의 삶을 많이도 바꿔놓았다. 부자지간의 갈등도 그중의 하나일 것이다. 지금까지 사람들은 너나 할 것 없이 동분서주하는 가운데 삶이 유지 되었다. 생활 전선에서 나대느라고 바쁘고, 치열한 등수 경쟁에 몰린 학생은 점수에 쫓기는 사이 해가 뜨고 달이 졌다. 별 보고 나가 별 보고 들어오기 일쑤여서 얼굴 맞댈 일이 거의 없는 가운데 제각각 살았다. 그랬던 것이 코로나19의 특성으로 생활의 거리가 생겨났다. 적당한 간격은 필수적이어서 공권력까지 동원되었다. 덕분에 복잡하던 거리가 한산해지면서 가정에서의 시간이 늘어났다.

지금까지 몰랐던 일이 알아졌다. 특히 이 아이의 습성을 알아지는 계기가 되었다. 부자에게는 서로 몰랐을 때가 행복한 시절인 것도 같았다. 아들이 태만을 알면 알수록 제 성질에 못 이겨 씩씩 대지만 태만은 얼굴에 전혀 동요가 안 일어났다. 그런 것을 보는 일천의 마음은 착잡했다. 아들이 못마땅해서 얼굴 붉히는 것도 안타깝지만 그런 듣기 싫은 소리에도 내색하지 않는 어린애는 무슨 생각일까 해서였다. 만약에 수양에 의해서라면 참 좋겠는데 태만의 무표정은 수양의 결과는 아닐 것이다.

기댈 곳 없는 가운데 버텨나가는 동안 자연스레 얻어진 결과일 것 같았다. 정상적으로 살았다면 응석 부려야 할 아이가 저렇게 되기까지 얼마나 마음이 아팠을까 하는 생각에 가슴이 저려와 도저히 가만히 있을 수가 없었다. 아들의 손을 이끌고 조용한 곳으로 나갔다.

"너는 왜 그리도 거칠어진 것이냐. 나는 너에게 그렇게 심하게 대한 적이 한 번도 없는데 너는 어디서 배워 이리된지 모르겠다."

"저도 심하다는 것은 압니다. 그런데 어떠한 말을 해도 요지부동이고, 이대로 가다가는 굳어질 것 같은 느낌이 들었어요. 충격 주면 달라지지 않을까 하는 생각에서 이러고 있습니다."

"사람은 칭찬 먹고 사는 것이야. 그렇게 사나운 말을 하면 결과적으로 감정의 골만 깊어져. 이런저런 말하지 말고 언어 순화해라."

"아버지 보셨잖아요. 제가 꼴통 꼴통 하면 듣기 싫어할 것인데 태만이는 당연한 것으로 받아들이고 있어요. 그렇지만 속으로는 싫어하겠지요. 거기까지는 생각했습니다. 언젠가는 반발할 때가 있을 것입니다. 그땐 뭔가 달라질 것으로 생각되어 일부러 이러고 있습니다."

"자네 지금 착각하고 있는 거야. 제가 표현하지는 않지만 속은 무너지고 있을 거야. 자네는 무너질 것이 없으면 정상으로 돌아올 것으로 생각하고 있는데, 그것은 착각이야. 지금은 힘이 부족한 것을 알고 참아내고 있을 뿐이야. 언제가 힘이 생기면 보자는 식이지. 만약 그렇게 되면 결과가 어떨지는 보이잖아. 자네는 저 아이를 생각하여 가르친다고 하지만 제 마음에 좋지 못한 씨를 뿌리고 키우는 격이지. 그것은 서로를 위해서 불행한 것이야. 지금부터 당장 바꿔라."

"아버님 말씀이 맞습니다. 저도 걱정되어서 이러는 것이어요."

"습관은 하루아침에 고쳐지는 것이 아니야. 제가 지금까지 살면서 누적된 결과거든. 좋지 않은 것을 녹여내려면 세월이 필요해. 그 세월이라는 것은 누적된 만큼은 아닐지라도 그에 버금가야 되지 않겠어? 조급하게 생각하지 마."

"저도 이런저런 시도 끝에 충격적 요법을 써 보기로 한 것입니다."

"그 방법은 안 좋다니까. 설령 효과가 있다고 해도 후유증이 있어. 내가 한번 해 볼 테니 조금 떨어져 지켜봐."

"알겠습니다. 그러면 저는 아버지만 믿고 한 발 물러서겠습니다."

"그리고 말이야, 폭력은 살아가는 데 아무런 소용이 없는 것이야. 힘이 부족하면 어쩌지 못하고 따라주기는 하지. 그것을 효과가 있다고 한다면 착각할 뿐이야. 그런 효과는 오래 가지 않아. 언젠가 힘이 생기면 억눌렸던 것이 한꺼번에 분출하게 될 가능성이 커. 한 번 폭발하면 그때까지 못했던 것이 일순간 터져 감당하기 힘들어. 그뿐만 아니고 응어리지게 되어 있어. 결과적으로 앞을 가로막지. 즉 상상도 못 하게 발전하여 생각지도 못한 결과가 빚어지면 뒤에 후회해도 아무 소용없어. 저 어린 것 잘 기르겠다고 하고선 가르치는 방법이란 것이 충격적인 요법이라고 하는데 내가 볼 때는 폭력일 뿐이야. 앞으로는 절대 사용하지 않았으면 좋겠다."

"알겠습니다."

"또한, 군자지불교자하야(君子之不敎子河也, 군자가 자기 아들을 가르치지 못하는데 왜 그럴까?)라는 문구가 있지. 왜 이런 글이 있는지 살펴보면, 사람의 욕심은 끝이 없어. 아들은 최선을 다하는데도 만족하지 못하고 심하게 몰아부치기 일쑤이지. 그러다 부러지기에 십상이야. 사람은 한 번 무너지면 그것으로 끝이야. 사람에게는 자식농사가 첫째인데 망쳐버리면 어떻게 되겠어. 그래서 자기에게 무한한 능력이 있다고 해도 자식의 교육만은 다른 사람에게 맡겼어. 그 옛날 공자와 맹자가 살던 때도 그랬던 모양이야. 윗글이 그때 나왔으니까. 그래서 하는 말인데, 욕심 줄이라는 것이야. 자네가 보기에 부족하게 느껴져도 극히 정상일 수 있거든. 앞으로 참고해야 할 것이다.”

“알았습니다. 명심하겠습니다.”

“이왕 말이 나온 것 한 가지만 더 덧붙여야겠다. 조급히 이루려는 생각은 버렸으면 좋겠다. 배가 고프다고 하여 뜸이 덜 든 밥을 먹으면 허기진 배는 채울 수 있지만 맛있게 먹을 수 있는 기회를 스스로 포기하는 것이나 같잖아. 즉 목적달성으로 따지면 같을지 몰라도 즐기느냐 그러지 못하느냐의 차이는 있지. 사람은 누구나 할 것 없이 행복해야 하는데 스스로 즐기지 못한다면 바라던 바가 멀어져. 조그마한 일이라도 즐겁다면 행복하지만, 태산처럼 큰일이라고 해도 억지로 한다면 거꾸로 달리는 격이지. 너는 인생을 즐기고 싶잖아. 그렇다면 조급증만은 버려야 한다.”

“…”

“태만이의 교육에 대해서도 그렇다. 스스로 잘못된 것을 알고 바꿔야 한다는 간절함 속에서 이를 악물 때 이뤄지는 것이지. 강제로는 절대 안 되는 것이 교육이야. 모든 일에는 단계가 있지. 잘 진행되고 있는데도 조급증으로 몰아치거나 강권발동이 따르면 그것으로 끝이야. 누구나 할 것 없이 주위에서 이해가 부족하면, ‘잘하면 무엇해.’ 하는 생각이 들게 되어 있어. 그 지경에 이르면 결과는 아무도 모르는 것이야. 태만이가 반발심에서 그렇게 되지 않았으면 좋겠다.”

“그렇게 해야겠지요. 앞으로는 많이 살펴서 이끌겠습니다.”

그렇게 이른 그 이튿날 아침 해가 뜰 때 태만이를 깨워다. 먼 산에 태양이 솟아오르는 모습을 볼 수 있어서였다. 항상 늦게야 일어나던 녀석인데 눈 비비며 밖으로 나왔다.

“저 태양 보면서 마음속으로 소원을 빌어봐. 그리고 아침에 빈 소원은 고이 간직할 뿐만이 아니라 하루 종일 생활하면서 계속 떠올려야 한다. 지금까지의 습관으로 엉뚱하게 행동될 때마다 그 소원 떠올리며 바로잡기 위해서이다. 그렇게 살면 자기가 원하는 데로 살 수 있게 되지.

  새해 첫날에 태양 보면서 소원 빌려고 동해안으로 가기도 하고, 높은 산으로 올라가기도 하는 것을 보았을 것이다. 너도나도 붉은 태양 맞이하면서 다짐하지만, 시간 흐르면서 희미해지는 것은 어쩔 수 없는 일이다. 사람은 상상만으로는 한계가 있기 때문이어서 그런 거야. 갈수록 뚜렷하게 하려면 매일 태양 보면서 소원을 빌어야 한다. 집에서 뜨는 태양 보면서 소원 빌 수 있는 곳 드물단다. 천만다행으로 이 집은 매일 빌 수 있으니 너는 복 받은 격이다. 이를 잘 이용해야 할 것이다. 태만이 너는 할아버지 말을 잊지 말고 아침에 시간 맞춰 일어나고, 떠오르는 태양 보면서 간절한 소망을 비는 것으로 하루 시작했으면 좋겠다."

  태만에게 매일 솟는 태양에 소원 빌라고 하면서 일천은 젊을 때가 생각났다. 생활 전선에 뛰어들었을 때 막막했다. 자기를 내세울 만한 것이 전혀 안 보였다. 맨땅에 머리 박는 격이었다. 충실한 것으로 모든 것을 메우다 보니 입에서 단내만 풀풀 났다. 그리 힘든 것은 자기로 끝내야 할 것 같았다. 둘만 낳아 잘 기르자는 구호가 마음에 닿았다. 정부 시책에 따라 아들과 딸 둘만 낳았다. 잘 기르기 위해서 안간힘 쏟았다.

  딸은 아내에게 전적으로 맡겼지만, 아들은 자기가 직접 길러야 할 것 같았다. 퇴근하면 곧장 귀가하였다. 많은 사람들이 퇴근길에 한잔하는 분위기였는데 동조하는 것은 사치처럼 생각되었다. 커가는 아이들은 럭비공처럼 어디로 향할지 모르고, 아들이 필요할 때 가까이 있으면서 잡아주는 것은 필수적으로 여겼다. 갈피 못 잡고 혼란스러워하다가 빗나가는 것만은 막아주려고 지근거리에 있었다.

  아들도 그런 것을 알아서 제 발길 막히거나 생활 어색하다 생각되면 목욕탕으로 불러들였다. 스킨십이 마음 주고받는 데 좋다고 하는데 함께 목욕하면 교감이 스스로 이뤄졌다. 알몸으로 보내는 동안 분위기가 스스로 조성되어 하고 싶은 말이 물 흐르듯 술술 나왔다. 인생 상담의 장소로는 최고였다. 고민이 흘러나와 묶은 때와 같이 섞이면 그것으로 끝이었다. 탈의실에서 옷 챙길 때쯤에는 휘파람이 절로 나왔다. 부부가 한 몸이지만 아들과의 대화만은 둘의 비밀이 되기도 하였다. 그렇게 신뢰 쌓으면서 아들을 키워냈다.

아들이 군대 다녀와 대학 마치고 취업하면서 부자의 길이 달라지더니 간격이 벌어졌다. 세대 차이야 당연하지만, 하루가 다르게 변하여 화성과 금성이 되는 것에 일천은 눈이 휘둥그레졌다. 혹자는 늙어가면서도 변화에 따라야 한다고도 하지만 정도 문제였다. 배불리 먹어 비곗살 늘어나는 만큼 정체성이 졸아드는 느낌이었다. 허리띠 졸라매는 것이 자랑이 아니라는 말에 입이 저절로 다물어졌다. 무한 경쟁에 동분서주하는 모습을 그저 지켜보아야 했다. 그런데 헉헉대는 소리가 너무 크게 들리는 것 같았다.

꽉 막혀가는 느낌에 세상이 무섭기까지 하였다. 십 년이면 강산이 변한다는 말은 박물관에서나 찾아야 할 것 같았다. 어제가 옛날이라는 말이 실감 날 정도였다. 위로 몇십 년 차이라도 대화가 되는데 아래로는 조그만 차이에도 숨이 막혔다. 콩 하나도 빈쪽씩 나눠 먹어야 한다는 가르침이 너만 잘 되라는 소리로 바뀐 탓 같았다. 개인주의가 날이 갈수록 발달하면서 더불어 사는 쪽을 택하던 삶은 혼란스럽기만 하였다. 거리에 나가면 누구나 할 것 없이 휴대전화기 속에 빠져들어 있었다. 끼어들 틈이 조금도 없는 것 같았다.

가정은 어울림의 장이었다. 넓은 지구촌에서 오직 허리띠 풀러 놓을 곳이었다. 밖에서 축 처졌다가도 집에만 들어오면 스르르 녹는 기분이었다. 그런데 어느새 집은 단지 잠자는 곳으로 변한 것 같았다. 태만을 잘 기르겠다고 하면서도 거의 혼자 있게 만들었다. 물론 생활 전선이 만만

하지 않아 허겁지겁 달려가야만 한다는 것을 알고는 있었다. 아이에겐 열쇠목걸이와 냉장고에 가득 찬 음식이 최고의 선물인 양 항상 하였다. 어느새 가정교육은 온데간데없어졌고 학교 교육이 모든 것을 감당하느라 매의 눈초리가 되었다. 유행병이 만연하여 팬데믹에 의한 변화 전까지는 그렇게 사는 것이 인간답게 사는 것으로 알았다.

일천이 태만이를 보러 가면 언제나 방문이 잠겨 있었다. 인사하기 바쁘게 문 닫으면 그만이었다. 무엇하니 하며 들어서면 질겁하며 빨리 나가라고 했다. 조금이라도 더 있으면 개인생활 침해한다는 소리 들릴 것 같아 스르르 물러났다. 그러면서도 눈에 들어오는 것은 커튼과 전깃불이었다. 퍽이나 거슬려 밝은 빛을 받아들였으면 좋겠다고 하였다.

대낮인데도 칠흑 같은 방안을 밝히는 촉수 높은 전깃불이 눈부셨다. 조금 더우면 에어컨, 추우면 히터가 여지없이 기능을 발휘했다. 옷으로 체온 조절하는 것은 부족한 시절의 잔재라는 듯 사시사철 가벼운 복장이었다. 비타민 C보다 D가 중요하다는 이유가 그런 데 있는 것도 같았다.

일천은 발에 길든 사람이었다. 강한 빛을 조절하려고 발을 쳤었다. 발이란 내실이 완전히 공개되는 것보다 조금은 숨기는 멋의 도구일 뿐이었다. 그러다 보니 적당한 빛이 들어왔고, 은은히 비치는 운치가 있었다. 그런데 서구문물이 좋아 보이면서 발 대신 커튼이 자리하고 운치 등이 사라졌다. 막은 점점 두꺼워졌다. 안과 밖을 나누는 도구로 전락했다. 누가 안을 보면 큰일이라도 나는 것처럼 모두 차단하고는 그곳에서 자유 누린다며 뒹굴었다.

태만이 혼자 있고 싶어 하는 이유가 게임 때문일 것이다. 일천도 온라인으로 바둑 두다가 누가 말 걸면 싫어했었다. 시간이 그대로 흘러가면 패하기 때문이었다. 승패, 별것 아닌데도 지면 씁쓸하고, 이기면 들떠졌다.

패하여 떨떠름한 기분에 다시 시작하여 이김으로 회복하고자 했고, 이 겼더라도 더 만끽하고 싶어 매달려졌다. 그러다 보니 한번 시작하면 시 간 가는 줄 모르고 빠져드는 통에 지청구 많이도 들었다. 더 이상 지속 하다가는 고개 떨궈야 할 것 같아 그만둔 뒤로는 마음이 편안해졌다. 태 만에게 알려주어야 했다. 조용히 불러내 마주 앉았다.

"태만아. 너 게임 했지?"

"예."

"그래 할 수는 있지. 그런데 한 번 시작하면 시간관념 없이 빠져드는 것이 문제라면 문제지."

"…"

"지금 너는 머리에 많은 지식을 쌓아야 할 때이거든. 하긴 게임도 지식 을 바탕으로 하는 것이니 쌓이는 것은 맞아. 그렇지만 재미로 하는 게임 이라 우선은 즐겁지만, 앞으로 네가 사는 데 도움되기보다는 장애로 작 용하는 것이 흠이야. 혹자는 게임만 잘하면 먹고 사는 데 지장 없다고 하지만 그 정도 되려면 밑천이 두둑해져. 즉 수학이나 과학 등 지식이 쌓여 있어야 가능하다는 말이지. 결과적으로는 지금 게임에 빠져 있으면 그저 웃다가 말 거야. 그것도 지식이 부족하면 질적으로 떨어져 그 세계 에 명함 내밀기 힘들어져. 자연스레 고급스러운 게임을 찾게 되어 있어. 그러기 위해서는 지식이 쌓여야 하는데 그것도 엄밀히 말하면 공부의 일 환일 거야. 하여튼 지금 네 나이는 어떤 길로 가던 공부와 연결되고 말 아. 그러니 현명한 판단으로 우선 학교 공부부터 하고 나서 취미가 되었 든 전공을 삼든 간에 다른 공부하는 것이 순서일 것이야."

"…"

"또한, 학생 신분으로는 공부 잘하는 것이 첫째잖아. 네가 공부 잘한 다면 급우들이 서로 사귀려고 하지만, 조금이라도 처진다고 생각되면 사귀던 친구도 멀어질 거야. 학교에서 왕따 당하는 층은 정해져 있잖아. 공부 잘하면 서로 간에 절대 돌려놓을 수가 없지. 공부에 방해가 된다며 도망 다녀도 기를 쓰고 따라다니는 것이 학생의 특징일 거야. 그렇다면 너는 친구가 사귀려고 하는 측인지 외면하는 측인지 이미 판가름났을 것인데, 만약 모두 모여드는 쪽이 아니라고 판단되면 그쪽에 가고는 싫겠지. 그것이 사람의 마음이니까. 그렇지만 생각대로 안 되는 것이 현실이라서 포기하게 되지. 모두가 노력의 결과여서 그래. 자연스레 되는 것은 하나도 없어. 즉 그렇게 되도록 만들어야 한다는 것이지. 무엇보다 우선해야 하는 것이 학교공부라는 것을 알았으면 좋겠다.”

“알겠습니다.”

“사람은 힘을 바탕으로 살아가지. 즉 힘이 있어야 살 수 있다는 말이지. 힘이란 것은 육체적인 것과 정신적인 것으로 나눌 수 있어. 너는 지금 볼 때 몸은 남만큼 크지만, 힘이 나오는 근육은 거의 없는 것 같아. 그런 몸으로는 힘이 모이지 않아서 움직이는 것 자체가 싫어지지. 평소에 운동하지 않고 누워 뒹군 결과로 그렇게 되는 거야. 만약 누군가가 너를 놀리려고 한 대 쥐어박으면 맞겨루기 할 정도가 되어야 할 것인데 겁부터 나서 주먹만 쥐었다 말지. 자신감이 떨어져 그렇게 되는데 사내로서는 수치스러운 것이다.”

“…”

“이 할아버지는 지금도 괜히 힘자랑하는 것 보면 속이 끓어 오른단다. 단단한 근육질이라도 맞상대하여 한마디 하려고 하지. 그러다 봉변이라도 당하면 어쩌려고 그러냐 하는데, 일대일이라면 하나쯤이야 맞대응할 정도는 된다고 생각해서 그러지. 만약 폭력행사라도 하려 들면 때려눕히기는 쉽지 않을지라도 이리저리 피할 자신은 있거든. 하긴 겁나긴 해. 하도 흉흉한 세상이라서 흉기로 대들면 곤란하기 때문이지. 이러건 저

러건 자신만만하게 살고 있어서 이야긴데, 너는 나 하고 무엇을 하던 못이길 거야. 사람은 다방면에서 범위 넓혀야 한다고 생각하여 남이 기피하는 것도 경험하였거든. 폭이 좁으면 경험부족으로 자신감 떨어져 꽁무니 빼기 일쑤인데 사내가 그러면 병신 취급받기에 십상이다. 그래서 옛날부터 사내는 도적질과 사기 치는 것 말고는 다 경험하라는 말이 있어. 예를 들어 도박이라는 것도 깊이 빠져들어 집안이 흔들려서는 안 되지만 조금의 경험은 삶에 도움이 되지. 게임도 도박의 일종으로 생각할 수 있을 것이다. 간간이 할 수는 있지만, 하루에 몇 시간씩 하는 것은 곤란하다는 말이야. 하여튼 너는 바로 운동 시작하여 힘을 끌어올려야 무엇을 하던 자신감이 생길 것이다."

"…"

"심신단련이란 말은 들었을 것이다. 몸과 마음을 닦고 길러서 강하게 하는 것을 말하는데, 지금까지는 몸은 경험에 의해서 강해지고 그를 바탕으로 살아야 한다는 것에 대해서 말했으니 이제 정신적인 것을 살펴야겠다. 사람은 지적 수준에 따라 힘이 달라지지. 말 하나만이라도 하려면 알아야 술술 나오지, 모르면 주저거려지거든. 한번 말이 막히면 자기도 모르게 뒷걸음치게 되어 있어. 즉 아는 것이 부족하면 자신감이 떨어져 앞으로 나서지 못해. 그리고 말하다 실수라도 하면 식은땀이 주르르 흐르면서 등줄기가 서늘해지지. 그런 경험 몇 번만 하면 사람이 무서워져 꽁무니 빼고 말지. 주눅이 들어서 그러는 것이야. 꾸준히 책과 씨름하면서 시나브로 쌓이는 것이 지적 수준이다. 책 속에 모든 것이 있다고 생각하고 이런저런 내용을 탐독하였으면 좋겠다.

그런데 너처럼 어려서는 실수해도 이해하므로 무조건 나서는 것이 좋단다. 단지 실수했으면 다음엔 그런 창피 안 당한다는 결심이 따라야 한다. 괜히 눈치 보면서 뒤로 무춤무춤하면 보기 싫어. 뿐만이 아니고 무춤거리면 쪼그라들게 되어 있지. 쭉쭉 커야 하는데 웅크리고 있으면 어떻게 되겠니. 그래서 육체적인 힘과 정신적인 힘을 동시에 기르라고 하는 것이야. 네가 게임에 빠져 있으면 몸과 마음이 커지지 못하고 항상 제자리걸음 하게 되어 있어. 또래는 마구 커나가는데 자기만 그대로 있거나 조금씩 자라면 결과적으로 적어진 나머지 위축되는 것이지. 그래서 이렇게 잔소리하는 것이란다. 게임 하는 그 시간에 네 힘을 기르는 데 썼으면 좋겠다."

"그렇게 하겠습니다."

그렇게 약속했는데 작심삼일이었다. 며칠은 하는 것 같았는데 흐지부지되어 제자리에 도로 가 있었다. 언제나처럼 문은 닫혀 있고, 앉았다 일어서기로 점검하면 처음보다야 달라졌지만 언제나 헐떡거렸다. 솟는 태양에 소원 비는 것도 흐지부지된 지가 오래되었다. 다시 잔소리해야 될 것 같아 시작했는데 마른하늘에 날벼락 같은 소리를 듣고야 말았다.

초등학교 5학년이면 가르칠 수 있는 시간이 있다고 생각했다. 그리 많지는 않지만 지금부터 방향만 선회한다면 몰라보게 달라질 것 같았다. 단지 길게 잡아야 고등학교에 입학 전에 완성시켜야 하는 한정성이 문제였다. 그래서 5년이라는 시간을 정하고 사나이로 거듭나게 하고 싶었다. 태만이도 멋진 사내가 되고 싶다고 한 것을 위안 삼으면서 방황전환 시키려고 하다가 암초에 걸린 기분이었다. 괜히 조급증까지 일었다.

맹자 어머니는 공부하러 간 아들이 중간에 돌아오자 짜던 베를 단칼로 잘라 버렸다. 이에 깨달은 맹자는 옷도 안 벗고 보따리 다시 챙겼다. 그 길로 매진하여 공부를 이룬 끝에 성인인 공자의 학문을 계승하였다. 일천은 맹모의 가르침을 되새기면서 태만을 다시 일으켜 세우자고 마음먹었다. 처음부터 시작하는 쪽으로 가닥 잡았다.

"태만아! 너 편식하지?"

"예."

"모든 영양소 골고루 섭취해야 한다고 배웠지?"

"그렇지만 맛없는 것 먹기는 싫어요."

"그럴 수도 있지. 하지만 다시 생각해 보자. 맛이 있다, 없다 하는 것도 머릿속에서 분별하는 것뿐이다. 시장이 반찬이라는 말이 있다. 배고프면 무엇이든 꿀맛이지만 배부르면 진수성찬도 맛없어 깨작거려진다. 여기에 정답이 있다. 맛은 음식 자체가 지니고 있지만, 그것과는 무관하게 먹는 사람의 상태와 자세에 따라 좌지우지된다. 입에 넣기 전에 맛있을 것이라고 생각하면 감칠맛이 나고, '이런 것을 꼭 먹어야 하나?'라는 생각 끝에는 소태 씹는 것 같은 맛으로 변한다. 보통 쓴맛은 싫어하여, 몸에 좋은 음식은 입에 쓰다는 속담이 있다. 그런 격언은 오랫동안 경험한 끝에 확정되지. 결과적으로 몸을 위한다면 쓴 것을 마다치 않고 먹어야 한다는 것이다. 이를 어기고 입에 맞는 것만 찾다가 망가진 몸매가 주위에 많고 많은 것이 현실이다. 입에서 살살 녹는 음식만 골라 먹는 사이 몸에 필요한 것들이 부족한 결과이다. 건강은 하루아침에 이뤄지지 않는 것이란다. 일상적으로 골고루 섭취할 때 건강한 몸이 유지된다. 그리 되려면 무엇이든 맛있게 먹어야 한다."

"아무리 그렇지만 입에 쓴데 어떻게 먹어요."

"처음엔 쓸지 몰라도 천천히 씹으면 그 독특한 맛이 느껴진단다. 그때부터는 단맛만 맛이 아니라는 것을 알게 되지. 우선 입에 길들여져 살살 녹는 것만 먹은 사람보다 여러 가지 맛을 느낀다면 혀가 호강하는 것 아니겠니? 식도락, 별것 아니야. 우리의 혀는 다섯 가지 맛을 느낀다고 해. 쓴맛, 신맛, 단맛, 짠맛, 매운맛을 오미(五味)라고 하는데 이를 바로 느낄 수만 있으면 식도락일 것이다. 글씨 못 쓰는 사람이 붓 타령한다고 음식 맛 모르면서 맛 타령부터 하기 일쑤인데, 그런 우는 범하지 않았으면 한다. 그래서 말인데 네가 모든 음식 골고루 먹으면 좋겠다."

"할아버지가 그렇게 말씀하시니 한 번 해보겠습니다."

"고맙다. 그리고 음식을 대하면서 감사해야 할 이유가 있는데 들어봐라."

"알겠습니다."

"음식이 입에 들어올 때까지 농민을 비롯한 여러 사람이 정성 기울인 결과이다. 즉 여러 사람의 땀방울의 결실이라는 것이다. 또한, 그 음식은 하나같이 살아 있는 생명체이다. 소중한 생명을 빼앗았으면 감사한 마음으로 받아들여야지 어찌 다른 생각이 있을 수 있단 말인가. 내가 뭐라고 많은 사람의 정성을 도외시하고, 그 숱한 생명체를 소홀히 하여 쓰레기통에 처박을 수 있겠는가 말이다. 도저히 해서는 안 될 행동이다. 무슨 음식이든 앞에 놓이면 감사한 마음으로 기도부터 해야 한다. 조금이라도 함부로 생각한다면 희생된 생명체에 대한 죄악이고, 숱한 사람들의 땀방울에 배신한 격이다. 즉 음식물은 감사한 마음으로 소중히 받아들여야 할 대상이다. 조금이라도 남겨질까 봐 걱정하며 싹싹 비우는 것이 도리이다."

"할아버지는 언제나 하나도 남김없이 잡수시던데 그런 깊은 생각이 있었어요. 전 몰랐어요. 앞으로는 저도 할아버지처럼 먹어야 할 것 같습니다."

"듣기 좋은 소리구나. 우리가 살아가면서 반드시 지켜야 할 것은 잊으면 안 된단다. 이런 것을 도리라고도 하지."

태만이는 끼니때마다 반은 버리는 것 같았다. 다 먹었다고 수저 놓을 때의 밥그릇에는 밥 티가 여기저기 붙어 있었다. 국은 건더기만 젓가락으로 먹어 국물의 반은 남긴 채였다. 소중한 음식이 쓰레기통으로 들어가는 것이 아까워 한 말에 알아듣고 따라주겠다고 했다. 입에 써도 먹고, 음식 안 버린다면 몸과 마음이 저절로 좋아질 것도 같았다.

태만이가 처음 대하는 음식에는 걱정이 많은 것 같았다. "할아버지, 이거 먹어도 돼요?" 하는 말을 자주 하였다. 그럴 때마다 고개 끄덕여주면 입에 넣으며 "그것 맛이 괜찮은데." 하였다. 거친 음식을 즐겨 먹었으면 좋겠는데 습관적으로 기름진 것에만 눈길 주었다. 그런 습관 바꾸기 바라면서 이런저런 먹을거리에 손가락질하였다.

고혈압, 당뇨 등을 속칭 문명병이고도 한다. 배고플 때는 몰랐던 병이 배부르면서 일상화된 경향이다. 그런 병은 늙어야 얻는 것쯤으로 알았는데 요즘은 젊은 사람은 물론이고, 아이들에게서도 나타난다고 한다. 태만에게 오지 말라는 법이 없어 적이 걱정된 일천은 다시 잔소리 늘어놓았다.

과일은 물론이고 채소도 껍질에 영양이 풍부하다고 한다. 현미식 하나만으로도 모든 영양소 골고루 받아들일 수 있다는데, 우리는 입에서 살살 녹는 백미를 선호하면서 건강에 많은 문제가 있다는 것이 정설이다. 겉껍질은 소화에 장애가 있는 것 같지만, 역할이 따로 있다. 장의 청소 등이 그것이다. 부드럽고 기름진 음식을 선호하는 사이 장에 적체물이 생긴다고 한다. 그들이 부패하면서 이런저런 병으로 나타난다. 한때는 시래기는 영양소가 적고 소화도 안 되는 식품이라며 버렸지만, 철분 등 필요한 영양소가 풍부하다는 것과 소화 안 된 섬유질들이 장을 깨끗하게 청소한다는 것을 알고부터는 건강식품으로 각광 받고 있다. 이런 것을 보면 무조건 껍질 버리고 입에 착착 안기는 것만 찾는 우리의 식습관에 변화를 주어야 할 것이다.

일천의 잔소리에 태만의 눈은 빛났다. 그리고 변화의 조짐이 있어 기대되기도 하는데 문제는 게임이었다. 한 번 빠져들면 헤어나지 못하는 것 같았다. 천금 같은 시간을 알려주어야 할 것 같았다. 시간 관리를 주문하기로 했다.

하루는 24시간이다. 삶을 유지하기 위해서는 필수적으로 소요되는 시간이 있다. 잠자고, 먹고, 휴식하는 시간인데 상상외로 많은 편이다. 7~8시간 잠자야 건강이 유지된다. 살아 있는 생명체는 영양 공급이 원활해야 삶이 연장되는데, 우리는 그 행동을 먹는다고 한다. 사람은 세 끼에 나눠 식사하면서 한 끼 당 1시간은 잡아야 한다. 물론 허겁지겁 먹으면 10분도 안 걸릴지 모르지만 특별한 경우이다. 쫓기며 배 속에 음식물 쑤셔 넣으면 소화불량 되기에 십상이다. 음양오행설에 따르면, 위는 모든 장기의 중앙에 위치하여 위장만 튼튼하다면 모든 장기가 덩달아 강해진다고 한다. 우리가 속칭하는 종합병원이라 칭하는 사람의 대부분은 위장이 약하다. 이를 보면 위가 장기의 중앙에 있는 것도 같다. 그렇다면 여유 있게 식사 즐기고 휴식하는 것은 필수적이다. 그렇게 하려면 하루에 3시간이 소요된다. 그리고 무엇을 하거나 집중하면 쉽게 피곤해진다. 피로하면 능률이 떨어진다. 또한, 피로가 누적되면 병으로 이어진다. 이런 것들을 감안하면 시간 단위로 조금씩 휴식하는 것이 능률적이다. 학교의 수업시간과 휴식시간이 그런 것에 기초하여 짜였을 것이다. 그런 휴식 시간도 합하면 몇 시간은 족히 된다. 이리저리 따지면 자기 마음대로 쓸 수 있는 시간은 12시간 될까 말까 하다. 일천은 태만이에게 설명하고는, 마음대로 쓸 수 있는 그 시간 중에서 공부하고, 운동하며, 게임 하는 시간을 나누는 시간표를 짜보라고 했다. 말 마치면서 게임 시간을 얼마나 갖고 싶은지 물었다.

"6시간, 아니 3시간은 해야 하는데."

"그렇게 넉넉히 짤 수 있으면 좋겠다만 공부하고 운동하는 시간을 줄이면 5년 후 어떻게 될 것인지 생각해야 될 것이다."

"알았습니다. 한번 해 보겠습니다."

그렇게 말한 후 시간표 들고 와서는 생각지도 않은 말을 했다. 다시 태양 보면서 소원 빌고 고등학교 들어갈 때는 멋진 사내가 될 것이며 빙긋이 웃었다. 또한, 아빠가 꼴통이라고 하면 '저는 꼴통이 아닙니다. 그런 말 하시지 않았으면 좋겠습니다.'라고 당당히 말할 것이라고 했다. 퍽이나 듣기 좋은 소리여서 살포시 안아주었다.

✎ 정순택
....
수필집 『평범한 일상』, 『두만강 따라 오른 백두산』, 『선각자 정안립』
장편소설 『이야기 사미인곡』

복수의 칼

. . . .

정진문

들어가며

서울 대학교를 나왔어도 사회적응을 못 하는 신준호는 은행을 그만 둔 후 어디든 취업을 하면 1년을 넘기지 못한다. 그런 남편인 준호가 소를 키운다며 시골로 떠나자, 영희는 어떤 결과가 나올 것인지를 바로 느꼈다. 모진 마음을 먹고 눈에 넣어도 안 아플 사랑하는 아들 해철이와 이별을 결심했다. 내년이면 초등학교에 가야 하는데 가슴속은 타는 듯이 아프다.

'마마보이. 같으니라고!' 영희는 속으로 생각했다. 마마보이를 만든 것은 전적으로 시어머니인 박효순의 치마폭이었다. 시어머니의 말씀에 남편은 그저 순종이다. 남편 직장에도 개입하여 맞장구를 쳐대며 사표를 내라고 했던 시어머니가 한심하고, 남편보다도 더 밉기만 했었다. 상의 없는 순종. 그것은 마마보이가 아닌가? 부부싸움에 항시 시발점이 되었다. 이혼을 선언한 후 흐르는 눈물을 연신 닦으며 아들을 시댁에 맡기고 가출을 하였다.

해철이는 엄마가 생각나면 늘 엄지손가락을 입에 물었다. 그것을 눈치 빠른 할머니가 모를 리가 없다. 효순은 해철이만 보면 늘 안타까운 생각이 든다. 초등학교 4학년이 되었다. 방과후 텀블링 놀이 기구엘 가서 온종일 놀이에 지쳐 고단한지 학교 갈 시간이 다 되었는데도.

"할머니이, 조금만 더 잘게."

피곤한 아이는 눈을 뜨지 못했다.

"안 돼. 일어나."

꾸무럭대는 해철이와 아침 전쟁이 시작되는 게 할머니의 일상이었다. 그러나 오늘은 완전히 다른 사람이 된 할머니였다.

"해철아, 아유 착해. 얼른 일어나 학교 가야지."

할머니가 해철이에게 연일 그리 살갑지는 않았었다. 아들의 성공 소식은 날아갈 것만 같다. 그의 마음을 환희 속으로 밀어 넣었다. 찬 손으로 손자 등허리를 긁어대며, 사랑이 넘친 소리로

"요놈, 요놈, 차갑지?"

손자를 끌어 안으며 얼굴을 비비고 억지로 일으켜 세웠다. 그녀의 눈에는 눈물이 가득 고이며 뺨으로 흘러내린다. 어린아이가 엄마를 그리는 심정 그걸 모를 리가 있겠는가?

"아빠가 성공했단다. 이제 엄마를 찾아야 돼."

'엄마가 정말 보고 싶다.' 해철은 생각했다.

"아빠가 성공했다 하면 엄마가 오시나요?"

"그럼."

"성공이 뭐야?"

"그것은 내가 꼭 하고 싶은 일이 이루어지는 것을 성공이라고 해! 지금 네 성공은 엄마 만나는 거야! 그렇지 않아?"

"엄마가 진짜 보고 싶어. 다른 아이들은 엄마가 다 있어. 나만 없어."

"조금만 기다려. 그러면 엄마가 꼭 올 거야."

"할머니 그런데 왜 울어? 아빠가 성공하면 할머니가 우는 거야?"

"그래, 그렇단다."

삶에 환희와 아픔을 주었던 아들 준호, 그는 영철 씨 부부의 희망이었다. 그런 준호가 삼 일 전에 이제는 살만하게 되어서 소를 한 마리 잡았다며 소 뒷다리를 통째로 가져와서 동네잔치를 하라고 하였다.

"아들은 소를 키우느라 많은 고생을 했는지 얼굴은 핼쑥해 있었다."

영철 씨 부부는 '아들이 성공했다니! 마음이 하늘을 훨훨 나는 것 같다. 덩실덩실 춤도 추고 싶다.' 영철은 동리 경로당에서 아들 성공 축하잔치를 벌였다.

"이 소 뒷다리를 목장을 하는 아들이 가져왔어요. 동네 잔치를 하라고 합니다. 우리 아들이 서울 대학교를 졸업했는데 역시나 머리가 좋아! 목장을 한다 하여 조금 도와줬는데 성공했어요."

소 뒷다리를 푹 삶아 그릇마다 고기를 듬뿍 넣어 국밥을 만들어 주니 아주 맛있다며

"식당을 해도 아주 돈을 많이 벌 것 같습니다." 음식 칭찬이 자자하다. 소고기로 안주도 푸짐하게 만들어놓고, 막걸리도 몇 통 갖다놓고 경로당 사람들을 마음껏 먹게 했다.

"아니, 그 자식이 누구 자식입니까? 국장님 자식 아닙니까? 아들이 성공했다니 그 아들은 효자입니다. 축하합니다. 제 술 한잔 받으시지요."

얼근해진 동리 분들이 경로당 연회장에서 서로 축하 인사를 하려 밀치기까지 한다. 과장에서 국장으로 승진한 날보다 영철의 기쁨은 하늘을 닿는 듯했다!

얼마나 애타게 기다리던 자식의 성공이던가? 퇴직 후 전 재산을 다 털고 빚까지 져가며 자식에게 목장을 만들어 주었던 게 아닌가?

목에 힘을 줘가며 경로당에서 일장 연설도 했다.

영철 씨 부부는 이틀 후인 일요일에 손자 해철이와 함께 목장엘 가려 어제부터 준비 중이었다. 그는 아들의 성공을 빨리 확인하고 싶다! 왜 이리 시간이 안 갈까? 연신 시계로 눈이 간다. 그동안 자식 때문에 문드러졌던 마음속을 풀고 싶다. 그 환희의 기쁨에 효순 씨는 오늘따라 유난히! 초등학교 4학년인 해철이가 너무나 귀엽다. 발걸음이 둥둥 떠다니는 것 같이 가볍다. 평시보다도 일찍 일어나 뒷바라지를 하여 해철이를 초등학교에 보내고 거실에서 좀 쉬려는데, 거실 전화벨이 요란히 울린다.

'이 아침에 전화 올 곳이 없는데?'

"신영철 씨 댁인가요?"

"네. 제 남편인데요."

전화를 받는 말도 아주 싹싹하다.

"여기는 괴산경찰서 구성파출소입니다. 신준호 씨가 댁에 아드님 맞으시나요?"

"네. 그렇습니다."

"구성리 산 중턱 나무에 사람이 목을 매고 죽어있다고 등산객의 신고가 들어왔습니다. 현장을 확인하고 산 밑으로 시체를 옮겼습니다. 신원을 확인해 보니 신준호 씨입니다. 그래서 준호 씨가 운영하던 목장으로 시신을 옮겼습니다. 빨리 오셔야겠습니다."

"네에?"

'며칠 전에 성공했다며 왔다 갔는데! 이게 무슨 날벼락인가?'

너무나 놀란 나머지

"여보!"

외마디 소리를 지르고는 전화기를 손에 들고는 거실에 펄썩 주저앉았다.

"여보!"

재차 부르는 큰 소리에 남편은 웬 소리인가? 싶어 거실로 나왔다. 그녀는 전화기를 들고 숨을 몰아쉬며 더듬거린다.

"괴산 경찰서 구성 파출소래. 전화해 봐, 전화를 해보라고. 준호가, 준호가."

그녀는 그 말을 되뇌다가는 정신을 잃고 바로 거실 바닥으로 쓰러졌다.

도대체 이게 무슨 일인가? 119에 전화부터 했다. 앰블런스가 잠시 뒤에 집 아래에서 삐웅삐웅 거린다. 그냥 아내를 업고 계단을 뛰어내려갔다. 너무나 황급한 나머지 자동차 속에서 보니 신발도 안 신고 슬리퍼 차림이다. 잠시 후. 충북대학교 병원 응급실에 도착했다. 여기저기서 신음소리가 나고 간호사 또 인턴들은 부지런히 움직인다. 즉시 인턴이 아내에게 달려왔다. 혈압을 재고 눈을 까집어 보고 문진을 시작하나 그녀는 대답을 못 한다. 달려온 의사에게 차트를 넘기고 인턴은 의사의 지시를 기다리는 듯 옆에서 조아리고 있다. 의사가 청진기로 진찰을 하고 혈압 체크한 것을 보고는

"무엇을 하시다가 이렇게 되셨나요?"

영철이 대신 대답을 했다.

"전화를 듣다가 쓰러졌습니다."

"다행히 어디가 특별한 것은 없어 보입니다. 의식은 살아 있습니다. 안정만 취하면 좀 있으면 깨어날 것입니다."

"간호사, 심전도실로 모셔가서 심장 체크를 하세요."

심전도 검사 후. 바로 간호사가 링거를 꼽고 입원실로 옮겼다. 영철도 그제야 정신을 차리고 괴산 경찰서 구성 파출소에 시외 전화를 했다.

"여보세요. 거기가 괴산 경찰서 구성 파출소 맞습니까?"

"네. 맞습니다."

"제가 신영철인데요."

"아. 신준호 아버지 되시나요?"

"네."

"신준호 씨가 경영하던 목장으로 오세요."

"무슨 일인가요?

"오셔서 확인해 주세요. 신준호가 나무에 목이 매달려 죽어 있는 것을 등산객이 발견하고 신고하여 지금 조사 중입니다. 빨리 오세요."

뭐야? '준호가 죽어?' 며칠 전에 성공했다며 왔다 갔잖아. 거짓말만 같다!

그곳을 가려면 시외버스뿐이 없으니 큰일이다! 자가용이 있는 친구에게 도움을 요청했다. 친구는 바로 쫓아 왔다. 목적지까지 가는 비포장도로를 덜컹대며 달리는 차가 왜 그리 느린지 가슴이 답답하다. 목적지까지 1시간 반이 걸렸다. 열흘도 더 되는 것 같다. 목장에 도착을 하니 이웃 동리 사람들, 또 경찰이 기다리고 있었다. 완연한 봄인 4월인데도 구성리의 날씨는 청주 시내보다는 날씨가 춥다. 목장 안 짚을 깔아 놓은 위에 담요로 덮어 놓은 형체가 보인다. 너무나 마음이 바쁜 영철은 경찰의 얼굴을 보며 이게 맞느냐는 듯 그에 얼굴을 쳐다보자 경찰은 고개를 끄떡였다. 덮어놓은 담요를 걷어 올리자 아들의 얼굴이다!

'아! 이럴 수가!'

목엔 새끼줄에 감겼던 시커멓게 된 흔적이 보인다. 영철은 망치로 머리를 한대 얻어맞은 것 같다. 그 자리에 펄썩 주저앉았다. 동리 사람들이 물을 떠다가 영철 씨 입에다 조금씩 흘려 넣어 줬다. 몇 분의 시간이 흐르고 영철이 정신을 차리자, 경찰은

"마음이 아프시리라 생각합니다. 자세한 조사는 더 해보아야 알겠지

만 지금으로는 자살한 것으로 보입니다. 저희들은 조사를 해야 하니 이 서류를 읽어 보시고 일단은 서명을 좀 해 주시지요."

경찰이 내미는 서류의 글이 잘 보이지를 않는다. 아들이 맞는다는 곳에만 체크를 하고 서명을 해줬다. 이제는 현장을 확인을 하여야겠다. 경찰에게 안내를 부탁했다. 준호를 발견했다는 산 중턱까지 친구가 부축하여 가보니 목을 매달은 흔적이 보인다. 소나무가 껍질이 좀 벗겨져 있고 또 새끼줄도 그 아래에 있다.

"아!"

'이게 사실인가? 믿기지가 않는다.'

하늘이 빙빙 돈다. 시간은 틈을 주지 않고 서 있던 그에 앞다리를 걸고 산비탈로 그의 몸을 집어던졌다.

서류철을 들고 결재를 받으러 온 온 김 과장에게 신영철 국장은

"어이 김 과장 요즈음 수고가 많지?"

"네. 그저 좀 일이 많아 바쁩니다."

늘 사무적으로 오가는 말이 시작됐다.

"이 계장한테 결재 올라오는 민원 될 수 있으면 빨리 검토하고 처리하라고 해."

"네."

김 과장은 들고 온 서류 뭉치를 신 국장 책상에 올려놓고는 차렷 자세로 서서 어떤 서류를 빨리 처리하라는 것은 묻지도 않고 그냥 대답만 했다.

"며칠 전 진천군에서 올라온 알루미늄 공장 허가 문제 어떻게 됐나?"

"네. 아직 서류가 미비하여 그냥 보류하고 있습니다."

"잘 해봐."

그 말에 뜻을 김 과장은 잘 안다. 공장 허가 그것의 제일 큰 문제는 인근 동리의 민원이다. 그리고 도로문제. 임야의 지목을 대지로 변경하는 문제, 토목문제 등 법에 저촉되는 게 없는지 그런 일을 최종적으로 검토하는 곳이 도청이었다. 시와 군에서 허가를 해주는 일도 있지만, 규모가 큰 공장 등의 최종 허가를 해주는 곳이 도청에서 하는 일이다.

허가. 이것을 받으려는 사람은 법에 아무런 저촉이 없으면 그저 공무원들에게 부탁을 안 해도 된다. 그러나 법은 그리 쉽게 공장 허가를 내주지 못하게 되어 있다. 공장 허가나 건축 허가나 토목 허가나 그걸 받으려고 각 부서를 다니다 보면 '세월아, 네월아.'이다. 이곳저곳에 서류를 제출하면 담당 직원은 사무적으로 말했다.

"접수됐습니다. 15일 안에 서류 검토와 현장 확인을 하고 연락드리겠습니다."

보통 6개월 정도 걸리는 공장 허가 건은 언제 날지 모른다. 그것도 허가가 날지 안 날지도 확실하지가 않으니, 급한 사람은 민원인이다. 민원을 넣은 사람은 과장만 알아도 일이 순조로운데, 전결 권자인 국장과 손이 닿으면, 이건 급행열차를 타는 것이다. 도지사에게 가는 서류는 거의 국장선에서 그냥 결재가 된다. 그러니 허가만 나면 이권이 붙는 공장 허가는 그야말로 민원인에게는 황금알을 낳는 거위이다. 허가 절차가 까다로우니 공장을 꼭 하려는 사람들은 돈을 더 주고라도 허가가 난 곳을 선호하기도 한다. 허가가 어려울수록 그 부서 직원들의 주머니가 두둑해진다. 하물며 국장이라니…

민원인들은 국장 지인을 통하거나 또 직접 부탁을 하러 들어와도 국장이 만나주지 않으면 비싼 선물로 국장 사모님을 공격한다. 뇌물을 받은 마누라는 신랑을 졸라댄다. 하루 이틀은 그냥 넘어가지만 큰 뇌물을 받은 마누라가 달라붙어 졸라대면 생각을 안 할 수가 없다. 말은 안 해도 마누라는 아들을 키우는 데 과외비 등 쓸 곳도 많다. 영철이 국장까지 올라가게 한 뒤에는 마누라의 역할이 크지 않았던가! 마누라가 통 사정을 하면 그 이튿날 출근하여 아래 담당 과장을 부른다. 회전의자에 앉아서 목을 뒤로 젖히고는 있다가는 과장이 들어오면 아주 반가운 듯 일어선다. 1970년대 공무원 사회는 상명하복 시대였다. 승진에 열쇠를 쥔 국장님이니 계장 과장들은 그저 고양이 앞에 쥐다. 고개를 들어 국장을 자세히 보지도 못한다.

"이 과장 요새 잘 지내지?"

"네."

그들은 한결같이 사무적인 어투지만 국장이 일어서서 말을 붙이다니, 과장은 벌써 눈치챘다. '부탁이구나!' 보따리를 꺼내면 과장은 계장을 부른다. 어떤 해결책이 있을까? 절대 안 되는 일이 될 수는 없다. 국장은 거의 전결권을 가진 사람이다. 법의 구멍을 찾기 위해 셋이서 머리를 맞대고 해결책이 마련되면 국장은

"어이. 수고들 했어."

책상 속 비밀 자금에서 돈을 꺼내서는 봉투에 넣어 내밀며

"직원들 회식 좀 시켜."

그 돈은 회식비용에도 사용하지만, 과장은 자기 주머니도 채우고 아래에도 조금 주고 승진의 자금으로 쓰일 게 뻔하다.

마누라가 부탁한 일이 해결이 됐다. '코에 걸면 코걸이 귀에 걸면 귀걸이.' 이 말이 유행하던 시대이니 알만하지 않겠는가? 애타게 소식을 기다리는 마누라에게 전화를 걸어준다.

"여봉, 고마워용."

신랑이 국장이면 마누라도 거의 그 수준이다.

연실 굽실대는 계장 과장. 또는 민원인들의 부인들과 어울리며 다니니,

고급 식당에서는 VIP다.

　그들에 아버지는 건축 공사장을 전전하는 미장공이셨다. 1950년대 1960년대 거의 모든 사람들이 어려울 때라 자식을 고등학교까지 보낸 다는 것은 중산층이 아니라면 부모의 엄청난 희생이었다. 자식을 한 사 람이라도 고등학교를 보내려면 가난한 부모의 수입으로는 감당하기 어 려운 시절이었다. 부모의 수입은 거의 한 사람의 고교 등록금으로 소진 되기 때문이다. 그의 부모는 그리 힘들었어도 영철은 집안 기둥이라며 어거지 춘양으로 고등학교까지 보냈다. 고등학교를 졸업한 영철은 공무 원 시험을 보아 합격했다. 부모의 기쁨은 하늘로 날아가는 듯했다. 영철 은 청주시청에 바로 발령을 받았다. 그리고 1년 후 군에 입대했다. 3년 후 제대를 하고 다시 시청에 근무를 시작했다. 10년 늦둥이 동생 영수 는 그때서야 초등학교를 졸업했다. 형인 영철이 24세 때이다. 아버지는 미장공 일을 하실 때 자주 마셨던 술 탓인지 간경화로 진단을 받았다. 간이 돌덩이처럼 되었다 한다. 배는 남산만하게 부어오르고 자주 숨을 몰아 쉬고 계셨다. 마지막 숨을 몰아 쉬기 전에 아들 둘과 어머니를 불 렀다. 그리고는 유언을 하셨다. "영철이를 너에게 영수를 맡긴다. 중학교 를 꼭 보내거라. 그리고 여기 사는집 집터 200여 평 중 100여 평은 동 생에게 주거라. 그거라도 있어야 영수가 흙벽돌 집이라도 짓고 살 게 아 니냐." 그리 유언을 하시고는 환갑을 못 넘기고 돌아가셨다. 코흘리개 영 수는 아버지 말씀 중 땅을 100평을 주라는 이야기, 또 영수를 학교에 보 내라는 말씀을 들었다. 영철이 어머니도 결핵으로 3년을 앓고 계실 때였 다. 기동을 못 할 정도로 병이 악화되자, 영철은 영수를 어머니 수발을 들으라고 하면서 중학교를 안 보냈다. 영철은 박효순이라는 여자와 약혼 한 상태였다. 어머니는 아버지가 돌아 가신 후 1년도 안 되어 돌아가셨다. 어머니가 돌아가시자 결혼은 바로 진행되었다. 그리고 영철은 2년도 안 되어 상급기관인 도청으로 발령을 받았다. 이권이 달려 있는 공무원 부서는 최고의 직장이었다. 그 당시는 영철은 갓 도청으로 발령을 받은 말단 직원이었을 때이다. 영철은 당시에 살던 집과 땅을 팔아 시내 중심부로 이사를 하였다. 아버지의 유언은 하늘로 올라갔다. 방이 네 칸에 마루도 있는 양철집이었다. 영수는 시내로 이사 간다니 덩달아 좋아했으나, 그것은 악몽의 시작이었다. 햇볕도 안 드는 냄새가 쿵쿵 나는 창고로나 써야 할 만한 뒷골방. 그게 영수의 방이었다. 살던 흙벽돌집보다도 못하다. 형이라는 그는 단 하나의 혈육인 영수를 쳐다보지도 않으려 하니, 효순은 한술 더 떠서 시동생을 아예 종 취급을 한다. 효순은 점점 무서운 호랑이로 변했다. 중학교도 가보지 못한 영수는 집안의 심부름꾼이었다. 각종 일은 다 시키면서 시동생 영수 보기를 무슨 손톱에 때만치도 생각지 않는다. 그러던 어느 날 드디어 형수의 호령이 떨어졌다.

"나가서 밥벌이라도 해야지. 왜 놀기만 하고 공짜 밥을 먹는 거야?"

올 것이 온 것이다. 16살이 된, 중학교도 안 다닌 영수는 그저 어찌해야 할지 망막하기만 했다. 집에 있기도 너무나 불편하다. 구두를 닦는 친구들을 쫓아다니면 점심 국수를 얻어먹을 때도 있었고, 굶을 때도 있었다. 하루는 밖에서 돌아다니다가 집에 와서 보니 저녁밥 먹으라는 소리가 없다. 기웃거리다 보니 집에 사람은 없고 개다리소반에 보리밥 한 그릇과 먹다 남은 김치 한 그릇이 부엌 들어가는 옆마루에 놓여 있다. 보리 찬밥을 입에 한 숟가락 떠 물고는 씹어대기 시작했다. '아니? 이 밥이 언제부터 여기 있었던 거야?' 밥에서 쉰내가 확 난다. '머슴도 쉰밥은 안 준다!' 눈물이 절로 난다.

돌아가신 어머니가 너무나 그립다. 눈물을 흘린 것이 하루 이틀이 아니다. 그러나 그리 울고만 있을 수는 없었다. 밖으로 나가서 뭔가를 해서 먹고 살아야겠다는 생각은 드나 구두 닦는 친구들을 따라는 다니는 것도 쉽지가 않아 보인다. 엄두가 나질 않는다.

아파트에만 설치되었던 연탄보일러가 유행을 타고 주택에 설치가 될 때에 연탄보일러 놓기 붐이 일어났다. 아궁이에 불을 때는 불편함이 없어진 것이다. 보일러를 놓으려면 뒷골방도 놓아야 하는 게 아닌가? 돈이 더 많이 든다며 영수가 자는 그 방은 쏙 빼니 보일러가 없는 추운 방에 나무를 때면 너무 나무를 많이 땐다며 악다구니 형수 효순이의 잔소리가 귀를 물고 늘어진다.

저희들은 따뜻하게 보일러 불을 때면서….

연탄불이 꺼져도 영수 탓으로 돌리니, 얻어먹은 욕이 한 짐은 되고도 남을 것 같다. 불만은 가슴속 깊이 차곡차곡 쌓여만 갔다. 영수는 말 상대도 안 해주는 영철 형님과는 나이 차이도 열 살이나 되니 같이 앉아서 말하기도 어려웠다.

밥도 같이 앉아서 먹지 않으니 이야기할 틈이 없다. 벼르다. 벼르다. 말할 기회가 온 날,

"형님, 형님이 건설과 직원이시니 건축하는 곳을 많이 아시잖아요? 그런 곳 사무실 사환이라도 시켜 주세요."

그 소리가 형수님의 귀에 들어갔는지, 단번에 형수 박효순의 호출이 떨어졌다. 눈을 아래위로 흘겨대며

"도련님."

"우리 집에 학교도 안 다닌 그런 도련님이 있다는 걸 공장 사장이나 다른 사람들이 알면 형님이 얼마나 창피하겠어? 다시는 그런 소리 하지 마. 그런 소리 또 하면 난 안 본다."

온갖 집안 잔일은 모두 시키면서 한 식구로 생각을 안 했다.

'저런 게 무슨 효순이여, 악순이지! 저런 거 잡아가는 귀신은 없나?' 속

이 뒤집힌다. 그의 잔소리와 학대를 참지 못하고 밖으로 돌기 시작했다. 16살인 초등학교 졸업생은 어디 들어갈 곳도 없다. 신문 배달도 해 보았으나 새벽에 일어나야 하고 배달을 마치고 집에 들어와도 끼니도 제대로 주지 아니하니 너무 배가 고프다. 어찌해야 할까 하며 여러 가지 생각을 해도, 무슨 일이든 하려 생각을 해도 할 일이 마땅치 않다. 그래서 영수가 친구를 쫓아다니며 배운 것이 구두닦이였다. 친구의 뒤를 쫓아다니며 구두 닦는 법을 배워도 그리 쉽지는 않았었다. 젖은 구두를 광이 나게 닦는다는 것은 쉬운 일이 아니었다.

신문지를 구두통에 넣고 다니다가 그것에 불을 붙여 구두를 약간 말려서 구두약을 듬뿍 발라서 다시 신문지로 말리고를 하여야 좀 광이 난다.

그래도 아침에 집을 나와 그를 쫓아다니면 붕어빵도 사주고, 국수도 사서 나누어 먹으니 마음은 편했다. 아침에 나오면 저녁에나 잠자러 들어갔다. 뒷골방에 영수가 있는지 없는지 그 집 사람들은 관심도 없었다.

효순은 남편이 계장이 되자, 외아들인 준호를 최고의 과외 선생님을 불러다 공부를 시켰다. 형이 과장 진급을 했을 시 형수가 동분서주하며 노력한 결과인지, 고급 과외 덕인지 그의 조카는 서울 대학교엘 들어갔다.

집안은 행복이 가득 차 넘쳐흐르다 못해 마당까지도 나가 돌아다닐 것 같은데, 퀴퀴한 냄새가 나는 뒷골방에서 영수는 가슴을 끓어 안고 울음을 삼켜야만 했다. 부모님만 살아계셨다면….

그는 자나 깨나 부모님 생각이 간절했다. 어머니가 해주던 보리밥에 된장국, 풋고추를 된장에 꾹 찍어 먹는 그 맛은 매콤하면서도 입맛을 돋워 주었던 기억이 새롭다. 구두 닦는 것을 몇 개월 배운 후 혼자 독립을 하여 구두통을 만들어 메고는 부지런히 다니며 구두 한 켤레라도 더 닦으려 노력을 했다. 비 오는 날, 또는 추운 겨울을 안 가리며 열심히 다녔다. 구두닦이 동료들과 모여서 서로들 사정을 털어놓고 이야기할 때는 영수는 형수인 효순이를 마른오징어 씹듯 씹어댔다.

"그런 게 무슨 형수여."

듣는 동료들이 시원시원하게 같이 씹어댄다.

"그 싸가지 없는 년 말여."

"뒤질 때 눈도 못 감고 뒈질 년여."

"그년 이름부터 갈으라고 해!"

"그런 게 무슨 효순이여, 악순이지."

동료들로부터 형수의 별명은 싸가지가 되었다.

"더러운 년. 처먹다가 처먹기 싫어 둬 쉰 찬밥을 시동생에게 줘?"

"그리하면 죄 받지."

동료들은 형인 영철도 싸가지 남편으로 호칭을 바꾸어 말을 한다.

"응 그 싸가지 남편. 그게 인간이여?"

"형제도 모르는 놈이."

"권불 십년이랴."

이구동성으로 씹어대면 속이 좀 시원한 것 같다.

국화빵은 1원에 두 개이니 점심으로 먹으려면 10개는 먹어야 하는데 그게 5원이다. 아주 큰 돈이었다. 그래도 그걸 사 먹어도 그건 간식에 불과했다. 배 속에 거지가 들어앉았는지 금방 배가 고프다. 돈을 못 번 날 집엘 가봤자 반갑게 저녁상을 차려줄 싸가지 형수가 아니다. 돈을 벌어 사 먹는 우동이나 자장면은 비싸서 리어카에서 국수를 파는 곳엘 자주 간다. 국수 파는 아주머니가 꼭 엄마만 같았다.

"배고팠지?"

하며, 그릇이 넘치도록 국수를 듬뿍 말아주면 배가 불룩하도록 먹었었다. 아주머니는 한결같이 영수를 불쌍히 여기고 떨어진 단추도 달아 주는 등 살뜰히도 살펴 주었다. 세 끼를 사 먹고 구두약도 사려면 하루에 20원은 꼭 필요했다. 또한, 어려워 밥도 제대로 못 먹는 친구들에게 그는 붕어빵도 사서 나누어 먹었다. 영수도 어려울 적 친구에게 그리하지 않았던가?

다들 어려운 시절인데 누가 구두를 자주 닦아 신을 수 있겠는가? 정부에서 월급이 꼭꼭 나오는 연초 제조창은 구두 닦는 손님이 제일 많은 곳이었다. 연초 제조창 직원들은 공무원이었다. 그저 연초 제조창을 매일 출근하다시피하고는

"안녕하세요? 고맙습니다. 감사합니다."

종이 주인 정승을 만난 듯 허리 펼 날이 별로 없었다. 구두 닦는 사람은 여럿이 있다. 영수 혼자만이 아니다. 그저 친절해야 구두를 맡긴다. 그리 지난 지가 1년여가 될 즈음 총무 과장님께서

"애야, 볼일 보고 나한테 잠깐 들렀다 갈래?"

"네."

'오늘은 15켤레를 채우지 못했는데…. 구두를 닦으라고 하시겠지?' 하고 가서 과장님 책상 밑을 보니 구두가 말끔하다,

"과장님 오늘은 안 닦아도 될 것 같은데요?"

"그게 아니야, 너 하루 버는 돈이 얼마니?"

"네에? 하루 30원 정도입니다."

버는 돈보다 좀 더 늘려서 불렀다. 최고로 많이 벌 때가 30원이니까!

"그래? 오랫동안 너를 지켜보았다. 착실해 보여 하는 이야기인데, 네가 여기 와서 일을 하면 안 될까?"

"네에? 저는 국민학교뿐이 안 나와 배운 것도 없는데요?"

"그것은 걱정할 것 없어, 그저 사무실 청소하고 심부름이나 하는 것이니까."

"그 일도 그리 어렵지는 않아. 생각 있으면 이야기해. 월 급료는 2,000원이야."

깜짝 놀라 그 자리에서 망부석이 되었다. 가슴이 벌렁벌렁 댄다.

"그 일도 그리 어렵지는 않아. 생각 있으면 이야기해."

고장 난 레코드판인가? 귓속에서 자꾸 돌아가며 그 소리가 귓속을 맴맴 돈다. 숨을 한번 크게 쉬고는,

"총무 과장님. 진짜예요? 진짜로 말씀하시는 거예요?"

"내가 농담으로 하겠니?"

"여기에 있던 학생은요?"

"응? 그 애는 대학교 진학을 위하여 그만뒀어."

"할게요. 할게요. 시켜만 주세요."

"그럼 다음 주 월요일부터 출근해. 이곳 서류는 이력서와 신원 보증서만 해오면 돼."

"네. 감사합니다. 감사합니다. 감사합니다."

몇 번인가를 꾸벅댔다. 이 기쁜 소식을 누구에게 먼저 알릴 것인가? 연초 제조창을 총알 같이 빠져 나와서 보니 막상 자랑하러 갈 곳이 없다. 가슴이 두근두근 댄다. 이런 횡재가 없다. 집엘 가봤자 반가워할 싸가지 형수가 아니니까! 공중전화기를 들고 다이얼을 돌렸다.

"도청 00국이지요? 신영철 계장님 좀 바꿔 주세요."

숨이 헐떡거려 말도 제대로 나오지 않는다.

"나 계장인데. 누구시지요?"

"형님 저요, 영수예요. 저 취직했어요. 취직했다고요."

"그래? 잘됐네."

남의 이야기 듣는 듯하다. 딸깍 소리가 나며 끊기고 우웅 하는 소리가 난다.

'형님이 반가워할 줄 알았는데.' 제기랄! 전화기를 집어던지듯 탁 소리가 나도록 제자리에 걸어놓았다. 그래도 이제 고생을 면할 것 같다는 느낌이 몸을 나는 듯이 만들어 놨는지 발걸음이 가볍다. 구두를 하루 종일 힘들게 닦아도 한 달 800원 정도인데. 2,000원이라니. 암산을 해 본다. 하루 얼마지? 이천 원을 삼십으로 나누면 하루 약 70원은 좀 모자라고 60원은 넘고.

"아!"

내게도 이런 좋은 일이! 또 임시직도 될 수 있다니. 아이고 횡재했다!

"정식이라도 담뱃갑에 담배를 20개씩 손으로 집어넣는 것이니까! 어려운 일이 아니야."

그 총무 과장님의 말씀이 귓속을 돌고 또 돈다. 아버지, 어머니가 나를 도와준 게야! 그렇지 않고서야 이런 경사가 있을 수 있을까? 막상 출근을 하려니 입을 옷이 마땅치 않다. 전에 사환은 까만 학생복을 입고 다녔는데….

그저 어떤 직원을 보더라도 굽실대며 90도 인사를 하니 직원들에게 잘 보인 것 같다. 오징어 씹듯 씹어대던 형수에게 어렵사리 입고 출근할 옷을 부탁해 보았다.

"제가 연초 제조창 사환으로 취직이 됐어요. 잘하면 임시직도 되고 정식 직원도 된대요. 그런데 입고 출근할 옷이 마땅치 않아서요."

형수님도 꼭 형님 비슷하게

"잘됐네요."

한마디 하고는 건넌방으로 갔다 돌아왔다. 형수님 손에는 남편이 입다가 안 입는 낡은 옷이 하나 들려 있었다. 형수님이 말했다.

"이거라도 입으실래요?"

'아니? 취직했다니까 말투가 달라졌네? 뭔 꿍꿍이가 있을 거야?'

"여수도 보통 여수가 아니라 꼬리가 세 개인 여수야."

"주둥이는 쥐를 얼마나 잡아 처먹었나. 피가 아주 빨갛게 묻어 있잖아."

영수 사정을 아는 구두닦이 동료들이 같이 거들며 욕을 하며 씹어댈 때 하던 소리였다. 입어보니 구두 닦을 때 입던 옷보다는 좋지만, '새것 하나 사주시면 안 될까요?' 그리 말하려다 말았다.

"감사합니다."

어머니 생각에 눈물이 줄줄 흐른다.

"아니 잘됐는데 왜 운대요?"

"아뇨. 고마워서요."

말로는 그리했다. 연초 제조창을 들어가자 영수의 친구들은 너무나 부러워했다.

"야 정말 넌 운이 텄다. 정말로 부럽다. 너 잘되면 우리들도 어떻게 한 번 들어가게 해봐."

"글쎄? 내가 그 일을 어찌할 수 있겠니. 하여간 첫 월급 타면 한턱 진하게 낼게."

취직이 되고 봄이 되자, 꿈에도 그리던 야간 중학교에 입학을 했다. 검정 학생복을 입고서 어머니 생각에 눈물을 흘렸다. 야간 중학교 때 별명은 애 아버지였다. 한반 친구들과 나이 차이가 너무 많이 나기 때문이었다. 시간만 나면 책에 매달렸다. 검정고시로 고등학교 입학 자격을 땄다. 그리고 꿈에도 그리던 고등학교에 등록을 했다. 야간이지만 너무나 좋았다. 교복을 입고 사진관에 가서 사진도 한 장 찍어 놓았다. 그리고는 아주 고등학교 검정고시까지 통과했다. 공부를 잘해서 검정고시도 합격했다면서 제조창 직원들은 축하 인사까지 해줬다. 그리 1년 정도가 지나자 행운인지 임시직이 되었다. 과장님이 특별히 신경을 쓰신 것 같다. 월급도 따라 올랐다. 형수가 이 사실을 알고 그에게 접근했다.

"도련님. 돈을 버는 대로 다 쓰면 안 되는 거 아시죠? 모름지기 돈이란 있을 때 아껴야 합니다. 앞으로 도련님 월급은 제게 가져다가 맡기도록 하세요. 제가 관리해서 목돈으로 불려 드릴게요."

형수의 말을 들을 수뿐이 없다. 취직을 하자 대우가 완전 달라져 밥을 얻어먹으니, 형수에게 월급을 몽땅 봉투째 갖다 바치고 야간 고등학교 학비와 용돈이라고 주는 돈을 가지고 썼다. 연초 제조창에 2년을 더 다닌 후 군인을 갔다. 3년 만에 제대를 하고 연초 제조창에 재취업이 될 때는 군인 갔다 온 것이 가산점을 받아 정식으로 발령이 났다. 그때까지도 그는 골방 신세를 면치 못했었다.

효순은 남편이 계장이 되자, 외아들인 준호를 최고의 과외 선생님을 불러다 공부를 시켰다. 호화스럽게 자라는 조카를 보면서 동생이라는 사내는 눈물을 꾹꾹 참았다. 형이 과장 진급을 했을 시 형수가 동분서주하며 노력한 결과인지, 고급 과외 덕인지 그의 조카는 서울 대학교엘 들어갔다.

집안은 행복이 가득 차 넘쳐흐르다 못해 마당까지도 웃음소리가 들렸다.

준호는 서울 대학교 3학년을 마치고 군에 갔다가 4학년을 마치고 은행에 취직을 했다. 집안은 축제 분위기였다. 영철 부부가 준호 결혼을 서두르자 고관 대작집 아들이라며 중신아비들이 문전성시를 이뤘다. 고르고 골라서 꽃같이 예쁜 이대 출신의 김영희가 며느리로 결정되고, 약혼 후

6개월 지나서 결혼식을 성대하게 하였다. 준호가 26세일 때이다. 서울에 아파트도 사 주어 신혼살림을 차려줬다. 결혼 후 준호는 청주 집엘 내려와서는 은행엘 괜히 들어갔다며 푸념을 한다. 시키는 일도 너무 많고 선배들의 행패가 심하다며 못 다니겠다고 엄살을 부리자

"돈은 쥐꼬리만큼 주면서 서울대생 우리 아들을 괴롭혀?"

"야, 그 까짓것 그만둬. 내가 생활비를 대줄게."

당시에는 은행원도 월급이 많지는 않았다. 공무원 수준이었다.

준호는 얼씨구나? 2년도 안 된 그 날로 은행에 사표를 냈다. 그리고 그는 1년여를 집에서 돈을 타다가 흥청망청 써댔다. 미안한 감이 들었는지, 그가 재취업한 곳은 국내 굴지의 00건설 회사였다. 그곳도 1년도 못 채우고 집으로 와서는 또 하소연을 한다. 건설회사는 새벽 6시까지 출근을 해야 되어 너무 힘들고 선배들의 잔소리가 너무 심하고, 일을 못 한다고 욕도 얻어먹고, 퇴근 시간도 일정하지 않다고 하니

"뭐? 그런 회사가 있어? 욕을 해?"

국장 마누라인 효순이는 당장 회사를 쫓아가서는 상급 직원들에게 한바탕 욕을 해 재꼈고, 준호는 사표를 제출했다. 며느리인 영희가 봐도 그 어머니에 그 아들이었다. 어쩌자는 것인지 이해가 안 간다. '그 좋은 직장을 그리 팽개치는데, 모자가 죽이 맞으니…' 사사건건을 시어머니에게 보고하고 지시를 받는 어린아이 같은 신랑, 참으로 한심하다. 시댁에서 돈을 충분히 주니 흥청망청 써 대지만 영희 그도 생각이 없는 사람은 아니다. 친정에 가서 하소연 하고 싶었지만, 꾹꾹 눌러 참았다. 고관대작집 서울대생을 사위로 맞이했다며 으쓱대던 친정 부모님에게 남편의 행동을 헐뜯어 봤자. 벌써 아기가 3살이다. 다시 들어간 중소기업 행정직도 몇 개월을 못 채우고 그만뒀다. 직장을 그만두고 집에서 빈둥거리니 영희만 속이 탄다.

"신랑 뭐하니?"

친구들의 물음에 할 말이 없다. 그저 좋은 옷과 명품백을 들고 친구들을 고급 식당에서 대접을 하며 너 아주 잘사는구나, 그리 보여 주며 친구들의 입을 막았다. 아기가 너무나 예쁘다. 눈을 뜨면 더 예뻐 보인다. 얼굴 어느 곳 하나 안 예쁜 데가 없다. 아기가 자는 모습을 보면서도 마음 한구석이 허전하다. '아기만 조금 더 크면 직장을 구해야 되겠다.' 마음은 신랑을 떠나라고 등을 떠민다. 그냥 이대로 살아야 될까? 의문에 의문 또한 마음이 갈피를 못 잡는다. 남편은 30이 넘은 나이 때문인지 좋은 취업자리가 없다. 집에서 잘도 놀더니 생각한 게 목장이었다.

연초 제조창은 당시 아주 좋은 직장이었다. 총인원도 1,000여 명 되는 큰 국영 회사이며, 그들은 공무원이다. 영수가 정식 직원이 되니 같은 부서에서 근무하는 사람의 소개로 현호순이라는 한 처녀를 만났다. 그녀는 청주 남한 제사 공장(일명 번데기 공장)에 다니고 있었다. 이북에서 피난 나와 사는 가난한 집 외동딸이었다. 그와의 단 한 번의 만남은 어머니가 살아 돌아온 듯 영수의 마음을 온통 사로잡았다. 그와 만남을 약속하고 기다리는 시간은 환희 그 자체였다. 세상이 달리 보였다. 똑똑하고 예쁜 그녀를 매일 보는데도 헤어지면 꿈속에서라도 또 보고 싶다. 그를 만나 야외나 극장 구경을 가는 날은 천국이 여기인가 싶기도 하다. 호순은 영수의 가슴속에 깊이 들어앉았다. 그녀는 영수의 모든 것이었다. 외로운 처지가 비슷한 두 사람은 급속도로 친해지고 바로 결혼 약속도 했다. 호순의 부모도 사윗감이 안전한 직장이 있다는 것을 알고 그들의 결혼을 승낙했다. 이제 결혼식만 올리면 되는데 여러 가지 문제가 해결되지 않으니 영수는 걱정이 태산 같았다. 결혼식은 사정상 나중으로 미루더라도 우선 같이 살 집이 문제였다. 월세 보증금이 10여만 원이 있어야 하는데, 그 돈이 없다. 아무리 생각해도 형수에게 갖다 준 돈은 달래 보면 그동안 밥값이라며 줄 사람도 아닌 것 같다. 과장님이 된 형님에게 매달렸다.

"형님 제게 결혼할 여자가 생겼어요. 그런데 집을 얻을 월세 보증금이 돈이 없어서요. 10만 원만 꾸어 주시면 1년 안에 제가 갚을게요."

그리 말씀드리면 네가 그동안 벌어다 형수한테 준 돈 그거 달라고 해. 그러실 줄 알았다. 태도가 싹 변한다. 형님은 큰소리로 야단을 치셨다.

"내가 돈을 들고 다니니? 돈이나 꾸어서 살 생각은 아예 하지 마. 그래가지고서야 어떻게 성공할 수 있겠니? 너 혼자 일어서야 자수성가했다고 하는 거야."

한 번에 거절을 당했다. 하늘이 노랗게 보인다. 맡기라고 하여 갖다가 맡긴 돈도 삼십만 원은 될 텐데. 그것을 돌려받을 줄 알았던 게 바보지! 자기 자식은 월 2만 원씩 생활비를 보내면서 그리 말씀을 하시니 뒤를 돌아서 쏟아지는 눈물을 닦으며 결심했다.

'다시는 형님이라고 부르지 않을 테다. 이제는 복수 할 거다. 두고 봐라. 내가 싸가지에게 복수 하는 것은 싸가지 부부보다 잘사는 게 복수다.'

아버지가 돌아가시기 전에 땅 100여 평을 영수에게 주라고 하셨다는 이야기도

호순 씨한테는 말을 할 수 없었다. 행여 다른 일이 생길 것 같았다. 아버지의 유언을 형님에게는 말도 꺼내보지 못했다. 그만큼 형님은 무서웠다. 그냥 형님이 이민 가려 준비 중이라 우리를 도와줄 수 없다고 거짓말을 했다. 영수는 호순 씨와 살 집을 구하려고 내덕동 연초 제조창 부근 복덕방을 이곳저곳을 다니기 시작했다. 월세 보증금이 최하 5만 원

은 있어 낡은 방이라도 구할 수 있는데, 그것은 꿈이었다. 그저 복덕방을 향하여 발품을 팔 수밖에. 몇 번이고 복덕방을 헤매며 혹시나 했는데, 자주 들르던 한 복덕방에서 지금 집을 짓다가 부도를 내고 집주인이 도망간 집 한 채가 있는데, 그걸 공짜로 살 수가 있다고 한다. 귀가 번쩍 띄었다.

"네에?"

문제는 집을 짓다가 말았기에 문짝도 없고 대문도 없고, 수돗물도 나오지 않는단다. 그래도 좋다면 그 집을 관리하면서 산다면 무료로 살게 해 준단다.

복덕방 사장님이 너무나 고마웠다. 관리라는 것은 집이 비어 있으면 금세 쓰레기장이 되니 그것을 막으면서 살면 되는 조건이란다. 그것은 누워 떡 먹기 아닌가? 집주인의 허락을 받아 달라니 알아서 할 테니 그냥 가서 살란다. 효순 씨와 당장 그 집을 보러 갔다. 미장까지는 되어 있으니 신문지로 도배를 하면 될 것 같다고 결정을 했다. 문짝이 없는 게 걱정이다. 피난시절 하꼬방(나무 계피 쪽으로 얼기설기 엮어 놓은 집)에서 살아 본 호순 씨의 경험으로 바로 답이 나왔다. 문은 목재상에 가서 적당한 크기를 골라서 문을 달면 된단다. 훔쳐 갈 물건도 없지만 그래도 열쇠를 문에 달았다. 다락도 있으니 옷은 그 안에 걸으면 안성맞춤이다. 빈사과 궤짝을 하나 얻어다가 부엌에 놓고 신문지를 그 위에 깔아 놓으니 훌륭한 싱크대가 되었다. 비닐 장판을 사다가 방에 깔고서 예식도 안 치른 채 바로 동거에 들어갔다. 가난해도 너무나 재미있고 행복하다. 밥그릇 두 개. 국그릇 두 개, 냄비 하나, 수저 두 벌, 찌개를 끓일 뚝배기 하나, 식칼, 도마를 올려놓고 자세히 쳐다보니 어릴 적 소꿉장난과 똑같은 살림이다. 월급을 타서 바로 문짝을 제대로 달았다. 호순 씨 부모님은 사윗감이 직장이 있다는 게 안심이 되시는지

"젊어서 고생은 돈 주고도 하는 거야 싸우지 말고 잘 살아봐."

그리 허락을 하였었다. 외동딸을 가난한 나에게 시집보내다니. 너무나 고마우신 분들이다. 그래서 장인 장모님 제사를 꼬박꼬박 지내고 있다. 동거를 시작하고서는 영수는 형님 집에는 가지 않았다. 갈 일도 없다.

국장까지 올라갔던 영철 씨가 정년 퇴직을 하자, 효순은 흥청망청 써대며 놀고 있는 준호를 집으로 불렀다. 교육을 시킬 참이다. 아버지가 퇴직을 한 지도 몇 년이 되었으니 생활비도 이젠 더 대줄 수 없다. 그러니 혼자 벌어서 살라고 단단히 이르고서는 몇 년을 다달이 주던 생활비를 끊었다. 신기한 일이 벌어졌다. 1년인데 생활비 달라는 말을 안 한다. 그냥 내버려 두었다. 아기도 여섯 살일 텐데….

시간이 갈수록 두려운 것은 준호가 아니라 효순 씨 부부였다. 준호의 생활이 궁금하고 안심이 될 리가 없었다. 그것도 참 힘들었다. 그들도 부모가 야속했던지 전화도 잘 안 한다. 생활비를 끊은 지 일 년이 조금 지나자 준호가 내려왔다. 아내와 싸웠단다. 궁금한 것은 그가 지금껏 어떻게 살아왔는가지, 부부싸움 한 것이 아니다. 기막힌 소리를 한다. 그동안 생활비를 물어보니 아파트를 팔아서 했단다.

아이구!

효순 씨 부부는 할 말을 잊었다. 마지막으로 한 번만 더 도와 달란다. 영철은 아들을 쳐다 보지도 않았다. 그러나 그의 아내는 며칠을 서울로 안 가고 집에서 허락을 얻으려 버티는 아들이 못내 아쉬운지 사정이라도 들어 보자고 보챈다. 그래도 자식 아닌가! 답답하지만 들어나 보자고 하니, 목장을 한다며 소를 키울 자리와 송아지를 사달라는 것이다.

"응?"

이제 준호가 철이 들었나? 준호는 무릎을 꿇고 일어설 줄 모르며 눈물을 흘린다. 자식 이기는 부모 없다 하지 안하든가? 가져온 목장 경영 계획서를 읽어보니 그럴 듯하기도 하다. 영철 씨가 생각을 해보니 송아지를 키운다는 것은 육체노동 아닌가? 그렇다면 준호가 노동을 하여 돈을 벌어 보겠다는 것이 아녀? 기특하다. 그렇지! 노동의 대가는 분명히 있다! 지금까지 준호가 직장엘 안주하지 못한 것은 대인 관계였든 게 아닌가? 목장이라면 혼자이니 누구와 부딪칠 일도 없다. 그래서 목장 자리를 한번 찾아보자는 생각이 들었다. 가서 기다려보라고 하고 보냈다.

영수는 호순 씨와 같이 동거를 하며 직장엘 다니니 돈은 금시 부풀기 시작했다. 전셋집 집들이를 하는 날 장인어른이 좋아하시는 보신탕도 고기를 듬뿍 사다가 준비하고 막걸리도 준비하여 장인, 장모님을 모셨다. 장모님께는 한복 한 벌을 준비했다. 너무나 좋아하신다.

"역시 내가 사람 볼 줄을 알았지!" 하며 밝게 웃으시던 모습이 항시 생생하다.

"이제 아기만 낳으면 되는 거여."

자손이 귀했던 영수네 윗대 탓인지 효순 씨 집안 내력인지 동거 3년 차인데도 그들에게는 아기가 생기질 않는다. 그래서인지 친척이래야 12촌쯤 되는 한 사람이 전부다. 돈이 점점 모여 50여만 원이 되었다. 그 고마웠던 복덕방 사장님을 찾아갔다. 그 사장님은 아주 좋은 터가 있다면서 청주 도시계획 2지구인 수곡동에 땅을 권하신다. 60여 평의 땅은 아직 개발 중이고 농사짓는 논들이 많았지만, 남향으로 집을 지을 수 있어 그냥 매수를 했다. 집터를 사고 등기를 한 지가 얼마 안 되었는데 복덕방 사장님이 찾아오셔서 그걸 다시 팔란다. 삼만 원을 더 주겠단다. 식구와 상의하자 이재에 밝은 식구는 거절했다. 그냥 두었다가 집을 짓잔다. 행운의 여신은 영수 편이었다.

동거한 지도 10여 년이 되었다. 억척같이 돈을 모으느라 어디 놀러 갈 엄두조차 내지 못했던 영수 내외는 이제 집 지을 돈도 어느 정도 장만하고 돈에 여유가 생겼다. 이제는 여름에 한번 휴가를 내어 부부가 놀러 가자고 하였다. 외국여행은 꿈도 못 꿀 때이고 청주에서 가까운 청천면 소재 화양동 계곡엘 가자고 결정을 하고 2박 3일 일정을 잡았다. 텐트도 준비하고 음식도 충분히 준비하여 가지고 떠나는 날은 초등학교 소풍 가는 날처럼 두 부부는 맘이 들떠 있었다. 청천까지는 시외버스를 타고 가고 그곳에서 화양 계곡까지는 택시를 타고 갔다. 짐을 도로변에 있는 점포에 맡기고는 텐트만 들고 좋은 자리를 차지하기 위하여 이곳저곳을 다니다가 바로 발만 뻗으면 물이 닿는 곳을 보고는 그곳에 텐트를 치려고 땅바닥을 식구에게 고르라고 하고는 나머지 짐을 가지러 부랴부랴 짐을 맡긴 곳으로 갔다. 그리고 와보니 자리를 잡으라고 한 곳에서 좀 떨어진 나무 그늘이 있는 곳에서 형수와 식구가 싸우고 있는 것이 아닌가? 깜짝 놀랐다.

식구에게 텐트를 거기 치지 말란다고 하여. 식구와 형수 간에 말싸움 중이었다.

"아니 거기다 누가 텐트를 치라고 했나? 다른 곳으로 가라면 갈 것이지 나이도 어린 것이 어른들한테 대드냐?"

"왜요. 여기다 우리 텐트를 치면 안 되나요? 보아하니 다들 자기가 텐트를 치고 싶은 곳에 치던데요? 여기 땅 다 사셨어요? 별소리 다 듣겠네."

"뭐야. 젊은 것이 버르장머리가 없네. 말하는 게 싸가지가 없네."

두 사람은 머리칼이라도 잡을 형세다. 얼른 가서 식구에게

"여보. 여보."

하며 몸싸움 직전의 식구를 억지로 떼어 놓았다. 모여 있는 사람들을

쳐다보니 형님이 거기에 계셨다. 남자 넷, 여자 넷이 온 걸 보니 부부 모임인 것 같았다. 10여 년 동안을 안 찾아가던 형님이었지만 인사는 해야지 하고서

"형님 놀러오셨어요?"

하니 반가워하기는커녕 벌레 씹은 얼굴이다. 하필 식구가 자리를 잡은 곳이 형님 모임에서 오신 분들 바로 옆이니 그냥 머쓱하니 서 있는데

"저 여자가 누구야? 싸가지 없는 년."

"제 식구입니다."

"장가 한번 잘 갔구나."

어이가 없다.

"여보, 다른 곳으로 갑시다."

인사를 시킬 형편이 아니었다. 아내 동서끼리의 첫 만남은 이렇게 이루어졌고, 이민을 갔다고 둘러댔던 거짓말도 탄로가 났다. 동서와의 첫 만남이 싸움질이었으니….

모처럼 벌려서 온 휴가가 엉망이 되는 시간이었다.

실수는 영수가 한 셈이었다. 주위를 더 보고 자리를 잡았어야 하는데 부근에 누가 있는지도 자세히 안 보고 짐을 잃어버릴까 봐 서둘러서 그 자리를 떠난 것이 실수였다. 부근에 형님이든지 형수님이 계신 것을 보았다면 그 자리에 자리를 잡지 않았을 것이다. 식구는 처음 자리 잡은 곳보다 30여m 위로 올라간 그늘이 있는 곳에 텐트를 치다가 형수와 싸움이 벌어진 것이다. 다른 곳으로 옮기고도 식구는 이틀 내내 분이 안 풀린 것 같았다. 그저 물에 발을 담그고 별말이 없다.

은행에서 조금만 빌리면 집을 지을 수 있는 돈이 생겼다. 집 장사들이 1980년에는 청주 개발 2지구인 수곡동에 집을 지어 팔면 새집 한 채가 약 250만 원 정도를 받고 팔았다. 그래도 돈은 남았으니까 영수도 사 놓

은 토지에 건축을 시작했다. 삼 개월이면 완공될 집이 설계대로 안 지었다 하여 준공 검사를 못 받았다. 경험 부족이라 신출내기 목수 말만 믿었다가 낭패를 본 것이다. 준공 검사는 차일피일 미뤄졌다. 할 수 없이 일부 설계변경을 하고서 재시공을 하여 준공 검사를 받고 보니 집값은 폭등을 하여 500여만 원을 받았다. 실수를 한 것이 오히려 횡재를 한 것이다. 직장을 다니면서 집 장사를 하니 돈은 큰돈이 모이기 시작했다. 단독주택 한 채에 800만 원, 1983년에는 1,000만 원까지 폭등을 하였다. 건축업은 그리 시작되었다. 집을 지으면 2개월도 안 되어 팔렸다. 영수는 최고의 직장이지만 건축을 하기 위해 직장에 사표를 냈다. 1985년부터는 1층에 상가를 2, 3층은 주택을 건축하여 팔기 시작했다. 짓기만 하면 팔렸다. 그래서 건축업자로 탈바꿈을 했다. 부동산 붐이 일자 일명 집 장사들은 호황을 누리고 시오야끼라는 돼지고기 연탄 구이집은 저녁이면 들어갈 틈도 없이 사람들이 북적댔다. 또한, 더 큰 행운은 동거 12년 만에 딸을 하나 낳았다. 영수는 온 세상을 얻은 것만 같았다.

영수도 집 장사 축에 끼어 집 장사를 시작한 지 불과 20여 년도 안 되어 전용 상가 건물을 짓기 시작하였다. 구두 닦기에서 건설회사 사장이 된 것이다. 청주에는 몇 대 없는 비싼 외제 벤츠 자동차는 중고차이지만 그의 명함이었다.

목장 터를 물색하며 다니던 영철은 미원면과 청천면의 중간인 구성리에 2만여 평의 임야를 선불로 5년간 월세 임대차 계약을 하고, 소 막사와 거주할 집도 짓고 송아지도 20여 마리를 사고 보니 생각지도 않은 돈이 들어가는 바람에 전 재산을 털어 넣고도 모자란다. 중단할 수도 없어 은행 빚까지 지게 되었다. 그리고는 준호가 성공하기만을 바랄 수밖에 없었다.

목장계획서 그것은 준호의 실패가 눈에 보이는, 전혀 경험이 없이 작성된 탁상공론에 불과했다. 또한, 그런 일에 경험이 없는 영철 씨도 탁상공론에 한몫을 한 꼴이 됐다. 소는 방목을 해야 사료값이 절약되는 것인데. 소를 팔아 사료를 사 먹이니 결과는 뻔하지 않은가? 한 마리 남은 것을 잡아서는 성공했다며 다리 하나를 집에 갖다 주고는 자살을 한 것이다. 지나고 보니, '내가 준호를 죽였어!' 영철은 자식을 화장터에서 화장을 해 가지고 나오면서 '이게 업보야! 업보지!' 그걸 아는 곳에다 묻든지 뿌리든지 하면 그곳을 다시 찾아 매일 울 것만 같다. 잊자! 준호의 영혼을 가슴속에 묻고 재는 바다로 가서 뿌렸다. 세상에서 못다 한 일을 넓은 세상에서 해 보려무나.

영수는 장인 장모님 제사를 지내면서 부모님 제삿날은 잊지 않았기에 항상 마음속으로 죄송했다. 형님은 부모님 제사나 지내시는지 궁금하기도 하다. 한 달여 만 있으면 어머님 제삿날이다. 영수는 화양동에서 형님과의 사이가 들통이 나는 날 그동안 감춰왔던 형님과 형수님의 모든 관계를 다 이야기했다.

화양동에서 받은 형수와의 관계 때문에 어머님의 제사 이야기를 식구에게 꺼내기가 쉽지 않았다. 며칠 간을 사정을 하여 식구를 설득시켰다. 호순 씨와 동거를 시작하고 처음으로 형님 집을 찾아 나섰다. 꿈에라도 가보고 싶지 않던, 살던 집엘 가보니 집 자리는 다른 건물이 지어져 있다. 어렵사리 찾다 보니 옛날 변두리였던 수곡동에 지은 5층짜리 주공 아파트 17평짜리였다. 청주에서는 그래도 돈이 있다는 사람들이 살던 초창기 아파트였다.

음력 12월 5일 어머님 제삿날을 빌미로 형님 사는 아파트를 방문한다면서 미리 연락을 했다. 식구와 상의하여 제물 보따리와 선물 보따리를 두둑이 챙겼다.

이제 복수할 차례다. 007 가방을 하나 들고 갔다.

아파트 4층 현관문 앞에 서니 옛일이 생각나 눈물이 줄줄 흐른다. 연신 손수건으로 훔치면서 낡은 철문에 게딱지 같이 붙은 초인종을 눌렀다. 문을 열어 준 형수님은 고개를 떨어뜨리고 그냥 말없이 거실로 들어가 서서는 시동생 부부 얼굴을 쳐다 보지도 못한다. 형님도 서 있다가는 거실 바닥에 앉는다. 한동안 두 형제는 말없이 그리 앉아있었다. 거실 분위기는 초상집 같았다. 그리 잘나가며 번지르했던 환갑이 훌쩍 넘은 형님의 얼굴이 바싹 말라 있었다.

제삿날인데도 무슨 준비를 하는 것이 전연 보이지를 않는다. 한참의 침묵이 흘러도 서로는 말을 꺼내기가 쉽지 않았다.

"어머님 제삿날이라 음식을 좀 장만해 가지고 미리 왔습니다."

"우리 교회 다닌다."

제사를 안 지냈다는 이야기 아닌가? 갑자기 들은 이야기라 말문이 탁 막혔다.

아마 지난날 내가 잘못했다. 이 소리는 기대할 수가 없을 것 같다. 그 잘나가던 형수님도 쭈굴거리는 얼굴이 세월을 말해주고 있다. 사람 취급도 안 했던 동생 영수인데 그가 수십억 재산가가 됐다는 것을 그들은 과연 몰랐을까? 마른오징어 씹어대듯 씹어댔던 '권불십년' 그 생각이 든다. 영수가 말문을 열었다.

"형님 집을 찾으러 다니다가 소식은 대충 들었습니다. 준호 이야기는 참 안 됐습니다. 손자는 며느리가 데리고 갔다며요? 빚도 있다고 들었는데요. 생활은 어찌하시는지요?"

한참이나 침묵을 지키더니 말문을 열었다.

"목장 하던 자리에 지었던 소 막사 철골과 거기 지었던 집은 임야 주인이 돈을 좀 쳐주어 받았고, 임대료도 기간 남은 것 도로 돌려받아서 융자금은 다 갚았다."

다 거짓말이었다. 조사를 해보니 은행 융자금 100만 원을 상환 못 해, 조금 나오는 퇴직 연금을 은행에서 압류하고 있었는데.

"오늘부터 부모님 제사는 제가 모시겠습니다."

아무런 응답이 없다.

'그래, 그렇게 모질게 살더니 결과가 겨우 이겁니까?'

말하고 싶지만 입을 열지 않았다. 아들까지 죽었으니 그 심정은 어쨌을까?

아내에게 일어나라는 눈짓을 하고 일어섰다.

"이 가방 비밀번호는 영영영(공공공)입니다."

그 가방에는 현금 5천만 원이 들어 있었다.

형님 내외는 몸이 굳었는지 일어나질 못했다.

영수는 형님 집을 나와서, 영수 가슴속에서 평생 떠나지 않았던 말을 떠올렸다.

'돈이나 꾸어서 살 생각은 아예 하지 마! 그래 가지고서야 어떻게 성공할 수 있겠니? 너 혼자 일어서야 자수성가했다고 하는 거야.'

'장가 한번 잘 갔구나.'

눈물 젖은 빵을 먹어본 자만이 행복을 알 수 있다.

영수의 눈에는 안개가 서리지만 입가에는 미소가 떠올랐다.

수십 년 간 한이 맺혔던 복수는 그렇게 했다.

밖을 나오니 찬 겨울 눈보라가 얼굴을 때린다.

영수는 아내의 손을 꼭 잡고 사랑스러운 표정으로

"춥지? 고마워!"

✎ 정진문

새한국문인 등단, 효동문학우수상, 충북대수필문학상, 새한국문인 소설 부분 문학상
저서 『낚시꾼을 고소한 우럭』, 『빅토리호가 만든 doctor』, 『내가 알고 싶은 것 그
리고 인생사』

욕쟁이 할머니

. . . .

이귀란

"어흐, 시끄러 증말. 사람이 살 수가 없네."

두루미 울음소리에 욕쟁이 할머니가 진저리를 냅니다.

"전쟁 나려나? 전쟁 날 때 물고기가 떼거지로 죽었다드만, 하루 이틀도 아니고 웬 새 새끼가 저리 울어 울기를?"

욕쟁이 할머니가 산을 향하여 종주먹질을 해대며 마구잡이로 퍼부어 댑니다. 때마침 고대산 등산을 마치고 내려온 손님들이 할머니에게 묻습니다.

"할머니 전쟁 난대요?"

"어흐, 답답해 전쟁은 무슨, 귀때기 없어? 들으면 몰라?"

손두부 식당의 손님들은 이골이 나 있기에 할머니의 웬만한 욕에는 끄떡도 안 합니다.

"아니, 할머니가 전쟁 날 때 뭐라 그랬잖아요?"

"어흐, 내가 참. 어뜬 노인이 조 위 바닷가에 살았는데 전쟁 나든 해 말야, 물고기가 먼저 알드래잖아. 아, 떼를 지어 뭍으로 피난 와서는 허옇게 배를 내놓고 죽드래잖아. 그래 맨 손으루 건져다 소금 간 해 놓구 실컷 먹었대잖아."

할머니의 말에 사람들이 귀를 기울입니다. 입은 거칠어도 할머니가 입을 열면 전설 같은 이야기가 이어지기 때문입니다. 할머니는 시원스런 욕줄기를 양념처럼 품어 올리며 이야기보따리를 풀어놓습니다.

　신탄리역의 철로를 건너면 욕쟁이 할머니네 손두부집이 나지막하게 앉아 있습니다. 책가방이라고는 한 번도 들어보지 않은 할머니는 고대산 속을 누비며 나물을 뜯어 팔아 연명하였습니다. 그러다 휴일이 하루 더 생기자 장사를 하게 되었다고 합니다.

　'생고기 드럼통 두루치기'의 찌끄둥거리는 문을 밀고 들어서면 훅 달려드는 비린내에 저절로 미간을 찌푸리게 됩니다. 촉수 낮은 등이 천장에 매달려 있어, 어정어정 살피노라면 어느샌가 다리깽이가 부러졌느냐는 소리가 울려 퍼집니다. 소문을 듣거나 마땅히 갈 곳 없어 들른 손님들이 주섬주섬 자리에 앉아 눅눅히 젖어듭니다. 세월을 거슬러 오른 듯한 주변을 살피다 정물화처럼 자신들도 그렇게 정물 속으로 들어갑니다. 한 세기는 지났을 듯한 벽지에 파리똥이며, 모기 죽은 자국이 즐비한 위로 그곳을 다녀간 사람들의 사연이 적혀 있는 걸 보게 됩니다.

　'씨브럴 엄니 잘 먹고 갑니다. 욕쟁이 할머니 파이팅!' 유명한 산악회는 다 다녀가고 전국의 매스컴은 다 와서 취재한 듯 피디와 작가들의 사인이 즐비합니다.

　드럼통 식탁 위의 철판이 달궈지면 비계덩이가 붙은 돼지고기를 숭덩숭덩 썰어서 곰삭은 김치를 넣고 지지기 시작합니다. 마지막으로 할머니가 손수 만들었다는 손두부를 넣고 설렁설렁 두루치기를 해 줍니다. 사람들의 젓가락질은 바쁘기만 합니다.

　5시, 기차가 지나가는 소리가 들립니다. 신탄역을 지나 백마고지역까지 들어갔다 나오는 막차소리입니다. 어느새 졸고 있었든지 퍼뜩 눈을 뜬 할머니가 뭐라 중얼거리며 머리를 흔드십니다. 통나무를 잘라, 엉덩이에 꼭 맞는 의자며 그보다 작고 낮은 발판의 찌든 때는 여지없이 묵은 세월을 노출시키고 있습니다. 혼자서 느지막이 들어서서 요기를 하던 노신사가 할머니에게 나지막이 물었습니다.

"아주머니는 어쩌다 그렇게 말이 거칠어지셨수?"

남의 다리 긁듯 스쳐 가는 수많은 손님들이 진담인 듯 농담인 듯 주고받던 말과 달리 정색을 하며 묻는 말에 할머니는 살짝 기가 눌린 듯합니다.

"아, 글쎄 술병을 감춰 놓구 계산하는 거 아녜요? 배웠다는 인간들이. 내가 말유, 배우질 못했잖아. 아무리 그렇다구 즈이들끼리 계산해서 즈이들끼리 놓구 가지를 않나 말야."

자기도 모르게 마구잡이로 말을 쏟아내던 할머니가 잠시 숨을 고르더니 사방을 둘러봅니다. 어둑한 식당 안에 몇 안 되는 손님들이 할머니를 바라보고 있습니다.

"아, 내가 정직하게 장사하잖여. 조미료 하나 안 쓰구, 내가 농사지어서 고춧가루며 김치며 다 내 손으루 담가서 진실되게 해 주면 고마운 줄 알아야지. 너무들 하잖아 배웠다는 인간들이."

양수기처럼 배웠다는 인간들을 뿜어냅니다.

할머니는 산비탈에 너와집에서 살았습니다. 지붕에는 봇돌을 얹어 바람을 피하고 사방으로 보이는 게 산이니 어려서부터 산을 오르내리며 놀았습니다. 여덟 살이 되자 아버지가 등에 꼭 맞는 지게를 만들어 주었습니다. 그래도 여자아이라 작게 만들어 주었다며 신난다고 나무를 하기 시작하였습니다. 검불까지 훑어다 불쏘시개 삼아 밥을 지어 먹고 집안일을 돕다, 열아홉 살에 고만고만한 사람을 만나 시집왔습니다.

남편은 소나무 껍질 같은 발에 검정 고무신을 신고 산을 오르내리며 나무를 해다 쟁여 놓아줍니다. 그러면 새댁은 나무를 아껴가며 불을 지펴 나물죽을 쑤어 먹었습니다. 흙과 돌을 이겨 만든 부뚜막에는 이빨 빠진 사기 대접 세 개가 업어져 있었습니다. 옹색한 부엌에 세간살이라고는 그것이 전부였습니다. 첫 아이를 임신하고 라면이 먹고 싶은데 돈이 없었습니다. 남편에게 라면이 먹고 싶다고 했더니 나물을 뜯어 장에 내다 팔라고 우렁우렁 말해 주었습니다. 날이 새자마자 헛구역질을 하며 산으로 올랐습니다. 고사리며, 취나물들을 뜯어다 팔아 라면을 끓여 먹었습니다. 아이를 낳고도 쉬지 않고 나물을 뜯어 접시 하나 장만하고, 수건 한 장 장만하는 재미가 쏠쏠했습니다.

장사를 시작하면서는 계산법을 모르니까 나무 기둥에 한 일 자 표기를 하며 마음에 희망을 쌓았습니다. 혼자서 농사일하랴, 살림하랴 애가 진하도록 집 안팎을 맴돌았습니다. 때가 되어 식당에 손님이 오면 음식 만들어 내고, 틈나는 대로 안채로 들어가 부모님 봉양하느라 종종걸음을 치며 살았습니다.

할머니가 고개를 갸웃거리며 기억을 더듬다 또 잠이 들었던지, 누군가 신발 끄는 소리에 화들짝 정신을 차리십니다.

"제 새끼 떼 놓구 두 발 뻗구 자는 년 있으믄 나와보라 그래! 쓰벌."

고개를 설레설레 흔들며 한 차례 욕을 내뱉더니 다시금 스르르 눈을 내리감으며 몸을 늘이십니다. 할머니가 조는 동안 손님들은 소리를 죽여 음식을 가져다 먹고, 술을 꺼내 마시며 자기들끼리 눈을 맞추기도 합니다.

할머니는 아이가 아장아장 걸을 때까지 나물을 뜯어다 돈으로 바꿔 생활에 필요를 채웠습니다. 겨울이면 양 볼이 빨갛게 부풀고 손등이 터져 피가 비춰도 틈만 나면 산에 올랐습니다.

"아, 내가 한 해에 껌정고무신을 두 켤레 해트렸어, 내가."

문제는 손님들이 다 먹은 소주병이며 음료수병을 원래의 박스로 가져다 놓기도 하고 슬쩍 숨기기도 하고, 복잡한 계산은 얼렁뚱땅 해 주고 가기도 하여 억분한 마음이 턱까지 차올랐던 것입니다.

　"분명 손님은 바글거리는데 돈이 안 모여 으뜨케 된 게. 나무접시 놋접시 될 리 없다더니 모래 위에 물 쏟아버린 세월인 게지 내가. 하나같이 도둑놈들이구 사기꾼들이여. 아, 내 손으로 농사지어서 진실되게 해 주는데. 거기다 쐭여 쐭이기를. 개 돼지만두 못한 인간들 같으니라구."

　예의 그 노신사가 엉거주춤 일어서 주섬주섬 짐을 챙기자 할머니는 그 신사를 향해 소리를 칩니다.

　"아무리 으르렁거려도 호랑이가 제 식구는 안 잡아먹는 법이라우. 내가 오죽하면 이리됐겠수, 느므럴놈의 인간들."

　할머니가 아들이 자라면서 문제가 있다는 것을 알았습니다. 그 탓은 오직 아내에게 돌린 남편은 놀음으로 밤을 지새우는가 하면 해가 지나면서 집에 들어오지 않는 날이 더 많았습니다. 며칠 만에 집에 들어온 남편은 오히려 더 큰소리를 치고 시부모님은 아들을 두둔하기만 하였습니다. 무엇 때문에 그렇게 당하며 살아야 하는지 알지도 못한 채 농사지으랴, 아들 키우랴 맴돌아야 했습니다. 세월은 무심하게 가기만 하고 집 나간 남편은 돌아오지 않고, 한바탕 욕이라도 퍼부어야 속이 후련해진다는 것이었습니다.

　바람결에 들리는 이야기는 할머니를 더 아프게 하였습니다. 몇 다리 건너 사람이 찾아와서 남편이 북으로 갔으니, 돈을 좀 구해 달라는 것입니다. 할머니는 어떻게 해야 하는지, 이래저래 마음고생이 심해져만 갔습니다. 그래도 이 자리를 떠나지 않아야 통일이 되면 찾아오지 않을까, 막연한 기대를 저버리지 않고 있습니다.

　"당최 내가 할 수 있는 거이 있어야 말이지."

통일은 꿩 궈 먹은 소식이고, 할머니는 아들 손을 잡고 북으로 가고 싶었습니다. 그러나 엄두를 낼 수가 없습니다.

"높은 데 있는 냥반들이 맹글어 놔야 되는 일이지. 대통령들이 만나기만 하면 뭣에 쓰는 거여 그게."

그때 누군가 뒷문을 열어 고개를 디밀며 소리칩니다.

"엄마, 배고파. 밥 줘."

순간 사람들의 눈이 그리로 쏠립니다. 할머니가 냉장고 구석에서 나무 막대기를 꺼내 휘두르자 까치머리가 쏙 들어갑니다.

어디선가 댕그랑, 댕그랑 교회의 종소리가 울려 퍼집니다.

"어흐, 저놈의 종소리 울리면 뭐해, 다 소용없는 일야. 교회 다니는 것들 지겹도록 와서 불르는 노래두 김빠져 못 듣겠더라."

"까르륵 캬흑."

"어흐, 저놈의 새 잡아 죽이든지 궈 먹든지 무슨 생판을 내야지, 사람 속 시끄러 살 수가 있나 증말."

이제는 멍 하니 앉아 있는 시간이 많아지고 어느새 새카만 밤이 되면 자기도 모르게 욕을 내지르며 안채로 들어가 몸을 누이는 것입니다. 늦잠을 자도 깨우는 사람 하나 없고, 머리 위로 지나는 기차 소리는 꿈인 듯 생시인 듯 아득하기만 하였습니다. 할머니는 온몸을 밀가루 반죽 늘리듯 늘어트리다 잠이 듭니다. 어떤 날은 밤새도록 구렁이가 옥죄는 듯한 기운에 눌리다 눈을 뜨면 머리 큰아들이 온몸을 감싸고 있었습니다. 아들이 잠결에 버르적거리면 삼팔선을 넘으려고 허우적거리다 잠이 깨기도 하였습니다.

언젠가는 이런 일도 있었습니다. 그날은 하도 피곤해서 옆에 달린 쪽마루에 쓰러져 잠이 들었습니다. 잠결에 자꾸만 귀를 긁는 소리가 들려왔습니다. 혼곤하게 잠에 취해 있는데, 헛간 뒤쪽에서 사각사각 소리가 들려오는 것이었습니다. 간신히 정신을 차려 눈을 떠보니 시커먼 것이 서 있었습니다.

저 고대산 자락에 괴물이 사는데, 그 괴물은 겨울만 되면 내려와 사람을 물어다 야금야금 먹어치운다는 것입니다. 할머니는 그 이야기를 처음 들었을 때 너무 무서워서 이불을 뒤집어썼습니다.

고대산은 나물은 물론 석청이며, 약초들이 실하고 좋아서 값을 잘 받을 수 있는 곳입니다. 사람들은 산을 오를 때 혼자 오르질 못 하구 둘씩 셋씩 짝을 지어 낫이며 칼들을 쥐고 오르내렸습니다.

"그런데, 그 괴물이 하필이면 우리 집 헛간에 나타난 거 아녜요? 달빛에 놈의 그림자가 얼비치는데 아이구 내가 그때 놀랜 생각하면 난 말예요, 이놈의 세상 누구라도 덤비기만 해봐라. 대갈빡 터지게 싸워보자, 벼르던 사람인데 이게 으트케 된 게 사시나무 떨듯 떨리기만 하는 거예요. 아, 산봉우리만 한 괴물이 가랑이 사이에 우리 집을 처억 끼구는 날 잡아먹으려구 수그리는데, 그냥 질리드라니까요."

어둑해진 실내에는 몇 사람 남지 않고 처음에 이야기를 시작했던 노신사도 보이지 않습니다. 할머니는 누가 듣든 말든 손짓발짓 해 가며 이야기를 이어갑니다. 몸서리를 치며 놀라는 시늉을 할 때는 양손을 허우적거려 몸빼바지가 흔들리기까지 합니다. 마지막 남은 손님이 자기들끼리 계산한 돈을 테이블에 올려둔 채, 찌끄둥 소리로 문을 열고 나가도 뒤통수를 따라가며 이야기를 합니다.

"그놈의 손이 내 머리에 닿는 순간 화들짝 깨났지 뭐야. 아, 그런데 으트케 된 게 아무것도 보이는 게 없이 이게 꿈인 거 아녜요? 하이고 아랫도리가 젖어 있드래니까요? 멍 하니 앉았다 나가 보니 느티나무 그림자가 바람에 흔들리면서 나를 그렇게 놀래키드래니까요. 내 참 드러워서."

날이 어둑해졌습니다. 할머니는 손님들이 모두 빠져나간 자리에 덩그러니 앉아 있습니다. 식탁 위에 놓인 소주병들도 희끄무레하게 서 있습니다. 어둠이 소리 없이 밀고 들어오자 할머니는 뼛속 깊은 곳에서 우러나는 한숨을 뱉어내십니다.

"새털처럼 살아온 인간들이 으뜨케 알아? 쓰벌."

혼자서 중얼거리며 빨간 앙고라 모자를 벗어 던집니다. 그러고도 한참 동안 멍하니 앉았다 또 까무룩 졸음에 빠져듭니다.

얼마나 지났을까 아득히 들려오는 두루미 울음소리에 허적허적 일어나 불을 켭니다. 숨죽이고 있던 소주잔이며 먹다 남은 반찬들이 소스라치며 제 모습을 드러냅니다. 사방 벽으로는 그간 방송에 나갔던 사진이나 신문 기사가 액자에 담겨 있습니다. 세월을 고스란히 안은 괘종시계 옆에는 오래된 여배우의 사진이 걸려 있습니다. '1억 년 역사의 숨결 신비로운 고석바위와의 만남' 표어 위로도 바스러질 것 같은 글씨들이 빼곡히 들어차 있습니다. 손자국이 그대로 드러나 있는 전자레인지며 냉장고, 숟가락 통 등, 몇 안 되는 살림살이들은 만지면 끈적끈적 달라붙을 것만 같습니다.

"끄응"

손으로 무릎을 받치며 일어서는 할머니의 헐렁이는 바지는 바람 빠진 풍선처럼 흐느적거립니다. 그래도 소주병을 들어다 나르고 빈 그릇을 치우는 손길이 재빠르게 움직입니다.

"바람도 불다불다 그친다드만 이 년의 팔자는 은제나 고운 날 오려나아."

"카르르륵."

두루미의 울음소리에 할머니는 대차게 얼굴을 찌푸리더니 손사래를 치며 밖으로 나갑니다.

"더는 못 들어주겠다. 니가 나보다 더해서 울어제끼냐 제끼길!"

할머니는 문을 박차고 나가 문 앞의 손수레를 끌고 신탄리역의 철길로 허청허청 들어갑니다. 할머니 뒤로 노란색 입간판이 선명합니다. 간판 밑으로 야무지게 동여맨 쓰레기 봉지가 쌓여 있습니다. 할머니는 철로 부근의 자갈을 손수레에 담아 끌고 갑니다. 바로 고대산 자락 두루미 울음소리가 들리는 곳에 손수레를 부립니다. 그러더니 돌을 하나씩 집어 어둠 속을 향해 던지기 시작합니다.

"니가 나보다 더해서 내 앞에서 내 속을 뒤집냐 뒤집길, 이놈의 새 새끼야. 어여 저리 가지 못하느냐 으이?"

부지불식간에 새끼를 잃고 울기만 하던 두루미 부부는 할머니의 돌팔매질에 망연히 바라보기만 합니다. 할머니도 지쳤는지 한참을 주저앉아 있다가 새카매진 고대산을 향해 중얼거립니다.

"대체 통일이 언제 되는지 그거나 좀 알아다 다구 이놈의 새끼들아."

✎ 이귀란

국제문학예술대상 수상

소설집 『변방』, 『월정리 역』

그러지 말 걸 그랬어

. . . .

박아민

1.

폭우다! 고속도로는 한 치 앞을 보기도 어려웠다. 이런 폭우 속을 운전해 보긴 처음이다. 예상보다 심하게 쏟아붓는 비에 비상등을 켜고 운전하지만, 보이지 않는 고속도로를 달리는 긴장감은 동공을 커지게 했고, 심장도 차렷한 채 두근거림마저 조심스러웠다. 쏟아지는 빗물을 와이퍼가 쉼 없이 닦아냈지만 차 앞 유리창에 구멍이 뚫릴지도 모른다는 공포마저 느껴지고, 안개 속 마냥 한 치 앞을 볼 수가 없다. 안전거리를 유지하며 운전을 하는 수밖에 없다.

살아간다는 것은 매일 어디론가 출발해야만 하는 것이지만, 이런 폭우에 세미나를 가겠다고 출발한 자신의 선택이 후회됐다. 하지만 이미 위험을 알면서도 출발했으니 무조건 달려야 한다. 폭우 속이라도 계속 달려야 안전한 곳에 도착하지 않는가.

'차 유리가 깨져버릴 일도, 빗길에 사고가 날 일도 없어. 내게 더 큰 불행은 오지 않아.'

후회나 불안을 진정시키고 운전대를 잡은 손에 힘을 주듯 마음도 불끈 용기를 잡는다. 그러나 지나치게 퍼붓는 폭우에 고속도로는 폭포 속을 가로지르는 듯했다.

'퍼붓는구나.'

혼잣말이 비명처럼 나오는 그 순간 물탱크에서 대책 없이 물을 부어대는 듯 차 위로 빗물이 쏟아지고 이내 차는 물속에 휩쓸려 휘청거렸다. 물의 흐름에 빨려 들어가 버렸다.

드르륵 드르륵 찌이직

차가 빗길을 미끄러지며 고속도로 위에 날카로운 고음을 일으켰다.

"아악!"

콰쾅쾅 지이익

쇳소리를 지르며 차는 멈췄다. 나는 게슴츠레 눈을 뜰 뿐 의식이 몽롱하다.

'사고가 났구나. 몸이 마비된 건가?'

몸을 움직일 수 있다는 생각이 들지 않는다. 엄두가 나지 않아서 핸들에 고개를 박은 채 나를 구해주기를 기다리고 있다. 심장이 대책 없이 뛴다.

'결국, 사고가 났구나. 크게 다친 건가? 어쩌지? 나 좀 구해줘요. 도와줘요.'

목소리가 안 나와서 속으로 외치고 있는데 누군가 운전석 창문을 두드렸다.

경찰이 보였다.

'아, 됐다. 구해진다.'

경찰의 부축을 받고서야 겨우 차에서 내릴 수 있었다.

'어? 비가 그쳤나?'

비도 오지 않았고 고속도로도 아니었다.

내가 서 있는 곳은 도심 사거리 교차로였다!

차 범퍼에서는 연기가 나고 있었고, 견인차와 구급차, 경찰차와 사람들로 혼란스러운 사고 현장이었다. 시야에 들어온 장면이 빠르게 원을 그리며 회오리처럼 돌았다.

'이거 뭐야? 내가 왜 여기?'

믿을 수 없는 일이 눈 앞에 펼쳐지자 그 자리에 주저앉아버렸다.

'꿈을 꾸는 건가? 죽은 건가? 어떻게 이럴 수가 있지?'

찰나에 많은 질문이 스쳐 지나갔다. 한 경찰이 나를 부축해 일으키며 현실로 안내했다.

"괜찮아요? 사고 난 거 기억나세요?"

아무 대답도 할 수가 없었다.

"직접 운전하신 거 맞나요? 움직일 수 있어요?"

알고 있다. 난 이 일을 알고 있다.

믿을 수 없지만 십 년 전 그 날이니까. 십 년 전 그날로 다시 와 있었다.

'고속도로가 아니야.'

여긴 십 년 전 사고를 냈던 그곳. 찬찬히 사고 현장을 바라보았다.

'그때 거기야!'

십 년 전 사고를 냈었다. 정지신호에 멈추지 못해 앞차를 치었고 따라오던 뒤차가 내 차와 충돌하는 삼중충돌 사고였다.

'그런데 난 왜 여기 다시 있는 거지?'

요동치는 심장마저도 숨죽이는 듯하다. 온몸의 세포 하나하나가 날카롭게 비명을 지른다.

혼란과 두려움에 우두커니 서 있는 나와는 달리 사고를 수습하려는 사람들로 거리는 혼잡했다. 곧 구급차가 오더니 피해차량에 탑승했던 사람들을 태우고 황급히 달려갔다. 나는 구급차가 아닌 경찰차에 태워졌다.

'이 사고를 또 보다니, 십 년 전 일인데, 왜? 오늘 사고는 고속도로에서 났는데?'

오늘 낸 사고 때문이 아닌 예전 사고 때문이라는 걸 어떻게 받아들여야 할지 막막한 나는 아랑곳없이 교통사고 처리는 절차대로 진행되고 있었다.

"운이 좋아요. 운전석 범퍼가 그렇게 망가졌는데도 다친 데가 없으니, 다행히 다른 분들도 크게 다친 곳이 없답니다."

욕을 해대거나, 나무라거나, 비난하거나 그런 것 없이 사건을 요약해 주는 경찰의 업무적인 말투는 차라리 위로가 되었다.

경찰서에 도착한 후 교통사고에 대한 조사를 받았다. 십 년 전의 기억을 더듬으며 질문에 성실하게 진술할 뿐, 오늘과 다시 돌아온 과거 사이에서 내가 할 수 있는 건 나를 구하러 달려올 남편을 기다리는 것뿐이었다.

오늘도 그날과 똑같이 남편이 오면 모든 상황을 해결해 줄 거라 믿고 있다. 하지만 그때는 두렵지 않았었는데 오늘은 두렵다. 이런 비상식적인 일은 그도 해결할 수 없을 테니까.

"7월 11일. 2010년 맞아요? 2020년 아닌가요?"

경찰이 내민 서류에 사인하며 물어봤지만 2010년이 맞았다. 더는 꿈이라고 여길 수도 없었다. 나는 과거에 와 버렸다.

'핸드폰!'

조사를 마치고 덩그러니 앉아 있으니 그때야 휴대전화와 소지품이 생각났다.

'그것들은 지금의 나의 것일까? 돌아온 이곳의 나의 것일까? 옷차림은 똑같은데.'

경찰이 신분증을 요구했을 때 시공간의 변화를 눈치채지 못하고 아무 생각 없이 가방에서 신분증을 꺼내 보여줬던 기억이 났다.

"제 가방과 핸드폰은요?"

"여기 있습니다. 차 안에는 이 가방만 있었어요. 핸드폰도 가방 속에 있습니다."

가방은 오늘 아침 들고나온 게 아니었고, 휴대전화도 역시 지금의 내 것이 아니다.

2010년 사용하던 가방과 휴대전화.

'그럼 나는?'

소품 가방에서 거울을 꺼내서 얼굴을 쳐다본다. 입은 옷과 나의 기억을 빼고 모든 것이 십 년 전으로 돌아와 있었다.

남편이 나를 알아볼까? 미래에서 왔다는 걸. 아니, 다시 39살로 돌아온 걸 알까? 그도 나처럼 다시 돌아온 걸까. 그는 정확한 날짜를 알지 않을까? 타인은 몰라도 가족인 그는 이 놀라운 일의 정체에 대해 뭔가를 알고 있지 않을까? 종잡을 수 없는 질문들이 맴돌 뿐 분명한 것은 없었다. 남편을 기다리며 시간의 반복에 대한 답을 찾을 수 있길 간절히 기도했다.

사고가 나고 한 시간 반 정도 지났을 무렵 그가 경찰서로 뛰어들어 왔고, 난 너무나 반가워 포옹을 할 뻔했다.

"민지 아빠!"

다가가 그를 반겼다. 그도 39살의 모습이었다. 그러나 옷이 젖을 만큼 급하게 달려온 것과는 달리 차가운 그의 눈빛을 보곤 알 수 있었다. 그는 2010년을 살고 있다는 것을.

2020년을 살고 있던 내가 2010년의 그를 다시 만난 것이다.

오늘도 그날처럼 나를 구해주었지만 남의 사람과 다를 바 없이 소통
이 박제되어 버린 우리는 구하지 못했다. 사랑했던 연인은 왜 부부가 되
고 부모가 되어가며 서로 다른 언어를 쓰게 될까. 그는 직장을 전쟁터라
불렀고, 매일 전투하느라 바빴다. 바빠도 너무 바쁜 그.

우린 다른 세상에서 살게 되었다. 한집에 살아도 다른 언어를 쓰는
이방인으로 사는 건 냉동 창고 속에서 살아가는 것 같았고, 얼음 조각
이 파편처럼 꽂혀 몸과 마음에 상처를 냈다. 상처에는 독이 자라기 시
작했다. 독은 삶 속 여기저기로 파고들고 퍼져나가 소중한 것들을 하나
씩 잃어가게 했다.

문제가 있을 때마다 나를 구해주었지만 정작 외로움에선 나를 구하
지 못했다.

왜 차가웠던 날로 돌아온 걸까. 사고 나기 전이나 둘 사이가 나빠지기
전으로 돌아왔다면 얼마나 좋을까.

아무것도 눈치채지 못한 그에게 섣불리 시간을 이동해 왔다고 말할 수
도 없다. 교통사고를 내고 머리가 이상해졌다고 생각할 게 뻔했다.

십 년 전처럼 아무 질문도 탓도 하지 않은 채 경찰서에서 데리고 나와,
집으로 향하는 그의 뒤를 따라 걸으며 심술궂은 심장을 뚫고 지난 상처
들과 지난 애틋함이 뒤엉켜 무성하게 돋아났다.

'39살의 그를 다시 보다니.'

세월을 거슬러 와 그와 함께 있게 된 걸 어떻게 받아들여야 할지 모르
지만, 그때와는 달라야 한다는 건 알 수 있었다. 그때는 이런 사고를 내
고도 미안해하지도, 반성하지도 않았었다. 그저 자기연민에 빠져서 하염
없이 서글프기만 하고 누군가가 사랑해주기만을 바라고 있었다. 외로움
에서 구해달라고 아우성을 치면 칠수록 외로움은 독이 되어 나와 내 가
정을 무너뜨리고 있었는데도 나는 왜 그토록 대책 없이 수렁 속으로 빨

려 들어갔을까? 다른 선택을 할 순 없었을까?

이번엔 사고를 내서 미안하다고, 아니 사랑이 멀어진 빈자리를 당신 탓으로만 채워서 미안하다고 말해야 했다. 아무 말 없이 운전하고 있는 남편을 향해 조심스레 말을 꺼낸다.

"민지 아빠, 사고 내고 걱정시켜서 미안해. 그게 말이지."

그런데 그때 휴대전화가 울리기 시작했다.

'우웅우웅'

'우웅우웅'

휴대전화기 진동 소리가 침묵의 공간에 자지러지듯 울리기 시작했다. 남편은 미간을 찡그리더니 퉁명스럽게 던지듯 말했다.

"전화 받아."

그 남자의 전화였다.

'하필 이런 순간에.'

부르르 손이 떨렸다. 전화기를 꺼내서 거부 버튼을 누르고 무음으로 돌려놓았다.

그래, 그 남자 때문이었다.

모든 불행의 본색이 드러난 것은 그 남자의 등장부터였다.

그런데 지금, 이 순간 전화를 하다니.

외로움이 불행이 되게 만든 첫 선택은 그 남자였고, 잘못된 선택은 파괴의 파장을 일으켰다.

그 남자를 만나지 않았더라면, 그 남자 때문에 화가 나서 미쳐서 널뛰듯 운전하지 않았더라면. 그때는 어떻게 그럴 수 있었을까? 꼬리에 꼬리를 물고 잘못된 선택을 이어갈 수 있었을까.

과거 파먹기를 멈추고 창밖을 바라보니 딸을 만날 수 있다는 반가움이 찾아들었다.

'괜찮아. 이번엔 그렇게 안 하면 돼. 다르게 살면 돼.'

오늘과 십 년 전을 오고 간 하루의 긴장감이 피곤했는지 달리는 차 안의 일정한 흔들림이 스르륵 잠으로 빠져들게 했다.

2.

"도착했어."

남편이 시동을 끄며 깨운다.

눈을 조심스럽게 뜬다. 나는 여전히 2010년에 있었다. 집으로 서둘러 들어가니 내가 살던 그 공간이었다. 내가 쓰던 가구와 물건들이 보였다. 눈물이 울컥 맺혀왔다. 돌아왔다. 알 수는 없지만 내가 10년 전의 삶으로 돌아온 것이다. 아이 방으로 달려갔다. 아이는 자고 있었다.

"민지야, 엄마 왔어."

아이의 토실한 엉덩이를 토닥거리다 부둥켜안았다. 내가 다시 어린 너를 안을 수 있다니.

'하나님, 감사합니다.'

고통을 받기 위한 벌인지, 다시 기회를 주신 것인지 알 수 없지만, 어린 딸을 다시 안아 볼 수 있는 것만으로도 충분했다.

'모든 것을 감당할 수 있어!'

아이를 안고 편안하고 깊은 잠이 들었다.

아침이 되고 십 년 전으로 돌아온 일상을 인정하며 딸을 마주하고 앉으니 안도감이 들기 시작했다.

내가 십 년을 살다가 다시 돌아온 것 이외에는 달라진 것이 없었다. 남편도, 딸도 엄마가 달라진 걸 모른다. 난 달라진 것이 없다. 39살의 나. 마음이 병들기 전의 밝게 웃는 내가 다시 나에게 주어졌다.

챙겨주지 않았던 등교 준비를 세심하게 챙기고 학교까지 같이 걸어가니 아이가 좋아했다.

"엄마, 왜 달라졌어?"

"엄마가 달라진 거 같아?"

"응, 예전의 엄마로 돌아가서 좋아."

'미안해, 엄마가 너무 먼 길을 돌아왔구나. 너에겐 길지 않은 시간이었음 좋겠어.'

말없이 아이의 머리를 쓰다듬었다.

'그래, 죽은 것도, 꿈도 아니야. 이건 기적이야. 주어진 기적을 감사하면 되는 거야.'

그때 휴대전화가 우웅우웅 진동했다.

그 남자다.

십 년 전처럼 이곳에 그 남자도 있다.

그러나 다시는 어리석은 선택을 하지 않을 것이다.

'그래, 달라진 건 나구나.'

그때도 이것을 알았더라면.

3.

회사는 교통사고 병가를 내고 한 달 동안 쉬기로 했다. 난 이미 이 시간과 공간을 받아들이고 있었다.

일주일에 두 번 오시던 도우미 아주머니를 십 년 만에 다시 만나니 반가웠다. 민지가 초등학교 들어갈 때부터 가사도우미로 오셔서 집안 살림도, 민지 등하교 지도도 알아서 해주셨다. 수다스럽긴 하셨지만 긴 얘기 속엔 엄마의 잔소리 같은 쓴 약도 있어서 친정엄마가 없던 내게 의지가 되곤 했었다.

"정말 오랜만이에요. 연락처를 잊어서 참 아쉬웠어요."

"아기 엄마 뭐라는 거야? 화요일 봤잖아. 교통사고 났다더니 정신이 없나 보네."

"아, 그렇죠."

그래 난 계속 여기 있었던 거야.

"연락처? 내 거 없어졌어? 사무실에 물으면 되지. 그날도 이상하더니, 어휴 아무튼 요즘 이상했어. 넋을 어디 두고 다니나 했다니까."

"제가 좀 이상했죠? 사십 대로 넘어가는 게 싫었는지 겨울밤 열어둔 창문 틈으로 찬 공기 넘나들 듯이 마음이 스산했어요."

"마흔 살 되는 게 어때서? 난 일흔둘이야. 나이도 먹다 보면 익숙해져. 자식새끼 잘 기르면 되는 거지. 요즘 새댁들은 사는 게 너무 편해서 그래. 인생에서 차오르는 시기가 있고, 빠져나가는 시기도 있고. 그러려니 하다 보면 다 지나가더라. 사는 게 별건가? 모든 게 사람과의 인연에서 시작하니까 사람을 잘 가려서 만나야 해. 그러려고 인연이 온 건지, 그 인연이 와서 그 일들이 일어나는 건지."

베란다에서 빨래를 털며 아주머니는 혼자 하시는 얘기인지 내게 하시는 얘기인지 알 수 없게 한참을 중얼거리셨다.

"네?"

"사람을 잘 가려서 만나라고!"

"네, 명심할게요. 이제 다 지나갔어요."

"그렇다면 다행이고. 그날도 아기 엄마가 안방에서 전화통화를 하다가 소리를 지르고 난리였어. 그러다 갑자기 뛰쳐나갔어."

그 무렵 난 자주 뛰쳐나갔다. 남편의 무관심에 지쳐서 뛰쳐나갔고, 그 남자와 싸우느라 뛰쳐나갔다.

그날의 일이 다시 맞춰져 간다. 원인과 결과, 피해자와 가해자, 퍼즐 조각이 맞춰져 가기 위해.

4.

2010년 7월 11일. 그날은 장마가 온다는 소식에도 햇볕이 쨍쨍거려서 가만히 있어도 땀이 흘렀다. 아주머니와 난 집안의 커튼을 세탁하기 위해 분주했다. 무슨 일이라도 하고 있지 않으면 더위에 질식할 것만 같은 바짝 마른 날이었다. 의자 위에 올라가서 커튼을 걷어내고 있는데 전화가 왔다.

"여보세요?"

전화를 받자마자 가녀리지만 지긋한 나이가 여겨지는 여자분 목소리가 114 안내방송처럼 쉼 없이 이어졌다. 대본을 읽는 것처럼 속사포를 쏘아댔지만 침착하게 할 말을 다 하고 있었다.

"잠깐만요. 누구라고요? 동거녀라고요?"

내 질문은 하나였는데 수화기 너머 여인은 수십 가지 답을 쏟아냈다. 아내가 있는 남자와 동거해 온 지 6년이 됐고, 이혼 후 반지하에 살던 자신과 그녀의 자녀들을 경제적으로 도와줬다고. 지금도 같이 노래방 사업을 하고 있는데 자꾸 여자들 문제로 속 썩여서 걷어낸 여자만 여럿 된다고. 이야기가 막장드라마 줄거리였다.

"노래방 하는 건 맞는데, 별거 중이고 곧 이혼한다고 했는데, 착각하시는 것 같아요."

"당신이 뭘 알아! 나랑 헤어질 사이가 아니야. 당신을 사랑한다고 해어져 달라길래 내가 나서는 거야. 정신 차려! 부인도 못 말린 우리 사이에 끼워 줄 거 같아? 난 안 헤어져. 여자질에, 돈질에 속 썩었어도 나한텐 내 남자야. 안 헤어져! 못 헤어져!"

카랑카랑 독이 오른 그녀는 점점 목소리가 커졌다. 더는 들을 수가 없어서 전화를 끊었지만, 그녀의 독은 어느새 내게 옮아 온몸이 부르르 떨렸다.

연락이 자주 안 되고 그때마다 변명들이 앞뒤가 안 맞아서 불안하기만 했던 건 다 이유가 있는 거였다.

'이거였어!'

커튼 봉에서 걷어 낸 커튼 위에 철퍼덕 주저앉아 부르르 떨며 두 달 전의 일을 떠올렸다.

2010년 5월 10일.

그날 그곳에 가지 말아야 했다.

유난히 직장 일은 힘들었고, 집에도 가기 싫었던 밤이었다. 불러낼 친구도, 갈 곳도 없던 나는 평소에 봐두었던 간판이 예쁜 술집으로 갔다. 처음이지만 그날은 혼자 술집에 앉는 일탈을 해 보고 싶었다. 그래 그건 일탈이었다. 몇 잔째였을까. 갑자기 한 남자가 옆자리에 슬며시 걸쳐 앉았다.

"혼자 술 마시는 모습이 섹시한데요?"

눈웃음으로 무장한 남자는 빈 잔에 술을 가득 부으며 건배를 해왔다. 웃는 모습이 착해 보여서 그가 채운 잔을 들고 건배를 했다. 몇 잔을 더 마셨을까. 몇 번을 더 건배했을까. 어느새 취해버려서 기억은 술집에서 끊겨버렸다.

그리고 다음 날 아침 눈을 떴을 때, 알 수 없는 모텔에 한 남자와 누워 있었다.

'어제 그 남자랑 여길 온 거야? 미친 거 아니야?'

너무 놀라서 이불 밖으로 뛰쳐나와 옷을 입고 서둘러 밖으로 나가려고 하는데 한 남자는 그 남자가 되어 내 팔을 붙잡았다.

"그냥 가면 반칙이지, 해장국은 먹고 가야지."

그 남자의 손을 뿌리치고 뒤도 돌아보지 않고 모텔을 빠져나왔다.

외박하다니 있을 수가 없는 일이다.

'남편이 얼마나 걱정했을까. 아니 화가 났겠지?'

내가 이런 짓을 하다니 이건 변명거리도 없는 짓이야. 머릿속이 벌름거렸다.

사랑이 식었다고 해서 반칙을 하다니, 나답지가 않았다. 혼자 술집에 앉았을 때 이런 일을 기대했을지도 모르지만 실제로 일어나게 될 줄은 몰랐다.

반칙하고 나니 고민됐던 것들이 보이지 않았고, 오히려 평온한 일상을 지켜가게 되었다. 그렇게 그 일은 몹쓸 해프닝으로 끝나는 줄 알았다. 그런데 하룻밤 해프닝은 일주일이 지나고부터 내 삶 속으로 파고들기 시작했다.

"전화번호 어떻게 알았죠?"

"그날 명함을 줬는데? 서로 마음에 들었던 거 아닌가? 왜 빼고 그래?"

"다신 연락하지 마세요. 실수였어요."

이런 일이 일어나다니. 이 일은 지워져야 했다.

하지만 그는 연락을 멈추지 않았고 전화를 수신 거부해 버리자 명함을 보고 직장 앞에서 퇴근하는 나를 기다리기까지 했다. 실수여서 다시는 꺼내기도 싫었는데 그가 찾아오면 찾아올수록 내 마음에 틈이 생겼고, 어느새 '그 남자와 사귀면 실수가 아니잖아?' 하는 오기가 생겨났다.

그러면서 그와 한 번, 두 번 그러다 자주 만나게 되었다.

이렇게 되고 싶어 혼자 술집에 앉았던 건 아닌데, 나의 일탈은 자유가 아닌 불미스러운 일이 되어갔다.

그 후 두 달의 시간은 악몽 그 자체였다. 연락이 안 되다가도 불쑥 나타나서 온갖 달콤함을 풀어 놓다가 다시 전화를 받지 않은 채 며칠씩 기다리게 하는 일이 반복되었다.

악몽도 꿈이라 여겼었는지 어떻게든 제대로 된 연애를 해내야겠다는 오기 때문이었는지 난 고통스러운 탱고를 멈추지 못했었다.

그런데 이런 전화가 걸려오다니.

실수가 아닌 로맨스라고 우기고 싶어서 시작한 연애가 로맨스는커녕 추잡한 배경을 갖고 있었다니, 너무나 모멸스러웠다.

외로워서 찾는 사랑은 결국 더 큰 외로움의 그림자를 드리웠다. 검은 봉지를 뒤집어쓰면 검게 변한 세상이 숨 막히게 조여 올 뿐이었다.

사실을 확인하기 위해 전화를 걸었는데 떨리는 나와는 달리 그는 태연했다.

"어떤 여자분이 전화했어."

여자란 말에 눈치를 챈 걸까? 그는 말이 없었다.

"이상한 여자한테 전화가 왔어. 별거도 안 했다며, 그런데 동거는 하고. 뭐야? 나한테 어떻게 이럴 수 있어?"

그의 침묵에 나는 점점 감정이 무너져 내려갔다. 침묵은 범행을 시인하는 것이었다.

변명마저도 포기한 그의 무례함에 홍수로 둑이 무너지듯이 이성을 잃어갔다.

"그 여자 말이 사실이야 아니야?"

칼로 찌르는 것보다. 찌른 후 아무 변명도 하지 않는 게 더 잔인한 짓이란 것을 알게 되었다.

"사실대로 말해줘."

내 악다구니에 질렸는지 해명 같은 말을 뱉었다.

"헤어지는 중이야, 좀 기다려."

"이젠 널 믿을 수 없어."

"뭘 못 믿어. 헤어지는 중이라고 했잖아. 어쩌라고. 나 보고 어쩌라고."

갑자기 오히려 언성을 높이기 시작했다. 피해자는 난데, 사과도 변명도 하지 않고 제 감정만 내세우는 건 반칙 중 가장 나쁜 반칙이다.

"어떻게 사귀겠다고 결심했는지 알면서 나한테 이럴 수가 있어? 말해봐. 내게 왜 그랬어?"

온갖 불행의 주문에 시달리며 질문을 해댔다. 아니 심문을 해댔다.

사실을 알아야 했으니까. 전화로 신고 접수된 내용은 사실이 아닌 날조라는 변명을 듣고 싶었는지도 모르겠다.

그를 사귀게 된 건 벼랑 끝 선택이었지만, 그 선택마저 부정당할 수는 없었다.

아무 말도 안 하던 그가 다시 입을 열었다.

"나 좀 내버려 둬라. 시달릴 만큼 시달렸다. 다 귀찮다."

"뭐? 내버려 둬? 시달려? 귀찮아? 나쁜 놈!"

그 말을 듣자 일순간에 밀물이 빠져나가 버리듯 내 존재의 가치가 사라져버린 것 같았다. 이런 놈에게 내 진실을 담다니. 내 불행이 치유되길 바랐다니.

불행은 피한다고 끝나는 게 아니었어. 불미스러운 틈새로 불행은 더 거대한 불행을 데리고 오는 거였어.

난 극도의 분노와 절망감에 뒤엉켜서 밖으로 뛰쳐나갔고 울면서 차를 몰았다.

웃는 모습이 착해 보였던 그의 두 눈을 찌르러 가야 했다. 그러나 시내를 과속으로 몰다가 사고가 났고, 찔린 건 내 삶이 되었다. 사고 후 나는 이혼을 하고 딸의 곁을 떠나야 했으니까.

5.

그리고 다시 여기로 왔다. 2020년을 살다가 2010년 7월 11일로.

또 전화가 울려댔다.

우웅우웅

우웅우웅

그래, 이번엔 내가 마침표를 찍겠어.

"왜 전화 안 받았어?"

그는 여전히 낯이 두껍다. 10년 전엔 그에게 전염되어 나도 같이 낯짝이 두꺼웠다.

속수무책으로 악에 물들기란 얼마나 쉬웠던 그 무렵의 나인가. 유죄는 그도, 나도 마찬가지다.

"네가 나쁘니까."

"나빠?"

"응, 넌 그걸 모르니까 더 나빠."

"사고 난 얘길 듣고 걱정한 사람한테 무슨 소리야?"

"내가 굳이 널 보겠다고 한 건."

말을 이어갈 수가 없다. 분노가 이글거리며 거품을 일으킨다.

"이젠 말도 잘하네? 네가 양다리, 아니 세 다리 걸친 걸 들켰을 땐 사실이냐고 아무리 해명을 요구해도 아무 말도 안 하더니, 지금은 입이 뚫렸네?"

"너 뭘 잘 못 먹었어? 갑자기 싸움꾼이 됐어."

"그땐 왜 너에게 관대했을까? 왜 그렇게 잘못된 인연에 매달렸을까? 실수일 뿐이었는데, 로맨스여야 한다고 아니, 새로운 사랑이 돼야 한다고 우겼을까?"

"뭐라는 거야? 너 사고 나더니 이상해졌어."

"사과해. 네가 나한테 한 모든 무례함에 용서를 빌어"

"사고 난건, 네가 운전을 못 해서 그런 거고. 내가 너한테 뭘 잘못했냐? 둘이 눈맞아 놓곤 남 탓이야? 나도 시달렸다고 그리고 그 여자랑 정리하려다 그런 일이 벌어진 거잖아."

"정리하려 했다고? 그랬구나. 그래도 사과해. 그날 무책임한 침묵을 사과해."

"우리 달달하게 연애만 하자. 복잡하게 굴지 말고. 우리 좋았잖아."

"설탕이 해로운 걸 알게 해준 건 고마워. 네 눈웃음이 참 좋긴 했어. 그런데 네 말대로 눈 맞아서? 그게 다인 연애는 하고 싶지 않아졌어. 사랑이 뭔지 조금 더 알게 됐거든, 내가 얼마나 소중한지도 알게 됐고."

"지연아, 나도 너 사랑해."

천연덕스럽게 눈웃음을 지어 대는 그가 어이가 없어서 웃음이 터져 버렸다.

"사랑? 너에겐 거짓도 사랑이구나. 난 너랑 다른 사랑을 꿈꿔. 다신 연락하지 마."

단호히 말하고 일어서며 얼굴을 그에게 바짝 들이밀어 착해 보였던 눈을 똑바로 바라보았다.

"다시 보니 눈이 짝짝이네. 안녕. 잘 지내."

거친 말을 쏟아대는 그를 뒤로하고 밖으로 나오니 낮이 환하게 펼쳐져 있었다. 거리엔 자동차 소리와 사람들의 움직임으로 분주했다. 난 그 일상 속으로 걸어가며 안도감을 느꼈다.

"괜찮아. 이제 다르게 살 수 있어."

6.

안개인가? 온통 뿌옇게 스멀거려서 한 치 앞도 희미했다. 시야가 익숙해지니 강이 보였다. 물안개였구나.

"어? 저기 남편과 민지네?"

난 소리를 쳤다.

"민지야, 민지 아빠?"

그런데 목소리가 나오지 않았다. 아무리 소리를 내려고 해도 목소리는 나오지 않았다.

민지와 남편은 조각배에 타고 있었다.

"왜 저기에 있는 거야? 위험해 보여."

소리쳐 불러 보지만 목소리가 나오지 않았다. 발만 동동거릴 뿐, 발이 앞으로 나가지도 않았다. 온몸에서 식은땀이 흘렀다. 배는 남편이 노를 젓는 대로 점점 강 건너편으로 흘러갔다.

"안 돼! 나를 혼자 두고 가지 마."

비명을 지르며 깼다.

'꿈이었구나. 다행이야.'

온몸의 식은땀은 현실에서도 같았다. 속옷이 젖어 있었다. 슬픈 꿈에 눈물처럼 땀이 맺혔나 보다. 난 울컥 눈물이 터졌다. 마치 막힌 하수구가 뚫린 것처럼 울먹임이 터져 나왔다. 꿈에서 못 지른 소리를 질러대듯이 꺼이꺼이 울어댔다.

얼마를 울었을까. 작은 창으로 새벽을 알리는 햇살이 살포시 걸터앉는다.

다시 돌아왔어도 나는 작은방에서 혼자 자는 건 같았다. 남편과 내가 서로에게 주는 외로움은 달라진 게 없었다. 달라진 건 십 년을 돌아 다시 왔다는 것뿐. 그래도 그것이면 충분하지 않은가. 시간의 반복이 행동의 반복은 아니니까.

이제 더는 의미 없는 전화벨은 울리지 않을 것이다. 이제 더는 나를 함부로 대하지 않을 것이다.

남편과 내가 사랑하지 않게 된 건 후회할 수 있는 영역이 아니었다.

다른 사랑을 찾는 것도 후회할 것만도 아니었다.

살아가는 일이 차오르기도 하고 기울기도 하는 것에 모두 책임을 질 수는 없다. 하지만 그 순간마다 선택은 책임져야 하는 것이었다.

2020년의 내가 반복하는 건 2010년의 세월일 뿐, 생각도 행동도 다르게 펼쳐져야 한다. 남편과 내가 처음 사랑으로 돌아갈 순 없지만, 그 비워진 자리를 미움으로 채우지 말아야 한다.

그 생각은 창가 햇살처럼 내 마음을 환하게 했다.

그제야 여전히 나만 보느라 딸도, 남편도 못 챙겼다는 걸 깨달았다.

'달라지긴 뭐가 달라져, 달라진 게 없는 건 나였어. 이제 정말 미래에서 온 지연이가 되어 볼까.'

딸이 자는 방으로 갔다. 조심히 문을 여니 민지가 편안히 잠들어 있었다.

'이불을 차고 잤네.'

이불을 덮어 주고 아이의 머리를 쓰다듬는다.

'고마워. 잘 자라 주어서. 이제 엄마가 많이 사랑해줄게.'

방문을 닫고 나오니 마주 보이는 안방 문이 쓸쓸했다.

커피를 타기 위해 뜨거운 물을 컵에 부으며 사랑이 떠나간 자리의 적막을 이번엔 잘 견뎌보리라 다짐을 했다.

사랑은 여러 결로 다양한 색으로 변해가니까.

'그래 아침을 준비해 주자.'

밤사이 달라진 마음의 시선에 흠칫 놀라면서도 이제야 제대로 방향을 잡았다는 것을 느꼈다.

아침이 밝자. 남편은 혼자서도 잘 일어나는 일상대로 거실로 나왔다.

"어? 어쩐 일이야? 일찍 일어났네?"

"씻고 와 아침 먹자. 민지도 깨울게."

식탁에 모인 세 식구는 낯선 장소에 온 것처럼 어색해했다.

"엄마가 한 거야? 맛있다."

"자주 차려줄게. 아니, 매일 아침 챙겨줄게. 지각도 안 하게 일찍 깨워줄게."

"엄마 최고다. 아빠도?"

"응, 아빠도 깨워줄게."

오랜만에 함께 맞이한 세 사람의 아침이었다.

7.

직장까지는 15분 정도 걸어가야 한다. 아파트 후문으로 나가면 개천이 흐르고 개천을 따라 나무로 우거진 산책로가 있다. 그 길을 따라 걸어서 출근하는 걸 좋아했었다. 기억 속 세상으로 돌아와 다시 이 길을 걷다니. 모든 순간이 놀랍기만 했다. 지금 시간에 맞는 일상으로 돌아가고 싶어서, 출근을 앞당기기로 한 첫날이었다. 좋아하던 길을 걷는 즐거움에 취해있는데, 산책로 벤치에 앉은 남자의 옷차림이 특이해서 시선이 머물렀다.

'모두 흰색 패션? 특이해.'

안 본 척하며 그 옆을 지나는데 그가 말을 건넸다.

"저기, 지연 씨."

"네? 누구?"

"잘 적응해서 다행입니다. 보통은 무척 혼란스러워하는데, 침착하시네요."

"누구시죠? 절 아세요?"

"네, 72년생 지연 씨, 잘 알죠. 다시 돌아오신 걸 축하합니다."

심장이 멎는 것 같았다.

'알고 있어. 내가 십 년 전으로 돌아온걸! 이 남자 누구지? 뭐야 어디까지 나에 대해 알고 있는 거야?'

"그렇게 놀랄 건 없어요. 난 늘 당신 곁에 있었답니다."

"늘? 처음 봤는데요?"

"제 목소리를 들은 적은 있을 거예요. 정확히는 목소리보단, 내면의 소리 같은"

"자세히 좀 얘기해 주세요. 누구신지, 저에 대해 어떻게 알죠?"

"늘 당신 곁에 있었어요. 당신을 잘 알죠. 제가 누구인지는 당신이 직접 알아 가야 합니다."

"이제야 나타난 이유가? 아니 됐어요. 전 출근해야 해서. 이만 가보겠습니다."

이상한 사람의 말에 휘말릴 필요가 없었다. 황급히 벤치를 벗어나 직장으로 향했다. 그는 나를 붙잡지 않았지만 두려워서 앞으로 쏜살같이 걸어갔다.

비로소 가족과 마주하는 아침을 맞이하고 설레며 예전 직장으로 돌아가는 날인데 이상한 남자의 등장이라니. 그 강렬함이 머릿속을 떠나지 않았다. 도무지 일손이 잡히지 않았다. 어쩔 수 없이 조퇴를 신청하고 집으로 돌아가는데, 산책로를 피해 번잡한 사거리 신호등에 서 있는 나에게, 누군가 커피를 건넸다.

'어? 이 남자. 또?'

난 커피를 받지 않고 그 자리에서 멈춰버렸다. 파란불이 된 신호등은 삑삑거리며 걸음을 재촉하지만 움직일 수가 없었다. 어젯밤 꿈에서처럼.

"안심하세요. 사기꾼, 협박, 이런 거 아니니까요. 당신이 짐작하는 범위가 아닌 곳에 소속된 존재입니다. 당신을 위한 존재죠. 커피 마셔요. 오늘은 할 얘기가 있으니까요."

일단 남자를 자세히 살펴본다. 평범하게 생겼다. 그런데도 범상치 않은 카리스마는 느껴졌다. 말을 할 때마다 손가락이 하프를 연주하는 것처럼 우아하고 섬세했다. 아침에 마주쳤던 벤치에 나란히 앉았다.

"축하합니다. 한 과정을 넘었어요. 다음 과정으로 입장하셨습니다."

정말 축하하는 표정과 말투였다.

"과정을 넘었다고요? 내가 수강 신청한 게 있나요? 어디서 오신 거죠?"

"하하하 수강 신청! 역시 지연 씨는 재미있어요. 태어나면서 자동으로 수강 신청이 된 거니 맞는 표현이네요. 과정이라고 말한 것도 지연 씨가 쉽게 이해하시라고…"

그의 말을 끊고 질문을 던졌다. 그가 안전한 사람인지를 확인해야 했다.

"자세히 얘기해 주세요. 어디서 오신 누구시죠? 명함 있죠?"

"전 하늘에 속해 있어요. 사람들이 '천사', '수호신' 등 다양한 이름으로 저를 부르더군요. 지연 씨가 편한 이름으로 부르면 돼요."

'뭐야 이 사람, 정신이상자인가?'

말도 안 된다고 무시하려 했지만, 시간 이동이라는 믿을 수 없는 일을 이미 겪고 있는 나로서는 올 것이 왔다는 생각마저 들기도 했다.

"호칭을 묻는 게 아니잖아요!"

"제 존재에 대해서 고민하지 마세요. 저는 처음부터 있었고, 언제나 있었어요, 당신에게 생명이 주어진 그 순간부터. 내가 누군지가 아닌, 지연 씨가 누군지에 대해 고민하셔야 합니다. 저는 있었고 앞으로도 있지만, 지연 씨는 유한한 존재, 인간이니까요."

'천사, 수호신, 하늘에서 온 사람? 말도 안 돼. 왜 내게 이런 일이 생기는 거지?'

"지연 씨, 다시 10년 전으로 돌아오게 된 이유를 찾아야 합니다. 시간이 많지 않아요. 다시 주어진 시간인데도 과거와 미래에 매여 있어서 안타까웠습니다. 그런데 오늘 새벽, 오늘의 시간을 찾으셨어요. 그래서 당신 앞에 나타날 수 있게 된 거죠. 이기심에 매여 있던 자아가 사랑을 하기 시작했으니 얼마나 놀라운 변화입니까? 축하합니다. 깨어났어요."

"깨어났다고요? 시간을 되돌려 왔는데 천사를 못 믿을 이유는 없지만 이건 전개가 너무 갑작스러워요."

"지연 씨 계획대로 된 게 있나요? 쇼핑리스트 말고요. 지연 씨는 톡 쏘는 기질이 있는데 적들이 아닌 아군과 자신을 주로 쏘는 경향이 있어요. 지금도 쏠듯이 보시는데 전 지연 씨를 위한 존재라니까요. 삶의 각본은 하늘에 속한 작업이죠. 갑작스럽다지만 이미 예정된 일입니다."

"인간을 관리하는 건가요? 우선 당신을 올백 씨라고 부를게요. 온통 하얀색으로 치장하셔서요. 호칭이 있어야 부르니까요. 제 말은 천사든, 올백 씨든 하시는 일이 저를 관리? 통제? 그런 건가요?"

올백 씨와 대화를 하는데, 어느새 빛으로 둘러싸인 듯이 마치 무의 세계가 이럴까 상상하게 되는 평온한 상태가 되어 있었다.

"관리하지 않아요. 당신은 자유로 와요"

"자유? 천사면 능력이 있을 거 아니에요. '이건 하지 마, 이렇게 해.' 하고 명령하면 될 텐데. 그랬으면 내가 그런 잘못은 안 하잖아요."

"지연 씨, 인간은 자유를 혜택받은 존재입니다. 그 엄청난 혜택을 누리셔야죠."

"아뇨 차라리."

말을 멈췄다. 말해도 소용이 없는 걸 아니까. 어느 시간으로 돌아가도 내가 바뀌지 않으면 내 선택들은 악순환을 반복할 뿐이라는 걸 눈치챘으니까.

"제가 벌을 받는 건지 기회를 얻은 것인지는 알려주세요."

"지연 씨가 잘못해서 찾아온 게 아니고 드디어 하늘이 바라는 시선을 깨달아서 온 거예요."

"알아듣지는 못하겠는데, 뭔지는 알 거 같아요. 꿈꾸는 거 아니죠?"

"사랑 마음껏 하세요. 하늘은 당신이 행복하길 바라니까요."

"저 앞으로 어떻게 돼요? 죽어요? 안 돼요!"

"또 미래를 사네요? 오늘은 살아 있잖아요. 보이지 않아도 지연 씨 곁엔 항상 제가 있습니다."

"항상? 언제나 어디나?"

"우리는 인간이 아니니 안심하세요. 인간의 시선과는 다르답니다. 당신을 평가하지 않아요."

"여기 그냥 살면 되나요?"

들어야 할 답을 위한 질문이었는데, 그는 사라지고 없었다. 분명 그를 마주 보고 있었는데, 이동하는 걸 보지 못했는데 사라졌다. 등장도 퇴장도 갑작스럽다. 혹시나 하고 산책로를 둘러봐도 그는 없었다. 그가 해준 말을 잊지 않으려 기억을 더듬으며 그를 찾아 산책로를 헤매는데 민지가 보였다.

"민지야, 학교 끝났어?"

"엄마!"

아이가 달려와 팔에 안겼다.

"엄마, 나 기다렸어? 회사 안 갔어?"

"어, 그럼 민지 기다렸어."

아이를 품에 안으니 온 세상도 안겨 왔다. 이대로 충분하게.

"민지야, 우리 놀러 갈까? 민지가 하고 싶은 거 하자."

"진짜? 엄마랑 놀이터 가고 싶어."

"놀이터? 시시하게. 동물원갈까?"

"사자 있어? 기린도 있어?"

"전에 갔었잖아. 민지가 좋아하는 사막여우 보러."

"이젠 사자가 더 좋아. 젤 세잖아."

아이의 엄마로 살아가는 일이 가장 기쁜 일이었는데 언제부터 무엇이 나에게서 이 찬란한 일상을 뺏어 간 걸까. 볼을 타고 눈물이 하염없이 흘렀다.

"민지야, 미안해. 엄마가 잘 못 챙겨줘서."

"엄마, 이제 친구 때문에 안 바빠?"

친구 때문에 안 바빠하고 묻는데 소름이 돋았다. 아이도 다 알고 있었다. 엄마가 아빠와 내가 아닌 다른 존재 때문에 바빴다는 것을.

모두를 속이고 있었던 게 아니라 나에게 속은 건 나 자신이었다.

"응, 이젠 엄마 안 바빠. 민지랑 같이 있을 거야."

그때 전화벨이 울렸다.

'설마 또 그 남자?'

다행히 남편이었다.

8.

"동물원에 같이 가줘서 고마워. 당신 바쁠 텐데."

"셋이 오랜만에 나들이해서 좋았어."

"당신이랑 평일 날 저녁에 같이 있는 건 처음이야. 늘 회식에, 야근에 바빴잖아. 민지랑 나랑 둘이서 저녁을 먹고 10시가 넘어서 올 아빠 기다렸어."

"어쩔 수 없잖아. 직장생활이 다 그래."

"야근하면 술을 안 마시던가, 야근에 회식에, 우린 밀려났다니까."

"그만하자. 또 그런 말 꺼내서 기분 나빠지면 좋아? 그리고 당신의 기억이 전부 맞는 게 아니야."

잠든 민지가 뒷좌석에서 뒤척였다.

"기억이 맞는 게 아니라고? 그럼 당신의 기억을 말해줘."

민지를 생각해서라도 침착하게 대화를 해야 한다. 목소리를 가다듬으며 부드러운 어조로 다시 질문했다. 부드러움이 통했는지 대화를 거부하곤 하던 남편이 입을 열었다. 마음도 같이 열렸으면 하고 바라며 온 마음을 모아 귀 기울였다.

"당신 기억이 기억하고 싶은 대로 저장됐다는 생각은 안 해? 내 말은 듣지 않았어. 피해자는 너고, 가해자는 나라고 정해 놓은 건 너야. 당신이 얼마나 극단적인지 알아? 당신 감정을 맘껏 폭발해버려서 민지와 나를 폐허 속에 살게 했어. 왜 당신만 피해자라 생각해? 왜 적당히 표현할 줄은 모르고 극단적이야?"

그가 열은 건 마음이 아니라 판도라의 상자인 걸까? 늘 쏘아대는 건 나였는데, 오늘은 그가 날 쏘고 있었다.

우린 또 평행선을 긋고 달리고 있다. 이래선 안 된다. 다시 돌아왔으니 화목한 가정을 이루고 싶다. 어떻게 하면 이 사람과 관계가 편해질까? 나는 여전히 남편과의 감정이 복잡했다.

침묵이 무겁게 가라앉은 차 안 라디오에서 이문세의 「소녀」가 흘러나왔다. 눈치도 없이 흘러나오는 노래에 우리 대화는 멈춰야 했다. 우리가 처음 만난 날 함께 들은 첫 노래였으니까.

9.

처음 만난 날이 첫 소개팅 날이었다.

"난 너랑 파트너 되고 싶었어."

고등학교 졸업 기념 소개팅은 제철이란 모범생 덕분에 나도 매력이 있단 걸 알게 해주었지만, 딱 거기까지였다.

학생에서 여자로 진화될 나에게 환상적인 남자가 곧 나타날 거니까. 대학을 학문에 대한 기대감이 아닌 연애랜드로 입장하는 관문 같이 여겼던 20살의 나에겐 서울 명문대 입학생보다 외모가 더 중요했다.

"제철아, 서울에서 멋진 대학 생활해. 언제 부산에 놀러 와."

환하게 웃으며 제철이와 작별인사를 했고, 첫 소개팅에 대한 기억은 금방 사라졌다.

새내기 대학 생활이 시작되고 하루하루가 놀이공원처럼 신나기만 했던 봄, 화창하다 못해 벚꽃잎 송이마다 반짝거리던 그 날까지는 그 인사가 마지막인 줄 알았다. 그날은 엽서의 한 장면 같은 봄꽃 풍경을 배신하고 강의가 오후까지 꽉 찼었다.

"지연 학생 여기 있나요?"

조교가 강의실 문을 열고 나를 찾는다.

"네. 저요?"

조교를 따라 학과사무실로 향하는데 4층으로 올라가는 계단 앞에 그가, 아니 그 남학생이 서 있었다.

"어? 제철아, 어떻게 여길?"

"보고 싶어서 왔어."

벚꽃 잎이 제때가 아닌데 후드득 강풍에 흩어져 꽃잎을 흩날리듯이 놀랐다.

"캠퍼스가 좋네."

"너희 학교는 더 좋잖아."

"부산 처음 와 봐."

"멀리까지 찾아오고 반갑다."

"보고 싶었어. 학과사무실로 찾아가면 널 만날 수 있으니까. 무턱대고 찾아왔어. 다행이야 만나서."

"다시 못 볼 줄 알았는데. 신기하네."

"너랑 파트너 되고 싶었다고 했잖아."

당황했지만 어떻게든 잘 마무리해서 친구 사이로 정리해야겠다고 짧은 순간에도 결론을 지었다. 나에게 다가올 꽃미남 백마 탄 왕자님을 만나야 하니까.

"제철인 여자 친구 없어?"

"여자 친구 만들러 왔잖아"

순진해 보이는 그 남학생이 진화된 건가? 남자답게 나에게 직진을 한다. 둘러대는 게 없이 직진이다. 난 아직 진화를 못 했는데 제철 이는 서둘러 남자로 진화해 버렸다.

"난 그냥 친구 사이가 좋은데?"

"남녀가 친구 사이가 어디 있어. 우린 소개팅으로 만났어. 문을 열고, 들어 올 때 '아, 이 여자구나!' 했어."

"예쁘지 않은데?"

"너 예뻐. 눈이 예뻐."

"눈이? 작고 치켜 올라가서 차가워 보인다던데?"

"활짝 웃는 모습이 좋아. 호기심 가득한 네 눈도 좋아."

몇 번이나 내 눈을 마주했다고 눈이 이렇다저렇다 하는 거지? 그러나 눈빛이 너무나 진지해서 농담이 안 어울리는 분위기였다.

'이 진지한 눈은 뭐지? 앗! 나를 사랑하는구나!'

가장 못생긴 부분에서 가장 아름다운 면을 발견한 건 사랑이다. 세상에 태어나서 내 눈이 예쁘다고 말한 사람은 처음이었다. 이건 사랑이었다.

"제철아, 너 나 좋아해?"

"응 널 좋아해. 보고 싶었어. 계속 너를 만날 생각만 했어. 널 놓치면 후회할 거 같아서. 오늘 학교에 가다 말고 서울역으로 간 거야."

"꽃은?"

그는 빈손을 들어 보였다. 민망했는지 뒤통수를 긁적이더니 갑자기 내 입술로 그의 입술을 하강비행했다.

'어? 어?'

나의 첫 소개팅 소년은 나를 처음 사랑한 남자가 되었고, 우린 서로의 첫사랑이 되었다.

첫 키스를 아니, 사랑하는 사람과 키스를 하면 종이 울린다고 했지만 울리진 않았다. 그의 심장 소리 만 두근두근 들려왔다. 아무렴 어때. 종소리 따위 안 들려도 괜찮아. 키스가 달콤하니까.

꽃다발 대신 첫 키스를 전한 그날 이후 그와 나는 서울과 부산을 오고 가는 장거리 연애를 시작했다. 데이트 비용을 위해 아르바이트를 계속해야 했어도 데이트는 쉬지 않았다. 얼마나 수많은 날 서울역과 부산역에서 헤어지기 싫어 기차표를 더 늦은 시간으로 바꾸었는지. '소녀'를 함께 들으며 걸을 땐, 잡은 두 손보다 더 격렬하게 서로를 향한 마음을 끌어안았는지.

출발하는 기차 뒤를 쫓아 달리며 사랑한다고 소리치던 그가 나의 청춘 전부였다.

사랑은 사람을 눈부시게 만들었다. 그날의 그는 눈부셨다. 그날의 그는 나를 눈부시게 만들었다.

그리고 연애 7년이 되는 봄날, 그는 나의 남편이 되었다.

10.

"우리 오랜만에 한잔할까?"

돌아왔으니, 우리의 날들을 이어 붙여야 했다. 적어도 그가 말한 서로 다른 기억을 서로에게 강요하며 살 수는 없다. 잠든 민지를 방에 눕히고 나오는 그에게 제안했다.

"아직도 술이 마시고 싶어?"

"아, 아니 술 마시고 싶어서가 아니고, 얘기하자고. 미안, 술 끊어야 말이 되는 건데 내가 여전히 두서가 없었네."

아무것도 묻지 않았지만, 알고 있는 건가? 나의 반칙을.

십 년 전엔 내가 자책감을 견딜 수가 없어서 이혼을 원했었지만, 지금은 민지를 위해서 가정을 지키고 싶은데, 그가 사실을 알고 있다면 나쁜 결과가 반복되는 건 아닐지 불안이 엄습해왔다.

"피곤해, 먼저 잘게."

"그러지 말고, 얘기 좀 하자."

"다음에, 내일 일찍 출근해야 해."

"꼭 이래야 해? 한 시간이 걸려? 잠깐 얘기하자는 건데?"

"그만해. 다 끝난 일이야."

"끝나? 언제부터 왜 끝났는데? 기억이 다르다며? 내가 피해자인 척 강요했다며? 기억을 맞춰보자. 그럼 교정이 될 거 아니야, 수리하면 되잖아!"

난 어느새 언성을 높이고 있었다.

"미안, 또 격앙됐네. 왜 사고가 났는지. 궁금하지도 않아?"

"궁금하지 않아? 궁금하면 달라져? 너한테 사실을 들으면 달라져? 뭘 묻길 바라는 거야? 네 멋대로 다 해 놓고."

그때 휴대전화가 '우웅' 하고 진동하기 시작했다. 하필 이럴 때 전화가 오다니.

"전화 받아."

그의 눈은 이글거리고 있었다. 분노로 타오르는 것 같더니, 한심하다는 시선을 마지막으로 던지고 방으로 들어가 버렸다.

잘해보려던 대로 되지 않으니 다리 힘도 풀려버렸다. 십 년을 살고 십 년 전으로 돌아왔지만 달라지는 게 없다. 내가 할 수 있는 게 여전히 없었다.

'이럴 때 나타나야 하는 거 아냐? 이럴 때 어떻게 해야 할지 알려 주면 딱 좋잖아. 그러라고 있는 거 아닌가.'

"아뇨."

"어디서 나타났어요?"

"극적인 등장을 원하시는 거 같아서 오늘은 기술을 써봤습니다."

"오늘도 모두 흰색을 입으셨네요. 올백 씨."

"올백. 재밌네요."

"수습할 수 있을 때 등장하면 안 돼요?"

"난 119도, 판사도 아닙니다. 당신은 자유라고 했죠? 모든 것은 당신의 선택입니다."

"내가 다시 돌아온 이유가 잘 살아 보라는 거 아니겠어요? 그렇게 하려면 남편과 사이가 좋아야 하는데 둘 사이에 오해가 쌓여서 도무지 쉽지 않아요. 고개만 끄덕이지 말고요."

"드라마를 너무 봤어요. 사실을 파악하지 않고 상황을 멋대로 해석하는 건 여전하네요."

"십 년 전, 사고 나기 전도 아닌 사고 난 상황으로 돌아온 건 이제라도 잘 해봐라…."

"워워 추리 그만. 사실만 보세요."

"사실이 뭐냐고요. 간단하게 설명해 주면 내가 그대로 따른다고요!"

"지연 씨, 사랑하겠다고 했죠? 갈등하거나 원망하지 않고 사랑을 하겠다고 한 당신의 진심이 시간을 준 거 아닐까요? 태어나고 살아가는 이유가 뭘까요? 모든 사람은 그 질문과 마주할 기회를 꼭 한 번은 인생에서 갖게 됩니다. 하늘의 선물이죠. 아주 다양한 방법으로요. 기쁨, 슬픔과 같은 희로애락을 통해, 성공을 통해, 실패를 통해, 때론 병을 통해. 이렇게 당신처럼 시간의 복제를 통해. 사람들은 자기의 살아온 결에 따라 자기 인생과 마주할 기회를 얻게 됩니다. 그걸 알아채는 사람도 있고, 모르고 지나쳐버리는 사람들도 있습니다. 그러니 지연 씨는 정말 행운이죠. 지금 여기서 당신에게 주어진 시간을 살아가세요. 지금 당신 곁에 있는 사람들을 사랑하면 돼요. 왜 과거를 뒤적거려서 오늘의 관계를 만들려 하죠? 지나간 시간은 사라지고 없어요."

"기억이 있잖아요. 어떻게 과거가 사라진다고 하죠? 다 영향을 미치는데?"

"그래서 인간 세상이죠. 이젠 눈을 뜨셔야죠. 인간 세상만이 존재하는 게 아닙니다. 우주는 아주 광대한 세계랍니다. 우주를 이해하지 못해도 괜찮습니다. 다만 당신이 진정 원하는 것이 무엇이었는지 찾으셔야죠. 당신이 원해서 이루어진 일들입니다."

"수수께끼 같은 말만 하네요. 정답을 알려주면 좋을 텐데."

"이곳의 시간은 유한해요."

"역시, 십 년 뒤, 아니 이주 전인가요? 돌아가는 거 맞죠? 아니면 죽는 건가요? 민지를 두고 죽을 수 없어요. 제발요."

어느새 두 손은 그의 옷소매를 붙잡고 있었다.

"지연 씨, 인간은 희로애락 그 안에 머물 뿐인 나약한 존재죠. 그러나 본래의 존재는 하늘과 이어져 있었어요. 말했었죠. 언제나 당신 곁에 있었다고. 그리고 중요한 건 내 존재가 아니라 당신이라고. 당신이 살아가는 이유, 당신이 간절했기 때문에 이 시간이 주어진 겁니다. 그것이 무엇인지. 그 답을 찾길 바랍니다."

그 말만 남기고 또 사라져버렸다.

이해할 수는 없어도 알아들을 수 있다는 걸 처음으로 알게 되었다. 존재가 감지하는 절대적 신호가 울리는 것 같았다.

과거로 왔지만 오늘이다.

더는 지나간 분노를 풀어내거나 어긋난 인연을 바로 잡으려 하지 말아야겠다. 내가 한 잘못들을 고칠 수는 없다. 오늘 2010년 7월 23일을 살면 되는 것이다.

오늘은 민지가 좋아하는 조기구이를 해야겠다. 민지가 환하게 웃는 모습을 보는 게 제일 잘한 일이니까. 내가 제일 잘한 일을 오늘 해야겠다.

조기를 사 들고 집에 가는 길에 휴대전화기 가게에 들러 휴대전화기를 새것으로 바꾸며 번호도 바꿔버렸다.

진작 이렇게 해야 했는데, 다신 불행의 신호가 울리지 않게 할 거야!

다신 윙윙거리는 소리에 반응하지 않을 거야.

11.

되돌릴 수 있는 게 없는 줄 알았는데 시간의 이동은 나에게 새 삶을 선물해 주었다. 이 시간이 무엇을 위해 진행되고 있는지 알 수는 없다. 도무지 머리로는 헤아릴 수 없는 시간을 가슴으로 살아가니 예전에 나를 괴롭히던 갈등들은 지워지고 순간순간마다 온전히 살아 숨 쉬어진다.

한 사람이 온전히 내 삶 안으로 들어오는 사랑은 얼마나 놀라운 기적이었던가. 그것이 유한하다 하면 어떤가. 그것은 산소와 같아서 살아 숨 쉬게 하고 비로소 온전히 둥근 달로 차오르게 하는 것이다. 달은 다시 기울어지지만, 그것은 삶의 순리였다. 보름달인 채로 살아갈 수만은 없는 것을 왜 그리 채우려고만 했을까. 지독히 외로웠던 이유는 내게 주어진 삶의 질문을 찾고, 그것을 이루려 하지 않았기 때문이었다. 존재의 안정감을 타인에게서 찾으려 했으니 늘 다시 비워지고 다시 채우려 다른 대상을 찾아야 했던 거다. 이젠 내 삶과 정면으로 마주해야 한다.

조기가 타지 않게 세심히 살피며 잘 뒤집어 가니 제법 생선도 잘 굽게 된 것처럼, 생선 굽듯이 오늘도 잘 구워지게 하고 싶다.

"민지야, 여보! 아침 먹자."

"민지는 조기가 안 질려?"

남편은 상에 앉으며 아이에게 묻는다.

"엄마가 해주는 건 다 맛있어."

"고마워, 민지가 최고야."

아이는 활짝 웃으며 손가락으로 브이를 그린다. 이제 우리의 아침 식사가 자연스러워졌다.

남편은 아이를 쓰다듬으며 오랜만에 활짝 웃는다.

"민지를 웃게 해서 엄마는 기뻐. 아빠도 웃으니 미남이지?"

셋의 웃음소리가 어우러져 여름 아침의 매미 소리를 따라 공기 속으로 퍼져나갔다.

"엄마, 오늘도 집에 있을 거야?"

"응, 오늘 출근 안 해. 우리 놀이터 갈까?"

"응, 응, 좋아. 학교 갔다 오겠습니다."

신발주머니를 그네 태우며 리듬을 타듯이 학교로 출발했다.

"오늘은 출근이 늦네?"

"거래처가 집 근처라서 들렀다 출근하려고."

"오늘도 수고해."

"그래."

여느 날과 다름없이 출근하려 현관문을 여는 그를 휙 돌아서 부엌으로 가려는데 왠지, 오늘은 이대로 보낼 수 없었다.

"잠깐, 민지 아빠."

"응?"

"고마워, 충분히 사랑해줘서. 그날 부산으로 찾아와서 예쁘다고 해줘서."

그는 아무 대답도 없이 잠시 바라보더니, 슬쩍 미소를 지으며 말했다.

"갑작스럽긴. 그땐 젊었잖아."

"지금도 젊어."

"젊어? 그럼 좋지. 이제 가야겠어."

휙 돌아 문을 열고 나섰다. 그러다 다시 고개를 돌리고 불쑥 말했다.

"당신 그때 예뻤어."

"당신도 예뻤어. 제철 씨, 나의 가장 눈부신 날을 함께 보내서 고마워."

"그래. 출근해야 해. 좋은 하루 보내."

"민지 아빠, 저녁에 봐."

오랜만에 서로의 눈을 마주 보며 미소 지은 우리였다. 지금 우리의 시간은 젊은 날과는 다른 시간인걸. 그땐 그에게서 모든 것을 채우려고 만했다. 이젠 내게서 답을 찾아야 했다.

답을 찾기라고 하듯이 민지 방과 안방을 왔다 갔다 하며 여기저기 널려 있는 물건들을 정리하는데 천둥소리가 들렸다.

'갑자기 비가?'

시간이 얼마나 흘렀는지, 집안은 구름에 가려 어두컴컴해져 있었다. 마른천둥이 치고 비가 세차게 내리기 시작했다.

'민지 우산 안 가져갔는데'

심상치 않은 천둥소리를 무서워하며 비 맞을까 봐 걱정할 거 같았다. 초등학교 때 갑자기 비가 내리면 엄마가 학교로 찾아와 우산을 갖다 주시곤 하셨는데, 우산을 든 엄마가 얼마나 든든했던지. 나도 민지에게 든든하게 우산을 건네주고 싶었다.

민지가 좋아하는 주황색 우산을 갖다 주면 작은 볼에 가득 까르륵 환호성을 담겠지.

서둘러 민지 우산을 챙겨 밖으로 나왔다.

여름 소나기인가. 장마가 시작되는 걸까? 거침없이 쏟아지는 폭우를 뚫고 민지에게로 서둘러 달려갔다.

12.

구급차가 도착했다. 10년 만에 최단 시간 최대강수량을 쏟아 낸 폭우가 내 차를 휘감아 뒤 집어지게 했다. 전복 사고였다. 깨지고 부러져 일그러진 앞 유리창을 통해 가까스로 나를 꺼낼 수 있었다. 구급대원에 의해 응급조치가 이뤄졌고, 서둘러 가장 가까운 병원으로 옮겼다. 몸을 움직일 수도 말을 할 수도 없었지만 나에게 죽음이 다가온 것을 알 수 있었다.

병원으로 실려 가는 동안에도 빗소리가 우렁찼다. 이런 폭우 속 고속도로는 너무 위험했다. 난 병원에 도착하기 전에 의식불명 상태가 되었다. 숨은 쉬지만, 의식이 없는 뇌사상태로 중환자실에 눕혀졌다. 육신을 가진 삶이 꺼져가고 있었다.

하지만 숨이 마지막을 향하는 시간 동안 내가 간절히 원했던 순간을 맞이할 수 있었다.

얼마 동안이었을까? 찰나였을지도 모르겠다. 육신 너머 다른 시공간의 나는 가장 되돌리고 싶었던, 그날로 돌아가 간절히 다시 안아보고 싶었던 딸을 안아줄 수 있었다. 사랑하기에 충분한 시간이었다.

누구나 한 번은 살아가는 이유가 되는 간절한 순간과 마주한다는 올백 씨의 말은 맞았다.

운명이 선택을 결정하는 게 아니라, 선택이 운명을 결정짓는 거였다. 단 한 번의 선택이 모든 방향을 바꿀 수도 있었다. 내가 되돌리고 싶었던 순간이 많았던 건, 그 한 번의 선택으로 잃어버리지 말아야 할 것을 잃어버렸기 때문이었다.

"그러지 말걸 그랬어." 그건 소용없는 말이었다.

다시 되돌릴 수 있는 건 없지만, 사랑하며 죽어 갈 수는 있는 것은 하늘의 관대함인가 보다.

아무것도 되돌릴 수 없어서, 날마다 축복이었던 것을 알고 떠날 수 있어서 다행이다.

"민지야, 우산을 갖다 주지 못해 미안해. 사랑해."

2020년 7월 11일 오후 5시 34분.

내 심장은 멈추었다.

✎ 박아민
....

단편소설 「Thanks Freddie」, 「그 남자 그 여자의 사건일지」, 「용서해 주시겠어요?」, 「러브콜렉터」

빨간 구두 에드나

. . .

김미정

하얀 2층집은 언덕에 있다. 집 뒤로 진초록의 숲이 둘러 있어 하얀 집이 더 눈에 띈다. 네브래스카주에 있는 세인트폴이란 한적한 시골 마을이다.

조명환은 언덕을 터벅터벅 올라간다. 초록 잔디가 깔린 마당이 보이는 문 앞에 선다. 가까이 와 보니 오랜 시간의 흔적들이 묻어 있다. 페인트 색이 군데군데 벗겨지고 여러 곳의 벽에 미세한 균열도 보인다.

멀리서 그림처럼 보이던 정원이 가까이 보니 화초들이 거칠다. 조명환은 미리 적어 온 주소와 문패의 주소를 확인하고 안도의 숨을 내쉰다. 이 집에서 45년을 사셨구나.

현관 벨을 누르는 손길이 미세하게 떨린다. 몇 번 벨을 눌러도 인기척이 없다. 지난달에도 변함없이 편지를 주고받았는데, 그사이에 설마…. 심장이 두근거린다.

태어날 때부터 편지로만 연락을 주고받았다. 명환이 글을 알기 전까지 그의 부모님이 대신 편지를 보냈다. 미국 유학 시절, 몇 번이나 만나려고 연락했지만, 에드나 어머니는 극구 사양했다. 편지로 주고받는 것만으로도 행복하다, 15달러 후원하면서 자신이 오히려 기쁘다고 했다. 그러나 이제 파란 눈의 어머니 에드나 넬슨은 98세다. 그동안 숨 가쁘게 살아왔던 명환도 이제 제법 여유로운 삶이다. 5년이나 10년이 아니다. 태어날 때부터 45세가 되도록 15달러를 후원하며 정성 어린 편지를 보낸 미국 어머니. 이젠 너무 연로하신 에드나 어머니를 어떡하든 만나야 했다. 그래서 무조건 한국에서 미국으로 날아왔다. 입국을 알리지 않은 채 갑작스러운 방문인 셈이다.

벨을 누른 후 시간이 조금 지나서야 인터폰을 든다. 방문객을 확인한 후 현관문이 천천히 열린다.

"네가 조명환이란 말이지?"

자글자글 주름진 얼굴에 웃는 눈빛이 다정하다.

"에드나 어머니? 저 한국 아들 조명환입니다."

"오호! 정말, 명환이란 말이지? 난 에드나와 함께 살고 있는 동생 닐리안이라우. 언니는 지금 2층에 있다우."

처음 보는 닐리안 모습이 낯설지 않다. 보내 준 가족사진에서 늘 다정하게 에드나와 붙어 있던 쌍둥이처럼 닮은 닐리안. 조명환을 반기는 울림이 있는 닐리안의 다감한 목소리에 그의 마음이 젖는다. 닐리안은 그를 와락 껴안는다.

그의 마음은 세인트폴 하늘의 솜사탕 구름처럼 몽글몽글 부푼다.

＊

명환은 어릴 적부터 형광등이란 별명을 달고 살았다. 국민학교 시절 성적은 거의 꼴찌를 맴돌았다. 남들이 1시간 만에 이해한다면 4시간이 지나야 겨우 이해했다.

두 여동생이 즐겨 부르는 이름은 형광등 오빠였다.

이북 출신인 외할머니는 서울 금호동 천막 교회에서 반사(주일학교 교사)

일을 하며 어릴 때부터 손주들에게 신앙교육을 철저히 가르쳤다. 외할머니가 들려주던 성경 구절 중에서도 잠언 6장 9절~11절 말씀을 마음에 아로새겼다. 게으른 자는 가난하고 궁핍하게 된다. 부지런하고 성실하면 어느 정도는 살 수 있다는 이야기였다. 이해력이 남들보다 떨어졌지만 어릴 적부터 책상에 오래 앉아 있는 습관을 들였다. 간신히 고등학교까지는 갔다. 하지만 대학 입학이 문제였다.

어느 날, 아버지와 지인이 거실에서 담소를 나눌 때였다. 지인은 이북에서 피난 와서 정치 외교학 교수라고 했다.

"우리 명환이가 아무래도 대학에 들어가기는 어려울 것 같으이. 참 걱정이네. 아이가 몇 시간씩 공부는 하는데 성적은 영 오르지 않네. 지원할 곳이 없네."

"그래, 자네는 뭐가 되고 싶나?"

그분이 물을 때 아버지 옆에 앉아 있던 명환은 선뜻 대답하지 못하고 곰곰이 생각했다. 세상에 어떤 직업들이 있는지 무지한 고등학생이었다. 맨날 꼴찌를 맴도니 뭐가 되고 싶은 생각조차 없었다. 지인에게서 풍기는 은근한 먹 냄새와 우물처럼 깊은 목소리가 근사해 보였다. 그는 생각한 끝에 불쑥 대답했다.

"교수가 되고 싶습니다."

갑자기 아버지는 흠흠, 헛기침 소리를 내며 민망한 표정으로 차를 한 모금 마셨다. 지인은 명환이를 빤히 바라보다가 씩 웃었다.

"그래? 그럼 자네가 들어갈 학과는 이과 미생물학과다. 해마다 미달이다. 10년이나 20년이 지나면 비전이 있는 학문이라네. 머지않아 미생물학과에 수재들이 몰려들 것일세."

명환은 문과임에도 미달인 미생물학과에 무난히 입학할 수 있었다. 나중에 미생물학과는 생명공학과로 바뀌었다.

명환은 인생에서 중요한 결정을 스스로 한 적이 별로 없었다. 워낙 아둔한 편이라 그저 부모님의 말씀만 잘 들으면 별 탈이야 없겠지, 그렇게 순종하며 살았다.

　한국에서 학부를 간신히 마치자 유학의 기회가 생겼다.

＊

　오하이오 주립대에 입학했다. 일단 입학은 했지만 영어도 제대로 못하니 학습능력이 더 떨어졌다. 아무리 노력을 해도 학과를 따라갈 수 없었다. 결국, 모든 과목의 학점이 거의 D, D, D였다. 평점 B학점이 안되자 2학기 때 대학에서 쫓겨나고 말았다.

　한국에서 이미 결혼한 아내와 함께 미국에 왔다. 아내도 영어에 능숙지 않았다. 아내는 한인이 경영하는 마트에서 4시간씩 일하며 살림을 꾸려나갔다. 부모님이 보내주는 돈은 작은 아파트 월세와 학비를 겨우 낼 정도였다.

　제적을 당했으니 학생증이 없어 학교 도서관에 출입할 수 없었다. 명환이 갈 수 있는 곳은 공원뿐이었다. 공원은 오하이오 주립대학교와 그가 사는 아파트 중간쯤에 있었다.

　아침에 집에서 나오면 온종일 공원 벤치에 앉아 토플과 대학원 자격시험인 GRE 공부를 했다. 미국 햄버거는 싸고 커서 한 개를 나눠 점심과 저녁으로 때웠다.

　공원은 드넓었다. 낮부터 벤치에서 잠을 자는 사람도 있고, 피크닉을 오는 사람도 있었다. 오래도록 공원 벤치에서 공부하다가 피곤하면 책으로 얼굴을 가리고 누웠다. 잠시 눈을 감는 정도였다. 무채색으로 무겁게 내리누르는 삶이 심장을 조여 왔다. 아무리 피곤해도 잠이 오지 않았다.

어느새 나무들은 초록 잎들로 무성해지고, 잔망스러운 꽃들이 피고 졌다. 세월이 숭덩숭덩 흘러갔다.

명환은 이제까지 자신의 삶을 인도한 하나님께 따졌다. 애초에 학습 능력이 없는 나를 왜 대학에 합격시키고 유학까지 넘보게 하셨습니까? 그렇게 내 삶을 이끄셨다면 순조롭게 해주시지 대학에서 비참하게 쫓겨나는 건 뭡니까? 머나먼 미국 땅에서 이런 고통을 받아야 합니까? 내가 언제 유학 오고 싶었나요.

사람은 참으로 간사한 동물이다. 꼴찌가 유학까지 온 걸 감사하며 찬양과 영광을 드렸던 그의 입에서 원망과 저주가 터졌다.

내가 언제 교수 된다고 했습니까? 걍 눈치껏 대답 한 번 잘못한 걸…. 역시 나는 꼴찌 인생입니다. 몇 대학에 입학원서를 내도 다 불합격이란 말입니다. 영어도 알아듣지 못하겠고 말도 못하는 내가, 이제, 이제 나는 어떡해야 합니까? 나는….

가장으로서 미래에 대한 불안과 공포가 덮쳐 왔다.

예민하게 더 우울하던 날이었다. 막막한 미래에 대한 불안으로 몸서리가 쳐졌다. 그는 자신도 모르게 두 주먹으로 나무 기둥을 힘껏 쳐댔다. 손등이 터져 붉은 피가 흘렀다. 손등이 찢어지는 고통보다 심장이 찢기는 아픔이 컸다.

원망을 쏟아내며 바라본 하늘에 흰 뭉게구름이 한 방향으로 유유히 흘러갔다. 벌써 초여름의 햇살이 공원에 잘게 부서지며 빛났다. 풀잎 위에 맺힌 이슬처럼 태양 빛에 홀연히 사라지고 싶었다. 연두색과 진녹색을 띤 숲속에서 새소리들이 청아한 화음으로 지줄댔다. 명환의 답답한 마음과 달리 공원의 생명체들은 먹이를 위해 활기차게 움직였다. 새들은 종종걸음으로 풀밭 속을 헤치며 부지런히 벌레를 쪼아 먹었다.

하루하루를 살아내려는 생명체들의 본능. 커피잔을 들고 도란도란 담소를 나누며 산책하는 마을 사람들. 그들의 표정은 밝고 평온해 보였다. 참담했던 명환의 마음에 한 줄기 빛이 스몄다. 그래, 세상에 극도로 나쁜 일은 없다. 이런 경험이 인생에서 지나쳐야 할 정거장일 수 있다.

It ain't over till it's over.

인생이란 끝날 때까지 끝난 게 아니다. 그는 영어 공부를 하면서 외웠던 이 문장을 되뇌며 마음을 다잡았다. 공원에서 생활한 지 5개월이 지났다. 이제 그만 아내한테 솔직하게 털어놓자. 한국으로 그만 돌아가야 한다. 공원에서 계속 노숙자처럼 보낼 수 없지 않은가.

그 시절은 요즘처럼 유학을 쉽게 가는 시대가 아니었다. 인천공항까지 나와 중보기도 해 주며 환송식을 해 준 교인들의 얼굴이 한 명 한 명 떠올랐다. 자랑스러워하던 부모님. 형광등 오빠가 미국 유학 간다며 재잘거리던 두 여동생. 처갓집 식구들을 생각하니 체면이 말이 아니었다. 그리고 무엇보다 저버릴 수 없는 한 사람, 에드나 어머니. 명환은 고개를 흔들었다.

어떻게 돌아갈 수 있단 말인가. 꼴찌가 유학 간다고 후배들에게 희망의 멘토가 되지 않았던가. 다시 꼴찌 인생의 나락으로 떨어지는 것인가. 명환은 두려웠다. 아내한테 제적당했다는 얘기를 할 엄두가 나지 않았다. 그는 절망의 늪에서 헤매다가도 8시간씩 공부하는 걸 하루도 거르지 않았다.

어느 날, 몇 달 전 불합격된 애리조나 대학에서 통지서가 다시 날아왔다. 합격 통지서였다. 실로 기적 같은 일이었다. 그런데 조건이 있었다. 한 교수한테서만 강의를 받을 수 있다는 내용이었다.

명환의 지도교수가 된 스톨링 교수는 에이즈 전문가였다. 스톨링 교수는 그의 성품을 잘 알고 있었다. 스톨링 교수는 머리 좋고 재능 있는 제자도 도움이 되지만, 끈기 있고 성실한 제자가 뒷심을 크게 발휘한다는 걸 오랜 경험을 통해 알고 있었다. 명환은 그의 연구조교로 일하며 공부를 다시 시작하였다. 그때까지 명환은 에이즈에 대해 들어 본 적이 없었다. 에이즈 바이러스가 규명된 지 2년이 막 지날 무렵이었다. 그는 에이즈 연구를 본격적으로 시작했다.

*

조명환은 스톨링 교수를 통해 블룸버그 교수를 우연히 만났다. 블룸버그 박사는 B형 간염 바이러스를 발견한 노벨 생리의학상을 받은 미국 의학자였다. 조명환은 블룸버그 박사의 도움으로 당시 살아있는 노벨 수상자들을 다 만나는 행운을 누렸다.

그들과 각국의 이슈를 토의하며 조명환의 세계관이 확장되고, 그의 학문은 통섭적으로 쭉쭉 뻗어 나갔다. 지도자를 배출하는 하버드대 케네디 스쿨에 입학해서 공부를 마쳤다.

꼴찌를 맴돌던 조명환의 삶은 팝콘과 비유할 수 있다. 딱딱한 옥수수알이 열에 데워지면서 어느 정도 시간을 지나 임계점에 닿았을 때 펑하고 팝콘이 된 것이다. 인생은 속도가 아니라 각도였다.

한국에 돌아오니 조명환은 아시아에서 에이즈 바이러스 연구의 선구자가 되어 있었다. 드디어 아시아 대표 에이즈 학회장까지 맡았다. 꼴찌를 맴돌던 인생이 이렇게 변할 줄 누가 알았으랴.

*

2시간이 지났다. 도대체 무슨 일일까. 미리 연락하지 않고 들이닥쳐 당황해서일까, 아니면 화가 난 걸까. 혹시 심장에 무리가 온 건 아닌지….

조명환은 긴 시간 동안 여러 생각을 하며 조바심이 든다. 느닷없이 방문했기에 기다리는 수밖에 없다. 미련할 정도의 끈기가 그의 유일한 장점이 아니던가. 그러나 불안한 마음이 가라앉지 않는다.

명환의 부모님은 그가 태어나면서부터 에드나에게 사진을 보냈다. 세인트폴 마을 사람들은 명환이가 자라는 과정을 대부분 알고 있었다.

한국 전쟁을 치른 후 세계 최저 빈민국이던 대한민국에 태어난 명환. 가난한 그를 후원하기 시작했을 때 에드나 어머니는 초등학교 선생님이었다. 한국에 있는 우리 아가 명환이가 돌이 되었다고 마을 사람들에게 사진을 보여주었고, 애가 초등학교에 갔다는 둥, 대학에 합격했다는 소식까지 마을 사람들은 에드나에게 들었다. 세인트폴 마을 사람들은 명환이가 박사 교수가 된 것도 알고 있었다. 그러나 이 도시도 여타의 도시들처럼 젊은이들은 도시로 빠져나가고 마을에는 에드나와 닐리안처럼 거의 노인들만 남았다. 에드나는 여동생인 닐리안과 평생 서로 의지하며 함께 늙어갔다.

드디어 2층에서 문 여는 소리가 들린다. 명환은 소파에서 벌떡 일어나 2층을 바라본다. 롯드로 컬을 풍부하게 한 백발의 노인이 빨간 립스틱을 바른 입술로 함빡 웃는다. 그가 올라가려 하자 에드나는 손사래를 친다. 리플이 달린 빨간 블라우스에 하얀 바지, 그리고 빨간 구두를 신은 에드나. 스팽글로 빛나는 긴 귀걸이를 찰랑이며 한 발 한 발 계단을 천천히 내려오고 있다. 98세의 노인이 천사처럼 빛나며 저렇게 아름다울 수 있단 말인가.

계단을 디딜 때마다 빨간 구두는 더 선명하게 빛난다. 특별한 날이면 빨간 구두를 신던 아내의 모습이 에드나의 빨간 구두와 오버랩 된다. 자신이 가장 빛나는 날에 빨간 구두를 신는 아내와 에드나. 저 눈부신 빨간색이 조명환의 무채색 삶에 스며든 것이다.

계단을 내려오는 30여 분 시간 속으로 45년이란 세월이 파도처럼 내려온다. 조명환의 눈에 고였던 눈물이 와이셔츠 앞섶으로 젖는다.

*

세인트폴 마을에 살던 사람들이 모여든다. 이 마을에서 에드나와 닐리안처럼 늙어 간 이웃들이다. 마을 노인들이 모여 기타와 드럼을 치고, 춤을 추며 에드나의 정원 마당에 흥겨움이 흥건하다. 가난한 나라에서 태어난 아이를 45년간 후원한 일도 기적이지만, 그 아이가 교수가 되고 바이러스 연구의 아시아 선구자라니…. 지구 반 바퀴를 돌아 에드나를 찾아온 그를 마을 사람들은 자기 아들인 양 기뻐한다. 집집마다 준비해 온 각종 요리가 정원 식탁에 풍요롭다. 세인트폴 마을 사람들은 서로 포옹하고 와인 잔을 부딪치며, 몇 명은 음악에 맞춰 춤을 춘다.

조명환은 일주일간 에드나 어머니 집에서 머물렀다.

"세상에서 기가 막힌 발명품이 뭔지 아니? 팩스기란다!"

에드나는 세상에 컴퓨터가 있는 걸 모르는 듯하다. 조명환은 여권이 없는 미국인을 본 건 에드나가 처음이었다. 에드나의 마지막 직업은 편의점에서 청소하는 일이었다. 결코, 부유한 사람이 아니었다.

"어머니, 어떻게 45년이나 저를 후원하실 수 있었나요? 더구나 오랫동안 편지를 보낼 수 있었지요?"

그러자 에드나는 조명환의 손등을 쓰다듬으며 미소 짓는다.

"하나님은 나 같은 사람을 98년이나 사랑하시는데, 45년? 그건 반도 못 되는 시간이란다."

15달러는 누군가에게 적은 돈일 수 있다. 그러나 수적천석이란 말처럼, 한 방울의 물방울이 오래도록 떨어지면 댓돌을 뚫는다. 조명환의 삶이 사막처럼 타들어 갈 때마다 15달러와 정성 어린 편지는 생명수였다. 이제 조명환은 에드나에게 받은 사랑을 아프리카 에이즈 환자들에게 되돌려 주려는 꿈이 생겼다.

늘 먹는 밥이 인간의 몸과 정신을 시나브로 성장시킨다. 45년 동안 다달이 보낸 15달러 후원금과 한결같이 쓴 편지의 마지막 세 문장은 그가 소멸하고 싶을 때마다 심폐소생술이었다.

God love you.
Trust his you.
I pray for you!

이 세 문장이 팍팍한 조명환의 삶에 시원한 샘물로 흘렀다. 광야의 작은 풀처럼 보잘것없던 꼴찌 인생이 아시아 대표 에이즈 학회장이 되고, 아시아 최고 에이즈 전문가가 되었다.

에드나 묘비 앞에 선다. 104세 잠든 에드나. 조명환은 묘비의 먼지를 손수건으로 닦으며 읊조린다.

파란 눈의 내 어머니, 에드나. 아프리카 에이즈 환자들에게 나도 어머니처럼 샘물로 흐릅니다.

세인트폴의 파란 하늘이 조명환의 마음속에 깊숙이 물든다.

✎ 김미정

크리스천 문학 단편소설부문 신인상 수상
소설집 『오래된 비밀』

부록

충북소설가협회
회원 주소록

박희팔 010-5324-3780, palwu@hanmail.net

(27734) 충북 음성군 맹동면 덕금로 2-65

안수길 010-8344-3135, kwonsw74@naver.com,

(28701) 충북 청주시 서원구 청남로 2005번길 45 우성2차A 201-306

강준희 010-2669-3737, joonhee37@hanmail.net

(27355) 충북 충주시 번영대로 48 연수동 세원아파트 103동 1010호

지용옥 010-5463-0463, jiok99@hanmail.net

(28009) 충북 괴산군 장연면 미선로 추점5길 44-58

최창중 010-4739-9488, ks9488@hanmail.net

(28667) 충북 청주시 서원구 예체로 29번길 9, 103동 706호

전영학 010-5468-0191, ayou704@hanmail.net

(28604) 충북 청주시 흥덕구 신율로 86번길 20

문상오 010-5460-6678, m6678@hanmail.net

(27000) 충북 단양군 적성면 적성로 174-54

김창식 010-4812-7793 dmr818@naver.com

(28382) 충북 청주시 흥덕구 서현로 68, 가경아이파크 2차 201동 504호

강순희 010-2319-1052, kang5704@hanmail.net

(27347) 충북 충주시 연수상가1길 13 행복한 우동가게

이귀란 010-5511-4179, dlrnlfks77@naver.com

(28191) 충북 청주시 상당구 낭성면 호정전하울길 165-5

권효진 010-7594-9003, Kavya@hanmail.net

(27353) 충북 충주시 연수동산로 26 연수힐스테이트 109동-1704호

김미정 010-5492-3722, kmj4571@hanmail.net

(28791) 청주시 서원구 월평로25 뜨란채A 112동 902호

오계자   010-8992-4567, okj0609@hanmail.net

(28939) 충북 보은군 보은읍 어암길 19-5

정순택   010-2465-0376, jungstaek@hanmail.net

(28475) 충북 청주시 서원구 예체로 30번길 푸르지오 아파트 505-101

김홍숙   010-6343-3763, sanjigi1004@hanmail.net

(28471) 충북 청주시 흥덕구 흥덕로 88번길 5-12

이항복   010-7279-1234, a77779999@hanmail.net

(28780) 충북 청주시 상당구 용암동 월평로 243 부영A 105-506

이종태   010-5232-6894, mist558755@hanmail.net

(27348) 충북 충주시 국원대로 166 임광A 106-1004

이규정   010-8431-7933, jung57846@hanmail.net

(28415) 충북 청주시 흥덕구 진재로 67 세원느티마을 A 105-501

송재용   010-3355-8800, jysong8800@naver.com

(32984) 충남 논산시 중앙로 260번길 59-5 106동406호(취암주공1단지A)

강석희   010-7533-6013

(28173) 충북 청주시 흥덕구 강내면 태성탑연로 250

이영희   010-3498-4925, nandasin1206@hanmail.net

(28692) 충북 청주시 서원구 매봉로26-1 계룡리슈빌A 102동 704호

박경림   010-9132-5789, esder0416@naver.com

(28413) 충북 청주시 흥덕구 서경로16번길 3 203호 이룸영어

정진문   010-3521-2353, jungsjin2000@naver.com

(28594) 충북 청주시 흥덕구 사직대로 30번길 15호 3층

이강홍   010-4461-6263, lkhongkr@hanmail.net

(28150) 충북 청주시 청원구 내수읍 도원세교로 63 220동 806호

아네모네 한 송이

충북소설 2020_ 15人 소설 選(통권 23호)

펴 낸 날 2020년 11월 18일

지 은 이   전영학 외 14人
발 행 처   충북소설가협회
펴 낸 이   이기성
편집팀장   이윤숙
기획편집   윤가영, 이지희
표지디자인 이윤숙
책임마케팅 강보현, 김성욱
펴 낸 곳   도서출판 생각나눔
출판등록   제 2018-000288호
주   소   서울 잔다리로7안길 22, 태성빌딩 3층
전   화   02-325-5100
팩   스   02-325-5101
홈페이지   www.생각나눔.kr
이 메 일   bookmain@think-book.com

• 책값은 표지 뒷면에 표기되어 있습니다.
  ISBN 979-11-7048-154-6(04810)
  ISBN 979-11-90089-96-8(세트)

•이 도서의 국립중앙도서관 출판 시 도서목록(CIP)은 서지정보유통지원시스템 홈페이지
 (http://seoji.nl.go.kr)와 국가자료공동목록시스템(http://www.nl.go.kr/kolisnet)에서
 이용하실 수 있습니다(CIP제어번호: CIP2020045457).

※ 이 책은 **충청북도 · 충북문화재단**의 지원금으로 발간되었습니다.